KUWEI
酷威文化
图书 影视

U0523872

旧故春深

（下）

是辞 著

四川文艺出版社

第九章
西府有海棠

佟璟元一味地拖延着，佩芷不用想也知道，他这种自小未吃过苦头的少爷，遇到事情必然想着逃避。整个佟家再没有第三个人知道这件事，他像是打算就这样冷处理，要么久而久之佩芷歇下了离婚的心思，要么逼得她闹到两家不宁，到时长辈自然要劝佩芷平息，总归都是他乐意见得的结果。

佩芷偏不如他的愿，在一个平常的日子里，穿着打扮亦没什么特殊之处，拎着个藤箱出了佟府。下人只觉得她奇怪，即便是鲍妈妈嗅到了一股不寻常的意味，也只当佩芷是跟佟璟元闹别扭回了娘家，自古成了婚的女人都爱"一哭二闹三上吊"，这也没什么稀奇的。

佩芷没回姜家，当初她舍不得这个家，姜肇鸿以断绝关系相要挟，她便屈服了，甚至一度幻想过或许能够和佟璟元把日子好好地过下去，殊不知她其实只是靠着一口气支撑着。

如今姜老太太撒手人寰了，整个姜家彻底由姜肇鸿做主，他是说一不二的。即便像姜叔昀这种接受过新式思想教育的人与姜肇鸿也多生龃龉，也不得不为了个孝字向父亲让步，在这点上孟月泠倒是跟他极有共通之处。

她不指望从姜家获得支持，而是低调地住进了法租界的国民饭店。

搬到国民饭店的当晚就有人上门问候，佩芷没想到傅棠收到消息会那么快，不禁板起脸质问他："棠九爷也太闲了些，还真要管上我的家事了？"

傅棠毫不客气地坐在了沙发上，笑道："你当我跟你逗闷子呢，我真管。"

佩芷拒绝："这是我自己的事儿，你帮不上忙。傅棠，我总要学会自己面对的。"

傅棠问了这样一句，像是在确定什么："你来饭店住，是跟姓佟的闹别扭，还是……"

佩芷斩钉截铁地说："我要跟他离婚，你听到了还非要问，以前怎么没发现你这么讨厌呢。"

傅棠一愣，旋即笑得有些疑惑："离婚？姜佩芷，可真有你的，婚随随便便地就结了，如今才几个月，又闹起离婚来。全国有几个离婚的，你在想什么？"

佩芷说："你懂什么民国的法律，倒也是，你是男人，不必操心离婚的事儿，休妻就成了……"

傅棠赶紧打断她："你别挖苦我了，我孑然一身，所以不操心这些事儿，行了罢？既然你心意已决，那我帮你啊。"

佩芷问他怎么帮，傅棠才神秘兮兮地说："爷给你透露个事儿。"

佩芷敷衍地说："爷您说，小的洗耳恭听。"

傅棠好一顿拿乔，可到底是带了实在消息来的，佩芷虽然嘴上骂他盯着自己和佟璟元，却也没追问缘由。

说的是这碎金书寓的宋碧珠怀孕了，宋碧珠早就跟了佟璟元，虽然说人还在碎金书寓里，但应该早就不接别的客人了，那么这孩子定然是佟璟元的。

佟璟元自然不愿意认，怪碎金书寓的鸨母没盯紧宋碧珠喝药，又要带宋碧珠去把孩子给做了。宋碧珠身在那么个泥潭里，早就央求过佟璟元给自己赎身，如今有这么好个契机在，巴不得佟璟元要了这个孩子，把她安置在外面也成，她定然不争不抢，或者去伺候佟少奶奶也是乐意的。

如今局势僵持着，佟璟元何曾遇到过这种事，早已失去了主心骨，又不知钻进了哪个温柔乡里躲着。

傅棠眼看着佩芷听到后毫无妒忌或是愤怒的神色，便知道这事儿能帮上她，于是劝说佩芷借此当个跟佟家谈判的筹码，离婚定然不是难事。

第九章　西府有海棠

若是换作以前，佩芷定然会这么做，可她如今病好了，像是恨不得把前尘往事那些赖账都干脆地清算了一样，另有一番考量。

次日一早，满天津卖得最红火的报纸是个名不见经传的小报——《津艺报》。

红火的原因是，上面刊登了一则佟家大少奶奶姜四小姐的离婚启事——

> 吾宣布即日与佟璟元断绝夫妻关系，因其违背一夫一妻制原则，致使宋小姐有孕数月，特此告知。
>
> 姜晴于国民饭店二十五号房间

那时正月十五还没过，孟月泠还在西府，下人好不容易才在外面抢了一份报纸回来给他和傅棠看，傅棠目瞪口呆，才意识到她打算一个人解决这件事的心有多决然。孟月泠则哑然失笑，像是觉得这才是她一贯的作风。

街头巷尾众说纷纭，除去感叹这位姜四小姐的大胆出格，便是在琢磨这位宋小姐是谁。因佩芷称呼还算温和，看热闹的观众们下意识地便以为是哪家小姐，只是津门宋姓闺秀倒是无辜受了殃及，佩芷只能在心里跟她们道一句抱歉。

国民饭店的二十五号房间门口也热闹非凡，一扇门之隔，佩芷听得出来门外乌压压地挤了不少的记者。可她没有接受采访的意思，其中几家有名的大报社昨晚刚拒绝了帮她刊登启事，平白错失了热度，此时只能追悔莫及。

门口的热闹没持续多久，姜肇鸿跟耿六爷借了人，把记者给赶走了，看守着佩芷的房间，他则进来跟佩芷沟通。眼下闹得难看，两家脸面上都挂不住。

佩芷却不这么觉得："丢人的是他佟家，您做什么上赶着去蹚浑水？"

不过半年，也许是真的上了年纪，姜肇鸿衰老了不少，也没了跟佩芷争吵的心思，只想着赶快将风波平定："你想得简单，这婚若是真离了，丢人的就是你了。"

佩芷一副油盐不进的样子："我不觉得丢人，您多出去听听别人的看法，怕是有不少女人跃跃欲试呢。"

姜肇鸿连说了好几句"胡闹"，可这些时日以来，尤其是姜老太太去世之后，他发现佩芷越来越超乎他的控制，最关键的是，她没有以前那么怕他了。

佩芷还主动说道："您要是实在觉得我丢人，不妨在《大公报》上也登一则启事，声明与我断绝关系。"

姜肇鸿差点儿被她给气晕过去，他不知道佩芷心里现在有多后悔当初被他那么一吓就同意了嫁给佟璟元。

她后悔，亦不后悔，人总是在变的，当时她确实想不出什么更好的办法去破局，如今其实也没有，如今的她只是彻底地不管不顾了。正所谓光脚的不怕穿鞋的，她眼前的日子过不下去了，大家就都别好过。

姜肇鸿被她气走之后，赵凤珊又来劝。她当年出嫁之前也是个风风火火说一不二的性子，几十年来早就磨平了棱角，现在劝说佩芷息事宁人，佩芷则反问她："如今已经骑虎难下，如何息事宁人？"

赵凤珊便怪罪她不提前跟家里人商量一下，佩芷幽幽地说早就对姜肇鸿失望了，赵凤珊听到后很是伤神。

姜伯昀劝说她回家去，还指望着和平解决这件事。他的思想老旧，自然不愿意看到佩芷走到离婚的地步；姜仲昀则更像是看热闹的心态了，还夸赞佩芷祸闯得不错，他自愧不如。

姜叔昀早在年前姜老太太去世后就有了离家前往上海的打算，如今被佩芷这件事给牵绊住了。他一向厌烦老一套的思想，是最支持佩芷离婚的。而肯为佩芷刊登离婚启事的《津艺报》主编名唤李曼殊，是个年轻时髦的女郎，曾留学法国，恰巧跟他坐同一艘船回国，前后脚抵达天津，没想到还有这么一段渊源，姜叔昀直说要去登门致谢。

那厢佟家二老倒应该感谢佩芷，若不是见报，他们哪能知道宋碧珠的存在，还有肚子里的孩子。

佟璟元年纪也已经不小了，还始终无子，照理说宋碧珠这一胎来得

第九章　西府有海棠

倒是好。可二老看不上宋碧珠的身份，把常跟着佟璟元的那个小厮叫来问过才知道，宋碧珠从开了苞便是跟着佟璟元的，这么一想又觉得这孩子未尝不可一要。

佟璟元不得不硬着头皮回到家的时候，佟老爷和佟夫人已经决定留下这个孩子了，至于宋碧珠的身份，还有待商榷，气得佟璟元又砸了东西。这佟家也是一团混乱，佟家二老根本抽不开身去找姜肇鸿问罪。

佩芷好不容易送走了赵凤珊和三个哥哥，刚在房间里偷得半刻闲，这种天大的热闹赵巧容定然不会错过。

她当然是主离派，但还是忍不住说了一句"早知今日何必当初"，佩芷则说："凡事总要经历过，不然怎知对错。"

赵巧容不禁想起往事："我当年，虽然不像你有喜欢的人，可也是不愿意的。当时耐不住父母劝说，又都说是一段好姻缘，我便糊里糊涂地答应了。所以我一直不想让你走我的老路，谁承想……"

佩芷还笑得出来："这个世道哪里是我们女人说了算的呀，咱们俩可就别互相数落了。"

赵巧容说："现在就看佟家做何反应了。你这时间挑得好，十五还没过，街坊邻里走街串巷最爱嚼舌根了。我还是从外边听说的这事儿，都在找宋小姐，回到家去小笙跟我详说，我还问他有没有妹妹……"

姐妹俩调笑了几句，便笑呵呵地携手出门了，到起士林吃西餐去，恰好错过了找来的孟月泠和傅棠。

佟璟元迫于压力安生地在家里待了好几日，冯世华上门去慰问他，顺道跟佟璟元报信儿——傅棠入股了《津艺报》，佩芷的离婚启事日日登着，像是生怕天津卫还有人不知道一样，顺带给《津艺报》吸纳了不少读者，以小姐太太们为主，越卖越好了。

冯世华扬言要给傅棠好看，佟璟元只当他吹牛，听过就算了。他这几日正烦心着，没说几句就赶冯世华走了。

冯世华这个人歪门邪道不少，狐朋狗友也多，几番打听下发现傅棠常带着袁小真出入各种场合，耿六爷的私宴次次不落。

说到这袁小真，他的社交圈子里的人并不陌生，范家二少爷追求袁小真未遂，常去捧袁小真的场，最近还眼巴巴地等着袁小真开箱。

恰巧冯世华前几日到天香院寻花问柳，听闻了一则袁小真的趣闻。照理说这种捕风捉影的事儿即便是闹到了明面儿上也没什么意思，毕竟眼下最有趣的莫过于姜四小姐和佟大少爷闹离婚的事。

可冯世华心思多，便找上了范家，打算拿范二少爷当一回枪使。

那年冬末春初，佩芷在国民饭店住了月余，以一己之力与佟家对抗到底。《津艺报》的李曼殊主编率先发文声援，后来各报亦有女作家撰稿支持，大谈女性权益，整个天津卫倒是率先闹起了离婚潮。

佟家迫于舆论压力，终于登报声明，极顾颜面地用了"休"字，像是告诉大伙儿她姜佩芷是被佟家赶出去的一样。可满天津的百姓瞧了整月热闹，都心知肚明是怎么回事，只笑这佟家还维护着微薄的面子——碎金书寓的宋碧珠都已经住进佟家偏院了。

佩芷又不得不面临来自姜肇鸿的新一轮劝说。虽说民国已经十几年了，这种从夫家回来的女儿，最好还是安安生生地回到闺房里，大门不出二门不迈才好。

佩芷疲于跟姜肇鸿交涉，姜叔昀已经动身前往上海，她不禁后悔为何没跟姜叔昀一起走，效仿个红拂夜奔。

可她其实舍不得走，天津还有她挂念的人。

那日天气不错，佩芷正打算去吉祥胡同，邵伯来帮傅棠传话，邀她到西府赏花。

等到了西府，佩芷看着成片还没开利索的海棠，实在是没什么赏头。当初还是他说"花发须叫急雨催"，今年雨水还没怎么下，这么早叫她来赏海棠倒像是戏耍人。

身边的傅棠不知何时不见了，佩芷转了个身，看到了一个意料之外的身影。

两人相视而立，分外缄默。

佩芷其实有很多话想跟他说，却选了最煞风景的一句："孟静风，你还恼我吗？"

他用李太白的诗回她："弃我去者，昨日之日不可留。"

第九章　西府有海棠

佩芷无声地叹了口气，先是失落，接着像是意识到了什么，瞪大了双眼，刚要张口便听他接着道："你是乱我心者，今日之日仍烦忧。"

霓声社开台那日，上午后台就开始忙活了起来，先把行头和砌末箱子上的封条给撕了，再贴上写着"开锣大吉""新喜大发"的喜联，祖师爷的龛台上足足摆了十六盘贡品。

正午以段青山为首，带着全班除丑角儿以外的人拜老郎神。丑角儿照理说是不用拜的，因为当年李隆基喜欢票丑，所以流传下来这么个规矩。

集体开始上装之前，也要等丑角儿画第一笔，其他人才能跟着动笔。这些规矩平日里倒不严格，每逢开台或祭神日却是一定要遵守的。

前台开演之前，还要"跳灵官"和"跳加官"，多是生角儿扮的，头戴相纱，脸盖面具，身穿大红官蟒，手执缎料条幅，上书"天官赐福""加官进禄"等吉庆的话，一边跳一边展示，表达对台下座儿们的美好祝愿。

霓声社还有擅火彩的，在台上喷得极好，整个凤鸣茶园都闹起来了，年节氛围尤胜。

前台的叫好声在扮戏房里听得真真的，袁小真从屏风后面钻了出来，对着镜子整理行头，随口跟孟月泠说道："想起来我刚出科那两年跟师兄们争着抢着要跳加官，就是觉得好玩儿，其实一场下来累死了。我记得佩芷去年还说想跳，她怎么没来？"

孟月泠说："想必遇到事情耽搁了。"

她这几日忙着收拾石川书斋的房子，今日答应了要来。孟月泠和袁小真合演《御碑亭》，宋小笙唱二旦王淑英，她定然不想错过。

但佩芷确实有事，赵巧容的汽车开进了吉祥胡同，找佩芷陪她去医院。

她近日有些干呕嗜睡，像是怀孕的征兆，特地瞒着宋小笙。今日霓声社开台，宋小笙整日不着家，她打算趁此机会去找医生下个诊断，又因为心慌才叫上佩芷坐镇。

佩芷一时间难以消化这个意料之外的消息，一开始不看好，如今发现这二人倒真把日子给过下去了,确实令人惊讶。

结果闹了个乌龙,佩芷学过洋文,便充当起赵巧容的翻译来。洋大夫说这叫"假孕反应",建议她饮食清淡些,别总窝在屋子里打牌。

赵巧容显然情绪失落,又气道:"我这人生最大的爱好便是打牌,打牌哪里不好?不也是在活动筋骨?"

佩芷看不明白她到底是失落更多还是气愤更多,总之少不了安抚她。等她赶到凤鸣茶园之后,已经错过那场闹剧了。

范二少爷场场不落地追捧袁小真,开台当日还送上了八个大花篮,可袁小真向来是连个眼色都不给他的。过去傅棠曾嬉笑着问过她:"这范二也算一表人才,未曾娶妻,家中有大哥继承家业,他万事不愁,其实还算个良配,你怎么就不搭理人家呢?"

袁小真不看他,只幽幽地说:"我为什么不搭理他,别人不知道,你还不知道吗?"

傅棠便晃了晃扇子,假笑着走了。

如今范二少爷坐在楼上正中间的包厢里,孟月泠和袁小真的《御碑亭》博了个满堂彩,两人相偕着谢场,俨然已经是极默契的搭档了。

掌声不绝于耳之际,范二少爷不知何时下了楼,出现在台上。不论是冲台的还是坐着的都惊住了,众人还没反应过来,范二少爷毫不顾及颜面地单膝给袁小真跪下。

袁小真还做王有道的打扮,站在那儿戴着髯口,看起来就是个活脱脱的男人,范二少爷穿着马褂,行了个洋人求婚的跪地礼,旁边还站着饰演王有道妻子的孟月泠,场面极其诙谐。

北二包厢里的傅棠脸上的笑容一僵,眼看着周围包厢里的人都站了起来瞧热闹,他却分外沉得住气地坐在那儿跷着腿。茶园内人多气氛浓,他尚且觉得热一般,甩开了扇子扇了扇风。

袁小真屈身试图拉范二少爷起来,那范二少爷当真迷惨了她,用手举着一枚戒指说:"小真!你就答应我罢,我追了你这么久,对你的心天地可鉴!"

周围爆发了一阵吁声,臊得袁小真双颊滚烫,还有胆子大的趁乱吼

第九章　西府有海棠

了一声："袁小真，你就答应范二少罢！"

袁小真一门心思地跟范二少爷讲道理："我早就跟你说清楚了，你来捧我的场，我欢迎，其他的全无可能。何必在这大好的日子里给人当笑话看？"

范二少爷问她："我愿意给你场面，不让你寒酸地嫁进我范家，你还不肯答应？"

袁小真的脸上挂上了急躁："你说这些有什么用？赶紧下去成不成？后面还有戏呢。"

楼上的傅棠皱着眉头听着，也听不大清楚，小声地知会邵伯去后台请几个霓声社有力气的男人出来，他擅自做回主，把这范二少爷给丢出去。

范二少爷语气严肃地质问袁小真："即便你已经是残花败柳，我仍视你如同珍宝，你怎么就不识好歹？"他今日闹这一出，就是为了让袁小真骑虎难下，就像姜四逼佟璟元离婚一样。

袁小真急得气恼起来："你讲话客气些！"

霓声社那几个唱武生和花脸的都已经出来了，穿着水衣水裤，脸上都还上着装，下一场是《龙凤呈祥》，角色多，大伙儿都在后台准备着。几个人强行把范二少爷提了起来，就要拽下台，台下的观众都笑着看这场闹剧。

富少痴迷女戏子，大庭广众下跪求婚，打响了天津卫新年的头一份喜报。国人自古传下来爱撮合姻缘的习惯在此时发挥得淋漓尽致，都等着袁小真答应，没想到霓声社竟开始赶人了。

范二少爷没想到这么快就上来了人赶他，急忙嚷道："你的那些事情，我都知道了！我不嫌弃你，等成了婚也会一心一意地待你，你又何必自轻自贱？"

袁小真气得当台摘了髯口，随手塞到了孟月泠的手里，中气十足地质问范二少爷："你少污蔑我！你们放开他，让他说清楚，我为什么事情自轻自贱？"

几个师弟松开了范二少爷，范二少爷拂了拂衣服上的褶皱，朝着台下指着袁小真说道:"她曾找过天香院的鸨母,拿了那种药!已经是残花败柳了,你们谁还敢娶她?我敢!"

袁小真当即脑袋里轰隆了一声,赤红着脸盯着范二少爷。其他人的视线则都落在她的身上,她闭着眼睛都感觉得到。

孟月泠对这些绯闻不感兴趣,知道袁小真难堪,便低声地跟她说:"走了,别理会他。"

袁小真转身要跟孟月泠一起下台,没想到范二少爷冲上来拽住了她,霓声社的师弟又冲上去制服范二少爷,台上又闹了起来,台下的观众则议论纷纷。

范二少爷嚷着叫着:"小真!你就答应我罢!我对你是真心的!"

曹世奎紧紧一巴掌捂上了他的嘴:"答应你爹个头。"

袁小真哪里受过这等污蔑,可她无法解释,当初因为帮佩芷的忙,她确实去过天香院找鸨母要过避子汤药,不想如今却被范二少爷拿来做文章。

她只能坚持道:"我没去过,你少给我泼脏水。"

曹世奎跟着应和:"你这是得不到就想着毁掉呢,大伙儿别听他的!"

范二少爷辩驳道:"谁说我要毁掉!小真,你做过的事情为何不承认?我又不在乎这些!"

袁小真激动地指着他说:"你闭嘴!我即便做过,也不会嫁给你!"

"你承认了?可他们没人敢要你的。"范二少爷随手指了个台下的男观众,"你愿意娶她吗?"

男观众的脸上带着玩味的笑容,看了看袁小真,摇了摇头。

范二少爷又指了另一个男观众:"你呢?"

男观众连连摇头:"我结婚了!"

范二少爷的脸上闪烁着得逞的笑,转头说:"小真,你看!"

不想袁小真已经掀开台帘儿下去了,不愿意再跟他这个疯子争论。

他像是觉得袁小真已经是自己的了,大声地叫道:"你们没人敢娶小真,那我就娶了!从今以后……"

傅棠站在北二包厢的栏杆前,拿扇子敲了两下,吸引了部分人的目

第九章　西府有海棠

光,接着越来越多的人看了过来。

傅棠的脸上带着笑意,不咸不淡地说了两个字:"我娶。"

满园一片阒寂,看客俱是哗然,谁也没想到会闹到这个地步。

范二少爷愠道:"棠九爷!您别瞎掺和!"

傅棠用扇子指向了袁小真的小师弟:"去把你师姐请出来。"

袁小真还没走远就被叫了回去。孟月泠独自回了扮戏房,忍不住用手轻揉额侧,大抵是觉得吵闹。而袁小真一掀开台帘儿,就听到傅棠的声音从楼上传来。

"范二少爷说没人敢娶小真,这话我听着不舒服,觉着不应该是这么个理。在座凡是爱听戏的,或是跟傅某相熟的,都知道我平时出入各处爱带着小真,也捧了小真好些年了。所以啊,今天范二少爷把小真架到这儿,我也就不得不张口了。"傅棠看向袁小真问道,"小真,你答应吗?你年轻漂亮,戏也好,可有的选。不像我,除了有点儿臭钱,一无是处,还学会逼着姑娘嫁人了。"

众人都知道他表面上是说自己,实际是在骂范二少爷。

袁小真仰头跟傅棠对视,她还从未这样光明正大地盯着过他。傅棠也不回避她的视线,脸上还笑吟吟的,这种时候难免显得不郑重。

可她知道,他只是习惯这么笑了,代表不了什么的。

其实她应该拒绝,傅棠此举不过是为了帮她把面子博回来,她要是拒绝,效果会更好。可袁小真亦有私心作祟,眼前有这么个千载难逢的机会,错过了就再没有了。

她朝他露出一笑:"我答应了。"

傅棠脸上的笑容顿了那么一刹,楼上楼下的人鼓起掌来,恭贺一桩好姻缘结定。只有范二少爷一人笑不出来,怔怔地像是难以接受眼前的现实。

傅棠礼貌地朝周围和楼下的人作了个揖,回到椅子上坐下了,袁小真也回了后台,准备下一场戏。曹世奎把失魂落魄的范二少爷扯了出去,凤鸣茶园的管事出来告知,请大家少安毋躁,《龙凤呈祥》照常上演。

佩芷姗姗来迟。身着白袍的赵子龙已经上台了,眼看着刘备也要上来了，佩芷悄悄地去了后台，推开扮戏房的门，露出个脑袋猫在那儿。

孟月泠已经穿好了孙尚香的行头，不准备坐下了，闻声回头看过来，一见是她忍俊不禁。

佩芷闪身进了屋子里，故意哑巴着嘴说："这么漂亮的香香，怎么就便宜了刘备那个老头儿？"

孟月泠无奈地答她："小真唱的刘备，想必在候场。"

佩芷比了个噤声的手势："我还以为是段大贤唱刘备。"

若是段青山唱，那这刘备是有些老了。

佩芷给他解释："我表姐临时来找我，我陪她跑了一趟医院，所以耽搁了，没赶上看你俩的《御碑亭》。"

孟月泠点头："猜到了。"

他催她到前台去落座看戏，还建议她去傅棠的包厢，佩芷有些不情愿："北楼包厢我坐不惯。"

孟月泠也不强迫她："他或许有新鲜事儿跟你说。"

佩芷便一溜烟儿地去找傅棠问了。孟月泠看着她风风火火的背影，总觉得时间像没有变过一样，可实际上大家早已经在尘寰走过一遭了，眼下所感不过是追悼往昔产生的错觉。

正是那几日间，佟府请了大夫到偏院为宋碧珠安胎，佟璟元恰好碰上下人要把佩芷留下的东西给处理掉，其中就有几包药。佟璟元看着已经显怀的宋碧珠，又想到了佩芷，像是意识到了什么，拿了包药给大夫瞧。

大夫赶紧拿得离宋碧珠远了些，告诉佟璟元是避子汤药，频饮伤身。佟璟元坐在那儿愣神，半晌发出哀戚的狞笑。

没想到紧接着宋碧珠不见了，卷走了佟家偏院里值钱便携的珠宝，便再也没出现在天津卫过。

散了戏之后，佩芷大概也知道发生什么了，急忙去后台找袁小真。袁小真看着她脸上挂着歉疚，像是知道她要说什么，便先一步开口。

"你可别跟我说那些。"她深深地看了一眼佩芷，向她使了个眼色，显然顾虑孟月泠还在场。傅棠在前面被人绊住了脚，指不定什么时候也

第九章　西府有海棠

进来了。

佩芷感念她帮自己遮掩这件事，看向袁小真的表情也夹杂着歉意和感激。袁小真握了握她的手，表示让她心安。

袁小真意味深长地说："就当成全了我的私心。"

其实她还应该感谢佩芷。

屋子里还有孟月泠，不方便她们俩说体己话，佩芷便暂时按下了愧疚，化愧疚为愤恨，咬牙说道："这些没本事的男人，对他们来说对付女人最一本万利的法子就是把她娶回家了！"

对桌的孟月泠刚摘了鬓花，放下的动作顿了一下，没插话。

袁小真不愿多说范二少爷，这时傅棠进来了，佩芷和袁小真听到开门声看了过去，恰好与傅棠对视。傅棠看了一眼佩芷，脸上的笑容未变，再转向袁小真，笑容却有些僵硬，接着竟错开了目光，袁小真也黯然地转回了头。

佩芷当这俩人是在害羞。那会儿她进了傅棠的包厢，傅棠怎么都不说，她的好奇心像被猫抓一样，叫了凤鸣茶园的伙计问过才知道的。

她扯了傅棠出去，说是透气，实则春寒未散，入了夜外面的风还有些冷，月明星稀的，顶多天空的景致还不差。

佩芷笑着说："你这倒也算阴错阳差地如所愿了。"

傅棠不明就里："如什么愿了？"

佩芷说："你当我迟钝，你不是喜欢小真？上哪儿都带着。"

傅棠有片刻失神，笑得有些荒诞不经："是吗？你是有些迟钝。"

佩芷真心实意地替他们俩高兴，比自己当初结婚时开心多了，轻快地跟傅棠拌嘴："你才迟钝呢。"

傅棠心想，这满天津卫最迟钝的就是你了。这么一想，他又立刻否定自己，怪他藏得太深，可孟月泠怎么早就看出来了？傅棠暗道他心思细、眼光毒。

接着他从口袋里掏出了一包香烟和火柴。

佩芷问他："你何时开始抽这种烟了？"

她记得清清楚楚，刚认识的时候，他说他只抽旱烟，还要人伺候着才抽。

傅棠想到那个雪天在登瀛楼对过看到窗前郁闷的佩芷，不过是不久前的事儿，却像是恍如隔世了。他只是觉得，那个时候的她，内心应该是极纠结的，总之不好过。

傅棠不答，只幽幽地说道："你还记不记得，当初你跟我说，若是做错了选择，便硬着头皮往下走，走不下去了再重新做选择，日子就这么过下去了。"

佩芷不懂他为何突然提起这句话，有些害臊地笑了笑："那时涉世未深，不过是纸上谈兵。"

傅棠摇头："说得很对。"

佩芷随口问他："你做错选择了吗？"

傅棠那时不确定，心中的惊惶到底是不是因为后悔，他确实有些畏惧面对袁小真，以及面对婚姻。

可他不想让佩芷再做错选择了，他真心地盼望她今后的日子能过好。傅棠告诉她："有些事我想你应该知道。当初你爹逼你嫁给姓佟的，你怪静风无动于衷，对他颇有些失望，其实你误解他了。"

佩芷愣住了，傅棠继续说："你们从南京回来之后，你答应嫁给姓佟的之前，静风曾去见过你爹，具体说了什么我不知道，但定然是求过你爹准允你们的婚事的，可你爹不答应，他想必也无能为力。"

佩芷半晌说不出话来，呆呆地问了他一句："真的？"

傅棠叹了口气，吸了一口香烟，点头道："真的。"

她便又不说话了，她从未怀疑过孟月泠对她的心，可她亦知道他性子高傲。当初在耿府姜肇鸿百般给他难堪，她以为凭他倨傲的性子定然不愿意上门求人，两个人相处了那么久，他也是毫无反应，甚至因为亲事未定，他不越雷池一步，她只能暗自气恼。

傅棠在月光下盯着她怔怔出神的侧脸，没张口打扰。其实他何曾不想她追问自己一句是怎么知道这些的，正如当初他派人盯着她跟佟璟元一样，她当真丝毫不好奇他对她过分密切的关注？

只要她今夜问一句，他便有了个说出缘由的契机，也算为了自己争

第九章　西府有海棠

取一次。

可他知道，她不会问。正像她曾经说的那样，飞走的鸟儿，他再怎么傻等也没用。

这时孟月泠和袁小真已经收拾好出来了，两个人换上了常服，性别和角色调转回来，看得人一瞬间有些错愕。

孟月泠朝她淡淡地一笑，叫她："佩芷，我们先走。"

佩芷跟着他走了。

一路上她有些缄默，孟月泠看出来了，但他一向是享受沉默的，便没打破。只在走进僻静的巷子时他拉住她的手，就这么默默地陪着她走过黑暗。

到了石川书斋门口，手还拉着，佩芷牵住不放，孟月泠无奈地跟她一起杵在那儿，低着头像是在问她做什么。

佩芷突然扑进他的怀里，孟月泠把她抱住，听她声音闷闷地说道："对不起，我当初说那些话，其实很后悔，一直很后悔。"

突如其来的道歉出乎孟月泠的意料，他以为他们就要这样绝口不提那段不愉快的过去，就像当初刻意回避在耿公馆那晚姜肇鸿对他的刁难一样。

孟月泠轻描淡写地说："都过去了。"

佩芷摇了摇头："是我太懦弱了，我还误解你什么都没做。傅棠刚刚跟我说了，奶奶中风了之后你找我爹求过亲，我却说你什么都没做，骂你维系着微不足道的自尊与颜面。"

她只知道孟月泠求过亲，仅仅一次就已经足够作践他了，她不知道他求过三次，所有的自尊和颜面都扫地了。

"怪我没说，我也有错。"他将另外两次潜藏于心底，不愿意再说出来平添她的愧疚。

佩芷摇头："我才是罪恶滔天的那个，我活该如此。其实我从未想过你还会在原地等我……"

孟月泠抚了抚她的头，平静地说道："你追了我那么远，我在原地等等你，也是应该的。"

佩芷有些哽咽："我何德何能，其实我配不上你。"

外面的风言风语她并非充耳不闻，曾经的姜四小姐他一个戏子高攀不起，可如今风向彻底变了。老话说"一马不跨双鞍"，她成了婚又离婚了，闹得满城风雨，都说可惜了孟月泠这么个干净的玉人。

孟月泠说："外边那些话，你竟也信？天冷，先进屋去。"

他用手帕给她擦干净脸上的泪水。她平日里不施粉黛，满头最值钱的也就是那根绾头发的金钗，她戴金的一向不显俗气，薄唇泛着白色，圆润的鼻头被风吹得有些泛红，他忍不住用指头刮了一下。

进了屋子里打开灯，孟月泠看到她桌案上还摊放着未收拾的墨宝，想必出门之前还在习字。上书：碧云天，黄花地，西风紧，北雁南飞，晓来谁染霜林醉，总是离人泪。

他问她："最近在读《西厢记》？"

佩芷摇头："很小的时候读过，我爹说是艳书，才看到崔夫人拆散鸳鸯就给收走了，只记住了这句词，那会子想起便写了。"

说到姜肇鸿，他一笑置之，掉转了话题："那你今年的九九消寒图呢？"

他还记得她去年强行给他床头贴图的光景，佩芷的眉眼闪过一丝哀痛，低头说道："被墨水给污了，便没重写。"

孟月泠想到了冬日里发生的事，只说："来年再写。"

佩芷佯作瞋视："你可真不会安慰人。"

孟月泠承认："我确实不会。"

"消寒图上的字是描红的，那是我老师的字，并非我的。"佩芷拎起了桌案上她自己写的字问他，"这才是我的大字，好看吗？"

孟月泠点头，夸赞道："堪为字史，当为款识，佳人才思，世间无二。"

他明明冷着一张脸说这种恭维的话，佩芷却极捧场地被哄笑了，啐道："你从哪儿学的酸词儿，还掉起书袋来了。"

孟月泠看她笑了，莫名地也跟着笑，却没开口解释。

天色已晚，他起身作别，佩芷提着一盏汽油灯送他到门口，百般不舍。

第九章　西府有海棠

她一向有话直说，从不绕弯子，在悄寂的胡同开口问他："要不你搬来我这儿住罢？"

孟月泠有些讶异，盯着她的表情像是带着数落，她真是不知含蓄。

佩芷像是察觉到自己的语气有些孟浪，便改口道："那我搬到你那儿去？"

那厢傅棠跟袁小真同行，亦有些诉衷肠的架势。

袁小真问傅棠："你后悔了？"

片刻间的工夫，傅棠已经拿好了心思，否定道："没有。"

袁小真苦笑："可我觉着你后悔了，你现在都不敢看我了，想必也不会像以前那样不设防地跟我说话了。"

傅棠不知如何解释，只含糊地说道："我也许是还没从眼前的变动中转换过来。"

袁小真说："那我给你时间。若是你当真后悔了，大可以说一声。"

傅棠望向远处："我想我没有退路了。"

袁小真摇头："你没退路，我有，我肯给你这个退路，成全你。"

范二少爷把袁小真架到了那个地步，傅棠出来英雄救美，言辞之间极显风度。他如今是没有反悔的机会了，可袁小真有。她大可以毁约，虽然说少不了要折一折他的颜面，但比起终身大事不情不愿地拍了板，丢这么点面子不算什么。

可傅棠在冥冥之中总觉得，他把婚事拖了这么多年，早些年上门说亲的踏破了门槛，他从未搭理过，全都给遣了出去，像是一直在等一个人；又或许是时机到了，这个人既不是姜佩芷，那么是她袁小真也未尝不可。

傅棠说："我是个顶自私的人，那种情形下想要给你博回面子，大可以用别的法子。这个口既然张了，我便做好了一条路走到黑的打算。"

袁小真始终挂着不咸不淡的笑容："你竟把与我成婚比作一条路走到黑。"

傅棠顿时语塞，他眼下对袁小真的态度有些别扭，不好再像以前那样口无遮拦了。"

袁小真兀自说下去,却是在一层一层地揭傅棠遮羞的外皮:"佩芷与佟少爷的婚事不过数月,孟老板郁结,众人皆知。你以为没人注意到你,可我知道,你后悔了。"

傅棠猛地转头看向她,可袁小真根本不瞧他,继续说道:"当初姜先生找过你,给过你机会,可你拒绝了,所以佩芷婚后过得越不好,你便越愧疚。这份愧疚吞噬着你,让你夜不能寐。"

傅棠心中一沉,心情复杂,想问她如何知道的这些,又不解她怎么看出来的这些,问题太多,一时问不过来。

袁小真叹息道:"所以你偷偷地派人盯着她和佟少爷,或许算作保护佩芷。而今日英雄救美,放言娶我,不过是你对她的歉疚超出了负荷。当初你越没救得了她,今日便越想救我于水火之中,我不过是运气好,捡了个便宜,顺带成全了自己。"

傅棠问:"小真,你何时……"

她答道:"记不得了。"

当初段青山给她引荐棠九爷,他第一次进凤鸣茶园的后台,踏足她的扮戏房,孟月泠也在,还有几个天津名票。她脸上的戏装还没卸,虽然摘了髯口,但也是一副男人的打扮。他不在意她样貌如何,更不管她是男的女的,一门心思放在戏上。

众人品起茶来,气氛热闹起来之后,忘记是哪个没抑制住骨子里的低俗的名票开口,让她来一段《游龙戏凤》,正德帝给李凤姐插海棠花的那段,戏词略有些轻佻,倒像是真不拿她当女人看一样。

在座的大多是头一回见袁小真,并不相熟,能唱旦角儿的更没几个,其中最内行的莫过于孟月泠这寰宇第一青衣。他的脸上挂着冷笑,就那么直直地盯着开口的那个人,众人哪还敢开口让他唱李凤姐。

傅棠这时开了口,大伙儿还以为他要唱,他可是各工全能,票个李凤姐绰绰有余。没想到他随手拎起了个胡琴,材质不行,弦紧得很,早忘记是谁丢在这儿的了。他却泰然地坐下了,风姿绰约,直接改了戏码,让她来一段《赤壁·舌战群儒》,他来拉弦,成全了她的诸葛孔明。

第九章　西府有海棠

那时袁小真才知道，已经下了戏台子了，即便装还没卸完，可他是拿她当个女人尊敬的。此事后来传了出去，都说她和傅棠唱了一段《游龙戏凤》，不过是喜欢捕风捉影、玩弄风月的谬语，没多久便停歇了。

一段唱罢后，他挥了挥手让她去把妆面给卸了。老派的戏痴都觉得，扮上了之后是不应该在台下久待，像是戏里的人会被这纷乱的尘世污了似的。袁小真卸了装之后，却发现他压根儿不看向她了。众人聚在一起侃侃而谈，她的目光偷偷地黏着他，却怎么也移不开，这眼神上的窃贼她一当就是这么些年。

那晚最后，袁小真跟他开诚布公地说："你不必有任何负担，把我当以前一样对待就成。能做夫妻全凭缘分，即便做不了，我们亦是朋友。其实我本来想跟你说，就算我们成了婚，我也希望你能像以前一样，只拿我当个志趣相投的知己。我知道有些男人成了婚就不喜欢跟自己的太太谈天说地了，而是去外面跟别的女人打趣，我不希望我们变成这样。若不得不这样，我宁愿咱们没这个缘分。"

傅棠没想到她想得这般通透，当即愣在原地许久。袁小真转身准备进段府，傅棠上前一步拽住了她的手臂。

"小真，诚如你所说，你说得都对，我不辩解。如今佩芷的日子好起来了，也与我无关了，咱们俩便也就全了老天爷的这份心意罢。"

袁小真只觉心里一沉，品他的语气终于郑重了些，比大庭广众下在包厢里问的那句诚挚多了，才算相信他认真地对待了这件事，"嗯"了一声算作应答。

那年深春，最大的一桩喜事莫过于西府娶亲，棠九爷迎娶女老生袁小真，津门上下奉为佳话，都说这袁小真是因祸得福。

二人办的是西式婚礼，简单地宴请了双方亲朋，袁小真穿着塔夫绸的婚纱，和傅棠一起在席间与人推杯换盏。那厢南京政府和桂系军阀打得热火朝天，这厢倒是其乐融融太平盛世。

段青山大抵算得上是最开怀的，傅棠上无父母需要照顾，新妇进门少了不少掣肘，再加上傅棠的人品他信得过，怎么想都算是一门好亲事，便多饮了不少杯酒。

傅棠拎着一瓶三星白兰地，跟袁小真一起敬到了他们这一桌。佩芷和孟月泠正在低声私语，同桌的便是那年中秋在石川书斋小聚的友人们，只少了个秦眠香——婚定得突然，傅棠和袁小真跟秦眠香的私交尚浅，便没邀请她，只往上海传了个喜报。

佩芷跟孟月泠嘀咕："这还是头一次见到傅棠穿西装，平日里没见过他穿马褂之外的服饰。回头你也裁一身。"

孟月泠问："好看吗？"

佩芷盯着傅棠，心不在焉地答他："还挺好看的。"

他的语气酸溜溜的："我觉着不过如此。"

佩芷嫌弃地瞥了他一眼，拉着他站起来喝傅棠和袁小真敬的喜酒。

赵巧容声称要养身体，那日滴酒不沾，大伙儿不饶她，于是便成了宋小笙代喝。宋小笙一个人喝了两个人的份儿，连连告饶。

赵巧容丝毫不给他面子，当着众人的面说他："让你喝个酒真费劲。"

宋小笙红着脸笑，好脾气地不还嘴。

佩芷则路见不平，朝赵巧容说："小姐夫帮你挡酒，你还说人家，那你倒是自己喝。"

她这一声"姐夫"叫了出口，虽然说前面跟着个"小"字，赵巧容还是闪了个神，宋小笙的脸则越发红了，低头不看佩芷，闷声地笑着。

赵巧容飞了佩芷一眼："就你出来扮菩萨，夫妻间的事儿，你懂什么。"

姊妹俩自小就爱拌嘴，佩芷回她："你敢做还不敢让人说呢。"

傅棠明晃晃地拉偏架，实际上就是为了馋佩芷："人家那叫夫妻间的趣味。"

佩芷有些恼了："你是立马加进有家室的阵营了，我说什么都不是，就欺负我一个人罢！"

赵巧容朝着大伙儿用眼神挤了挤孟月泠："别呀，你身边那么大个人呢，当我们看不到。"

白家兄妹、方厚载都尚未成家，闻言朝着佩芷和孟月泠含蓄地笑了，袁小真挽着傅棠，同样带笑。佩芷转头看向孟月泠，他的眼神中正挂着

第九章　西府有海棠

宠溺和促狭，低头扫向她。

佩芷抿着嘴也跟着笑了，没再跟赵巧容打嘴仗，傅棠则偕袁小真到下一桌敬酒去了。

那时西府的海棠花已经开得极盛了，成片的粉桃色结成了花墙，像波涛一样随风摇曳着，又不闻浓烈腻味的香气，旺盛地寂寂生长着。

傅棠请了照相馆的师傅拍照。等到婚宴散了之后，袁小真换了一件绛红色绣龙凤双喜织锦缎旗袍，傅棠仍穿着那身西服，脱去了外套露出马甲，上面还挂着怀表链。佩芷和孟月泠皆穿白，用的是同一款料子，开春的时候佩芷亲自挑的舶来货，恰好裁了一件旗袍和一件长衫。

四个人在西府最大的一棵海棠树下合影留念，满面笑容。

那是最后一张合影，亦是他们四个的唯一一张，背面题字——民国十八年二月廿四，西府小影。

海棠花期还未彻底过去，佩芷和孟月泠开始同居了。

在那个年代，未婚同居是极破格的举动，天津不比上海新派，整座城市像仍笼罩着一层旧朝的纱，坊间皆是满口的礼义廉耻，对于佩芷的评价实在算不上好听，还有借此做文章之人。

听到风声后，姜肇鸿定然第一个不赞同，和赵凤珊一起上石川书斋来劝说佩芷回家，若是不愿意继续住在姜家大宅，便再给她在租界置办一处园子也可。

佩芷也不傻，直白地戳穿姜肇鸿。她想姜肇鸿怕是恨不得给她建个牌坊，让她下半辈子都锁在一个四四方方的小院子里最好，让她别像表姐赵巧容那样，丢人丢得满天津卫都知道；甚至如果早知今日，当初大抵会把她掐死在娘胎里。

她怎么想的就怎么说了，赵凤珊又气又伤，姜肇鸿却心平气和的，想必是近几个月为佩芷的事儿耗空了心神，又发现佩芷彻底不在他的控制之内了，便不得不接受这种现实的落差。

他当初逼着佩芷和佟璟元结婚，为的是她今后能好好地相夫教子过日子，绝不是为了看到她今日彻底向他这个父亲拔剑。

佩芷不领他这个情，姜肇鸿才意识到，当初发现佟璟元对佩芷动手，他劝佩芷隐忍，只这么一桩事，就让她彻底对他这个父亲灰心了。

　　姜肇鸿见劝不动她，如今决定采用的其实是和当初逼她成婚一样的方式，姑且可以归纳到"恐吓"一类。

　　夫妻二人坐上回姜府的汽车，姜肇鸿对赵凤珊说："她曾在国民饭店住了一个月，搬到吉祥胡同也已有两月，想必口袋里的钱不日便会见底，你回去告诉伯昀和仲昀，发电报到上海给叔昀，谁也不准救济她。看她能坚持多久，受了苦就知道回家找爹娘了。"

　　赵凤珊含泪答应，为了佩芷能早日回家，也只能这样了。

　　正如姜肇鸿预料的那样，佩芷手头的钱确实不多了。刚从佟府出来时她住国民饭店，吃穿用度一如往常，后来也是发觉手头紧了，才想到搬去石川书斋。她不会做饭，一日三餐都要在外面吃，过去大手大脚的作风没改，钱漏得自然快。

　　若是光吃饭还好，恰巧赶上换季，以前每逢换季她是必裁七八套新衣服添置衣柜的，料子还选多了，堆在姜府的库房里，多年不曾动过。

　　如今手头不宽裕，这年春天她只有一件新旗袍，便是参加傅棠和袁小真婚礼那日穿的，也不是最紧俏的料子，姑且入她的眼。

　　佩芷便开始提笔写稿，卖字赚钱。当初闹离婚的时候她跟《津艺报》的李主编建立了良好的关系，《津艺报》主谈艺术，传统的京昆戏曲、新式的舞剧话剧，相关的文评都可以投稿，还有长篇和短篇小说连载版块。

　　佩芷每周供一篇戏曲评论的专栏稿，另外以前在《北洋画报》连载的长篇小说也开始在《津艺报》恢复连载。《津艺报》如今在天津的小姐太太圈子里行情不错，她也姑且可以混个温饱。

　　日子水平虽然不如在姜家的时候，但外面的空气是自在的，关在金笼子里的鸟儿未必如外人看来那么幸福。

　　孟月泠看出她的生活拮据了不少，她惯用软笔，墨一向是最上乘的桐油徽墨，如今换成了最普通的炭墨，他曾无意间瞥见过她用毛笔戳着不合心意的墨水暗自较劲。

　　过去她洗澡要用外国香皂，石川书斋剩的那块用完了之后，她只能

第九章　西府有海棠

买一块便宜的国产香皂，或许应该叫肥皂，因为一点儿香味也没有。

诸如此类的用度上打折扣的事儿不少，孟月泠默默地把她原来惯用的东西都买了回来，佩芷却放在了柜子里闲置着。

直到那月月末，她发现自己在登瀛楼挂的账也被结了，铁定是孟月泠。

她像是憋闷了许久，晚上等他散了戏回来就跟他在院子里找架吵："我图方便，一向是月末到登瀛楼去结账的，不是给不起，谁让你手快付这个钱了！"

她的语气不好，孟月泠却丝毫不恼，只平静地说："我平日不能陪你吃饭，给你结个账还不行？"

佩芷说："不行！我不要花你的钱，我要是靠你养着，跟那些靠男人养着的太太有什么分别？"

孟月泠说："分别是人家是成了婚的，你跟我没成婚。"

他的语气里带着一股埋怨，佩芷一时语塞。早先孟月泠不答应跟她未婚同居，她为了让他同意，诓他先搬到石川书斋来跟她同住，她便跟他去注册登记。石川书斋这处宅子是佩芷买下的，孟月泠在万花胡同的宅子则是租的，所以才让他退租，二人住在石川书斋。等到孟月泠被她骗来了，她又反悔不答应他登记了，便僵持到了如今这个局面。

佩芷歇了大半的怒火，安抚他道："所以才不让你给我花钱呢，将来便宜了谁都不知道。"

孟月泠冷脸看着她，显然不喜欢她这句玩笑。他知道她心中是怎么想的，这世道对女人比男人苛刻百倍，明明未婚同居是二人共同的选择，外面的风声却都是在贬佩芷一人，言辞间对他还很是怜惜。可若是二人注册登记了，那他也一定要被放在一起数落，她像是在为他好，殊不知他根本不需要这份好。

此时话说到这个份儿上，孟月泠质问她："你今日要么给我个痛快话，要么……"

佩芷丝毫不畏惧他："要么怎样？你还要卷铺盖离开我这儿不成？你走好了，这下我的名声便更臭了。"

实际上她根本不在乎外面怎么说她，在乎这些的是孟月泠。两个人都不在乎自己的名声，却过分在意对方的，便成了个死结，怎么也解不开。

佩芷看他一张脸愈发地冷了，便上前去哄他："怎么还真要生气了啊？明明一开始生气的是我，我不想花你的钱。我父母觉得我自己在外面养活不了自己，你这不算帮着他们吗？"

孟月泠说："我只是想告诉你，你不是用不起。"

他确实不如姜家、佟家以及傅棠的家产雄厚，但他也没穷到清贫的地步，便是他自己的吃穿用度向来也是极考究的，完全不必让佩芷受这个苦。

可她有自己的高傲，过去是跟男人抢着结账的姜四小姐，随便赏个彩头都是宝石戒指，如今无法接受要花他的钱也正常，只是她忽略了这种严厉的拒绝会让他伤心。

月色太过轻柔，佩芷的心窝子也跟着软上一软，上前扑进他的怀里，低声说："那你是不是也觉得我没法儿养活自己？"

孟月泠摇头道："没有，你已经做到了。"

她则借机提要求："那你能不能奖励我一下？"

孟月泠以为她会提让他吻她的要求，正要低头凑近她，没想到她接着说："所以你今晚来跟我睡一张床罢？我一个人睡，总觉得有些空落落的。"

孟月泠收住了要吻她的动作，冷声地回她："柜子里的香皂奖励你了。"

佩芷苦了脸："那算什么奖励，不是本来就给我买的？"

孟月泠说："谁让你不用？那东西想必还有使用期限，我不懂洋文，不会看。"

佩芷大惊，急匆匆地往屋子里跑："我给忘了。我知道怎么看，我去看看。"

孟月泠露出了一个无奈的笑容，跟着进了屋子。

当晚他抱着被子和枕头，来了她的房间，过去二人一直是一个睡西

第九章　西府有海棠

屋一个睡东屋。

佩芷在昏暗的灯光下看到他过来后眼睛都亮了，赶忙拖着自己的被子、枕头往里面挪了挪，招呼他过去，举止间带着孩童的稚气，亦有女人的娇俏。

佩芷以入夏了天气热为由，两脚把他抱来的被褥蹬到了脚底下，随后拍了拍床上给他留出的位置："来呀！"

他像唐三藏入了妖精窝，缓缓地上了床，佩芷猛地掀起了被子，被子就像妖精的口一样，把他给吞噬进去了。

可那亦是二人时隔已久的相拥入眠。

她钻进他的怀里乖乖地躺在那儿的时候，孟月泠的心就跟着沉下去了，低声地跟她说："莫要再想那些有的没的，尽早跟我去登记。"

佩芷闭着眼睛摇头："我们现在不是很开心吗？而且表姐跟我说了，结婚之前总要试试你的，万一不中用，岂不是完蛋了？"

孟月泠还以为是试他平日里待她如何，想着不都已经试过了，便忍不住问她："我还哪里不好？"

佩芷哼了一声："我还没试过，哪里知道？你知道邹家三少奶奶吗？她出阁之前还跟我一块儿玩过，嫁了个面儿都没见过的邹家三少爷，后来跟表姐一起搓麻将，抱怨自己守活寡……"

孟月泠的耳根子立马红透了，才明白她说的是哪个试，便冷声地勒令她："睡觉。"

佩芷用手指戳了戳他的胸口，明明还隔着一层衣衫，他却觉得麻了半个身子，身体里有一种异样的冲动，忍不住攥紧了拳头。

她说："你呀，说不准就是有问题的。"

他说："你甭激我，没用。"

她闷头想计策，他又接了句："登记了再说。"

佩芷说："你也甭想骗我，没用。把我骗到手了，你有病没病我也没法儿反悔了。"

孟月泠气不打一处来，恨不得捏住她那张小嘴。她说这些话不过都是在搪塞他，他明明知道，却还是忍不住较真儿。

深夜里万籁俱寂，孟月泠回过神来，幽幽地开口："过去我执拗于明媒正娶，不想你因为下嫁而失了体面，没想到横生了差错。你说你后悔，我也后悔。如今，其实我还是想明媒正娶你，可没办法去你家说媒了，你父亲那个人必然不同意，可我还是想娶你。不管外面的人怎么说，那些都不重要，不是吗？佩芷。"

她迟迟地不答他，孟月泠低头一看，她闭着眼睛，睡颜安谧，手正搭在他的腰间，像个登徒浪子。孟月泠无奈地一笑，摊开了自己一直紧攥着的手，手心里躺着一枚淡青色的玉坠。

他把玉坠塞进了她的手里，也不管她听不听得到："下个定礼，盼复。"

等到他睡着了以后，佩芷听到头顶传来均匀的呼吸声，才抬起胳膊看手里的玉坠。玉坠已经被她给握温了，借着窗外照进来的月光，上面篆刻的朱红色小字寂然生辉，写的是"临风佩芷"，嵌了他们俩的名字。

她重新握住了手，并抱他更紧了些。她心底里仍有无法言说的不安，只希望担忧的变故能晚点到来，让她再多偷得些良辰。

那年夏天整体过得无波无澜，佩芷和孟月泠关起门来过自己的日子，久而久之外面的传言平息了不少，街坊邻里对他们的态度也不像以前那么厌弃与针对。

佩芷偶尔上台票戏，顺带见识了傅棠的各工全能，那时才发现，孟月泠表面上看着不声不响的，实际上是个极爱吃醋的别扭精。她跟傅棠学了一出老生戏《汾河湾》，唱得不好，便跟傅棠一起票了一场。

傅棠唱柳迎春，佩芷唱薛仁贵，扮夫妻。他非说傅棠唱得不行，让她下次跟他一起票。佩芷忍不住白他，骂他只许州官放火不许百姓点灯。

四个人还是昔年夏日的四个人，佩芷却比之那时戏艺精湛了不少，一切都朝着好的方向发展。

袁小真和傅棠说是夫妻，看起来却少了分亲密，更像是朋友，与婚前没什么变化。佩芷看着二人不咸不淡的相处模式，隐约地觉察到了些不对劲，孟月泠劝她不要多管，佩芷觉得有道理，便也没说什么。

彼时赵巧容麻将都不怎么打了，夏日里天气热，坐不住，再者她决

第九章　西府有海棠

定好好调养身子，想着在三十五岁之前还能要个孩子。

宋小笙虽然少了些男人该有的野心，至今仍旧搭霓声社的班唱个二路的旦角，或许有的女人是瞧不上这样的男人的，可遇上了赵巧容正好合适。他知道心疼人，赵巧容不愁钱，他略有薄收，二人的日子过得风生水起。

即便是赵巧容的脾气差，少不了有吵架的时候，他也懂得低头。若是真能锦上添花，老天爷赐给他们一个孩子，就彻底圆满了。

那天是农历初一，赵巧容约了佩芷和袁小真一块儿到挂甲寺去上香。大热天寺庙里烟熏火燎的，中午三个人就回去了，先在登瀛楼吃午饭，然后到斜对过的三宝茶轩坐了会儿。

幸好下午天上来了几朵云，遮住了大太阳，风也轻缓了不少，不像中午空气里俱是热浪，一阵阵过去之后，旗袍里的衬裙都被汗濡湿了。

佩芷挪揄赵巧容："以前没见你心这么诚，放心，佛祖都看着呢，你等着回去接孩子罢。"

袁小真攥着一把巴掌大小的折扇，正在身前扇着驱热，闻言笑道："孩子是从天上降下来的不成？"

佩芷说："那你看，表姐跟佛祖求的嘛，不从天上掉下来还从地底下蹦出来不成？"

气得赵巧容伸手要掐她腰侧的痒痒肉。

接着说起最近天津卫的新鲜事儿，赵巧容认识的太太小姐多，掌握着第一手的消息，说佟璟元又要娶妻了，对象是钞关夏关长的爱女夏小姐。

姜家从商，虽然当初离婚的事儿闹得难看，但姜肇鸿到底是从佟家弄到钱了的，佟老爷觉得吃亏，再找亲家特地选了从政的，这回别想从他手里拿走一文钱。

说到佟璟元，佩芷已经觉得这个名字很陌生了。他的第二段婚姻还是不由自主，佩芷对他只觉得怜悯。

还有什么冯家大少爷因投机锒铛入狱，其父冯裕成四处奔走，据说他那个妹妹冯小姐是个厉害人物，已经进了家里的纱厂帮衬父亲，放言

359

不会管这个不成器的哥哥。

姜仲昀仍旧和汪玉芝过着吵吵闹闹的日子。麟儿已经会说话了，有一次姜仲昀偷偷地带着他来见佩芷，"姑姑"二字说得不够标准，倒像是"咕咕"，惹得佩芷直笑。

姜仲昀又告诉佩芷，父亲也在给大哥蛰摸婚事，大嫂离世多年了，姜家长房媳妇的位置不能始终空缺着。他们这种老派到迂腐的大家长就是这样，自我感动式地奉献一生为家操持，摆弄完佩芷又去摆弄姜伯昀。佩芷的表情淡淡的，没说什么。

姜肇鸿没能等到佩芷回家，亦没给姜伯昀选到个合适的妻子，便被浩浩荡荡的工人罢工牵绊住了腿脚，每日早出晚归的。而实业在各国的挤压中愈发步履维艰，钱不好赚，他的烦心事只多不少，佩芷许久没见过他，不知道他头发都愁白了大半。

那日姜肇鸿在家休沐，还是扎进书房半日，为生意上的麻烦挖空心思，撑在桌案上打了个盹儿的工夫，不承想梦到了佩芷。

小时候佩芷须得踩在小马扎上面，才能将就够住桌面，姜肇鸿坐在那儿教她读诗认字。一到中午她就爱犯困，脑袋搭在手臂上，站在那儿就能睡着，看得姜肇鸿心软。正准备把她抱去躺着睡，她就机灵地睁开眼睛，朝着他甜笑，得意地说："爸爸，我故意逗您呢。"

那是六岁的佩芷，太遥远了。

时间的车轮碾过，不留一丝痕迹，众生仿佛沿江行走，指不定何时便朝着那混沌的长河纵身一跃。

凤鸣茶园的吴老板实在顶不住了，找上了段青山，段青山逃不过，当初孟月泠能来凤鸣茶园唱戏是他一手撮合的，如今这种时候，他没有逃避的理由。

段府的下人来家里请孟月泠，当时佩芷正陪他对戏，二人打打闹闹的，气氛很是愉悦。下人说段青山请孟月泠谈公事，孟月泠便去了，佩芷有些敏感地察觉到不对劲，本来想跟着，可他没让。

孟月泠在外面跟人谈公事向来是谈包银的，价钱只高不低，没想到还有这么一天。

第九章　西府有海棠

段青山的语气很是为难,但还是直白地转达了吴老板的意思,凤鸣茶园没法儿容他唱下去了。孟月泠立马就懂了,也没为难段青山。

次日凤鸣茶园门口等着看戏的戏迷们发现,孟月泠的戏码不见了,又变回了袁小真唱大轴,压轴是宋小笙挑大梁的旦角儿戏。

起先大伙儿以为他只是歇官公,几日过去之后,还是没有孟月泠的戏码,有些激进的戏迷便在凤鸣茶园门口闹了起来。

凤鸣茶园的伙计不知道原因,吴老板知道,却不敢往外说这其中弯弯绕绕的人情,只能任大伙儿闹着,实在止不住了就叫巡捕房来秉公处理。

接着孟月泠唱过几场堂会,主要是耿六爷的,当初他应承了佟家的堂会,耿六爷为此计较,直说孟月泠欠他一场,如今算是补上了。至于别家的堂会,他应允得有些挑剔,凡是不相熟的、不懂戏的,他一概不应。没过多久,像是都听到了风声,再没人敢请他了。

等到那年中秋,孟月泠在天津已经彻底没戏唱了。

这件事他起初瞒了佩芷,不用想也知道跑不开姜肇鸿或佟璟元的手笔。姜肇鸿眼看着佩芷迟迟不回姜府,无计可施下难免用赶尽杀绝的下策。至于佟璟元,大抵愤恨与妒忌更多。

不论是谁,孟月泠都不希望看到佩芷冲动地找上门去。因这二人一旦动怒,佩芷定是吃亏的那个。

但他也没打算真的将这件事瞒到底,并非无法瞒,而是不愿瞒。

中秋夜他亲自下厨做了几道菜,佩芷到酒坊打了一壶杏花汾酒,二人坐在院子里对月小酌。

她没问他今日为何没登台,今晚凤鸣茶园一定早早地就满座了,说不定还有灯彩戏。

孟月泠看着氛围不错,才缓缓地开口,心平气和地给她说了这个事儿。

佩芷的反应极其平静:"表姐早就告诉我了。宋小笙那个人,出了事都是第一个跟她说的。"

赵巧容就更不必说了,藏不住事儿,即便是大半夜都得把她搅醒了告诉她。

孟月泠以为她怪自己没第一时间说:"我担心你冲动,才决定缓几日再说。"

殊不知她竟一早就知道了,那一瞬间孟月泠的心中莫名地一沉,惊觉她变稳重了不少。

佩芷看起来一切如常,低着头夹菜,他哪里知道她早就预料过这些挫折。

"我冲动什么呀?我是去找佟璟元还是找我爹?他们两个现在捏死我跟捏死只蚂蚁一样简单,我才不傻了吧唧地送上门。"

她说得轻描淡写,不过是故作轻松,孟月泠看穿了她的伪装,但不戳穿。

他沉声地答道:"你能这么想,我倒是白担心了。"

不承想她接着说:"就是连累你了……"

孟月泠猛地抬起头看向她,显然为她这句话不满。

佩芷便收住了话茬,朝他笑着说:"你急什么,还不许我跟你客套一句了?"

他不给面子,冷声地说:"不许。"

佩芷笑得有些空,又挪开了视线,低头给他夹了一块鱼,随口问道:"那现在怎么办?你肯定是想唱的罢?让你歇着在台下听那些人唱,你肯定技痒……"

孟月泠直直地盯着她的头顶,认真地答道:"无妨,刚好歇一阵。"

佩芷较真:"你真这么想?可别是为了安慰我。"

凡是跟戏搭边的,他一向苛刻,那种至纯至臻的心境佩芷能理解,一定是带着感情在的,譬如说不让她看戏她会心痒。过去他一年三百六十五天除了祭神日,寒暑不辍地登台,如今突然不让他唱了,换谁一时间也接受不了。

那时佩芷想,假使他表达出一点儿想继续唱的意思,她一定成全他。孟月泠大概猜得到她的想法,知道她为了成全自己,极有可能会再一次妥协,不情愿地回到姜家去。

第九章　西府有海棠

孟月泠的语气极自然:"我没有不良嗜好,往日里积攒下了不少钱,便是坐吃山空,保守估计也能吃上个十年。以前想歇歇不下,如今非让我歇,那我便歇一阵好了。"

佩芷抬起头跟他对视,像是想从他的眼神里看出他是不是在故作轻松。他鲜少同人开玩笑,除去偶尔讲话刻薄,此时嘴角含笑地朝她说道:"放心,外国香皂也用得起。"

佩芷没忍住笑了,埋怨道:"香皂这码子事儿你还过不去了?"

他没搭话,伸手斟满了酒,便听到佩芷的声音从头顶传来:"没事,我还有稿酬呢,咱们俩怎么着都饿不死。"

他毫不客气地说:"好,今后你养我。"

佩芷忍不住嗔他,嘴里嚼着鱼肉,酸甜可口,旋即朝他笑道:"那今后你能日日陪我在家里吃饭了?"

孟月泠心里其实一直装着事情,猝不及防地看到佩芷的笑容,他忽然轻快了不少,又觉得愧对于她,过去日日到凤鸣茶园点卯,忙起来排戏码更是顾不上她,她自己吃饭一定很孤独。

他答应她:"今后每天都给你做饭。"

佩芷抿着嘴笑得收不住了,她哪想到孟月泠还有这本事,虽然说都是些家常菜色,但味道是真不错,若是再多钻研钻研厨艺,说不定还能当个大厨。

他当年学戏是被逼迫的,或许他并不喜欢,如今不能唱了,未必是件坏事。

佩芷未往深处想,丝毫没意识到,不论是学戏还是停演,他都是被迫选择的,从来都没能遵从自己的心意。而他至今为止唯一一件顺从了自己心意的事情,就是与佩芷相恋。

刚停演的那几日,他像是彻底辍艺了一样,每日连嗓子都不吊了。傅棠送了不少花来,他喂喂鱼,侍弄侍弄花草,佩芷写稿的时候他便坐在一旁看书,就这么闲散地打发着时间,也算得上岁月静好。

院子里的桂花开了之后,两个人一起熬桂花糖,装进罐子里密封好,给西府和沁园各送了一罐。佩芷也开始跟着他学做菜,虽然做出来的效果差强人意，但姑且可以入口……

直到那日两人一块儿到凤鸣茶园去听戏，压轴是宋小笙的《金山寺》，恰巧是孟桂侬最擅长的一出戏。

南二包厢早已经坐了陌生的面孔，二人跟傅棠一起坐在北二包厢，整场戏下来，佩芷发现他始终没讲话，脸色有些冷。她跟傅棠时不时地聊上几句，也不见他搭茬。

佩芷原本以为他只是觉得宋小笙唱得不行，傅棠也说："他也许是紧张了，吐字有些含糊，字音也跑了几个。这出戏孟大贤当年唱得是真地道，静风唱得也……"

佩芷看向了孟月泠，他默默地饮了一口茶，接傅棠的话："我爹唱这出戏的时候，你还是个毛头小子，记事儿了吗？"

傅棠"哎"了一声，用扇子虚指他："甭管记不记事儿，戏能忘吗？知道他活儿好就是了。怎么着，我一夸你爹你就不乐意听，那好歹是你亲爹呢。"

孟月泠的语气不咸不淡的，没再继续和他拌嘴，而是嘱咐了一句："天寒，别拿扇子装大爷了。"

傅棠扭头跟佩芷告状："你看他，好端端地非要损我两句，咱不理他。"

佩芷毫不客气地把两个人一起骂了："都幼稚。"

次日她到报馆去送稿子，回来的路上顺便买了一包桂发祥的香辣麻花，想着他以前要唱戏，凡是味道重的一律不吃，如今不唱了，总算能随便地吃了。

刚到吉祥胡同门口，佩芷打远就看到自家院墙外围了好些人，安安静静地端着手立在那儿，画面有些怪异。

佩芷走了过去，挑了个人问在这儿干什么，那人朝着佩芷比了个嘘的手势，又指了指墙里。

佩芷心想：这不就是她家吗？接着她才听到，原来里面的人在吊嗓子，刚歇了片刻接着吊，正唱到《金山寺》的唱段。

她站在那儿只觉得心里一沉，接着拎着麻花推开了大门，孟月泠正

第九章　西府有海棠

提着浇花壶在浇花，转头看她进门后，便收口不唱了。

外面听墙脚的人大呼扫兴，四散了去。

佩芷问他："吊嗓子呢？"

孟月泠道："随便唱两句。"

佩芷点头，在石桌前解开包麻花的麻绳，语气平常地说："其实你每天确实应该吊嗓子呀，即便是不上台唱了，技艺也不好丢下的。"

孟月泠说："十几年的习惯，一时间改不了。前些日子没吊，还有点坐立难安。"

他坦诚地跟她说了，她反而觉得心安。她摊开了油纸问他："香辣麻花，我瞧着新鲜就买了点儿，你要不要尝一尝？"

他没拒绝，搁下了浇花壶去洗了个手，才回到石桌前拿起了一块尝尝。

两个人静静地吃起麻花，佩芷则忍不住出神，想到最近两个人每天都在一块儿吃饭，她嗜好甜咸口味，也爱吃辣，他却只食清淡，即便如今不登台了，习惯也还是改不了。

佩芷不禁感叹，老一辈盲婚哑嫁，是否也像孟月泠这样，久而久之把不喜欢也变成喜欢了？

麻花他只吃了一小块就没再动过了，还多饮了一盏茶，显然是不适应这种辣的。

佩芷瞧他不喜欢，便重新把麻绳系上，说道："明儿个给傅棠拿去。"

孟月泠忍俊不禁："他也是不吃这些的，说不定还要数落你平日里吃得多，所以薛仁贵才唱不好。"

第二天中午孟月泠打算吊嗓子，佩芷寻了个借口去西府，找傅棠聊起孟月泠到底爱不爱戏这回事儿。

傅棠看向她的眼神像是觉得她全然不懂孟月泠一样，其实她是懂他的，唯独涉及过去的事儿，她不知全貌，再者觉得他不愿意提及那些，便决定来问傅棠。

孟月泠刚出科那两年并不卖座，北平最先开始捧他的名票就是傅棠。那时年少，两个人都意气风发的，甚至还有些轻狂。

俞芳君向来按照孟桂侬的那一套教他，不管是唱腔还是身段，毫无例外地复刻孟桂侬的风范，可他亦有自己的想法，呈现在戏台上是极别扭的。

傅棠直言不讳，一来二去的两人就相熟了，也引来了更多的人重新审视这位梨园孟家的传人。

佩芷忍不住打趣："这么说你还算是他的伯乐了？棠九爷慧眼……"

傅棠白了她一眼："你少跟他学挖苦人这劲儿。我可不敢当他的伯乐，他有本事，跟我没关系。"

至于说孟月泠到底爱不爱戏，傅棠笑得有些凉薄："你没看他那日听《金山寺》，眼睛里飞的刀子都要把台上的白娘子给剜死了吗？那还是他老子最得意的一出戏。得亏宋小笙是你姐夫，不然你猜猜他会说出什么不中听的话？"

佩芷想到他训潘孟云的情形来，那日他一言不发，已经是给够面子了。

佩芷既理解，又不解："他不是也不喜欢他爹吗，遇上他爹最得意的戏码，竟分外苛刻了？"

或许是她对宋小笙带了些家人的情分在，她觉得那日宋小笙唱得没那么烂，"水斗"一段的打戏十分利落，算得上叫座。

傅棠幽幽地说道："这谁又说得清？你即便是问他，想必他也说不清。但我想，他心里一定是有戏的，快二十年了，不是习惯，大抵算得上融入骨血了。"

虽然他说得云里雾里的，佩芷却觉得清明了不少。

他一开始学戏是没的选，可唱到如今的地位，绝对不是苟且度日能达到的。他有根骨和悟性，天生就是吃这碗饭的材料，若是从了别的行业才叫可惜。

他对戏、对孟桂侬饱含的都是复杂的情绪，三言两语道不清，但佩芷能理解些许。将心比心，姜肇鸿做了那么些让她失望的事，可她仍旧拿他当父亲，血缘亲情难以斩断。

回到吉祥胡同刚下了黄包车，佩芷便看到墙外又挤了一堆偷听孟月

第九章　西府有海棠

冷吊嗓子的人，这回她无奈地笑了笑。在胡同口坐了会儿，直到那些人散了，显然是孟月泠吊完了，她才缓缓地往家走。

那阵子院墙外偷听的就没断过，其中不乏偷学的同行。老一辈的名角儿最讨厌这类人，少不了用各种法子防偷听。孟月泠倒是不在意，他其实自信到有些自大的，毫不客气地说那些人学也学不到精髓，而且若是只知道学别人的，也定然成不了角儿，局限如此。

津门有豪放直言的票友遇到孟月泠，问他为何停演了这么久。孟月泠并非为了自己的颜面，只说想休息休息，全揽在了自己身上。因为不论是把姜肇鸿还是把佟璟元给说出来，被架到风口浪尖的都一定是佩芷，他不愿意见到那样的事情发生。

那晚两人一起坐在台阶上吹晚风，已经是深秋了，空中挂着残月。佩芷整个人窝在他的怀里，他们都静静地不说话，却知道彼此在想什么，亦享受着这份安谧惬意。

他不想让她为了自己妥协回姜家，她也不想让他为了自己一直没戏唱。他卸甲归田地陪了她这么久，她总要为他考虑。

佩芷提议："其实也不是非要在天津，过去是离不开家，现在我想多出去走走。静风，我们要不去北平罢？离得不远，想回来便回来了，北平的戏院总肯让你唱。"

孟月泠没想到她一直惦记着这件事，他不是没想过回北平，没说出口的原因正如她说的那样，他不想让她远走。

当初来天津便是为了她，可以说只要她在天津一日，他便一日不会离开。

孟月泠问："你想好了？"

佩芷点头："想好了。难不成你会负我？你说过的，你绝对不会让我心痛，我记得。"

孟月泠说："不会，我答应你的事情作数。"

佩芷便知道，即便是她再伤他千遍万遍，他还是在的，虽然话不多，面上也总是冷冷的，可他对她的情意说不尽，亦万般温热。可她不忍心让他再伤心，所以决定与他一起去北平，绝不后悔。

临走前她还去了一趟报馆，找《津门戏报》的朱主编要了一直没结的稿酬。稿酬是每个月都要清算的，所以钱存在他那儿，他哪里想到佩芷还真有要的那一日，钱早就花光了，也不记得数额。

佩芷可不管这些，对他言语之间的挤对视而不见，能从他手里要到多少便是多少，拿到了钱也绝不废话，立马就走。

那年秋末，佩芷和孟月泠便搬去北平了。

姜仲昀没想到她这次竟负隅顽抗到底，过去的半年里他虽然来看过佩芷几次，却从未出钱接济过她。其实就连带着麟儿一起来，多少也是想间接地劝说佩芷早日回家，如今见她铁了心，当哥哥的不可能全然无动于衷。

姜伯昀没来，姜仲昀是最后一个到车站去送佩芷的。二人从小一起调皮捣蛋长大，佩芷从未听过姜仲昀说贴心话，说得她眼眶都红了。姜仲昀还帮姜伯昀转达了意思，无外乎让她记得回家来看看，姜肇鸿那边他们会帮忙周旋。

等到上了火车，佩芷才发现大衣口袋里有些鼓，伸手一掏，发现是厚厚的一沓银票，不知道姜仲昀何时偷偷地塞进去的。

西府的院子里满目枯枝，虽然说都在暗自酝酿着抽新芽，来年还会再开，可眼前到底是一幅急景凋年的画面，过于冷清。

傅棠站在窗前，窗边的剔红矮桌上摆着一盆吊钟海棠，矿紫的花也快要谢光了，只剩老枝还顽强笔挺地立着。

过去佩芷曾建议他在院子里种些四季常青的花树，毕竟海棠花只开一季，他说："我这一生只过春天。"佩芷则劝他珍惜四季。他喜欢跟佩芷聊天，你一言我一语的，即便是说些无趣的话题也不觉得枯燥。孟月泠能得到佩芷这么一个知己爱侣，傅棠很羡慕他。

袁小真立在他身后不远处，久久地没出声。傅棠像是知道她在，朝着空旷的院子里说道："小真，冬天快到了。"

第十章

风吹梦无踪

二人回北平回得低调，本身也没什么可知会的人，但北平地面上还是早早地就听到了风声，根本不知道从何处传出来的。

孟月泠早年从家中搬出去之后，起先为了赶戏方便，还是搬回了韩家潭胡同，虽然说离戏园子近，但确实吵闹。

后来他有了些积蓄，便在金鱼胡同买了间小院子。丹桂社常在吉祥戏院挂牌演出，正好离他的住处近，也清静了不少。

如今佩芷跟他回到北平，便住在金鱼胡同。

两个人一起把家里打扫了一遍，孟丹灵也带着太太何曼芸和女儿小蝶来帮忙，像是极其欢迎他们回来定居一样。

可佩芷心里知道，天津和北平紧挨着，风言风语铁定也传到了他们的耳朵里，只是顾虑孟月泠不好意思说什么。

家里规整得差不多了，佩芷就催他出去谈公事，她则慢慢地拾掇些细枝末节的摆放陈设。

他从丹桂社出走之后，丹桂社的担子便暂时交付到了孟丹灵手中，可孟丹灵到底不能上台唱，台柱子又跑了，虽然填上了个北平小有名气的旦角儿，也不过将就支撑着，已经大不如从前。

起先还有田文寿在，文寿老那副身子骨禁不住折腾，孟丹灵本来想给他安排吃重的戏码，否则台下的座儿都要抽没了。可他本来就是顾念着陪孟月泠多唱几年才坚持至今的，眼看着孟月泠没有回头的意思，去年冬天便不唱了。

公事首先是跟孟丹灵谈的，孟丹灵巴不得他赶紧回丹桂社，孟桂侬却为此不悦，直说丹桂社什么时候成了他孟月泠想来就来想走就走的了，又嘲了孟月泠几句,无外乎说他灰溜溜地回北平丢人。

孟月泠只当听不见,不与他动气,孟丹灵笑着跟孟桂侬说:"爹,小逢不在,我还真要撑不住了。"

孟桂侬扬言:"你扶我起来,我上去给你唱,不求他。"

孟月泠冷笑:"您的嗓子都塌了多少年了,以前挣的脸面是一点也不打算要了。"

孟丹灵给何曼芸使了个眼色,何曼芸笑着打圆场:"小逢带了人回来的,家里指不定要办喜事了,您老就少说他几句罢。"

孟桂侬冷哼了两声,要说孟月泠找了个姜家四小姐,他是脸上有光的,可惜已经是嫁过一次人的姜四小姐了,那必然是要打折扣的,配孟月泠还算是高攀的。不过他没再多说,否则少不了又要产生龃龉。

亲兄弟之间不必多谈,一顿饭的工夫就说好了,孟月泠重新回到丹桂社挑大梁,兄弟俩再一起出去跟戏院老板谈公事便能定下。

佩芷在家也没闲着,书房收拾出来之后便写了几篇稿子,投到了北平当地知名的报馆去。虽说石川这一笔名在天津卫小有名气,但到了北平却是彻头彻尾的新人,少不了要候着审稿流程,暂时便没得到回复。

那段时间天气愈发寒了,孟月泠少不了在外应酬,但每日是必回金鱼胡同给她做好了晚饭才出门的。他素来是不喜欢酒局的人,那阵子少不了带着酒气回家,佩芷知道他推不掉,从来没说过什么。

何曼芸是个没读过书的妇人,平时话不多,但性子和善,白日里得空便会带着佩芷熟悉北平街道。小蝶喜欢佩芷,每每见到都缠着佩芷让佩芷教她认字读书,何曼芸让她别总叨扰佩芷,佩芷倒不觉得吵闹。

小蝶虽然体弱,但一心想要学戏,天冷了亦不忘练基本功,孟丹灵也许是拗不过她,亲自给她开蒙。佩芷有时跟她一块儿练,孟月泠虽然笑她,但两个人在家的时候他也开始教她些入门的打戏。

北平的京戏氛围比天津更甚,指不定哪个大街小巷就有个露天的戏台子,二人亦偶尔到戏院去看戏,之前在义务戏上见过的盛秋文也正正经经地在台下看到了,戏是真好。

孟月泠则夸她:"你若是自小学戏,未必不如他。"

第十章　风吹梦无踪

佩芷则跟他开起玩笑："那我现在下海呢？你觉着怎么样？"

过去到底是姜四小姐，孟月泠有些迂腐地认为她不应该到如此地步，并非不让她唱戏，只是她如果喜欢的话，票戏就够了，不必靠这个吃饭。

佩芷想起一出是一出，又开始想她若是起个艺名叫什么，孟月泠直言"贱名字有什么好取的"。

他这般自轻自贱，并不矫情，倒颇显坦率。正如佩芷一直认为他那股孤高之中蕴藏着破碎和残缺，虽然她已经触及冰川之下了，可触得尚不够深，破碎是因为曾经失去，残缺则是未曾得到。他一向深藏着自卑，渴望被爱，又悲观地认为没人会爱他。

这些都是她在见到孟桂侬、窥见父子二人冷漠的相处模式后才意识到的。二十多年过去了，并非靠她一朝一夕就能改变，每个人都有自己的命数，佩芷只懂他就好，正如他亦懂她。

天越来越短了，那日佩芷独自在家，孟月泠跟孟丹灵一起去赴酒局，想必夜里才能回来。

临出门之前他做好了饭菜，叮嘱她吃完放在厨房就好，碗筷等他回来洗。佩芷独自吃了晚饭，看着桌子上汤菜俱齐，明明只有她自己吃，他也是一向不含糊的。

吃完饭后佩芷便自己把碗给洗了，洗完之后发现手背干得有些皲裂，本来想去拿手油擦一擦，又想到秋天在天津时就已经用光了，来北平后她始终没怎么干粗活，倒是一直没想着买。

兀自在厨房里愣了会儿神，佩芷放下了擦手油的心思，瞥到罐子里新买的银耳，想到他爱喝清淡的银耳羹，便拿了砂锅出来，准备给他做一碗，喝完酒后正好可以垫一垫肚子。

她坐在灶坑前的小马扎上，却怎么也点不着火，也许是冬日里放在外面的柴有些受潮，她亦没怎么看过平日里孟月泠是怎么点的，捣鼓了半天，手指还扎进了柴上的木刺。

佩芷凑在昏暗的灯光下挤那根刺，却怎么也挤不出来。她何曾受过这些苦，层层委屈叠加，便抱着膝盖在灯下就哭了起来。

371

等她哭完了回到卧房，路过梳妆台瞥见了熟悉的装手油的瓷瓶，打开一看就知道是新的，不知道他什么时候买回来的。明明脸上挂着的泪痕还没擦干净，她扑哧就笑了，忍不住在心里怪自己刚刚有什么可哭的。

换上了睡衣洗漱后，她仔仔细细地涂了手油，在灯光下看着自己泛着光泽的手背，一扫刚刚的哀伤，又拿了钩子把暖炉里的炭火翻了翻，就上床进被窝了。

因电压不稳的缘故，她早早地关了灯，往日里也不是没一个人在家里待过，今夜却觉得分外心慌。外面刮起了北风，呼啸地摩挲着窗户纸，发出凄厉的叫声，她撑起身子朝外面看，总觉得院子里像是藏着个不速之客。

她低声地问了一句："静风？你回来了？"

没人应答，风还是刮着，窗外黑压压的影子晃动着，还有落叶和枝丫正卷在一起缠斗，发出催命般的信号。

佩芷把脑袋缩进了被子里，额间热出了汗也不敢出来，忍不住胡思乱想：若是家中真来了坏人该怎么办？她会不会死？她又有些疑惑：冬天何时变得这么可怕？她以前怎么从未体会过？

担惊受怕地熬了不知多久，终于传来了熟悉的声音，孟月泠一边开门一边叫她："佩芷，我回来了。"

佩芷猛地掀开了被子，摸黑光脚踩在地上，扑进他怀里嗅到了一丝烟酒气。她顾不得这些，无声地流了眼泪落到他的衣服上，哽咽着说道："你怎么才回来？院子里是不是有坏人？"

孟月泠心软得一塌糊涂，用手给她顺背："没有坏人，眼下还不到九点钟，我看着起风了，像是要下雪，就先回来了。"

看她还光着脚踩在地上，孟月泠把她横抱起来放到床上，顺便打开了灯。

他转身要走，佩芷攥着他，急忙问道："你干什么去？"

孟月泠无奈地说："去打盆热水给你洗脚。"

佩芷有些害臊，乖乖地坐在那儿垂着脚，等他端水过来。

深夜盈盈灯火下，他坐着个小马扎，矮了她半截，正低头给她洗脚。

第十章 风吹梦无踪

佩芷只觉得凉了半截的心暖和了不少，不好意思地说："我大抵是自己吓自己，总觉得外面像有人似的。"

孟月泠宽慰她："没人，我从外面回来的，若是有人定然第一个把我给打晕，还能在这儿给你洗脚？"

佩芷笑了出来，很是骄矜地说道："你伺候得很好，我要奖励你。"

他用手巾包住她的右脚轻轻地擦，闻言问道："奖励我什么？"

她脸上的笑容转为坏笑，从水盆里拎出了还没擦的左脚，猝不及防地踹上了他的肩头。他差点儿从小马扎上仰了过去，幸好平衡力好，腰一用力就坐直了，只是身上的长衫已经蹭上了一大摊水。

佩芷调笑道："奖励你给我洗一辈子的脚，不必谢。"

孟月泠把她的双脚捆到一起，扑上去制住了她，本想覆上去吻她，却在凑近后收住了动作，改为惩罚般挠她的痒。

佩芷挣扎着翻身压住了他，径直吻了上去。这回她的手是温热的，轻轻地解开了他领口的扣子，细碎的吻落在他的下颌周围。

当温热的唇舌流连在他脆弱的喉结时，孟月泠低哼出声，像是还微微地颤抖了一下，佩芷捕捉到了。

接着她翻身钻进了被子里，也不管另一只脚擦没擦干净，使唤他去倒水："浑身都是酒气，你快洗漱，还睡不睡觉了？"

孟月泠也不再系那颗扣子了，衣衫不整地坐了起来，单手端起了脚边的盆出去。佩芷半张脸藏在被子里，忍不住笑了。

那晚他什么都没说，睡觉之前在灯下用针帮佩芷挑指腹里扎进的刺。她的表情有些夸张，龇牙咧嘴的，孟月泠则说："再别碰那些东西了，我来做就好。"

佩芷想到他手心里薄薄的一层茧，反问道："总不能凡事都靠你罢？我也应该学一学的。"

孟月泠则说："你是怕我靠不住？我倒想让你靠我一辈子。"

第二天他默默地忙了一白天，把窗户纸糊厚了一层，打扫干净了院子里的枯枝落叶。

没过几天家里又来了个做事的帮工，佩芷跟孟月泠叫她葛妈妈。葛妈妈就住在院子里的另一间小屋里，负责日常做饭和打扫，亦能在孟月泠不在家的时候陪着佩芷。

佩芷投到报馆的稿子迟迟没得到答复，也许是默认没有通过，她也就不等了。恰巧傅棠从天津寄信过来，顺便提到了《津艺报》的李主编希望她能继续连载那部长篇武侠小说，停更了数月，天津已经有许多读者惦念，只是不在一座城市中一来二去结款事宜会有些麻烦，佩芷答应了。

北平的冬日渐深，这一年悄然而过，孟月泠已经与吉祥戏院谈好了条件，来年春天在吉祥戏院开台，签了半年的合约，随时可以往下续。佩芷看着这件事定下了，便放心了不少。算起来他停演足有一季，刚好休息够了，亦不会因太久而荒废技艺。

至于他选择吉祥戏院的原因，当然是离家近，不是没有别的戏院开出更好的条件，可他想今后每天陪佩芷吃饭。

两个人一起在月下烛前描九九消寒图，等候着冬去春来。

一月末是柳书丹的忌日，佩芷陪他冒着寒风去了碧云寺。

烧香的时候，两个人各拿着三炷香，刚凑近香灯没等点燃，孟月泠手里的一炷香便断了。就断了一小截，他根本没当回事，正要继续点，佩芷却小题大做地非要去换三炷香。

孟月泠听她的，嘴上还是说了句："其实不妨事。"

佩芷却不这么认为："你没听过那句话？烧断头香，来世要分离的。"

孟月泠淡笑着问她："你已经把来世都安排好了？"

这辈子都尚且不能全由自主，谁又说得准下辈子呢？

佩芷说："你别不信，说不准我们上辈子就烧了断……"

孟月泠伸手捂住了她的嘴，指尖带着一股若有似无的檀香，佩芷噤声，没继续说下去。

他的语气带着数落："别乱说。"

佩芷言道："你看，你还是信的。"

他本来是不信的，因为是她说的，他才信。

第十章　风吹梦无踪

他们相偕下山的时候，不像那年飘着大雪，这日是个晴天，也算是北平最近最暖的一天。他终于说出了口，给她讲柳书丹去世那年的光景。

当时他已经在俞家学戏快两年了，除去过年的时候回了趟家，平日里连柳书丹都见不到。明明孟丹灵学戏的时候都没这么苦，孟桂侬美其名曰他学得晚，就得比平常人吃更多的苦头，过年肯让他回一次家已经是莫大的恩赐。

柳书丹平日里想他也只敢在俞家的院门外偷偷地瞧他几眼，有一次被孟月泠看到了，哭着喊着要找娘，俞芳君鲜少打他，便有那一次。

他被打还不认错，或许是真的想柳书丹了，死咬着要见她。结果自然没见到，柳书丹还被孟桂侬责骂了一顿。听说孟月泠被打了，柳书丹忍不住又哭了一通，那次之后就不敢偷偷地去看他了。

他像是被爹娘抛弃了，除去天资不错深受俞芳君的喜爱，挨打挨得少，看起来和那些被卖到俞家班的师弟师妹们没什么区别。秦眠香还爱开玩笑逗他，说他指不定真被爹娘给卖了呢，引得孟月泠狠狠地剜了她一眼，半天不搭理她。

大抵在他到俞家的第二年春天柳书丹就病了，他全然不知，还想着等早日学完了戏就能回家见到柳书丹了，所以平日里极其刻苦。

那年腊月末，行话说"男怕西皮，女怕二黄"，秦眠香还在为二黄的开蒙戏《战蒲关》发愁，频频挨俞芳君的打时，他已经开始学《祭江》唱反二黄了。

《祭江》这出戏唱功吃重，孙尚香是重头角色，长篇累牍的戏词他怎么都背不下来。俞芳君拿戒方打也打了，打得他一双手心红得发烫，再打下去怕把人打坏了不好跟孟桂侬交代，便把他关了俞家的柴房里，只给了一盏汽油灯，让他捧着戏纲背，等什么时候背熟了才能出来。

说到这儿的时候，孟月泠的语气很是轻飘："现在回想，觉得自己挺笨的，一出《祭江》就给难倒了，不像能成角儿的材料。"

佩芷却心疼他，他那时候还是个小孩子，孩童如何能懂那些晦涩的戏词的含义，全靠死记硬背，背不下来再正常不过。

她只能低声地说："不是的，不怪你。"

傅棠说他这一生只过春天，那么孟月泠的一生或许算得上只有冬天，那年还是最冷的一季。

柴房里四处漏风，他只穿了一件棉袄，片刻钟便浑身都冻透了，轮换着手拿着那本戏纲，连说出口的戏词都是颤抖的。

后来他不知道怎么缩在那儿睡着了，唤醒他的是外面的拍门声，来自俞家的院门外，是柳书丹。

柳书丹拿着一串糖葫芦，从柴房的漏缝处给他递了进去，他哭着叫"娘"，号啕道："我真的背不下来了……太难了，娘，我想回家……"

柳书丹泣不成声，让他拿住了糖葫芦，磕磕绊绊地安抚他："小逢，你别哭，你听娘跟你说。既然这苦咱们都吃了，你就得唱个名堂出来，知不知道？不能白受这个苦。"

他还是哭着喊着"想娘"，扬言"不想学戏"，柳书丹鲜少对他疾言厉色，那天却吼他"不许哭"。

等他不号了，她才说："你听娘的，好好背，慢慢背。小逢一向聪明，肯定能背会，早点背会就能回到屋子里烤火了，对不对？"

那时的北风太大了，盖住了柳书丹的咳嗽声，更让孟月泠觉得她的声音气若游丝是正常的。她最后还在叮嘱他："记得吃糖葫芦，好好学戏，要成角儿。"

很快她就走了，一度让孟月泠觉得那是一场梦，梦醒了他继续背《祭江》的戏词，背熟了就被俞芳君给放出来了——那是他生辰的前一天。

自从进了俞家学艺，他便没过过生辰了，那年也是一样。可没想到他的"生辰礼"迟了几天，正是柳书丹的死讯，且那时已经下葬了。

联想到那个雪天如梦一般地匆匆见过柳书丹，他便知道，柳书丹应该是在他生辰当天去世的。

柳书丹思虑成疾，正是因为孟桂侬逼孟月泠学戏，柳公一把年纪了痛失爱女，从柳书丹病了之后就没给过孟桂侬好脸色，更惋惜失去了孟月泠这么个高徒，两家关系闹得难看，最后连柳书丹的骨灰都没给孟家。

如今他终于把这些事都说了出来，说给她听，虽然他还有一些事情没告诉她，今日讲了这么多已经觉得轻松了不少。他还笑着对佩芷说：

第十章 风吹梦无踪

"都过去了。"

佩芷沉吟许久，心中难免憋闷，半天才张口："静风，我怎么觉得你那么像兔子呀？"

孟月泠不解，想到了那个双兔闹春的汤婆子，正在家里放着："为什么是兔子？"

佩芷反问他："你听过兔子叫吗？"

孟月泠摇头："没有。"

佩芷说："兔子是不会叫的，所以不管再怎么受伤和疼痛，它都会忍着，直到死的那一刻。"

孟月泠没说话，亦不知道说什么。

佩芷又搂紧了些他的胳膊，还用脑袋蹭了蹭他，笑着说道："所以我决定陪你一起做兔子，这样你就不孤独了。"

孟月泠也跟着笑了："像汤婆子上绣的那样吗？"

佩芷重重地点头，孟月泠却摇头："我不想让你做兔子，想让你把所有的痛楚都与我说。"

两个人下了山没立马回金鱼胡同，而是去了西琉璃厂买春联。

佩芷极其挑剔地左挑右选，小声地跟孟月泠嘀咕着："这一个个的还没我的字好看呢。"

孟月泠建议道："那咱们直接买红纸，回去你来写？"

佩芷与他不谋而合："就这么着。"

他们拎着东西刚出琉璃厂，便瞥见个衣着单薄的小姑娘跪在那儿，额顶插着一根草，身前放着个脏兮兮的牌子，上面写着"卖身救母"。

周围有不少男女老少站着看热闹，想必其中还有撺掇对方出手的，可知道内行的人断然不愿，说道："这你就不知道了，她家里有个病恹恹的老娘，让你拿钱给她娘治病呢。你以为这漂亮姑娘那么好买回家？谁知道她老娘要讹你多少钱……"

佩芷于心不忍，从旁边的摊位买了一件棉袍。孟月泠拎着两个人买的东西，陪她一起挤进了人堆里，还有相熟的人跟他问好："孟老板？出来买年货了？"

孟月泠礼貌地一一答过，佩芷蹲下来把衣服给小姑娘披上，又偷偷地塞给了她不少钱，拽下她头顶插着的草，叮嘱她早点回家带母亲去看病。小姑娘朝着佩芷一顿磕头，佩芷拦不住，便连忙拽着孟月泠走了，省得她继续磕下去没完。

其实佩芷这种行为有些天真，即便是皇城根底下，这样家境困难的小姑娘不胜枚举，她救不过来。佩芷则说："那就能救一个是一个嘛，反正我们现在也算衣食不愁，就当是给自己积德。"

那年春节傅棠和袁小真本来想着来北平找他们俩一块儿过年，可到底是成婚的第一年，段青山虽然不是袁小真的生父，但对袁小真来说和生父没什么分别，理应当在天津和段青山一起过。

等到大年初一，段青山的牌局和酒局都排不过来，不愁没地方去，傅棠和袁小真便带着节礼来北平看他们了，还顺便带了个好消息：赵巧容除夕夜食不下咽，连夜找了大夫诊断，说是已有两个月身孕，如今正在天津安生养胎，不然势必也要跟着来。

二人在北平停留了四日，最后一日恰赶上罗家办堂会，请的是盛秋文的戏班子，给傅棠和孟月泠都下了帖子。

虽然说孟月泠回到北平之后还没登过台，但这种私宴的帖子他收到不少，都被他礼貌地回绝了。外人亦知道孟月泠的秉性，除去谈公事的饭局他拒绝不得，其他的小宴他都是能免则免的，这回也没打算去。

傅棠因许久没听过盛秋文的戏了，便叫他们一起去，袁小真一向是随他的，佩芷也想去凑热闹。

孟月泠问她是想去凑热闹还是想看盛秋文，佩芷说两者都有，她想看盛秋文也是为了跟他学习学习，毕竟都是唱小生的，盛秋文的技艺更高。

他便小气地说盛秋文不过如此，不如其父盛松年。佩芷忍不住白了他一眼，让傅棠带她去，傅棠自然答应，他又默默地跟去了，成全了罗府设宴的罗公子。

北平倒是个卧虎藏龙、人杰地灵的好地儿，罗家祖产雄厚，如今的家主罗药便是开元饭店的老板，当年佩芷陪孟月泠一起来北平给柳书丹给他施了压，不准孟月泠登台。"

姜肇鸿在天津的根基庞大，按理说手不应该能伸到北平来，可到底是高老板得罪不得的人物，只能顺从。高老板大感惋惜，他何尝不想让孟月泠在吉祥戏院复出，白花花的银子谁不想赚，可他没这个命。

孟月泠表现得十分镇定，丝毫不乱地跟高老板把丹桂社继续在吉祥戏院挂牌的事宜给落实了一番，最后保证自己不会出演，请高老板放心。

高老板挂着泪眼送孟月泠出府，孟月泠毫不怨怪他，亦不质问他的软弱。此世命苦，生逢乱世，这世道就不是给他们这些平凡百姓留活路的世道，总是要任人作弄的。

他一路走着回了金鱼胡同，站在家门外瞬间觉得失去了进门的勇气，他不知道该怎么跟佩芷说这件事。

想他过去年少成名，十分自傲，虽然不得不迁就位高权贵，但人人待他都恭敬三分，称一声"孟老板"，那时他从未觉得自己如此无能。

若他恋上的是个寻常人家的女儿，门当户对，就不会有齐大非偶的这些麻烦，可他偏偏爱上的是天津卫赫赫有名的大人物的女儿，姜肇鸿只需动动口便能逼得他没了活路。

孟月泠把自己浸没在那股失败的情绪中无法自拔，隔着一道墙还听得到佩芷的声音，她想必已经写完今日的稿子了，正在院子里跟葛妈妈闲话，葛妈妈也许正坐在石桌前做针线活。

佩芷近些日子偶尔到田府去看田文寿，和田文寿学了几段《乌盆记》。田文寿如今不演了，她说等她学会了要演给孟月泠看，全因为田文寿曾说他小时候喜欢看这出戏。

她给葛妈妈唱了起来。她刚学老生不久，唱腔尚有一股雌音，像个过于斯文的男人，正唱"叹人生世间名利牵"，孟月泠听得一颗心拧成了藤一般，悲从中来。

或许是他嗓子不舒服，咳了一声，便听到佩芷不唱了。她像是能识别出他的咳嗽声，跟葛妈妈说道："一定是静风回来了。"

他便赶紧状若如常地推门进了院子。

当晚他跟佩芷说了这件事，佩芷一直悬着的那颗心倒是彻底放下了，

第十章　风吹梦无踪

上香住的便是开元饭店，罗药亦是一位名票，与北平的名角儿都有交情，极其嗜戏。

大抵是年节的原因，氛围便比平日里喜气，人请得虽然少，却都是些斯文有礼的行家，谈吐之间便可见底蕴。先是台上演着，后来演也不演了，一群人在台下就吹拉弹唱了起来，佩芷亦许久没见过孟月泠那么认真地唱戏。

从京又聊到昆，说起来上次义务戏孟月泠和盛秋文的一曲《琴挑》，传到北平又被神化了不少，皆赞妙音。可惜在场的大多没听到，孟月泠便好脾气地跟盛秋文又唱了一段，给大伙儿开眼，满堂掌声如雷。

佩芷看着他唱得开怀，也跟着高兴，坐在那儿捧着一杯八宝茶看热闹——开口的都是行家，她这位票友就不献丑了。

罗药看向孟月泠的眼神挂着沉迷，喃喃地道："孟老板今儿个若是扮上就更妙了。"

可他没带行头，别人用过的他自是不可能用的，罗药也就是说说而已，又问孟月泠："孟老板何时登台？"

孟月泠告知他："十日后丹桂社开台，在吉祥戏院，欢迎您捧场。"

罗药答应："一定去，还得给您送上十八个大花篮。"

一派其乐融融的场面，佩芷却皱起了眉头，小声地跟袁小真嘀咕："听傅棠说他还没娶妻，你看他总那么盯着静风，不会是有什么龙阳之癖……"

袁小真也皱起了眉头："应该不太可能……"

傅棠伸手把她们俩凑近的脑袋撞到一起，笑道："胡扯什么呢！"

佩芷扭头朝他狠狠地做了个鬼脸，孟月泠在人群中看着，摇头笑了。

正月十五还没过，丹桂社上下已经开始忙活起来了，全社一团喜气，尤其是孟月泠的归来让原本低迷的士气振作了不少，都等着开台当日唱响了名堂，今年一年定会多赚不少钱。

正是期望太高太满便容易失望的道理，变动发生在开台的前两日，吉祥戏院的高老板邀孟月泠赴府谈事，实则不过是通知，天津的姜先生

第十章 风吹梦无踪

并非放心,而是径直坠落到地底。她早就担心过这些,眼看着离开台的日子越来越近,不料还真生了差错。

那晚她分外缄默,像是骤然失了所有的心气,有些归于死寂了。

等到两个人上床准备就寝,孟月泠凑上去从背后环抱住她,试图给她一些安慰。

他在她的耳边开口,声音低沉又温柔:"我可以再歇一阵,就当作沉淀自己。上次不是和你说,我想编一出新戏,《孽海记》写得就不好,这回我想自己写,但我的文采没你好,可能需要你帮我,如果你愿意的话……"

佩芷闷闷地开口:"你别安慰我了。"

孟月泠说:"是安慰你,但不是骗你,我真的这么想。"

佩芷突然翻了个身,面对面地扑进他的怀里,紧紧地抱着他:"要不我回天津找他谈谈,他对我赶尽杀绝无妨,不能连带你……"

孟月泠抚摸她的头:"我们是一体的,何谈连带?"

至于她说回天津找姜肇鸿,孟月泠并非阻止他们父女俩相见,可姜肇鸿一定不希望看到她是为了他才回去的,气氛定然剑拔弩张。

他娓娓地给她分析眼前的情况和他的想法,虽然说如今他二人如同案上鱼肉,但鱼肉也有鱼肉的抗争方式,以柔克刚,而不是与刀俎硬碰硬。

佩芷沉吟了片刻,旋即在黑暗中吻上了他,孟月泠捧着她的头加深了这个吻。他是温柔的,可今夜的她却有些急躁,吻得重且汹涌,还在用手胡乱地扯他的扣子。

孟月泠心底里有些抗拒,仍旧任她解开了,佩芷随着心意向下游移,听到他痛苦又隐忍的闷哼。接着她埋在他的锁骨处不动了,孟月泠伸手抚上她挂着泪水的脸颊,轻柔地用指腹擦拭着。

阒寂的房间内发出了她幽咽的哭声,孟月泠把她抱在怀里,细密的吻落在她的鬓角,用掌心抚着她的肩头,一通安抚。

她哭了许久,折腾到深夜,两个人身心俱疲。后来他哄她睡觉,语气卑微地跟她说:"相信我,都会好的。也求你……不要离开我。"

佩芷没答他，像是睡着了，他不想把她吵醒，可得不到肯定的答复，他心里空落落的，难以安眠。

纷扰的俗事像海河的浪一样一波接着一波，丝毫不让人喘息。

次日距离丹桂社开台只剩一天时间了，因孟月泠临时决定不能出演，不少人的戏码都要跟着改，他深感愧疚，亲自带着他们排了整日。

佩芷闲着无事出门逛了一圈，发现不论是街坊邻里还是路上遇到的人都偷偷地打量她，有的还三两个凑在一起不知在叨咕些什么，直到回家葛妈妈递给她一份报纸，她才知道发生了什么。

有人登报戏说她与孟月泠的感情始末，从孟月泠出走丹桂社迁居天津始，到如今携佩芷返回北平止。

实话说，上面写的整体脉络并非虚假，倒像是了解他们的人写出来的，只是模糊了佩芷和佟璟元离婚、离婚后与孟月泠复合的时间点，言辞之间颇有讽刺佩芷水性杨花、孟月泠坏人婚姻之意。

再不过就是些"一马不跨双鞍，一女不配二夫""聘则为妻奔为妾"的老调重弹，没什么新意。

佩芷看完就把报纸扔在那儿了，说了句"胡扯"，葛妈妈则把报纸掀了个面。她来家里也不是一天两天了，深知佩芷和孟月泠的为人，显然是相信他们的。

傍晚孟月泠回家吃饭，看到了报纸上的那篇文章，署名是"珺竹居士"，他总觉得这名字熟悉，想了半晌才说："像是吕梦荪用过的笔名。"

"是他？"佩芷撂下了筷子，想到那个留着三撇胡子的矮瘦小老头，一股迂腐穷酸的学究味儿。

吕梦荪这个人，佩芷虽然没跟他说过几句话，却有牵绊。

那年深春，孟月泠到天津贴演新戏《孽海记》，新编版本便出自他手，结果佩芷在《津门戏报》大肆赞颂了一通孟月泠，同时痛贬故事情节仿照《桃花扇》的路子，毫无亮点，且个别细节上更是落入俗套，难逃窠臼，算是个失败的改编。

或许是早在那时候吕梦荪就对她怀有怨恨了。

后来孟月泠又来天津贴演连台本戏《红鬃烈马》，吕梦荪跟来了，一

第十章　风吹梦无踪

起来的还有给《孽海记》写唱词的林斯年。

当时有这么个插曲，佩芷看过孟月泠演的全本之后，发现了个问题，便直说了。《花园赠金》中，王宝钏梦到红星坠落，又见到薛平贵有帝王之相，才让薛平贵前去彩楼参加招亲，显然是有野心、重权势的。这样的女子又怎可能苦守寒窑十八载矢志不移？

过去写故事的都是男人，所以给薛平贵安排了个帝王之相、天降祥瑞的设定，满足了男人们的自大，却忽略了王宝钏这一人物的前后矛盾。

孟月泠觉得有道理，他也许也是受了男性思维的局限，过去还未曾察觉，经佩芷一说便如醍醐灌顶，当即叫了吕梦荪和林斯年来改本子，决定删去薛平贵有帝王之相的设定，改成王宝钏梦遇红鸾星、一见钟情薛平贵，后面的故事便都合情合理了。

林斯年是个耳根软的，经佩芷一顿解释便同意了，当即修改了那段唱词。吕梦荪见他这么快就"变节"，气得憋红了脸，当即拂袖而去。

佩芷一向不愿纵着这些老学究，他不改拉倒，她又不是不能改，于是直接动手改了戏纲，气得吕梦荪提前回了北平，之后便再没见过。

所谓"君子好名，便起欺人之念"，惹上了这种酸腐文人，写文章登报内涵她，倒也在意料之中。

佩芷又看了一眼报头，旋即丢了报纸，叹气道："这边去年冬天没回复我的稿子的报社，想必也少不了这老头从中作祟。"

孟月泠没想到吕梦荪竟这般小气，到底还是长他一辈的人，自小也唤他一声"叔叔"，一把年纪倒是越活越回去了，且专程选在丹桂社开台的前一日发这篇文章，显然是在故意给孟月泠使绊子。

当晚他迟迟没上床，佩芷趿着拖鞋到书房去找他，便看到他正在灯下写文章。佩芷凑近一看，忍不住笑了，他竟然在写澄清表文，打算连夜写好，明日送到报社去，赶上次日刊登出来，越早越好。

佩芷靠在桌边说："你这副刻苦的样子让我想到了刚认识你的时候，我熬夜给你写戏评，天亮了才上床呢。"

孟月泠淡笑道："你是在暗示我天不亮不准上床吗？"

佩芷脸上挂着俏皮："我可没这么说。其实你没必要写这个，公道自在人心，譬如葛妈妈，我们不需要解释，她亦是信的。"

孟月泠摇头："关乎你的声誉，自然有必要。"

佩芷的语气有些无奈："咱们俩可真有毛病。自己的声誉满不在乎，对方的声誉却看得比命还重。"

不想吕梦荪的文章只是个引子，丹桂社在吉祥戏院新年首演，孟月泠除去跑了一趟报社便没出家门。春喜来传信儿，说傍晚吉祥戏院门口上演闹剧，有人寻衅滋事，喊着"抵制孟月泠登台"的口号，高老板叫了警察才平息。

孟丹灵跟着去了警局，才知道闹事的人是拿钱办事的，京中有几位一向看不惯孟月泠的富家公子因看了吕梦荪的文章，不准自家太太再去看孟月泠的戏，连带着把丹桂社一起抵制，这下倒把这件事闹得更大了。

等到孟月泠澄清的文章见报后，言论局势好了那么些许。他为人虽然冷傲，但名声素来是好的，许多戏迷也愿意相信他，甚至惋惜他不再登台，怪罪背后的有心之人。

还有一些自然是只愿意看热闹落井下石的，不管他澄清了什么，照骂不误，这点不论是北平还是天津，凡是人便会有劣性，也就不足为奇。

二人关起门来过自己的日子，因外面风言风语闹得沸沸扬扬，又或许是别的戏院的老板收到了来自天津的风声，更何况丹桂社全员已经在吉祥戏院开演了，便没有老板再上门邀约孟月泠。

佩芷陪他一起写新戏本子，他原本找了两个故事，决定选一个改编。其中一个是佩芷在《津艺报》连载的新武侠小说《凿玉记》，还有一个是李曼殊的一则短篇故事《鸳鸯恨水》。

从情感上来说，佩芷自然想让他改自己的小说，但读了李曼殊的《鸳鸯恨水》之后，佩芷便下定了主意，劝他选择这篇。因这篇具有反抗封建、追求自由的意义，相比起来她的《凿玉记》写江湖恩怨、爱恨情仇，立意上薄弱了些，亦不如《鸳鸯恨水》情节跌宕，容易引人共鸣，而且短篇小说更适合二度创作。

那种相知相倚的日子倒也过得不赖，两人谈诗词、谈风月，日日有数不完的消遣，丝毫不觉得枯燥。

第十章 风吹梦无踪

那日已经入春了,梨园公会的理事长邬瑞华亲自上门。这位邬瑞华也是梨园行的老前辈,早年名噪一时的"铁嗓铁肺",京城名净。

葛妈妈端了茶送上来,孟月泠给佩芷介绍,佩芷随着他唤邬瑞华"邬世伯"。邬瑞华竟先给佩芷道了个歉,佩芷直呼受不起。

邬瑞华娓娓道来:"前些日子吉祥戏院门口有闹事的,始作俑者是几个闲得无聊的公子哥儿,我是相信静风的为人的。不想近日还有人在背后传谣言,我便让人去调查了一番,逮到了几个搅浑水的小戏子,已经关在梨园公会了。"

看样子是想着趁乱踩孟月泠两脚的,梨园行正因为被人瞧不起,始终被称为下九流,所以梨园公会的管理极其苛刻。像这种倾轧同行的,以前也不是没有,立马就被逐出了梨园,此生不准再吃戏饭。

孟月泠仁慈,随口说了个情,便改成罚他们六个月的俸,一年罚完,每月罚一半包银和赏钱。邬瑞华笑着应承了,接着又问起孟月泠为何没演出,要帮孟月泠讨公道。可孟月泠当然不能把姜肇鸿说出来,便只说是"家事、个人原因",才决定停演,并且在筹备新戏,邬瑞华便没再强迫,只说期待他早日复出。

那日春色正浓,佩芷和孟月泠到琉璃厂去买文房四宝。恰巧赶上晚饭时间,孟丹灵休沐,跟何曼芸带着小蝶,两家人一起下馆子吃涮肉。

佩芷坐在临窗的位置,猝不及防地看到楼下过去了一个面熟的身影,打扮得很是光鲜,却坐在个龟公的背上——妓馆的姑娘出门向来脚不沾地,都是龟公背上绑着个特制的椅子驮着的。

佩芷跟孟月泠知会了一声,急忙跑下了楼把人叫住。龟公转了个身,背上的人看到是佩芷后显然也愣了一瞬。佩芷仰头看她,眼神挂着些许悲悯:"我给你的钱足够给你娘治病了,你怎么干起了这个营生?"

她明明坐得比佩芷高,心里却觉得比佩芷低贱一等,强撑着冷脸答佩芷:"我娘死了。"

佩芷顿时语塞,沉吟了几秒才说:"那你也不能自甘堕落,做什么不好……"

小姑娘打断佩芷:"我能做什么?招工的不要女人,我又不识字,只有妓馆的妈妈肯收留我，教我赚钱，难不成你养活我一辈子？"

佩芷的心头一恸，那一瞬间有些难以言表的哀戚，她确实不知道怎么回应，只能眼睁睁地看着龟公背着人走远了。她想这世道对女人竟这般的不公，像她这样富贵人家的小姐也没有自由，不得不为了家族利益嫁给不爱的人，在婆家受苦还须得隐忍；贫苦人家的姑娘倒是有了自由，可她们没读过书，又不如男人有力气，像浮萍一般在世间飘零着，只能沦落到出卖身体养活自己……

孟月泠在楼上看得清楚，他自小见过不少这种事情，比佩芷看起来平静得多，默默地下楼去牵走了路边发愣的佩芷，安抚地拍了拍她的肩头。

佩芷为这件事难受了好些天，她莫名地觉得愧疚于这个小姑娘。老话说"救人救到底，送佛送到西"，她没能把人彻底救活，还眼看着人落进了泥潭里。孟月泠在旁边宽慰她，话说得不多，因为他知道，这些道理她都懂，只是心里尚且迈不过去那道坎儿。

眼看着天气越来越热了，孟月泠仍旧赋闲在家，《鸳鸯恨水》戏本子写得差不多了，佩芷誊抄了一份寄到了天津，让傅棠帮忙润色。孟月泠则开始排身段，佩芷在旁边提意见。

又有唱片公司上门邀孟月泠灌录唱片，孟月泠对于这些新式的东西一向不感兴趣，早年间拒绝过多次，这次本来也要拒绝。佩芷却认真地问了人家一通，先是问唱片能否保证音色。对方是带了灌录机和空唱片来的，当即让佩芷试录了两句。

佩芷一听录出来的声音眼睛就亮了，跟孟月泠说："倒是跟我唱得差不离呢。"

孟月泠坐得远远的，语气有些风凉地答她："嗯，雌音重得一模一样。"

佩芷白了他一眼，又问唱片公司的人唱片能保存多久、单张唱片售价多少，以及具体的保底金额和分红比例。孟月泠默默地听着，不禁抿起嘴笑了，想她不愧是姜肇鸿的女儿，对方已经面露难色了，她还要再多加两个点。

第十章　风吹梦无踪

直到对方点了头,答应了佩芷的条件,她立马拍板,扭头跟他说:"我谈妥了。"

孟月泠故意戏弄她:"你答应的你去录,我可没答应。"

不想只吓到了唱片公司的人,她则拍胸脯保证:"你们别慌,他听我的。"

对方齐刷刷地看向孟月泠,像是要得他个准话,孟月泠无奈地点头:"她说了算。"

那个夏天便是在灌唱片中度过的,他视佩芷为走在时代前沿的人,拽着他往前走,他又很怕她会随时抛下他,佩芷则说他"胡思乱想"。

彼时他已经歇演将近一年,北平的观众则更久没听过他的戏了,唱片一经问世便创下唱片公司的最高销量纪录。当初签合同的时候佩芷还留了心眼,特地规定了销量达到一定数额后,分红也要跟着长一个点,唱片公司的褚老板直道她是一点利都不肯让,又夸赞姜肇鸿生了个聪慧的女儿。

说到姜肇鸿,佩芷闪了神,笑了笑没说什么。

这厢北平热得让人喘不过气来,辽宁却闹起了雨灾,梨园公会举办了筹款援辽的赈灾义务戏,邬瑞华邀孟月泠唱《祭江》。

那时他已经将近一年没扮过戏了,扮相与初见之时别无二致,美得动人心魄。佩芷在化装台旁看着,随手拿起了描眉笔,帮他添了两下,顺便紧了紧鬓花。孟月泠抿起嘴一笑,佩芷不禁错愕了,心想他就应该生在台上,否则便叫雪埋金簪了。

她不知道的是,那时也有几家戏院的老板邀孟月泠谈公事,只不过他拒绝了,像是在等着什么一样。

奉天会馆,佩芷在台下看他的《祭江》,听他唱"看将来叹人生总是梦境",台上的孙尚香殉了江,孟月泠已经下台了,满座掌声响起,佩芷沉吟着,久久未动。

那日安排的都是些悲欢离合的戏码,他卸了戏装之后来台下陪她一起看盛秋文的《别窑》。盛秋文是个文武生两门抱的全才,这出《别窑》

也是极好的。

那亦是佩芷看盛秋文唱的最后一出戏。

过去他们都不喜欢《红鬃烈马》的故事，怪薛平贵留王宝钏苦守寒窑十八载负心无情。可至少到《别窑》这一折时，二人的感情都是真挚的：薛平贵即将出征，与王宝钏依依惜别；宝钏紧拽缰绳不舍，薛平贵忍痛打马离去……

佩芷看得潸然落泪，掏出了手帕揩拭，他则攥住了她的另一只手，无声地安抚着。

当晚他靠在床头看书，等她洗完澡一起就寝，她进了屋却没急着上床，而是站在离床不远的地方。

孟月泠听到了声音不见人，扭头看了过去，她身上披着一条单薄的毯子，脸上挂着坏笑看他。正在他不知所以的时候，她就松开了身上的毯子，落在了地上。

他不禁双眸一暗，感觉到了那股熟悉的欲望，眼前的人赤条条的，浑身干净得只剩下双腕的春带彩鸳鸯镯，分外勾人。

孟月泠不知道她这唱的又是哪一出，喑哑地开口："过来，冷。"

她像一只泥鳅一样凑近床边，语气勾引地说："大热天的，冷什么呀？外面的搬工都打赤膊呢。"

他掀起了被子把她卷进去，裹得严严实实的，都快让她呼吸不过来了，像是借此就能压住他脑海里孟浪的想法。

佩芷好不容易把脑袋挤了出来，头发已经弄乱了，愈发撩动他的心魄。

她直白地问他："你是嫌弃我吗？嫌弃我已经……"

孟月泠打断她："你嫌弃我？"

她摇头，他便说："那不就结了，今后谁也别说'嫌弃'二字。"

她又伸出手拽他的扣子："可我今天就要，你别想搪塞过去。"

他无奈地凑上前去吻她的额头，低声地说："别闹了。"

她则抬起了头与他接吻，直到漫长的吻结束，呼吸都重了几分，佩芷说话口无遮拦："孟静风，你顶着我做什么？"

第十章　风吹梦无踪

他立马红了耳朵,皱起眉头捂住她的嘴:"闭嘴。"

这次她像是铁了心一样,绝不被他轻易地糊弄过去。孟月泠不愿对她用蛮力,推拒不过,还是被她解开了几颗扣子,登徒浪子般的手伸了进去。

孟月泠立刻把她紧紧地锁到了怀里,让她动弹不得,佩芷说他耍赖。

他问她:"你就这么等不及?"

佩芷像是破罐子破摔:"等不及。你一定有问题,我知道了。"

他在她耳畔闷笑,佩芷从未听过他发出那样色欲的声音,竟还一本正经地跟她开起玩笑:"我有问题?有没有你不清楚吗?"

佩芷臊红了脸,忍不住叫道:"你还敢说!谁知道你是什么问题?"

他则拍了拍她的头,像是在安抚她,也像是在安抚自己,低语道:"再等等。"

佩芷说:"等到猴年马月?猴年已经过去了。"

孟月泠则说:"快了。"

佩芷直到快要入睡之际,才觉察到他像是话里有话,迷迷糊糊地问了一句:"你在等什么?"

他轻吻她的侧脸,答道:"等很多。"

早先和吉祥戏院的高老板谈好演出的时候,他以为姜肇鸿已经放他们一马了,那时打算的是在北平安顿好后与佩芷登记结婚,再带佩芷回天津去拜会姜肇鸿。

没想到姜肇鸿穷追不舍,他便只能转换策略,虽然不能登台,但他亦懂得享受眼下与佩芷朝夕相伴的生活。从春节开始,他每半个月往天津寄一封信给姜肇鸿,信中汇报佩芷的生活日常,事无巨细,像是向姜肇鸿证明,她如今的日子过得很好,只差一个父亲的认同。

他相信姜肇鸿只要认真地看过,要不了多久就会被打动,所以在等一个姜肇鸿松口的时机。这是他等的第一件事,索性终于被他等到了。

八月初,他的最新一封信还没寄出去,便收到了天津发来的电报。

姜伯昀代姜肇鸿发来电文——

父准允婚事，挂念佩芷，盼速速回津。

　　孟月泠拿着写着电文的字条急忙赶回家中，想着第一时间告知佩芷这个喜讯。可他却忽略了一点，他们的性情不同，他被世事搓磨得不得不学会等待，可她是从不肯等的，她要破局。
　　这个时间葛妈妈大抵出去买菜了，院子里空荡荡的，不见她的身影。明明她的《凿玉记》正写到高潮部分，还跟他说这几日要在家赶稿，无暇外出。
　　他莫名地心慌，那种慌乱从一开始的丝丝缕缕很快蔓延到充斥全身，他不愿意承认，他好像知道——她走了。
　　他独自坐在院子里等了许久，等到葛妈妈做好了晚饭，问他佩芷怎么还没回来，他不知道该怎么回答。等到太阳下山暮色四合，等到月亮都已经高悬于天空了，他手里攥着那张电文，却不知该如何给她看了。

　　北平没传来回音，赵凤珊在天津翘首以盼，以为佩芷和孟月泠会直接回来，接连几日把姜府上下打扫了个遍，尤其佩芷的闺房。她思虑周全，还把离佩芷的院子最近的一间客房重新规整了一遍，留给孟月泠住。
　　姜仲昀在家中偷闲，讲话口无遮拦："四妹妹跟他在一块儿那么久了，指不定早就睡在一张床上了，您费劲收拾干什么？"
　　汪玉芝伸手拧他，赵凤珊也责备地看了他一眼，姜仲昀便耸了耸肩膀，不再多嘴。
　　一向稳重的姜伯昀都忍不住数着日子算佩芷还得多久回来，没想到几日后，姜肇鸿在商会收到电报，一看便是来自佩芷。
　　电文写——

今此一别，斩断爱恨。乞父准允登台。

　　姜肇鸿看到电文后直向后跌了几步，瘫坐在沙发里，满腔酸楚。他想好一个"斩断爱恨"，爱的是孟月泠，恨的则自然是他这个父亲。

第十章　风吹梦无踪

当初她随孟月泠前往北平，姜肇鸿还是从耿六爷那儿得知的。因是他姜家家事，耿六爷一直不便说什么，直到那日请姜肇鸿过府小聚，耿六爷到底是看着佩芷长大的，几杯酒下肚便说出了口，难免怪姜肇鸿心狠，他这才知道孟月泠在天津受了排挤没戏可演。

但这件事确实并非他的手笔，他眼里的佩芷，自小没受过苦，小时候便是跌个跟头都要小题大做地哭到把姜老太太引过来，全家人哄着才肯歇住。

他以为他什么都不必做，最多一年半载佩芷就会回家，再加上生意事忙，时局动荡，这几年的营收已经大不如前，他愁得白了头，何谈使阴招对付一个戏子？

姜肇鸿派人去探查便知道是佟璟元做的，也在他的意料之中。两家的这桩婚事闹到此般地步，他最对不起的是佩芷，其次也觉得对不住佟家。过去两家那般交好，到如今在酒局上遇见都互不理睬，实在是难看。

他愧对于佟家的，就当作跟这件事扯平了。姜肇鸿没去追究佟璟元，不禁感叹佩芷的变化之巨大，居然说去北平就去北平，她一定认为是他这个父亲把她从天津逼走的；姜肇鸿又有些气恼，难道他在她眼里就是这样的人？

他另派人去了一趟北平，知道她和孟月泠在北平安生地过起了日子，孟月泠回到丹桂社，跟吉祥戏院谈好了合作。

这回是他出手，不准他在吉祥戏院登台，但他也只给吉祥戏院的高老板下了命令，之后北平的其他戏院因孟月泠的"丑闻"而不敢相邀并不在他的控制范围内。但想着借此或许可以让她早日认清现实返回天津，姜肇鸿便没出手相帮。

深春的时候听耿六爷说孟月泠仍旧在北平家中赋闲，他还错愕了一瞬，但因顾虑面子，亦没开口多问。等到回了商会，他把压在抽屉里的几封信一一拆开了，上面事无巨细，把佩芷在北平的日常都汇报给了他。或许是人不在眼前的缘故，那时姜肇鸿觉得对孟月泠改观了不少，不像以前那么嫌弃他的出身了。

见她在北平过得好，姜肇鸿虽然思女心切，却还是没急着回信，多少有些怄气。

真正打动他的是佩芷帮孟月泠跟唱片公司谈条件的那件事。

他一向嫌弃孟月泠的字迹一般，文采更加平平，可平铺直叙的几句话他却看了很多遍，拿着信坐在那儿出神。

他这三子一女，长子伯昀性情最像他，但过于保守了些，缺乏些冒劲儿；次子仲昀没什么好说的，只会享乐，白瞎了那股机灵；三子叔昀留洋归来，却醉心政治，不精商贸。这么一看，佩芷倒是个极会做生意的料子，可惜是个女儿，他从未想过培养她。

那晚他辗转难眠，披了一件衣服到院子里独酌，满心惶惶，对佩芷的思念泛滥成灾，恨不得次日便赶到北平去跟她道歉，请她回来。

可他们这一代的家长，还是太要面子了。他知道，等见了佩芷，他一定说不出口道歉的话，一张嘴就是申饬，说的全都是不中听的。

她在《津艺报》写的文章，他每期都看了，连载的《凿玉记》他也有读，还想给她提提意见，可惜无处可说。

后来北平又来了信，他没忍住，提笔回了。

那封信他写了好多遍，最后也没寄出去，而是叫了伯昀发电报过去，电报更快，他等不及了。

他承认愧对佩芷，虽然这句认错这辈子都不会说出口。他不是一个好父亲，他当初强行撮合佩芷和佟璟元的婚事时，他是真心地认为佟璟元是良配，可惜他看走了眼。

如今……如今说什么都晚了。

姜肇鸿查到电报从保定发来，跟耿六爷借了人连夜去找，并向北平再发电报，问孟月泠是否知道内情，定要告知。

去了保定的人什么也没找到，她既然选择离开，必然轻装简行，说不定还会乔装改扮，不会轻易地被人发现；而北平迟迟没传来回信，发给孟月泠的电报就像石沉大海了一样……

佩芷一路南下，向西南而行，恐怕就连姜肇鸿都想不到，她会回云南。

姜家发迹于云南喜洲，喜洲是茶马古道上的经济重镇，族亲至今仍

第十章　风吹梦无踪

在此安居。姜肇鸿十几岁时，佩芷祖父这一支举家迁往京城，后来才在天津定居，数十年间成为天津赫赫有名的名门世家。

佩芷在天津出生，从没回过云南，此番回来，她想看一看自己的根在哪儿。

镇子不大，随处可见参天的万年青，葱葱郁郁的，镇中心还有个戏台子，显然不是唱京戏的，而是作祭祀演绎用。此处偏远，虽然说近几年滇系的军阀也少不了打仗动火，但整体还算太平；又因为地偏，缺点是不发达，民风却极其淳朴。

佩芷回了祖宅，典型的三坊一照壁、四合五天井式的老院落，满目的岁月痕迹。如今的家主是姜肇鸿的堂兄姜肇甫，一个猫腰拄拐的精明老头，佩芷唤他"大伯"。

起先他们以为佩芷是回来打秋风的，都带着防备；几日后见她没什么异常，防备也卸下了，少不了打听佩芷为何独自回来。

佩芷但笑不语，给伯母婶婶们打下手，学做白族菜。她知道以姜肇甫的多疑性子，一定已经往天津送信了。

姜家男丁兴旺，女丁稀少，不仅天津姜家如此，喜洲这边也一样。姜肇甫已经有了好几个孙子，却只有一个孙女，年方十岁，小名唤阿雯。平日里没什么同龄的姑娘陪她一起玩，她便只能出去找外人玩。佩芷虽然早已不是小姑娘了，但长得年轻，又有童心，阿雯常爱跟她在一块儿。

此处山水极佳，东临洱海、西枕苍山，阿雯带佩芷爬苍山，嘲笑佩芷的体力还不如她一个十岁女童，佩芷无从辩解。

夕阳西斜时，两个人一起躺在洱海边的树下看日落，佩芷吟"夕阳无限好，只是近黄昏"。阿雯不懂诗词，字也不认识几个，佩芷柔声地劝告她一定要读书识字，将来有大用处。小姑娘在星空下问她："小姑姑，那你能做我的先生吗？"佩芷没答她。

云南四季如春，一恍神的工夫，秋日已经深了，北平的消息传了过来。佩芷自从离开北平之后日日读报，没想到在这么远的地方还能看到——孟月泠歇艺一年，终于在半月前重返戏台，贴演新古装戏《鸳鸯恨水》，满城轰动。

报道用词十分夸张，据传数十家报社竟相采访，花篮摆满了整条街，京津两地前去捧场的政客名人更是数不胜数，开票瞬间售罄……佩芷远在西南也替他开心，虽然她知道，他一向不喜欢那样铺张的排场。

而《滇报》登的这张照片已经不知道经过几手了，根本看不清上面的人，但她想象得到他风光的样子，足够聊以慰藉了。

在喜洲停留的那段日子，佩芷像是落入陶翁笔下的桃花源，无忧无虑的。

她找到自己的根在哪儿了，便不会再停滞脚步，如今知道他重回戏台更是放下了心，她的苦心没有白费。于是她准备继续出发，去下一个地方。

临行前阿雯百般不舍，佩芷很喜欢她，褪了右手腕的春带彩玉镯送她，堂嫂直呼"太贵重，受不起"。佩芷给阿雯戴上，提醒她"一定要读书"，还看向了堂嫂。堂嫂不懂佩芷眼神里的恳切从何而来，还是点头答应了。

姜肇鸿在天津收到姜肇甫的信十分激动，本来想亲自前往，可家中不能没他这个主持大局的人，麟儿还小，仲昀也不合适，伯昀于是主动提出前往，带了几个人连夜南下，自然是白跑一趟，那时佩芷早已经走了。

佩芷辗转到了汉口，安顿了下来。汉口接近广东，南方的思想解放做得更好，早年汉口便闹过妇女运动，呼声和响应极高。而汉口位于华中地区，地理位置优越，前些年战争频发时，有两位女先生还组织成立了"妇女救援会"，不仅宣传妇女解放，还教习各界妇女学习护理，促进了不少女性走入社会，有着极好的基础和土壤。

佩芷在武汉时结识了妇女救援会的现任会长魏胜男，她本名魏招弟，"胜男"是她自己改的名字。

救援会主要推崇宣传男女平等，力争女性婚姻自由，以及提高女性在婚姻中的地位。

佩芷深受触动，跟魏胜男一起参加了多次运动，发传单、喊口号，再加上她擅做文章，继续以石川的笔名著文，登报为女性发声呐喊。

第十章 风吹梦无踪

魏胜男还在汉口兴办女性劳工学校和夜校，佩芷毕业于中西女中，又曾考上南开大学，不论是国文还是洋文都十分精通，便开始在夜校教书。

起先魏胜男给她开微薄的工资，后来佩芷看她办学艰难，日子过得很是清贫，无论如何也不肯收钱了。魏胜男心里过意不去，便邀她到劳工学校学习医护和纺织，这样将来不论怎样都能混口饭吃。

佩芷从北平离开时带的盘缠不少，但她如今知道省吃俭用了，且独自在外不能露财，便开始学习谋生技能，偶尔跟随学校派遣做一些短活，还能赚出些房租钱。

那阵子佩芷白天在劳工学校学习技能，几次想到在北平琉璃厂救过的那个姑娘，想到如果北平也有这样的学校，那个姑娘是不是就不会堕入风尘了；晚上则在女校教书，简陋的桌椅间坐着各种情况都有的女子，下至十几岁，上至四十几岁，在昏暗的汽油灯下双眼泛着对知识的渴望。佩芷自觉找到了存在的意义，从未如此充实过。

她谈吐不凡，又精通洋文，手腕上还剩下的那只玉镯一看就价值不菲，学校里的学生难免好奇她的身世。她便胡诌了个故事，编故事她一向在行，自称"石川"，出身书香世家，略有薄产，探亲途中因遇战事与家人失散，才辗转至此，暂留汉口。

整个秋冬佩芷都在汉口度过，广结桃李与好友，倒是鲜少思念孟月泠；又或许是平日里太忙太累的缘故，无暇思念。

深冬汉口最冷的时候，广东举办妇女大会，汉口的妇女联合会自然要派人前往，魏胜男差了副会长萧蔓和组织部部长窦木兰。

临出发两日前，她上门找佩芷，并送上了一张车票，佩芷有些不解。

魏胜男显然是不相信佩芷的故事的，说道："你刚参加运动的时候，曾说过想去广东，如今这么好个机会，你就跟着萧蔓和木兰一块儿去见见世面罢。坦诚地说，我巴不得你一直留在汉口，给夜校的女学生们教书，可我总觉得，那样着实埋没了你，你应该去见识见识更广阔的天空。"

她继续说："过去我们女人只能看到天井里那么大的地方，就是见得少了。而你，能比我们这些人都走得更远，所以啊，让你替我们去探探路。"

佩芷的心头一颤,低头盯着魏胜男打着补丁的棉袍,默默地接过了那张车票。

次日她到成衣铺去买了一件新棉袍,又买了两张戏票,棉袍是送给魏胜男的,戏票则是邀魏胜男一块儿去看汉口名净奚肃德的《打龙袍》。她来汉口之初便想去看奚肃德的戏,没想到如今要走了都还没看过。

那件棉袍魏胜男一开始还想让佩芷带到广州去穿,断然不要,佩芷说广州穿不上,强塞到她怀里才算收下。佩芷不知道的是,这件新棉袍转手就被她救济给了劳工学校的一个没过冬棉衣的女孩,她则继续穿着身上那件打补丁的。

至于听戏,魏胜男一向不喜欢京戏。汉口京戏氛围浓,平日里不少富家公子豪掷千金博戏子一笑的逸事,她认为京戏是"靡靡之音"。

佩芷忍不住反驳:"戏子亦有心,他们也在用自己的方式反抗,譬如前阵子复出的孟月泠唱的那出《鸳鸯恨水》,和我们妇女联合会的主张不谋而合,借戏曲呼吁的是反抗封建。"

魏胜男笑说:"说得好像你看过一样。咱们俩谁也别想着说服谁,保留自己的想法就是了。"

佩芷拉着她进戏园子,她不肯,佩芷气道:"票都买好了,你不去,岂不是浪费一张?"

俩人压着开锣声进场,佩芷还是看戏以来第二次坐池座儿,第一次便是到上海看孟月泠那次,但四雅戏院是新式的大戏院,也不叫池座儿,而是叫普座,椅子比寻常戏园子池座儿的凳子舒服多了。

至于这小戏园子的池座儿区,实在是乱,还有听蹭挤在她的脚边,吓得佩芷整场戏都提心吊胆地抱着手袋,被魏胜男促狭地打趣。

年末,佩芷沿汉广铁路南下,抵达广州,并留在了广州与一众妇女共度春节。

除夕夜大伙儿一块儿包饺子,佩芷包的自然是所有饺子里最丑的,被轰出了厨房,到外面去点花炮。

她起先不敢点,被一个比她还矮上半头的小姑娘拽着,手里捏着一

第十章　风吹梦无踪

支香点燃引绳，然后两个人尖叫着跑走，便看到花炮在地上噼里啪啦地扭动着。周围的姑娘们叽叽喳喳地笑个不停，佩芷也跟着笑，笑着笑着就跑神了。

那般热闹的时候，她想到了孟月泠，想他如今会做什么，是回到孟家跟家人一块儿过年，还是去天津找傅棠，都比他们两个去年一起过年要热闹。

她完全没想到，与此同时的他正独自立在院子里，看万家灯火，寂静不语，频频地望向院门，等一个不知何时归来的人。

佩芷在广州见过不少"自梳女"，用束髻或编辫以示终身不嫁。佩芷未嫁给佟璟元之前还会时不时地捯饬发型，时髦的鬈发都烫过，后来或许是因为姜老太太卧病，便没了这份心思，与孟月泠在一起时亦是盘发或披发更多。

一坐上离开北平的火车，她随便买了支素簪子盘了个妇人髻，打扮低调，如今半年过去了，头发长长了不少，始终没进过理发店。

恰巧赶上过年都凑在一起，自梳女大多有自己的聚居点，相互照应，算作另一种意义上的妇女联合会。佩芷所在的广东妇协中也有几个自梳女，佩芷便央一个姐姐帮她编长辫子，看起来有种干净爽利的漂亮。

有人好奇地问佩芷："石川，你嫁过人没有？"

佩芷坦然地答道："嫁过呀。"

又有人问："那你丈夫是死了吗？"

佩芷笑着摇头："没死，我跟他离婚了。"

屋内的人先是安静了下来，接着又热闹起来，嘈杂地议论着。

"你是天津的罢，你们天津闹过离婚潮，说是个富家小姐起的头，后来好多姊妹便跟着离了。"

"我们那年的妇女大会上还拿这件事当作典范大说特说呢。"

"石川，你是那时候跟着离的吗？"

佩芷的笑意更深了，哪敢说自己就是那个富家小姐，只点了点头："对，我就是那时候跟着离的。"

她们便夸佩芷："你真有魄力！说离就离。"

又有激进些的人说:"我看广州也得闹上一闹,闹它个天翻地覆,闹它个人仰马翻。"

"我看你是唯恐天下不乱罢!"

佩芷在广州待到开春,天气越来越热之际,广东妇协开始组织北上宣传妇女解放的活动,佩芷决定继续上路,借此机会多去些地方,便立马报名参加。

分派的时候,佩芷原本被分到了济南,因有个被分到奉天的大姐的丈夫在济南宣传革命,佩芷便跟她换了下,恰好佩芷还没去过东北,便准备启程前往奉天。

不想那日读报,看到了一桩新闻:上海的流氓大亨韩寿亭遇刺,其妻名伶秦眠香受惊,卧病在床,韩寿亭震怒,正派人满城搜捕刺杀者,放言掘地三尺也要把人找到,绝不轻饶。

妇协其他看到报纸的同志感叹:"真吓人,子弹擦着过去的,幸好躲过了,否则便要去见阎王。爬了一辈子爬到了这个地位,还不是要提心吊胆的,可怜妻儿也要跟着遭殃。"

佩芷这才知道,也许是就这半年的事儿,秦眠香已经跟韩寿亭成婚了。她想到秦眠香身世可怜,自己一个人在上海无依无靠的,幸亏韩寿亭待她真心,但到底比不上有个亲人。这么想着,反正她也要北上到奉天去,便先买了到上海的车票,决定去看看秦眠香。

一路周折抵达上海,佩芷原本以为秦眠香早就好了,却听人说秦老板仍旧在家卧床,自从遇刺后停演至今,她这才觉得有点不对劲。

佩芷径直找上了韩公馆,恰好那日韩寿亭在家,门房进去通报,很快便有老管家出来迎佩芷进去了。

她先在客厅见了韩寿亭,他穿着一身黑色绣祥云仙鹤暗纹的长袍马褂,依旧不苟言笑,却没上次看到的时候那般矍铄了,脸上的褶皱明显深了不少,头顶的银丝也多了,想必和秦眠香站在一起更像父女了。

韩寿亭见她前来像是很开心的样子,原本准备戴上帽子出门,还是坐下和佩芷聊了两句,临走之前又不忘叮嘱佩芷宽慰秦眠香。佩芷只当秦眠香受到了惊吓,想着秦眠香不应该是那么胆小的人,便在面上答应

第十章 风吹梦无踪

了下来。

韩公馆的下人便引着她去了秦眠香的卧房。推开门的瞬间，佩芷发现屋子里黑沉沉的，窗帘紧闭，她从外面进来，能清晰地闻到里面有一股久不通风的闷堵。

佩芷进去后，秦眠香撑起身子靠坐在床头。下人打开了床头的珐琅琉璃台灯，照亮一块光明，台灯上的坠子发出清脆的响声。

秦眠香额间包着个暗红色的布缠头，面色呈现出一种虚弱的灰白色，眼神也没了往日的光。

看到佩芷走近了，秦眠香邀她坐在床边的绿丝绒椅子上，低声地说："你来了。我没想到你会来看我。你告诉师兄了没有？你不辞而别，急疯了他。"

佩芷不答反问："你怎么了？我看报纸上说你们不是没事吗？"

秦眠香瘦了不少，胳膊空荡荡地挂在衬衫式睡衣的袖管里，闻言向上撸起了袖子，直撸到上臂。佩芷看到上面缠着的纱布，问道："你中弹了？"

秦眠香摇了摇头："擦伤而已，子弹擦着我的胳膊过去，没什么大碍。"

佩芷看着她头顶的缠头："那你是怎么了？卧床这么久？外面的戏迷都挂念你呢。"

秦眠香笑得苍凉："我与他一起遇袭，子弹打过来，他竟然把我扯到身前，幸亏那一枪打偏了，否则你现在已经见不到我了。至于这个，头疼的老毛病了，唱戏久了心脏都有些问题，我不知道怎么的，近两年开始头疼。"

佩芷只觉得背后发冷，没想到韩寿亭会做出这种事，他平日里待秦眠香那么好，真到了根节儿上竟还是先顾自己，推女人帮自己挨枪子儿。

沉默了许久，佩芷才干巴巴地开口："许是……许是你忧虑太多……"

秦眠香笑了笑，反倒过来安慰佩芷："事情过去一个多月了，我早已经看开了。"

佩芷则问："你既然看开了，为何不离开他？又不是养活不了自己，非要靠他。"

秦眠香摇头:"佩芷,你不懂。我说句不中听的,你这样出身的小姐,是不缺宠爱的。"

佩芷确实不懂,不懂这其中的关系,于是皱起眉头疑惑地看着秦眠香。

秦眠香同样看着佩芷。佩芷穿了一件素色压花布旗袍,长发编成了一条长辫子垂在脑后。她从佩芷的眼神里看到了一些过去没有的沉淀,她知道佩芷出走这半年里一定经历了不少。

可不论如何,一个人的出身影响着一个人的一生,佩芷眼里仍旧有着那么一丝纯粹的天真,不知她这种在泥坑里爬出来的人究竟经历过什么。

秦眠香挪开了目光,不再与佩芷对视,像是在看着屋子里黑暗的角落,缓缓地开口:"我,这一生不到三十载,我其实别无所求,只想有个人来爱我。"

佩芷一愣,秦眠香眼眶里蓄着的泪水已经落下来了。佩芷递过自己的手帕给她擦眼泪,她并未大哭,只是泪水没断过。

"我跟了寿亭五年,他过去的风流事不必说,可这五年间,他没有过别的女人。他为我花尽了心思,甚至肯去学戏,我以为我这一生终于要靠岸了,我恨啊……"

佩芷作为旁观者看这件事,低声地说道:"他未必不爱你,只是比起你,他还是更在乎自己。"

秦眠香苍凉地一笑:"是啊。你说我怎么不死在那天呢?真为他挡枪死了,他会记我一辈子罢?"

佩芷说:"你别说浑话,不值当。"

"我何尝不知道不值当?可我没办法了,我累了。"

她平日里争荣夸耀的心思到如今全都没了,碎成了烟尘,不必风吹便散得干净。

她这一生遇到过四个男人,韩寿亭是挚爱,相伴相知最久。韩寿亭之前她曾恋上过一个灯具公司的小开,陈三少爷,相恋之后他才知道她

第十章　风吹梦无踪

过去的事儿，尤其是她怎么从北平到上海来的。起初陈三少爷说不嫌弃她，后来陈家老爷夫人不知从哪儿听到了风声，不准自家儿子与她来往，没多久便断了。

陈三少爷之前则是带她来上海的陈万良，算不上有什么感情，她只是借着他跳出俞家那个火坑，伺候那么个精力匮乏的老头数月，换个自由身，她觉得不亏。

佩芷怎么也没想到，秦眠香口中的第一个男人竟然是俞芳君。孟月泠曾说俞芳君比孟桂侬懂得赏识他，所以她对俞芳君始终印象不错。在北平的时候她还在孟家见过几次，上了年纪也能看出年轻时的风姿。怎么会是俞芳君？

秦眠香的嘴角露出一抹嘲笑："没想到罢？说起来惭愧，我还曾妒忌过师兄。因为师兄来俞家学戏之前，师父是最喜欢我的。"

佩芷忍不住皱起眉头，孟月泠学戏晚，但也不过十岁出头的年纪，那时秦眠香才多大，竟已经遭了俞芳君的毒手。

秦眠香说："我可能也喜欢过师父罢……"

佩芷忍不住打断，莫名地红了眼眶："那不是喜欢！"

秦眠香抚了抚她的手，她的手背如今已不如秦眠香的白皙滑嫩了。秦眠香说："师父说他是喜欢我的，所以才对我做那种事。他会偷偷地给我留他们吃剩下的肉，有时候还会给我几颗糖块，有童伶戏演也会安排我唱重头戏，应该也算喜欢我罢……"

佩芷反驳道："不算，你别想这些了，他就是禽兽。"

秦眠香看她的反应像是意识到了什么，迟钝地问道："师兄没给你说过那些事吗？"

佩芷以为是说秦眠香的事，孟月泠一向不爱说人是非，摇头道："没有。"

秦眠香先是错愕，接着又释怀了："就他那个性子，太要面儿了些，确实不会和你说。"

佩芷听着她说的跟自己想的不像一回事，才问道："什么事？不是你的事？"

秦眠香盯着她，久久才说："佩芷，你应该回去，陪着他。"

佩芷摇头："我回不去了。"

秦眠香说："我知道。可你爹现在准了你们的事了，他也重新登台了，你现在回去刚好。"

佩芷又摇了摇头："我不告而别，就是希望他忘记我，忘记我这个伤他弃他的狠心人；而我会在一个他不知道的地方，默默地守着他一生，只要他能过得好。"

她恨姜肇鸿，恨那些横亘在她和孟月泠面前的阻碍，或许离开是因为想要逃避，又因为离开太久，她找不到回家的路了，只能不回头地继续往前走。

秦眠香的眼神很是复杂，犹豫了片刻，才开口给佩芷讲了一件事，一件佩芷不知道的事，亦是他等着有朝一日能够开口告诉她的事。

"你没发现他不喜欢跟人接触，更不喜欢别人碰他吗？"

佩芷点头。

"夏日里不论再热，长袖的里衣都要穿得整整齐齐，睡觉也不肯赤膊。"

佩芷再度点头。

秦眠香又问："那你们俩亲热……"

佩芷的双颊一红，为难地说："我们俩没……"

秦眠香叹了一口气："你知道每年师父生辰我送什么贺礼吗？"

佩芷听她说过："鸦片膏……"

佩芷这才意识到了不对，愣在原地，眼神放空，心跳也跟着加速，像是触及了真相的表层。

秦眠香送俞芳君鸦片膏这事，佩芷还曾打趣她"孝顺"得恨不得自己师父早点死，可孟月泠也是一直在送的，且送得比秦眠香还久。秦眠香是因为小时候被俞芳君引诱着做了那些事，那孟月泠又为何如此？

"我说过，师兄来俞家学戏之前，师父是最喜欢我的。师兄来了之后，师父便把我抛在一边了。记得那年我们到德升园唱一日的童伶戏，后台只有一间单独的小扮戏房，冬天烧着暖炉，比别的扮戏房暖和，可里面

第十章　风吹梦无踪

只有一张桌子，平时都是给戏班子里挑大梁的台柱子用的，师父便派给师兄了。我知道他要干什么，平时师母都在家里，他不方便。

"所以我当着大伙儿的面跟师兄抢那间扮戏房，师兄愿意让给我，师父不让，当众把我给打了一顿，威胁我再搅乱就把我卖给老头子做小妾。我当时确实害怕，可我真的想救师兄，下了戏装还没卸就跑去找师兄，可还是晚了，师父已经在里边了。"

当时孟月泠的妆面还没卸，下台后先进了屏风后面脱行头，脱的时候难免弄乱了里面的水衣，正背着身低头系衣服绳子。身后的衣领猝不及防地被人拽了一下，露出大半个肩头，里面是男孩纤弱的身板。

他转头一看，是挂着坏笑的俞芳君，还不明白是什么情况，问道："师父，您扯我衣服做什么？"

他用手护着自己，重新把衣服拢了上去。俞芳君的手已经顺着缝隙伸了进去，触碰到他胸前的一刹那，孟月泠只觉浑身都起了鸡皮疙瘩，心底里泛着恶心。

俞芳君说："师父喜欢你，让师父疼疼你。"

孟月泠拒绝，向后躲着："不行，师父您别再过来了。"

俞芳君哪能听他的，把他逼到了墙角，直接用蛮力去扯他的衣服，那张龌龊的手掌像长虫一样在他的肌肤上游动。孟月泠拼尽全力挣扎，可十几岁的孩子如何与一个正值盛年的男人相抗衡，他大叫，俞芳君便用手捂他的嘴……

他师兄妹俩的戏码是结束了，可前台的戏还在上演，秦眠香悄声来到孟月泠的扮戏房门口，听到里面的扑打挣扎声，看得出孟月泠的抗拒。

她在门口急得像热锅上的蚂蚁，终于计上心头，开始狠狠地拍房门，压低了声音大喊着："来人了！来人了！有人过来了！"

俞芳君赶紧起身，整理好衣物，急匆匆地出了门。虽然秦眠香已经跑远了，但他听出来是她，当晚又把秦眠香打了一顿。

秦眠香劝说孟月泠把这件事告诉孟桂侬，孟月泠拒绝了。两个小孩子互相倚靠着坐在台阶上，秦眠香忽然像想起来什么一样，凑到他耳边告诉他："下次师父再欺负你，你就狠狠地戳他左肋下面，他那里有伤。"

孟月泠愣住了，不会蠢到去问她如何知道的，只是看她的眼神挂上了悲悯。

秦眠香却没心没肺地笑着，歪头很是神气地跟他说："想想怎么谢我罢！"

听完这些，佩芷攥紧了拳头，眼眶里盈着泪水，牙齿狠狠地咬在一起，久久地不知道说什么。

她终于知道了他一直以来那些抗拒的举动的原因，他有陈年的心结未解，她却曾因为这个多次跟他闹脾气，甚至在要嫁给佟璟元之前，用他不愿意与她亲近的事来戳他的伤疤。

满腔的悔意席卷着，佩芷低下了头，把脸埋在掌心里哭了出来。秦眠香仍旧靠坐在那儿，伸手覆上了她的头顶，什么也没说。

如今姜叔昀在上海为政府工作，佩芷身在上海，却不愿去见他。本来想找个旅馆下榻，韩公馆的管家已经收拾好了客房，佩芷便没再推辞，在韩公馆住下了。

那日的最后，秦眠香问她是否打算下一步回北平，回去见孟月泠。佩芷多少觉得没脸回去，但不得不承认，听了那些事之后，她回去的心思跟着活泛了许多。

可她这次从广州来是带着任务的，奉天当地的妇女协会还在等她过去交流经验，她不能做逃兵，还是决定前往东北。秦眠香见劝不动她，也不再多说了。

佩芷没想到半夜会被韩公馆的下人叫醒，手掌拍打在木门上发出催命一般的讯号，佩芷急忙披上一件袍子开门，下人哀痛地告诉她："我们太太自尽了！"

她急忙往秦眠香的卧房跑。房门大敞着，屋子里奢靡的吊灯都打开了，照得恍如白昼。佩芷站在门口，看到地板上有着成片的水渍，伴着稀释过的淡红色的血，秦眠香被从浴缸里抱出来放到了床上，韩寿亭跪在床边攥着秦眠香失去温度的手，低声地发出哀痛的哭声："香儿……你

第十章　风吹梦无踪

怎么想不开啊……我是真的爱你……"

佩芷不禁想到数年前中秋夜友人齐聚石川书斋时，秦眠香作小诗——

>　　我站在月下，
>　　渴望沐浴月的光辉，
>　　可神女从不怜爱凡人。

那年春天，草长莺飞。红颜未老，佳人已逝。

上海下了一场小雨，佩芷许久不曾穿过纯黑色的旗袍，撑一把油纸伞，送秦眠香出殡。

周围除去韩寿亭的友人，便都是些梨园同僚了，一片伞盖相连，结成了陆地行云。佩芷在人群中瞥到了周绿萼，两个人深深地对视了一眼，像是那一眼中便沧田俱变了。

灵柩停了三日供人悼念，孟月泠在北平看到了报纸才知道秦眠香的死讯，连夜前往上海，将将赶上出殡。

乌压压的人和伞之中，他好像看到了一个熟悉的身影，连忙丢下伞挤了过去，人却已经不见了。送葬队伍走远了，空荡荡的街上只剩下他和落雨做伴，而佩芷则踏上了火车，向北出发。

孟月泠在上海未久留，匆匆赶来就是为了送秦眠香最后一程，马路上的积水还没干，他就回去了。

回北平之前，他在天津歇脚两日，仍旧住在西府的那间院落中。又是一年海棠花开的季节，可惜人事俱已斑驳。

他连夜向姜肇鸿递了拜帖，次日去了一趟姜府。如今姜肇鸿对他的态度十分复杂，终于拿他当一位真正的座上客，心底里甚至已经认同了这个女婿，可佩芷却迟迟不归，他这个父亲拿人家当女婿也没用。

孟月泠同姜肇鸿一起在中堂饮茶，并告知姜肇鸿在上海时似乎见到了佩芷，但乱世之中找一个人如同大海捞针，他已经托在沪的梨园同僚帮他留意佩芷的动向，要想彻彻底底地去搜寻，还是要靠姜肇鸿的势力。

姜肇鸿又赶忙给姜叔昀发电报，叔昀在政府任职，便于行动。孟月冷其实未抱太高的期望，因为他知道，佩芷一定是不想回来，但凡她想，没什么能拦住她的——除非，她遇上了危险，这亦是他的担心所在。

北方春迟，孟月冷和傅棠共立在西府的廊檐下，檐顶还在滴落积年融化的雪水，两个人便静静地站着，许久不发一言。

傅棠在天津是收到了些风声的，时局动荡，内忧外患占全，没个太平。

傅棠说：" 不管她去哪儿，只要别往东北或者华中跑就成。"

姜叔昀在上海收到了信，急忙派人去全城搜寻。适逢开明书店出版了一部武侠小说，名叫《凿玉记》，风靡沪上，他的同僚也在阅读。

姜叔昀一见作者署名石川，如同获得关键线索，连忙带了人去开明书店调查。可还是晚了一步，书店的老板说，这位石川小姐交了文稿拿到稿酬之后就走了，据说是往北方去了。

他把这一消息传回了天津，姜肇鸿连忙修书，让北方诸省的好友留意佩芷的动向。

佩芷一路还算顺利地到了奉天，没想到会遇上宋碧珠。

当地尚且没有正式的妇女协会组织，只有几个自愿聚在一起相互帮持的女子，佩芷便先跟她们一块儿把组织设立起来，约束章程，才能进一步发展下去，帮助其他的女性。

听闻其中有一个叫宋碧珠的在城外给流离失所的女人孩子施粥，佩芷还以为只是巧合重名，等到见了宋碧珠之后，发现她有些神秘，虽然穿着普通，但不像是穷苦的人，还有钱施粥，且她与人相处时，眉眼挂着不自觉的讨好，讲话亦很有分寸，从不得罪人。

佩芷在心中责怪自己的心思卑劣，竟在背后如此臆想人家，但因平日里少不了见面，她别扭了许久，还是问出了口："你可是从天津来的？"

宋碧珠眼神里闪过的惊恐骗不了人，佩芷像是瞬间知道了答案，她如今已经从良，最怕的便是被人抖搂出过去的事。

佩芷没说那些，只用两个人能听到的声音说："你认识佟璟元罢。"

第十章　风吹梦无踪

宋碧珠没应声，想必是默认了，佩芷才说："我是姜四。"

宋碧珠这下更惊讶了，佩芷让她别说出去，她如今在外化名石川。两个人一边做活一边聊天，佩芷原本就不恨她，并非像其他人家的正房太太一样，对丈夫在外面的女人抱有深深的敌意。

见佩芷与佟璟元离婚并非因为自己，宋碧珠才告诉佩芷，她当时怀的并非是佟璟元的孩子。至于到底是谁的，她也不知道，所以只能赖在佟璟元头上，因为其他的恩客家中都已有儿女，不缺这一个，只有佟璟元能帮她脱离碎金书寓那个牢笼。

她是江南人，当初被人拐走，辗转被卖到天津，因长相不错，进了碎金书寓。起先她还以为要去读书，想着因祸得福，哪承想不过名为"书寓"，实际上就是个高级妓馆。

她也不是没跑过，要么是没跑掉，要么是跑了之后被抓回去打。几次过后她也不逃了，寄希望于恩客为她赎身，可那些出来嫖妓的男人都精得很，花无百日红，他们怎可能花这个大价钱去赎一个指不定何时就失了兴致的女人，这女人还得是外边的好。所以她不惜代价，偷偷地倒了避子汤，用孩子让佟璟元为自己赎身，接着趁佟府松懈，卷了些珠宝就跑了。

南方她不准备再回了，早已经家破人亡，寻不到根了，且当初拐她的就是个精明的南方人，她对那一带有了阴影，因喜欢雪，她便决定去东北。她先从天津到了旅顺，一下车就寻了个诊所，把肚子里的野种给打了，像是割掉了赘疣，接着来到了奉天，定居至今。

佩芷听了她的故事后，真心地可怜她，一个女人已经到了去借怀孕而挣脱牢笼的地步，得是多么无助，更别说怀胎打胎对自身的伤害有多深。

宋碧珠说："喝完了药之后便腹痛，下面开始流血，好多的血，疼得像是要死了一样。我那时想，若是让我活下来了，我必然要好好地活，绝不辜负了这条命。"

佩芷在奉天度夏，还跟宋碧珠一块儿去看了余秀裳的戏，虽然说只看了那么一场，她如今早已不是当初那个姜四小姐了，坐的是池座儿，更给不起镶金戒指当彩头——那样的一枚戒指，至少够三口人吃上一年的饱饭了。

宋碧珠问她何时回天津，想着她到底是姜家小姐，还有孟月泠那样的恋人守候着，她总应该回去。佩芷给不出确切的答复，出来一年了，她确实想他，可不知他如今是否已经另有佳人在侧，她不敢再想，只笼统地回宋碧珠道："或许冬天罢，回去过年。你不是说奉天的雪漂亮？我总要见一见。"

宋碧珠说："莫辜负了惦念你的人。说好了，等看过了雪，就回去罢。"

哪承想一声炮火就打破了所有的幻想。

九月中旬的一晚，佩芷和宋碧珠睡在同一张炕上，炮火声扰人清梦，两个人借着窗外的月光对视了一眼，赶忙披上了衣服出去。

整条街巷的门口都出来了人，交头接耳地互相问着，有人说："听着是北郊那边儿。"又有人说："打起来了，赶紧跑罢。"

一夜的工夫，奉天便易了主，随处可见成群结队的日本兵，还有上门来搜查窝藏伤员的，全城戒严起来，命令百姓非公事不得外出。

风声鹤唳了足有半月才算平息下来，街口开诊所的薛诚与宋碧珠有私交，因他平日里见的人多，且诊所隔壁就是酒楼，能听到不少风声。

薛诚告知她们最近千万不要再轻举妄动，别在这个节骨眼上宣传什么进步思想，还有就是先别出城，城门口守着兵，语言不通，他们指不定瞧哪个不顺眼就当作特务抓走，严刑拷打，便别想活着出来了。

佩芷原本还想着往吉林和黑龙江去看看，再折返回天津，如今全都泡了汤。

世事往往就是这么能搓磨人，时至今日佩芷才懂孟月泠那些隐忍的抗争方式。生为普通人，身上的棱角总是要被打磨光的，如今能做的，就是保存着意念，矢志不渝，以待来日。

那年秋末，佩芷和宋碧珠一起收留了许多女童。战火席卷而过，逃亡路上先被抛下的总是女孩，还有隔壁巷子里的一家妓馆鸨母独自逃难走了，年纪大些的女孩还能自己出去找营生，年纪小的只能讨饭，受尽酸楚，她们便都收容了。

第十章　风吹梦无踪

长此下去也不是回事，冬初的时候，石萍女学成立。钱上佩芷出了大头，几乎倾尽所有积蓄，宋碧珠也出了不少，置办了一间大点的院子，她们俩睡小一点的那张炕，大炕则留给了小姑娘们住，挤在一起还能睡得暖和些。

奉天事变之后，天津也不太平。

傅棠早知有今日，只是早晚的分别，不少人找他打听风声，他便连戏也不听了，闭门在家，概不见客。袁小真也辍演了数月，在家陪他，俨然已经把傅棠放在了最重要的位置上。

实话说傅棠享受着这种被一个人全心全意挂念的感觉，但他还是要说："小真，你其实不必事事都随我，切莫全然失了自己的想法。"

她本来就不像佩芷那么有主意，平日里对凡事都是淡淡的样子，听傅棠这么说了，也只是一笑："人得学会成全自己，我知道这个道理，所以我现在做的，也是在成全我的心意。"

傅棠便不再说什么了。

整个冬天随着东三省的逐渐沦陷，孟月泠在北平没有一日是不担心的，他生怕她去了东北，眼下再难出来了。

姜家人担心的是佩芷吃不了苦，他上次见姜肇鸿，听说赵凤珊常常以泪洗面。他倒不这么想，当初两个人同居之后，朝夕相伴，他便发现佩芷比过去成熟稳重了不少，家中的活计也学着做，反而是他不让她做，自己全都包揽，到北平之后还请了葛妈妈。

如今……如今又有谁会在她身边帮她做呢？佩芷走后的这一年里，他鲜少露出笑容，内心百转千肠，不知道想到过多少事情。他如今开始后悔，后悔当初不肯教她做那些事，即便有人帮她，难保不是个男人。人心就这么小，他是很容易妒忌的……

次年春天，风云变幻。北平的消息比天津灵通些，奉天的余秀裳为推辞日本人的演出邀约，深居简出了一冬，终于重新登台，在奉天戏院开演。

孟月泠从报纸上看到这则消息，孟丹灵赞余秀裳铮铮铁骨。孟桂侬的嗓子已经塌得不能听了，常在家里唱《桃花扇》里的那段《沉江》。史可法哀叹明亡之痛，孟桂侬惋的却是清亡，意义虽大差不差，但拿孔尚任的词来叹清也着实有些滑稽。

听着《沉江》，孟丹灵用本嗓念侯方域的一句道白："这纷纷乱世，怎能始终相依？倒是各人自便罢！"

孟月泠听出他有些点自己的意思，便幽幽地接了一句："伤心当此日，会面是何年。侯方域既能重见李香君，我便也有再见她那日。"

孟丹灵只能长叹一口气，不便多说。

那时佩芷已经手头拮据了，宋碧珠略有学识，平日里她们俩轮番教女学生们读书认字，倒不必再招先生。薛诚得空还会来教基础的护理知识，也算是一门技能。可到底有一屋子的小姑娘等着吃饭，她们不得不另谋出路。

宋碧珠擅长女红，平日里帮人缝缝补补的能对付些钱。佩芷原本打算继续撰稿，可如今奉天的报馆都被人操纵着，此计便行不通了。机缘巧合之下，那年春天她便下海唱戏了。

余秀裳重新登台，奉天戏院张贴布告，缺个唱配角的老生。佩芷的老生唱得其实还欠些火候，余秀裳慧眼识珠，或许也因为实在没什么竞争，就把她给选上了。平日里给她安排的戏码不多，佩芷除了赶戏，还能在石萍女学照顾学生们，倒也两全其美。

起初听说她叫石川，余秀裳便有些沉吟，直到一起搭了个把月的戏，余秀裳才迟钝地想起来："我这人一向记性差，你真的叫石川吗？不是艺名？当年在义务戏上，你是跟着孟静风一块儿的那位姜四小姐罢。"

佩芷见他瞧出来了，便也不再隐瞒，坦率地承认了。余秀裳端着个小紫砂壶，眼神里写着好奇，一副欲言又止的样子。

佩芷央他："您能不能别告诉他我在奉天？"

余秀裳深深地望了她一眼，摇头道："不能。早在奉天沦陷之前，他便给我写信了，告知我如果见到了你一定要告诉他，说你爱听戏……"

佩芷露出无奈的笑容："告诉他又能如何？他铁定立马要来的。东北如今说是龙潭虎穴也不为过，我舍不得他冒这个险，您觉得呢？"

第十章　风吹梦无踪

余秀裳顿时语塞，他确实认同佩芷所说。孟月泠心急，越是心急越容易出错。他躲了一个冬天，要不是为了早日恢复奉天的秩序，也不会放他出来登台。孟月泠要是送上了门，他不敢想后果如何。

佩芷见他不言语便知道说得动他，又说："眼下奉天已经不像去年那么戒严了，我若是想走，随时都能走。等我安顿好了我的那些学生，自然就回家了。"

余秀裳觉得有道理，听信了佩芷的话，暂时没有告知孟月泠这一消息。

后来常给他跨刀的那个老生私下里给日本人唱了堂会，他寻了个借口把人给赶走了，佩芷便开始给他跨刀。

余秀裳赏识她，她也不肯让余秀裳失望，平日里空闲时愈发刻苦地钻研起戏艺来。过去孟月泠也夸赞过她有天资，唱腔上虽然还有雌音，但加以练习就会逐渐减弱。

可她的薄弱之处是打戏。佩芷一向要强，又开始学打戏，受过不少伤，见血的不见血的都有，常到薛诚那儿去看病，可不论再疼也没哭过。

好像当初一语成谶，她终于像孟月泠一样，把自己活得像只不会叫哭叫疼的小兔子。他们两只兔子一雄一雌，雄的端庄娴静、婉约明媚，雌的威风凛凛、英气十足，如今各散东西，再难相见。

佩芷接连在东北度过了两个冬天，她自小畏寒，冬日里极爱咳喘，但过去养尊处优，即便是和孟月泠一起搬到北平也没受过苦。她出来的第一年在广东过冬，一点也没冻着，接着直接到了东北，骤然转寒，咳嗽加重了不少，但也不算什么大事。

这一年年尾，奉天降了一场大雪，宋碧珠跟小姑娘们在院子里打雪仗，佩芷在屋子里烤火看着，许久未曾动过那么活泛的玩心，便穿上棉袄也出去加入了她们。

没想到当晚她便发起了高烧，咳得极狠。宋碧珠用帕子给她擦嘴，才在蜡烛下看到了血丝，像是咳出了血，连忙请了薛诚过来，说是烧到了肺，退了烧就好了。

她或许是肺本来就有些先天不足，不适应东北严寒的天气，练打戏的时候又受过外伤，伤在了右肺处，赶上一场大病才咳得这么惨烈。

有几个觉轻的小姑娘从隔壁屋子过来，围在佩芷身边小声地说："石先生，对不起。你快好起来罢，我们再不朝你砸雪球了。"

宋碧珠把她们赶了回去继续睡觉，再凑到佩芷面前，发现她正用帕子掩着嘴咳，一边咳一边流眼泪。

她跟宋碧珠说："就是想不通，这么好的女孩，爹娘怎么舍得丢下她们……"

宋碧珠一听她还在惦记着别人，也忍不住哭了出来，伸手却是帮佩芷拭泪水："你快别管别人了，想想你自己。你说要回去的，这都又一年了，怎么还不回？我替你做主，等退了烧，你立刻回天津去，再不许来东北了。"

佩芷摇了摇头："放不下了，舍不得回去，等她们再大些，能养活自己……"

薛诚端了药进来，宋碧珠接过来，打断她："别说了，吃药。"

吃过药后她也睡不踏实，或许是咳得磨人，胸闷且痛，她浑浑噩噩地喊着："奶奶……奶奶……"

宋碧珠背过头去哭，薛诚上前把她揽住，宋碧珠便埋进他的怀里，痛哭起来。

佩芷叫够了奶奶，又换了个人叫："静风……我疼……"

那一病，佩芷像是在鬼门关走了一遭，但到底还是活过来了，养到开春，戏班子开台了，她还能继续登台。天气越来越暖和了，她不受寒的话，咳喘会减缓不少，只是少不了胸痛和咳痰。

疼的时候像是针在钻心，佩芷便又开始抽烟，就像之前抽烟一样，借着一支烟的顺当能游移片刻，疼痛也能忽视掉些许。

她独自站在后院，余秀裳依旧端着小紫砂茶壶，也点了支烟，凑到她的旁边。

他说："其实我还真舍不得你回去，上一个给我跨刀的，没你这么合我心意。"

佩芷调笑道："所以我不是一直在这儿傍您吗？不回去了。"

第十章　风吹梦无踪

余秀裳笑得好看:"孟静风知道得气死。可你的病不能再耽搁下去了,回去罢。"

佩芷换了说辞:"不回了。您大可以告知他我在这儿,那我就往更东北去,让他找不到我。"

余秀裳说:"你上次搪塞我,如今看搪塞不住了,便改为威胁了。"

佩芷点头:"可以这么理解。"

余秀裳问:"为什么不回去?你记恨你爹?"

佩芷无奈道:"合着我跟他的事情,你们外人都知道了?"

余秀裳晃了晃脑袋:"可不是我爱打听,梨园同僚聚在一起,少不了说,一传十、十传百……"

佩芷不语,默默地吸完了指尖的烟,胸腔的那股疼痛大抵是疼够了,也停歇了。

余秀裳了然道:"看来你是记恨你爹。"

佩芷说:"余老板,您的手伸得也太宽了些。"

余秀裳说:"行行行,我不说了。可你有句话说对了,我确实不想让他来奉天,若是让人知道他在奉天有你这么个软肋,谁知道那些丧心病狂的会做出什么事儿来。这些年特务横行,已经失去一个眠香了,我不想让静风冒这个险,你能懂吗?戏还得靠他传下去呢。"

"我懂。"佩芷也是这么想的,若不是为了他能继续在台上唱,她也不会决然离开北平。佩芷又说:"也得靠您,您可别谦虚了。至于眠香,她是自尽的,没中弹。"

"眠香……唉……"余秀裳转了话茬,"你跟我说实话,我和孟静风,谁更胜一筹?"

佩芷忍不住翻起白眼,心道他幼稚,嘴上却丝毫不给面子:"当然是他。想什么呢?"

余秀裳按灭了烟头,用手指点了她一下,起身要走:"你讲话不公允。少抽烟,多喝药。"

原本以为是柳暗花明,不想那一年间,佩芷的身体每况愈下,薛诚看了也面露难色,没说出"油尽灯枯"的词,仍旧给她开药调理。

又一年时光匆匆而过，佩芷教的年纪最大的女学生已经十八岁了，离开了石萍女学，到了奉天的一所私塾任教，终于能在这乱世中养活自己了。

秋末佩芷生辰，那个女学生送了佩芷一顶绒帽，让她冬天戴着防寒。过去她收过无数价值连城的贵重礼物，却都没有这顶帽子让她感触良多，且意义非凡。

冬天的时候，她就戴着这顶帽子，每日要在雪地里走两公里路，到奉天戏院赶戏。也许是心理作用，也可能是回光返照，她竟觉得自己好了不少，轻快地在雪地里跑了起来。

宋碧珠劝她别再去赶戏了，自己可以多接些活儿，佩芷说她："你再这么点灯熬油地缝缝补补下去，怕是要不了几年就老花眼了。"

宋碧珠回道："老花眼也比你咳得睡不着觉强。"

佩芷描着九九消寒图等着春日到来，像是迷信地认为，春暖花开，万物生机勃勃，她也能跟着重生一样。

可惜天不遂人愿，房檐下的雪已经开始化了，姑娘们在院子里笑得开怀，她却觉得浑身酸痛无力，沉得起不来身。

新一年戏班子开台的时候，给余秀裳跨刀的已经换了别人。

这两年间，姜肇鸿派出去的人几乎已经把满中国找了个遍，除奉天事变后日本人占领的东三省及周围地区，关于佩芷在哪儿的答案似乎越来越明显了，他们却不敢相信。

那日北平有名票组织雅集，听闻有从东北来的梨园同僚，孟月泠专程去了。闲谈之际难免说到了余秀裳，有人提了一嘴他又换了个跨刀的，感叹余秀裳运气不济，遇不到一个常年合演的搭档。

又有人说："上一个倒是合他的心意，虽然没什么名气，叫什么来着，石川？据说是病了，兴许病好了还是她呢。"

孟月泠没想到，得到她的消息竟然如此的偶然。

他又问了那个同僚几句后，确定就是佩芷，于是连夜前往东北。孟丹灵闻讯自然前来劝阻，不愿让他去冒险，惊得孟桂侬都跟着来了，大呼小叫地呵斥孟月泠不准去。

第十章　风吹梦无踪

可他们拦不住他，他还是走了，势必要去见她。

临上火车前，他给傅棠发了个电报，告知了傅棠佩芷在奉天。傅棠先给姜家送了信，旋即也要收拾行李跟去。

这厢拦着他的是袁小真。二人结婚后头一次产生龃龉，傅棠说："小真，我这次不得不去，我喜欢她，至少喜欢过她，我不去便没办法安心。我跟静风一起带她回来，从此我们两家都好好的，就是我这辈子最大的幸事了。"

袁小真冷脸说："到了如今这个地步，你又何必在我面前假惺惺地自作多情？谁还有我了解你，你不爱任何人，你最爱的就是你自己。你当佩芷想见你吗？别做梦了。"

还有一句话她没说出口——也只有她，才会看穿他自私的本性之后，还爱着他。

傅棠愣住了几秒，像是不愿意承认她看得那么透彻，怄气一般拎起藤箱往外面走。袁小真在他背后开口，立刻让他止住了脚步："你要做父亲了。"

孟月泠低调地到了奉天，无暇和余秀裳算账，问过了佩芷的住址后便匆匆地赶到石萍女学。

门前挂着一方写着"石萍女学"的匾额，他认得出是她的字。那一瞬间他竟有些近乡情怯之感，迟迟没有踏进门。

这时院子里跑出来了个穿新棉袍的女孩。此时已经是春天了，她这么穿实在是过于厚实了些，手里捧着一碗水饺，蹲下丢了一个在地上，给巷子里的流浪狗吃。

孟月泠默默地看着，饺子还是肉馅的，他心想她们的日子过得还不错，起码吃得起肉。

女孩跟流浪狗对话："大黄，让你也尝尝肉味儿……"

女孩起身本来要进门，又转身看向孟月泠："请问你是哪位？盯着我们的牌子做什么？"

孟月泠说："字写得好。"

女孩神气地笑了笑,那份自豪像是她写的一样:"我们石先生写的。你知道为什么叫石萍女学吗?"

孟月泠摇头:"不知道。"

女孩说:"石先生说,我们是乱世里的浮萍,但她希望我们能像石头一样坚硬,所以叫石萍。她是石川,川载着萍。"

孟月泠淡淡地笑了,跟着那个女孩进了院子。

院子里都是捧着碗吃饺子的女孩,身上穿着一样的棉袍,脸上笑得很是开心。

宋碧珠拎着锅出来,正要问"谁还要汤",便看到了门口的孟月泠。她在报纸上模糊地看过他的照片,如今是头一次亲眼见到,身上的那股风韵骗不了人,她知道他就是孟月泠。

孟月泠说:"我来见她。"

宋碧珠脸上的表情有些酸楚,低头指了指西边的那间屋子。

他慎重地进了门,远远地就听到她的咳嗽声,等到他推开房门的时候,她正扒着床边咳痰,却咳出了血,沾在帕子上。她把帕子折叠后擦拭嘴角,一抬起头正对上他的视线,眼神中闪过一抹仓皇。

孟月泠放下了藤箱,凑上前夺过她手里的帕子,用自己干净的帕子给她擦嘴。他凑近了才看到她惨白的脸色,干裂的唇角挂着一抹血红,身板也瘦了一圈,很是病态。

两个人谁也不张口,他把她抱到怀里,爱恨交加地问了一句:"为什么?为什么这么狠心?"

佩芷不语,任他紧紧地抱着。她何尝不渴望这个拥抱,可又怕弄脏了他。

她想了许久再见到他会说什么,如今自然而然地开口,没想到是这句:"对不起。"

他听了之后更恨了,说:"跟我回北平,我们去看病,你别说这些。"

见到他来,佩芷觉得有力气了不少,甚至还能挣脱开他:"回不去了。"

明明已经十几年未曾哭过,他那一瞬间却无比想哭,像是拽不住要断了线的风筝，明知将要失去却不知该如何挽留。

孟月泠说："姜佩芷，你别胡说。回得去，我说回得去。"

佩芷靠坐在床头，坐在那儿静静地看着他，看她爱的这副容颜，看他微蹙的眉头，伸手给他抚平。他覆上她的手，给她冰凉的手染上温度，执手的动作都带着哀求的意味。

可佩芷像是在短短的瞬间把这几年欠缺的份额给看够了，开口冷漠地说道："忘了罢。"

孟月泠愣住了，怎么也没想到她会说这句话。

佩芷重复："忘了罢，都忘了。"

孟月泠说："如何忘记？你忘得了吗？"

她想她不必去忘记，人只要死了，就什么都忘了。

佩芷说："想必我们上辈子烧了断头香，这辈子注定要分离。还有来生的话，会再见的。"

他从来不信前世和来生，他只要今生。孟月泠说："都是骗人的。我们在台上演过夫妻，你忘记了？你唱许仙，我唱白素贞；你是薛平贵，我是王宝钏……"

可正像是台上的性别错了，他们全都错了，这一生便是错。

佩芷如同听了玩笑一般，笑道："假的。"

他接道："我当真了。"

她无奈地移开了目光："孟静风，你来不就是想见我一面吗？你既然见到了，就可以走了。奉天到处都是日本人，你别给我惹来麻烦。"

佩芷边说边咳，宋碧珠拎着热水进来，孟月泠起身接过来，倒了一杯递给佩芷。佩芷不接，转头说："碧珠，请他出去，我累了。"

宋碧珠站在门口有些为难，孟月泠看了佩芷一眼，跟着宋碧珠出去了。

他向宋碧珠打听佩芷的病情，宋碧珠也说不出个所以然来，只知道是病入膏肓了，便给他指了路，让他去街口的诊所找薛诚。

人走了之后，佩芷像是所有的精气神都用在刚刚那么一会儿了，莫名地感到前所未有的疲累。她张开另一只从他进门便掖在被子里的手，手心里攥着的正是他当年送她的那枚篆着"临风佩芷"的坠子,玉石温热,和昔年如出一辙。

佩芷强撑着身子打开了书桌的抽屉,里面放着厚厚的一摞信封,都是她写给他的。之前她总想着他能忘了她,所以没有寄出信。最近几封则是邀他来见她,见她最后一面,思虑再三,还是没寄出去。

没想到他自己来了,她又回归了最初的心思,不愿意给他看,想让他忘了她。她踢过脚边的炭盆,把信随手丢了进去。

接着她扯过桌子上铺着的那张九九消寒图,最后一个字是"风",静风的风。她已经好几天没勾过了,如今补全了这个"风"字,再在上方题上"管城春晴",旋即丢了笔,跌回了炕上。

最后看了一眼窗外的春光,她想,他总是深春来,未曾迟过。

她这一生不到三十载,波澜起伏,看遍世情;死前缠绵病榻,倾尽微薄的积蓄,给学生们买了新棉袍,让她们吃一顿肉馅饺子;最后见了此生最爱的人一面,抱恨而终,却无怨矣。

孟月泠还没走到街口,忽然停下了脚步,莫名地感觉到一股心痛,泪意上涌。

他立马掉头回石萍女学,一进院子就发现女学生们都正端着碗发愣,饺子也不吃了,呆呆地望着屋子里。他赶忙进去,这次没再听到咳嗽声,而是宋碧珠的哭声。

那一瞬间他像是立马意识到发生了什么,可曾经柳书丹去世,他未曾在场,收到消息的时候已经晚了,未曾直面过这般痛彻的悲楚。

他站在门口远远地看着炕上躺着的人,像佩芷看着死去的秦眠香一样,怎么也挪不动脚步,不敢靠近,仿佛这样她就像没死一样。

那股心痛愈发沉重起来,他用手压着胸口,想开口说话,却疼得说不出来,反应过来的时候,泪已经落下去了。他记不清上次落泪是什么时候的事,太久远了,感觉很是陌生。

她安静地躺在那儿,手里还攥着那枚坠子。她睡着的时候特别乖巧,像曾经每一次在他怀里时一模一样,他无法相信,所以心存侥幸地问:"她还会醒来罢?"

第十章　风吹梦无踪

宋碧珠擦干了眼泪，像是怕她还会冷一样，给她盖紧了被子。她的身上还有余温，尚未凉透，还真像是睡着了一样。

掖好被子，宋碧珠转身去翻炭盆里的炭火，发现盆边有信封的残骸，她赶忙起身走到桌前，看到未来得及关上的抽屉里空空如也，遂扭头惋惜地跟孟月泠说："真狠心，到底还是烧了，她给你写过一摞子信，就放在这里。"

宋碧珠双手拿起桌上的那张九九消寒图，呈给孟月泠看，"管城春晴"四个字显然写得有些抖，可以看出题字的人手腕已经彻底没了力气，不见往日的风骨。

他只看了一眼，便再也抑制不住，背过身去用袖口拭泪。

宋碧珠把九九消寒图放回桌子上，低声地开口："她说她奶奶去世的时候，她特别难受，哭得泪水都干了。她不想自己走了，外面的孩子跟那时的她一样痛，所以给孩子们裁新衣，请她们吃肉，让她们知道，石川先生去世的那日是个好日子，想起来应该笑的。你说她这个人……"

孟月泠苍凉地一笑，他想他可真恨啊，她把所有人都顾念到了，唯独对他最无情，只留下一句"忘了罢"。

他来奉天原本是想带佩芷回去的，如今带走她的骨灰，也算另一种意义的归去。

佩芷的骨灰他送还给了姜家，姜肇鸿并非不爱佩芷，只是爱错了方式，又做错了事。可惜佩芷直到去世都还记恨着这个父亲，唯一的幸事大抵是没见到姜肇鸿愁白了头的样子，如今又一夜疲老了十岁。

赵凤珊哭得肝肠寸断，几近癫狂着怒骂姜肇鸿，姜伯昀和姜仲昀也始终回不过神来，家中哀痛一片。孟月泠无声地离开了姜府，带走了佩芷剩下的那只春带彩玉镯、他送她的"临风佩芷"的坠子，还有一张癸酉年的九九消寒图。

他未在天津停留，直接回了北平。傅棠听闻佩芷的死讯，同时收到了一封奉天寄来的信，大抵是佩芷生前写的最后一封，字迹虚浮，不见笔力，但言辞恳切。她挂念友人，更放心不下孟月泠。

傅棠：

　　东风解冻，柳絮传檐，展信如晤。

　　待你读信时，想必我已不在人世，即便已下九泉，衷心盼你与小真恩爱和睦，顺遂康健，不再多言。唯念静风，此心难安，烦劳劝其忘旧情、忘佩芷，再遇良人，常展欢颜，百岁无忧。

佩芷于民国二十三年孟春

　　他攥着那封信在廊下静坐了许久。檐下挂着的鹦鹉时不时地叫着"春晴"，他望着远处的青天，间或飞过北归的鸿雁，不知在想些什么。

　　袁小真立在屋子里，望着他寂寥的身影，想他是否在后悔没能见到佩芷最后一面，是否记恨于她这个妻子。院子里静悄悄的，风吹海棠，芬芳飘零，又一年旧故春深，却等不到故人归来了。

　　佩芷去世三年后，北平陷落了。不出三日，天津也沦陷了。

　　沿儿胡同遭遇空袭，孟桂侬折返回家中，非要带那身老佛爷赐的蟒服，不幸被流弹重伤。孟月泠亲自出面讨了个人情，才把他送进了洋人的医院，可他的身子骨早已经不行了，不过早死晚死的区别。

　　去世之前，他把孟丹灵叫了进去，浑浊的眼睛里挂着的那抹惋惜做不得假，他还是在心疼这个没能唱戏的长子，用尽死前所有的力气。病床边挂着已经脏了的蟒服，他把它留给了孟丹灵，紧接着咽了气。

　　孟月泠独自站在病床前，面色冷漠，不禁想到就在几天前，他听到孟桂侬小声地念叨着孟丹灵的生辰。这几年他的记性越来越差了，便总是嘀咕着："十月初九……十月初九……腊月……腊月……"

　　他和柳书丹的生日都在腊月，他是腊月十五，柳书丹是腊月廿一。那一瞬间他期待着孟桂侬说出"腊月十五"，可却听孟桂侬说："腊月二十一……书丹，书丹……"

　　或许他对于父亲的期待在那一瞬间就已经烟消云散了，此时只是更彻底了些。

　　他对着死去的人说话，从未这样平心静气地与孟桂侬交谈过，也像

第十章　风吹梦无踪

是在对空气自言自语："那身蟒，没那么好。我有一件更好的，送给您，换您去听一场我的戏，不会让您失望的。"

回应他的只有满室阒寂，他幽幽地重复："真的不会让您失望的。"

三十余年，他与这个父亲至远至疏，原本就不亲厚，又因为他走了自己的路，不愿意复刻父亲的戏路，便彻底分道扬镳，到死未能聚头。

他心底里荒芜了三十余年的那处渴望，渴望有朝一日得到来自孟桂侬的认同，随着炮火一并被打散了。人之一生，遗憾常有，圆满不常有，他早该看透了。

他登了报，声明彻底歇艺。

佩芷去世之后，他还坚持唱了几年，可每每在戏台上看不到南二包厢熟悉的身影，下了台亦没有个懂他的人，他唱得寂寞。如今孟桂侬去世了，他像是连最后的追求都没了。傅棠劝过也没用，便随他了。

余秀裳闻讯寄来长信，当初隐瞒佩芷在奉天的消息，为的就是他能平平安安地把戏传承下去。余秀裳是个戏比天大的人，近几年也为此多次向孟月泠道歉，无法接受他如今彻底不唱。

孟月泠过去也认"戏比天大"四个字，可随着北平的陷落，仓促间他好像耗尽了所有的心气，如今不过是应了那句"生生死死为情多，奈情何"。

民国二十七年初，北平和天津恢复交通后，他迁到了天津，继续住在石川书斋，一个充满了昔日回忆的地方。墙上贴着的九九消寒图已经泛黄了，不知道再过几年会不会随风碎裂。

他亲自把院子里的池塘清理干净，继续开始养鱼，每每站在鱼塘前，看着无忧畅游的鱼儿，好像就能回到那年在耿公馆初见她穿女装的模样——月白色倒大袖旗袍、竹样暗纹、杏色流苏压襟坠子、素金簪、没打耳洞的耳垂，还有双腕的春带彩鸳鸯镯。

正像两只镯子鸾凤分离，他时常攥着那只镯子出神，情凄意切地思念她，心头绞痛。

那几年他开始学画丹青，起先总觉得画得不像，后来画艺精湛了，却有些记不清她的模样了，须得时时看着墙上昔年的合照，妄图刻在心里，结果心却更痛了。

傅棠和袁小真察觉到了不对，好说歹说地劝他去了医院，大夫说是心脏出了毛病，开了不少的药。常年在台上唱戏，不论多么游刃有余的角儿，到底都是要提着心的，秦眠香和余秀裳都有心绞痛的毛病。

袁小真常往吉祥胡同去，她是女人，心思比傅棠细腻些，像是代替佩芷关照孟月泠一样，时常提醒他吃药。

没想到那些药都被他倒进了花盆里，他的病离死还远着，他正是觉得太远了，便想早点了结此生。

民国三十年的中秋，石川书斋院子里的桂花开了，香气寂寂撩人。

傅棠和袁小真携着两坛桂花酒，来陪孟月泠度中秋。赵巧容和宋小笙不请自来，带了两篓螃蟹，还有他们的女儿。小女儿已经开蒙学戏了。

小院子许久没这么热闹过了，几个人在月下对酌，还是不如当初，多了几分空旷和孤寂，无法填补。

孟月泠虽然多年不曾登台，但平日里爱唱昆曲，此情此景让他想起《牡丹亭》的那出《离魂》——杜丽娘思念柳梦梅成疾，药石无医，适逢中秋佳节，推窗一看，月色朦朦，细雨微微……

他唱那段《集贤宾》，嗓音同昔日一样圆润孤冷，昆曲一唱三叹，多了一份绮丽绵延，与空中冷月格外相衬，听得人肝肠寸断，泪眼婆娑。

杜丽娘思念柳梦梅，一如他思念佩芷，七年来未曾断绝。

> 海天悠、问冰蟾何处涌？
> 玉杵秋空，凭谁窃药把嫦娥奉？
> 甚西风吹梦无踪！
> 人去难逢，须不是神挑鬼弄。
> 在眉峰，心坎里别是一般疼痛。

两日后，旧历八月十七，一代名旦孟月泠的死讯见报。正值盛年，因病去世，各地戏迷一片哀叹。

只有那晚中秋宴的其余四个人知道，他并非病故，而是死于自沉。

第十章　风吹梦无踪

中秋次日清早,傅棠和袁小真一同出门,路过医院顺便帮孟月泠取了药,送到吉祥胡同,推开院门发现,院子里那张石桌上的残筵还未收拾,像是破败的山河,亦如同缺憾的人生。

袁小真正要帮忙收拾,傅棠叫了声"小真",二人看向不远处的池塘,当年佩芷买下这处宅子后专程打造的。池子里仆卧着一个人,穿着月白色长衫,看起来很是安详,了无牵挂。

他这些年活得实在孤寂,靠着佩芷给傅棠的那封信残活至今,却还是走了。

挚友知己接连逝去,西府满园的海棠花开花落,却无人共赏,傅棠每每看着盎然盛放的花海,只剩无奈的嗟叹。

时代滚滚而过,佩芷和静风没能看到的太平,他替他们看到了。

中华人民共和国成立次年,袁小真产下一女,是他们唯一的孩子,取名傅春莺,字怀友。佩芷去世那年袁小真怀的那个孩子没能保住,如今重获掌上明珠,傅棠再无遗憾,感念袁小真为他倾心付出了多年。

风风雨雨又二十年过去了,春莺也已经长成他们当年那般意气风发的年纪了。正如赵巧容不愿让女儿学戏,女儿却偏偏爱戏并且从戏一样,春莺由袁小真开蒙,唱老生,进了国家京剧院。

接着一股巨浪打了过来,傅棠身份特殊,家中亦是艰难。过去那些日子都挺过来了,如今一把年纪,他无力再挨了。尤其是袁小真和春莺受他连带,亦遭人排挤。他确实是顶自私的一个人,凡事全都最先顾虑自己,自私了一生也有些无趣。

那日邻里听到他在院子里唱戏,低声地嘀咕他不要命了。他这一生唯爱京戏,此心不移,临死之前小嗓也是好听的。

他唱的是苏三那句"想当年院中缠头似锦,到如今只落得罪衣罪裙"。

袁小真和春莺从外面回来,推开屋门,发现他吊死在了房梁上。

春莺哭着说:"爸爸告诉我,他偷偷地埋了家当在海棠树下……"

院门口拥进了人,袁小真的眼眶里蓄着泪水,伸手捂住了春莺的嘴。

当年海棠树下四友赏棠,留下合照,如今只剩下袁小真一人。巨浪咆哮而过,之后她在戏曲学院任教了几年,但到底力不从心,便退休养老了。

傅春莺直到中年也未曾结婚，但育有一女，起名傅西棠，取西府海棠之意，以悼念父亲。

一九九三年的夏天，电影《霸王别姬》在内地上映，京剧院组织集体观影，还专程请了袁小真出席。那时她已经八十多岁高龄了，由春莺和西棠一起扶着，身后坐着不少她教过的学生，甚至还有学生的学生。

两个多小时里，她坐得煎熬，但还是坚持看完了。她像是跟着电影一块儿把自己的这一生又回望了一遍，百感交集，泪流满面。

没多久她就病重入院了，袁小真自知行将就木，也无心留恋人世。

电影里说：人得自个儿成全自个儿。

回首她这一生，活得不赖，她心中唯有过傅棠一人，相伴多年足矣；傅棠去世后，她还有子孙绕膝，在成全这件事上，再没人比她运气更好了。

苟延残喘之际，模糊地看到春莺在病床旁哭，她朝着女儿笑了笑，最后说道："我去找阿九了……"

春莺自记事起，父亲常唤母亲"小真"，事事不离小真，父亲的每一句"小真"都有回应；母亲唤父亲"阿九"，几十年如一日，很是恩爱。

他们那些人的过往，到如今袁小真去世，算是彻底结束了。又或许还没结束，西棠成年后常问姥姥昔年的旧事，故事若是就此传说下去，至少能让人知道——他们存在过。

可也只是个故事了。

下卷：新月

第十一章

山水定相逢

七月末,"京剧·津门故里"艺术展演活动圆满收官。为筹备活动,京剧院老中青三代演员加班加点,连周末都在彩排演练,如今活动结束了,顾副院长宣布全院休假,总算能松一口气了。

姜晴刚经历分手,并在这时向顾夷明提出辞职,顾夷明自然不准,和姜晴父母统一战线,两相僵持……

梁以霜输入密码打开门,客厅里空无一人,随手把落在地上的抱枕捡起来丢到沙发上,再踱步往卧室走。最先映入眼帘的是地上的行李箱,衣柜门敞开着,床上凌乱地摆着几件衣服。

被柜门挡住的人手里正拿着手机,开着免提,可以听到对面传来慈爱而又不失威严的女声,正絮絮地说个不停。姜晴听到门口传来的脚步声,露出了个脑袋,用右手指了指左手发出声音的手机,做了个苦哈哈的表情,又向梁以霜比了个嘘声。

梁以霜点了点头,走到床边拾掇她挑出来的那几件衣裙,捡了两件出来丢到了一边,再把其他的叠好,放进了行李箱里。

姜晴一通"嗯嗯啊啊"地答复对方,语气和态度极其谦逊,最后说:"我知道错了,应该再好好想想,我爸妈一会儿来我这儿找我谈呢……对对对,该说,我听的……没有没有,哪敢敷衍您,您就放心吧……嗯,嗯,对,好,您放心吧……嗯,您好好休息,您先挂,好,随时给您报备……"

总算把电话挂断了,姜晴把手机丢到了床上,叉腰长叹了口气,随即倒在床上。

梁以霜问她:"顾老师?"

顾夷明,著名京剧演员,去年升任京剧院副院长,姜晴的恩师。

姜晴点了点头:"非觉得我是因为失恋脑子不清醒,我看起来有这么二百五吗?聊了快一个小时,我也算明白了,她就是想听我认句错呢,我赶紧认。"

"你以为你看起来很聪明吗?"眼看着姜晴要跳起来,梁以霜的话锋一转,"主要你在这个节骨眼儿提出辞职转业,搁谁不往那方面想?顾老师一向最得意你,可不得按着你让你认错,赶紧改主意才好。"

看她躺在床上一言不发,梁以霜赶忙又问:"你不会已经辞了吧?"

"没有,院长正准备要出国做学术交流,现在院里大小事情都是顾老师在处理,她不同意。"

梁以霜从冰箱里拿了一听气泡水出来,坐在沙发上漫不经心地问她:"那你怎么想的,你到底喜欢京剧吗?"

姜晴说:"那肯定喜欢啊,吃了这么多年苦呢。"

梁以霜:"那你闹什么呢?不还是成了因为失恋闹辞职。"

姜晴一个鲤鱼打挺从床上蹦了起来,走到客厅:"不是。你看就像男男女女恋爱,喜欢就在一起了,然后就要考虑合不合适的问题了呀。那我不适合做这一行,就得及时止损嘛……"

梁以霜不置可否地笑了笑:"你学了快二十年戏了,现在才发现不合适?"

姜晴拿起她放在茶几上的气泡水,喝了一大口,还打了个嗝,才破罐子破摔地道:"那我跟宋清鸿不也是谈了几年恋爱才发现不合适吗?总要给我试错的时间。"

梁以霜知道姜晴心里在想什么,她有一道迈不过去的坎儿,不论是顾夷明,还是一会儿要来的父母,说再多的话也没用,还是需要她自己扭过那根绳来。于是梁以霜点了点她的腰,转而问道:"腰伤怎么样了?"

展演上她演的《金山寺》,排练的时候正赶上跟宋清鸿分手,也不知道有没有这个原因,练踢枪把腰给闪了,属于是带着伤完成的表演。

姜晴摸了摸后腰,皱起眉头说:"还成,后天上午再去做个推拿,下午的飞机。"

梁以霜看出她没什么大事,便问:"直接飞大理?"

第十一章　山水定相逢

姜晴说:"顾老师让我先去一趟上海,有个青年演员的交流会,然后放我半个月假,我从上海飞云南。"

曾经读书的时候她们一起去过云南旅游,对那里留下了不错的印象,尤其是大理,可以算作短暂逃避现实的桃花源。

梁以霜再拿起饮料罐,发现已经被喝光了,于是嫌弃地白了一眼姜晴,语气风凉地说:"交流会,好差事哦。"

姜晴哼了一声:"没人去的好差事?要写报告的,说不定还得在会上读,可蠢了。"

梁以霜笑道:"挺好,臊一臊你,让你清醒清醒。"

姜晴大叫:"你不会也觉得我做这些是因为失恋吧?!"

梁以霜转移话题:"出去散散心也好……"

没等她开口解释,门铃响了,姜晴哀叹道:"行了,新一轮的游说来了。"

梁以霜穿上拖鞋去开门,一打开门就看到面色阴沉的姜家父母。姜母张慧珠一看是梁以霜,便短暂地卸下了严肃的面具,笑吟吟地说:"霜霜也在啊,你快帮我一起劝劝她。"

梁以霜站在二老身后朝姜晴使眼色,语气如常地说道:"嗯,我来给晴晴送东西。那我先走了,您和姜叔跟她聊吧。"

姜晴投过去骂"叛徒"的眼神,梁以霜视而不见,在张慧珠殷切的送别声中换好鞋溜之大吉,留下她独自承受父母的谆谆教诲,直到深夜才得了个清净,一边护肤一边给梁以霜发语音。

"你知道吗,这俩人根本没说我辞职的事儿,跟顾老师双管齐下。我这刚分手,手分得还热乎呢,他们已经要让我相亲了。拜托,相亲唉,条件夸得天上地下的,真这么好至于跟我相亲?"

总之不论如何,两日后的傍晚,姜晴准点抵达上海,好友贺蒲前来接机。

贺蒲是上海昆剧院的演员,长得眉清目秀的,但唱的是丑角。

曾有这么一桩趣事:贺蒲在朋友聚会上认识了个姑娘,两个人一眼就天雷勾地火了,加了微信之后热聊了一周。那姑娘知道他是昆曲演员,一直以为他是唱小生的，脑补了个他在台上风度翩翩的清越扮相。

结果贺蒲邀她看演出，姑娘倒是认真看了，就是在演出结束后问他，台上唱小生的也不像他呀。贺蒲顿时语塞了半天，才艰难地说："我唱的潘必正的书童，脸上画豆腐块儿的那个丑……"

那晚分开之后，姑娘就再也没理过他了。

如今贺蒲还对这事儿耿耿于怀，说起来就气："丑角怎么了？那老话还说'无丑不成戏'呢。我跟你说，我俩真的特别合适，我一度以为遇到 soulmate（灵魂伴侣）了，可惜……"

台上向来是没有小角色、只有小演员的，这事儿虽然说时不时地在朋友圈里被拿来打趣，也是因为贺蒲的脾气好，真要说对这件事的看法，都是有些愤慨又无奈的。

姜晴一边笑着听他发牢骚，一边从包里翻出一张邀请函，趁着红绿灯的工夫给他瞄了一眼："你看看，就这个交流会，你去吗？"

贺蒲瞟了一眼就看出来了，哼了一声道："等着抄我笔记呢。"

她看到函上写的是邀请"青年戏曲演员"，而不是"青年京剧演员"，就猜到贺蒲有可能去了，尤其还是在上海举办的。

两个人有一搭没一搭地闲聊，贺蒲又说："我们昆剧院的老副院长进医院了，还不知道能不能出席，原本说他要做开幕致辞的。"

姜晴略有耳闻："闻副院长？大学的时候听过几回他的公开课，他是冠心病吧？"

贺蒲"嗯"了一声："他这次铁定要提前退休了，据说要请邵教授回来。"

姜晴："邵教授？就那个'昆曲皇后'吗？她不是人在美国？能回来吗？"

贺蒲："所以说还在交涉呢。先请了个人来代理，也是闻院长教过的学生，据说正在交接工作，还不知道什么时候来院里。闻院长躺在病床上，口述给他女儿帮忙交流，也不容易。"

姜晴低头打开了手机，笑道："你这一天天的尽听小道八卦了，这要是让我们顾老师知道，肯定说你不务正业。"

第十一章 山水定相逢

贺蒲笑了笑没反驳，语气有些故弄玄虚："这位代理副院长呢，也是个人物……"

姜晴显然在回复微信消息，漫不经心地应和他："老艺术家嘛，当然是个人物。"

"不是……"贺蒲原本想卖个关子，没想到姜晴根本没兴趣，只能说，"等你见到了就知道了，我看这个交流会八成由他代闻院长出席。"

他原本以为姜晴至少听进去了，没想到她压根儿没当回事。次日交流会上，二人挨着落座，姜晴还特地挑了个靠边的座位。贺蒲隐约地猜到了她要打瞌睡，哪承想她直接找了个空当儿就要出去。

贺蒲在桌子下拽着她不让她溜，促狭地说："学艺先立德，怎么一到这事儿上你就想着偷懒耍滑呢。"

姜晴低声地跟他保证："我的艺德没问题，但我听得犯困，出去放放风，买瓶水就回来，好吧？"

贺蒲拦不住她，放她走了，叮嘱道："那你赶紧的，敢不回来你就死定了。"

眼看着后面拥进越来越多的人，姜晴感觉这间厅子里的空气都变得压抑了，赶忙点头："马上回来，你给我占着座位啊。"

出去之后，她到自动贩卖机那儿买了一罐热咖啡，打开靠在贩卖机旁边喝，同时还要分出一只手，回复顾老师的询问以及张慧珠提醒她明晚相亲的事。她的相亲对象在上海，是张慧珠在戏校时的同窗的儿子。张慧珠与同窗戏校毕业后，一个回了天津，一个回了上海，所以这些年才少了往来。

眼看着张慧珠发来四五条近六十秒的语音，姜晴都没打开听，直接回复过去："嗯嗯，我知道啦，妈妈，好的。"

接着手机又振动了两下，退出和张慧珠的聊天框，她发现是贺蒲催她回去："买瓶水比拉屎还慢？我说的那个代副院长要演讲了，你还不回来？"

姜晴皱起眉头，看着那个"屎"字和"代副院长"出现在一串话中，笑着回复过去："我差点儿以为你在说'屎院长'，你怎么这样啊？"

贺蒲可不管她的插科打诨，回道："赶紧的，我说真的，他长得可帅了，不看是你的损失。"

姜晴在屏幕前摇了摇头，不紧不慢地小口喝着热咖啡，想她这么些年在戏校和剧院什么样的美男没见过，而做领导的都已经两鬓银丝，略微发福，虽然说风姿不减当年，依稀可见年轻时的俊秀，但到底没什么看头了。

当然，这些老艺术家也不是以色侍人的，只是就贺蒲说这位代副院长容貌过人，姜晴发出如此感慨。

她装腔作势地回贺蒲："有道是少年子弟江湖老，红粉佳人白了头。可惜，可惜呀。"

贺蒲回："可惜你个头，不看拉倒。"

他多少有些无人畅谈八卦的懊恼，旋即又忍俊不禁。姜晴这个人一向不按套路出牌，他原本想勾起她的好奇心，没想到却反过来被她弄得抓心挠肝。此时他想直接告诉她台上站的是谁，话已经打完却还是删除了，心道等她发现错失了一出好戏的时候就知道后悔了。

孟逢川在台上从容不迫地侃侃而谈，台下挤满了年轻一代的戏曲演员，还有没毕业的学生，显然是听说他会出席专程来凑热闹的。这种场合他早已经司空见惯了，除了偶尔低头瞟一眼稿子的空当儿，看向台下的时候还在不着痕迹地打量着每一张脸，没有找到熟悉的身影。

这场交流会的主办方是戏曲协会，他代闻院长出席，推拒了原本安排的开幕演讲，改为资历更深的齐教授致辞，他的演讲则安排在了后面。讲台上放着的稿子是闻院长早就写好的，他略微做了修改，言辞风趣地娓娓道来，并不如想象中枯燥。

台下一片掌声中，孟逢川已经转身往下走了，座席间小声地议论着。姜晴在这时低调地回到了座位上，并塞给了贺蒲一罐热咖啡。

贺蒲说："人都下去了，你知道回来了。"

姜晴说："他有什么好看的呀？"

贺蒲冷笑："你说有什么好看的，后面挤着的都是为了来看他的。"

姜晴看了一眼后面乌压压的人，心想这位老艺术家还挺受年轻人欢

第十一章 山水定相逢

迎呢，看来确实是位英俊的大爷。

当晚姜晴和几个在上海的同学小聚了一下，回到酒店已经是深夜了。打开微信，发现来自张慧珠的未读消息足有将近二十条，她打开免提，把声音调到最大声听着唠叨，即便远在上海，也觉得像是在家里一样。

张慧珠无外乎是在夸赞那个相亲对象，夸得天上有地下无的，甚至说出"走出失恋最好的办法就是开始一段新感情"这种时髦的话，可谓用心良苦。

姜晴听了个大概，总算把那些语音放完了，语音下面则是推过来的微信名片，下面还有几条文字，叮嘱她："一定要加人家啊，明天晚上六点半，映竹轩，不要忘记了，不要迟到。"

她哪儿敢告诉张慧珠，她明天下午的飞机就离开上海了，压根儿就没打算去。

点开那个微信名片，昵称叫"生川"，头像是黑灰色的侧影，仔细看想必是扮上相在夜色下拍的，因为她看到了文生巾（戏曲中小生戴的盔头）的剪影，两侧有"如意耳朵"，背后还有隐约飘荡着的缎带。

姜晴的眉头一皱，因她原本就不待见这位相亲对象，于是脑补对方是个文绉绉、酸溜溜、思想保守、个子不高的大龄单身男青年，反正没一个褒义的形容词。嫌弃地退出了界面后，她既不打算赴约，也没打算加对方为好友，虽然不言语一声就爽约很不礼貌，但这是她想得到的破坏这场相亲的最好方式。

另一边孟逢川也在对着手机思量，看着这个微信昵称叫"green apple（腰疼版）"的名片，头像是一只被强行抱在怀里的猫，略显狰狞。虽然没露脸，但这个把猫紧锁怀中的动作，怎么看也跟母亲解青鸾说的"温柔含蓄"不相符；至于那个括号里的"腰疼版"，他就更不明白是什么意思了。

退出界面后，他也没添加对方为好友的意思，只回复解青鸾"知道了，会按时到"。

接着他反手把相亲时间和地点转发给了解锦言："你姨给你介绍女朋友，要按时到。"

解锦言：相亲啊？
孟逢川：不是。
解锦言：就是啊，明天周六？我去你家找你？
孟逢川：明天有事，黄老师的《玉簪记》鼓笛看戏。

想到上次解锦言把车放在了他这儿，一直没开走，他又跟解锦言说——

中午请你吃饭，别开车，我把你车开过去。

解锦言想了想也行。

我朋友在南昌路那边开了间私房餐厅，去试个菜？

孟逢川没意见，回了个"好"。
结果第二天排练得并不顺利，黄秋意一把年纪了还跟着周六加班，几个年轻的演员频出差错，甚至还有这个时候忘词儿的，气得黄秋意挨个说了一遍。
孟逢川安抚住黄秋意，又告诉了解锦言一声，这饭是吃不上了。原本上午该完成的工作拖到了下午，孟逢川走出剧院的时候，解锦言早就蹭了朋友的车走了，他的业余生活一向丰富。
开着车又路过了南昌路，解锦言打电话过来，孟逢川的态度有些冷淡，尤其是解锦言提起相亲的事儿。两个人闲聊着。
解锦言话多，他话少，车子里盘旋着解锦言的话语声，眼看着要行至路口，他盯着前面的路况，没搭理解锦言。
适逢周六，贺蒲开车送姜晴去机场，她摘了口罩攥在手里，过马路之前给贺蒲回了一条语音："不是告诉你停这边吗？非要停那边，我还得过去。"
刚把手机放进口袋里，眼看着左手边拐过来一辆车，她下意识地后

第十一章　山水定相逢

退了两步,那辆车也跟着停了,姜晴才后知后觉,她是行人,车子要礼让她的。无意地瞥了一眼那辆车,她便拖着行李箱急匆匆地过了马路。

贺蒲下了车帮她把行李箱放到后备厢,两个人上了车,如常往机场开去。

快到机场的时候等了个红灯,贺蒲盯着后视镜看得挪不开眼睛,姜晴提醒他:"绿灯了,发什么呆呢?"

贺蒲说:"你看后面那辆车,跟我们一路了。"

姜晴从副驾驶的侧视镜看了一眼:"咱们去的可是机场,怎么就是跟着你呢?"

贺蒲皱起眉头想了想,也没当回事:"也对。你看那辆车好看吗?我也想买一辆。"

姜晴兴致缺缺,问他:"不攒钱买房了?"

贺蒲说:"买不起啊,我打算回苏州买,现在不急。"

姜晴笑了笑,又说:"你把我放下就走吧,停车麻烦。"

贺蒲说:"没事,送你进去呗,来都来了。"

姜晴便没再推辞,任他把车停到停车场,有个专门帮着拖箱子的人,不用白不用。

等她办理好登机牌之后,发现时间尚有空余,贺蒲意思意思叮嘱了几句:"那你到了大理跟我说一声啊,注意安全。"

姜晴说:"知道了。你们一个个都拿我当小孩儿似的,霜霜也唠叨了好几天了。再说,我也不算去玩儿的,就散散心,兴许天天宅在客栈呢。"

两个人说了几句就分开了,她去安检那儿,贺蒲则离开机场原路返回,自然没看到不远处站了许久的男人。

孟逢川快速地在手机上订了今天剩的从虹桥飞大理唯一一班机票,嘴角忍不住露出笑容。他原本见那两个人关系亲近,还以为贺蒲是她的男朋友,虽然旁听不礼貌,但听两人聊天,尤其是分别时也没什么亲密的举动,不禁在心中确定,她此时是单身。

等到飞机即将起飞,空姐在他身边告知全程距离和航行时间时,孟逢川还是有些恍如梦中。

她坐经济舱，他没能在身边看到她，有些惋惜。可想到能与她离得那么近，且终于见到了她，还是有些心潮涌动，迟迟难以平复。

解锦言发来微信。

> 我晚上相完亲去找你？把车开走，省得你总惦记这事儿，跟占了你个车位多大麻烦似的。

空姐已经在提醒将手机开启飞行模式，想到停在机场停车场的解锦言的车，孟逢川回他"不在家，有事"。

忽视屏幕上方的"对方正在输入中"，孟逢川果断地开启飞行模式，锁上了手机。

四个小时的航程，两千多公里，从东到西。

彼时上海尚且热得不够尽兴，大理的夜晚却十分凉爽，一下飞机他就感受到了一股凉意，冲进他单薄的T恤中，这才知道她在上海的街头穿得那么保守的用意。

他默默地追随着她的脚步，望着她的背影，在她不知道的情况下陪着她等行李、出机场、打出租，还下意识地记下了她的车牌号，虽然好像没什么用处。

他坐的出租车的司机说："这个时间天快要黑了，往那个方向去的，显然是去古城。"

司机不紧不慢地开，孟逢川没否定，只盯着前面的那辆车，生怕跟丢了一样。

两辆出租车一前一后地停在古城外面的一条巷口，孟逢川看到她没要司机下车，而是自己挪到了车后，利落地搬出了行李箱，拖着往巷子里走。他原本想上前帮忙，又生怕唐突了她，看到她的力气还挺大，又忍不住暗暗地发笑。

等到她进了那间装潢古典的客栈，院子里可见茶亭、假山、绣球花、石桥、流水，看起来是个很有想法的老板。主楼是一栋三层的白色小楼，

第十一章　山水定相逢

旁边还有几座平房，可见窗帘遮挡的巨大落地窗，分外雅致。

他在大门外等了十分钟才进门，老板长得有些粗犷，问他有没有预约。孟逢川说没有，询问是否还有空房，老板摇了摇头："现在都在网上预订，空房都排到后天了，还是个家庭房。"

孟逢川说："什么房都行，能预留吗？"

老板看他衣着单薄，不像专程来旅游的，身边也没有行李箱，眼神不禁有些打量，但看他也像个正人君子的模样，便收了他五百块钱的订金，留了他的姓名和手机号，答应会在后天收拾好房间后通知他。

孟逢川道了句谢，出了客栈又要找落脚点。这边的客栈大多开在古城里，这条巷子总共就这么一家客栈，最近的一家也要进古城了，他还是觉得有些远。

这时看到斜对面有家面积狭小的小卖部，门口摆着个烟柜，旁边立了个牌子，写着"住宿上楼"，他便打算在这家小旅馆凑合两天，便过去开了房。

前台的阿姨因为他长得好看便多看了几眼，发现他的谈吐和穿着都不像普通人，付钱也不含糊，怎么都不像会住这种小旅馆的。

孟逢川感受到了殷切的注视，可跟个陌生人也没什么好解释的，便拿了房卡进房间了。

他这一世活了近三十年，从未动心，孑然一身，如今短短不到半日，像是把曾经缺乏的悸动全都补了回来。

进了房间之后，看着逼仄的空间和暗黄的灯光，以及不知是否达到卫生标准的床褥，一贯镇定自若的人还是忍不住皱起了眉头，在心中感叹道，或许这就是心动的第一个代价。

房间里是没法儿待了，他很快便下了楼，站着等累了便坐在小卖部旁边的台阶上，遥望不远处的客栈。空中可见赤红色的残阳，正依依不舍地下落，云南的日落太晚了。

上海的天已经黑得彻底，街上霓虹招展，解锦言在酒吧会友，后知后觉孟逢川说晚上有事实在蹊跷——他这位表哥一向孤僻古板，夜生活等于零，除了以前还当昆曲演员的时候少不了晚上加班排练，这两年天黑之后是必定回家的，哪儿来的事儿？

解锦言掏出手机给孟逢川打电话："不是，你大周末晚上的，有什么事啊？"

孟逢川还孤独地坐在那儿，冷漠地说："你那边很吵。"

解锦言推开朋友出了酒吧，这才清静了些，追问道："我跟你说，那姑娘根本没来相亲。我在那儿坐了半个钟头，我可是等她了啊，她不来我也没办法。倒是你，你忙什么呢？"

相亲的事已经不重要了，他根本没放在心上，说："我在云南。"

解锦言大惊："你下午不是还在剧院？这才几个小时的时间，跑云南去了？你逗我呢？"

孟逢川嫌他话多，挂断了电话，打开微信给他发了个定位。解锦言不信，回发了个自己在美国的定位。

孟逢川在心里骂他，又开启了位置共享。解锦言在屏幕前划拉了半天，才在西南角看到孟逢川的位置，大叫："你不是吧，大哥，昆剧院在大理有活动？"

"没有。"孟逢川也不做解释，直接给他下达命令，"你不是知道我家密码？给我找几件春秋穿的衣服寄过来，地址一会儿发你。"

解锦言问："我车呢？钥匙你放家里了吗？我顺道把车开走。"

孟逢川看了一眼自己的口袋，回道："车在机场，你拿备用钥匙去开回来也行。"

解锦言发来带着怒气的语音："停一天你知道多少钱吗？"

孟逢川说："知道，所以让你去。"

他的心思不在跟解锦言的闲聊上，便不再理会解锦言，只默默地望着那间客栈的外门，客栈里走出来过不少的游客，却始终不见他最想看到的那个身影。

那是见到她的第一天，直到深夜，他没有等到她出现。

接下来的整整两天里，孟逢川过得万分煎熬。他雷打不动地在小卖部门口等她，等成了个"望妻石"，等到小卖部看店的阿姨都记住他了，

第十一章　山水定相逢

操着一口不甚清晰的普通话和他攀谈，她还是没出现。

圈子里的好友向来用他非工作日不常外出打趣，他哪里想得到，这一世的她竟然宅到如此程度。

小卖部兼小旅馆的老板娘向他打探道："小伙子，等人啊？"

孟逢川含糊地答了句："嗯，算是。"

这位阿姨显然没少看连续剧，给他安了个和女朋友吵架闹别扭的桥段。孟逢川没那么大的脸，尤其小卖部就在客栈斜对面，等看到了姜晴难保不会闹乌龙。

他便解释说："我在等客栈的空房。"

老板娘"哎哟"了一声："你非要等他家的干什么？我就说你瞧着不至于住我这小旅馆。那大酒店不是多的是，还有临山临海的，大大的落地窗，早晨起来阳光好得很……"

孟逢川静静地听着，只露出一副不置可否的表情。对方见他不愿意多说，就也没继续追问了。

姜晴宅在客栈里两日未曾外出，每天睡到日上三竿，涂个防晒霜就躺在院子里的躺椅上晒太阳、看书，看累了就把书往脸上一扣，再睡个下午觉。

云南的日落很晚，古城里的夜生活丰富，可她被工作压榨了太久，全然没有出去玩的心思；再者她就自己一个人，古城里少不了有拉客的，喝酒也得小心，还不如在客栈里自在。

晚饭她则蹭了客栈老板一家的，因为上学的时候就来过，她亲切地称呼老板和老板娘为四哥四嫂，蹭两顿晚饭也不妨事。

等到第三天晚上，她终于出门了。

晚上天快要黑的时候，孟逢川原本以为今天又见不到她了，甚至怀疑她是不是已经走了，这时她穿着宽松衬衫和长裙、脚踩帆布鞋，臂弯里还挂着一件浅色的长风衣，正往身上套，步伐悠闲地出了门。

孟逢川默默地跟了上去，本来以为她要进古城，没想到她沿着古城外面走。这个时间古城里正热闹着，可外面略显冷清，路上也没几个人，他看她一个人难免觉得不安全，殊不知最大的不安全因素是他这个"跟踪狂"……

　　姜晴拐了两条巷子，进了一家门脸低调的餐馆，名为"兰园食坊"，做滇菜的。她显然是熟客，从容地穿过有些蜿蜒的前院，进了餐馆上楼，落座在靠窗的位置。

　　她不用看菜单，直接点菜："黄焖鸡、凉面，再来一碗酸奶。"

　　孟逢川有样学样，坐在她隔壁的桌位，恰好看着她的背影，而她只要一回头就能看到他。酸奶他并不喜欢，他依旧不习惯那些甜腻腥辣的食物，至于菜色，则点了和她一样的。

　　两个人的菜想必是一锅做出来的，上菜也是一起上。孟逢川看着那碗颜色黑黢黢的、掺着辣椒的黄焖鸡，不禁皱起了眉头；至于旁边那盘凉面，面汤中便可见红油，没一个他爱吃的。

　　一抬头发现她已经在大快朵颐了，还抽出一只手给人录视频，附带解说："霜霜，我又来吃我们上次一起吃过的那家餐馆了。你瞧瞧这凉面，闻到味儿了吗？还有这鸡，外面可吃不到哦……"

　　孟逢川拿着筷子审视那盘鸡，耳边听着姜晴的讲解，心道：外面可不是吃不到嘛，这盘黄焖鸡和外面的黄焖鸡完全是两个物种。

　　可听了她的褒奖，且她显然是爱吃的，孟逢川果断地动起筷子，想尝尝她爱吃的东西是什么味道。云南这边的黄焖鸡叫"永平黄焖鸡"，肉是乌骨鸡肉，肉质更鲜嫩，所以整盘菜的颜色看起来有些黑暗，味道确实不错，只是太辣了些。至于旁边那盘凉面，他也尝了一口，果然如预料之中那么辣，于是赶忙叫来服务生送上瓶水。

　　他这桌吃得缓慢，另一桌的她已经快速地将鸡肉食入腹中了，吃得极其畅快。不知怎么的，虽然他没吃多少，但也觉得心情愉悦，倒像是极其满意这顿餐食。

　　她把小碗里的酸奶吃光了，用来解腻，接着没忍住打了个嗝，声音不大，只是孟逢川离得近，且耳力过人，才听了个清楚。她立刻用手捂住了嘴，掩耳盗铃一般打量了旁人，发现没人注意到这声嗝声，又偷偷地笑了，接着抽了张纸巾擦嘴。

　　孟逢川就在她的身后看着，笑意直达眼底——那一瞬间很想把她抱

第十一章　山水定相逢

到怀里，或者刮一刮她的鼻子。

姜晴在手机上回了个消息，捞起风衣准备走人，路过孟逢川的桌位时，他故意抬起头，把自己的脸露得清晰些，好让她看到。

余光可见她显然是朝他看了一下的，可脚步却未做停留，直走到前台结账去了。

他忽然像泄了气一样靠到座椅上，丢下了筷子，想，她果然不记得他了。懊丧了不到十秒钟，孟逢川起身拿起手机，紧随其后结账，在她身后保持三五米的距离，陪着她回了客栈。

路上她少不了看手机，这是当代人共同的毛病，孟逢川眼看着要到路口了她还在看手机，难免焦急，随时做好了上前拽住她的准备。

没想到她像是额头长了眼睛一样，在到达路口的前一秒收回了手机，乖乖地等红绿灯，很是闲庭信步，唯独急坏了身后的他。

与此同时，远在天津的梁以霜收到了姜晴的微信。

> 我刚才在餐馆遇到了个大帅哥，好像也是一个人来旅游的。说帅哥都辱没他了，就是倍儿有气质，你懂吗？唉，就看了他一眼，刚刚那顿饭的味儿我都忘了。

梁以霜毫无兴趣，提醒她——

> 你知道杀猪盘吗？自己一个人在外面，别总瞎看。

姜晴觉得有道理，连忙答应。

可没想到的是，第二天她口中"倍儿有气质的大帅哥"就入住了和她同一家的客栈。彼时她脸上正盖着一本书，靠在院子里的躺椅上晒太阳打盹儿，隐约地听到了轻便的脚步声，来者落座在了躺椅旁边隔着一张小桌的竹椅上。

凡是来旅游的，尤其是这种好天气，白天大多不在客栈里面，她这几天都是一个人在这儿躺着的，最多四嫂偶尔空闲会陪她一起坐会儿。

姜晴以为是四嫂，突然掀开了脸上的书，猛地起身想要吓她一下，没想到正对上惊讶的孟逢川，情形有些尴尬。

对视了几秒，姜晴挤出了个笑容，想要缓解这股尴尬，孟逢川却为那熟悉的笑容所错愕，不知如何回应。姜晴也没好意思说话，接着站了起来，携书潜逃回房间了。

她站在二楼的阳台上，顶着大太阳朝下看，发现他还坐在那儿没动，不知在想些什么。

接下来的两三天里，她发现她跟这位新住客也太有缘分了些。他第二天就搬到了和她同一层楼靠楼梯的一间房，两个人总是低头不见抬头见的。院子里那么大点儿的地方，她也总能在不远处捕捉到他的身影，好像他也不怎么出去玩，喜欢宅在客栈里。

殊不知孟逢川每天站在房门内踱了多久的四方步，听到她关了房门走出来，才在她恰好路过他房门口的时候推门出去。姜晴忽视不得，便朝他露出个蕴含着"好巧啊"的含义的笑容，孟逢川则回之一笑，无声地谦让，让姜晴先下楼梯。

至于两个人真正说上话，是在古城里的洋人街。她在客栈里宅够了，开始出门溜达。洋人街摩肩接踵、灯火通明，整条街分成了两条，各种各样的地摊看得姜晴目不暇接，从街头扫荡到了街尾。

当时她正蹲在一个摊位前，摊位里面是几个穿汉服的女孩，卖的是做工精巧华丽的团扇，她挑了一把举起来在灯光下看，猝不及防地看到了站在旁边的孟逢川，四目相对。

她放下扇子，第无数次在心中感叹巧合。也许是周围太过热闹，无形中消弭了人与人之间的距离，她开口主动说了句："好巧啊。"

孟逢川一愣，那一瞬间竟有些紧张，哪里叫巧，是他一直在跟着他。可他不能说这些，只干巴巴地回："嗯，好巧。"

她起身正视他，指了指出城的方向，说："你还要逛吗？挺晚了，我打算回客栈了。"

孟逢川接道："我也打算回去。"

姜晴顺着说："那……一起？"

第十一章　山水定相逢

他乐得如此，在面上含蓄地点了点头，倒像是迁就她一样。

一路上两个人并未聊什么，明明是同行，却跟她平时自己走一样没什么差别，姜晴甚至觉得有些尴尬。想着这位虽然气质出众、长得好看，可惜不太会来事儿呀，跟异性一起漫步都不知道找些话题。

她这么想着，却听他突然开口了，以一副极其老派又正式的口吻问她："方便问你的名字吗？"

姜晴心想，这是迈出开始交友的第一步了，虽然这种搭讪方式有些老土。她按捺住心里的小九九，淡定地告诉他自己的名字："姜晴。"

他突然停住了脚步，直勾勾地看向她，姜晴有些尴尬，低声地说："怎么了？这名字挺普通的，重名的应该挺多的。"

她不懂他心中的万千感慨，孟逢川继续向前走，否定道："没有，名字好听。"

姜晴忍俊不禁："好听什么呀，你就别唬我了。"

他像是为表示自己的夸赞出自真心，诚恳地说道：" '银光耀眼雪初晴，新春天气也宜人'。虽然一个'晴'字简单，但是好听的。"

姜晴倒没管名字好不好听，而是有些惊讶地问："你听戏？"

年轻人里还肯听京剧的越来越少了，而他引用的那句词儿，是《花园赠金》里王宝钏唱的。

孟逢川也出自试探，见状回道："听的。你也听？"

姜晴点头，语气有些缺乏底气："我就是做这个的，京剧演员。"

他心中又是一恸，没想到她就从事这个职业，或许是没什么名气，他从未听说过。偶尔北京、上海两地举办一些戏曲行业的交流会，他也从未见过她。

她显然对自己"京剧演员"这一身份心虚，不愿意继续说，便转移话题问："你叫什么呀？只是业余看戏，还是与职业相关？"

他说："孟逢川。我不是唱京剧的，以前唱过昆曲。"

这次轮到姜晴一愣，皱起眉头看着他想了半响："我就说看你有那么一丁点儿眼熟。我上学的时候，上昆（上海昆剧院）的闻院长做公开课，放过你的演出视频，但扮上了和本人还是有点差距的，所以我就没认出来。"

孟逢川有些不真切地问:"你看过我的演出视频?"

姜晴没当回事:"对呀,但是我昆曲听得少,怕听窜词儿了……"

可孟逢川这个名字谁人不知,赫赫有名的昆曲小生演员,少年成名,二十岁摘梅(梅花奖,国内戏剧最高奖),闻院长曾教过他一年,从此以后大课小课的样本视频都是他。可惜他二十五岁那年就告别了舞台,低调退隐,昆曲圈子里的叹惋声都传到了姜晴所在的京剧院。

她对这种行业内神一样的人物向来是没什么兴趣的,天赋异禀的人物看多了,难保会心理不平衡。更多的还是她这种普通人,一步一个脚印地学艺,大概率一辈子都没那么大的名气。

孟逢川淡淡一笑,接着问她:"你在天津?你老师是……"

"你怎么知道我在天津?"姜晴纯属感叹,她没那么敏锐的捕捉能力,接着答道,"我老师是顾夷明。"

说顾夷明他就知道了,孟逢川说:"我记得顾夷明许多年没收过徒弟了,既然收了你,你的戏不会差。"

他无心的话臊得姜晴双颊发烫,她的语气莫名挂上失落:"没有,差得远呢。"

孟逢川在夜色下扭头看她,她则望着前路,若有所思。他霎时间像是隐约知晓了她的情绪所在:顾夷明颇负盛名,身为顾夷明如今唯一的徒弟,却是个寂寂无闻的小演员——孟逢川的母亲是京剧演员,且他也比别的昆曲演员更关注京剧圈子些,至少他从未听过她的名字。

这种情况下,她所收到的评价绝不会好,所面临的压力也可想而知。

他本想出言安慰她些什么,可此时说这些实在有些交浅言深。自从见到她之后,他总是这样纠结,生怕唐突了她,让她对自己产生不好的印象。垂在身侧的手收成了拳头,细微地晃动了两下,他还是没伸过去,只是静默着和她一起往回走。仅此而已,又弥足珍贵。

两人前后脚进了客栈,院子里安安静静的,出去玩的游客们还没回来,四哥正一个人坐在茶亭里煮茶,看到他们俩一起出现,纳罕地问:"你们俩认识?"

第十一章 山水定相逢

姜晴连忙摆手："不认识，刚认识，恰巧在洋人街遇到，就一起回来了。"

孟逢川"嗯"了一声表示应和姜晴的说法，恬不知耻地认同"恰巧"二字。

四哥邀他俩喝点儿，喝的自然是茶，而不是酒。孟逢川略懂茶道，便和四哥聊了起来，姜晴坐在一边百无聊赖地看看手机。此时时间尚早，回房间也没什么事可做，茶亭里有风吹过，凉酥酥的，吹得人有些犯困。

今晚喝的是古树滇红，棕褐色的茶盏放到了姜晴面前，四哥说睡前喝点儿安神助眠。姜晴不懂茶，只小口地喝了两口，只觉得醇醇的，也品不出什么门道来。

孟逢川正跟四哥说什么"古白""洗茶""静置"，都是些姜晴听不懂的词，百无聊赖之际，四嫂在前台大厅招呼四哥，四哥就急匆匆地过去了，这下茶亭里只剩下了他们俩，挨坐在同一侧。

孟逢川开口道："你不爱喝茶。"

是肯定的口吻，而不是询问。他已经加以克制，否则想必要说：你还是不爱喝茶。

姜晴点了点头："我爱喝咖啡，每次有重大活动之前，剧院点灯熬油地排练，就得灌咖啡。"

孟逢川淡淡地笑了，真诚地建议道："咖啡还是要少喝，尤其是加奶的，对你的嗓子不好，多喝点茶可以。"

姜晴的语气挂上了俏皮，伸出一只手比量了一下："我知道，以前的名角儿不是人手一个小紫砂壶嘛，里面放着茶水，走到哪儿茶壶都不离手。"

孟逢川的笑意渐浓，摇头说："也不是都喝茶水，有的就爱喝热水。"

"热水烫嘴呀，而且没味儿。我妈也是唱京剧的，她常年用保温杯泡枸杞，还扔几根藏红花。有一次她让我帮她泡，我随手抓了一把丢里面了，她说我要补死她，还让我赔她钱，我才知道藏红花那么贵呢……"

他被她逗得嘴角始终挂着笑容散不去。姜晴单纯地觉得他笑起来好看，比没表情的时候赏心悦目多了，便继续说下去。

"我以前有阵子爱喝奶茶,但顾老师不让我喝,说我喝完唱得像嘴里有痰似的……"她说完便觉得有些恶心,找补道,"这是她的原话。然后我就买了个保温杯,把奶茶放保温杯里带到剧院去,当她面儿喝。"

孟逢川满脸的无奈:"你还真敢。"

"她眼尖着呢,当时就发现了,把我骂了一顿,后来天天检查我们的保温杯,我也没法儿带了。"

他半低着头笑,把她那杯凉了的茶水倒了,又给她添了一杯,低声地道:"你再尝尝,这杯浓一些。"

姜晴本来不打算喝的,她潜意识里认为喝茶提神,生怕晚上睡不着。可不知怎么的,也许是夜色太过温柔,茶亭上方橘黄色的灯光也温柔,孟逢川的声音更温柔,在她身边发出蛊惑的网,鬼使神差地,她接过来喝了一大口。

那一口,她品出了花香。

孟逢川说:"就是花香。"

姜晴敷衍地说:"嗯,你说是什么就是什么吧。"

孟逢川一愣,没明白她这句话的含义。

她则放下了茶杯,朝他一笑,解释道:"我逗你的。"

他哑然失笑了,姜晴又问他:"你第一次来大理吗?"

孟逢川点头,他确实是第一次来大理,但不是第一次来云南。他之前去昆明参加过活动,活动结束也就立马回去了,只记得云南的天特别蓝、特别近,没什么别的印象。

姜晴说:"第一次来,那怎么不见你出去玩?"

他学她在机场跟贺蒲说的话:"主要就是来散散心。"

"你也……"姜晴本来想问他也失恋还是工作受挫,但又觉得不礼貌,便改了口,"散心挺好的,在这边光什么都不做地待着,心情就会好不少。"

孟逢川幽幽地说:"嗯,尤其我又没来过这边,一个人就更不愿意出去了。"

姜晴说:"是呀,一个人出去是不方便。但其实大理还是有挺多地方

第十一章　山水定相逢

可以逛逛的，这边风景好，你第一次来，每天宅在客栈里，可惜了。"

孟逢川便借坡下驴，问道："那不如一起出去逛逛？"

姜晴一愣，隐约有一种跳进了预设的陷阱里的错觉，但她一向是热心肠，再加上孟逢川生了一副好皮相，还算是个名人，想着总不至于骗她，便答应了。

她低头把那盏茶喝完后，没看到孟逢川脸上一闪而过的得逞的表情。

天色渐晚了，客栈里的游客陆续都回来了，眼看着院子里热闹起来，很快大家又各自回了房间，周围归于阒静。姜晴一直跟孟逢川坐在茶亭里，断断续续地聊着，丝毫不觉得冷场。

她昆曲看得少，天津也没什么昆曲演出，二人就聊京剧。

说到孟逢川看的上一场京剧，他说是在天蟾舞台看的《武家坡》。

姜晴忽然想到了什么，问："你听没听过秦腔？"

这倒是涉及他的盲区，孟逢川摇头："没听过。"

姜晴说："我之前有一次到西安出差，顺便进戏院听了一场，叫《五典坡》，王宝钏骂薛平贵比京剧里骂得狠多了。"

她说着就拿出了手机找视频给他看，两个人凑在一起欣赏了一段《五典坡》；她又找了段秦腔的《大保国》，李艳妃当堂和徐延昭对峙争吵那段：都是孟逢川熟悉的桥段。

没想到她如今迷上了秦腔，当然只是瞧个热闹，听得津津有味的，笑弯了眼睛。孟逢川不为视频里的唱段发笑，只是瞥到她笑了，便也跟着笑了。

姜晴不知他笑里的含义，扭头对他说："是不是特别有意思？吵得可凶呢……"

他认真地点头："嗯，回头有机会进戏院听。"

两个人聊得东一句西一句的，姜晴对他的印象意外不错，觉得能跟他聊到一块儿去，虽然她话多、他话少，但每当她说累了或是不知该如何形容的时候，他都会接下去，也就聊得久了。她把这份投缘归结为同为戏曲行业从业者的默契，不如孟逢川满心的悸动。

临近十二点，她已经喝过了三盏茶，说得有些口干舌燥，也坐得累了。

孟逢川适时地提醒:"很晚了,上楼?"

姜晴点头,两个人一前一后地上了楼梯,他把她送到了房门口。说实话,那一瞬间姜晴还有些警惕,难免担心他送她回房间不怀好意。

幸好他停步在门口,礼貌地说了一句:"明天见。"

姜晴回了句"明天见",刚要关门,他又伸手抵住了门。就在她再度提高警备的时候,他已经收回了手,低声地问了一句:"明天……"

"嗯?"姜晴等他说下去。

"明天一起吃早餐吗?"他强逼着自己主动邀请,不愿错失良机。

姜晴的脸上闪过一丝为难,她这几天起得都很晚,早就错过早餐时间了,但此时却莫名地觉得无法拒绝,尤其是那么清隽的人就立在面前,礼貌相邀。

她不太确定地说:"那就……九点十五?"

早餐时间到九点半,她倒是掐得刚好。而九点多的早餐,对于他来说着实太晚了。

孟逢川看出了她的为难,点头答应,还贴心地说道:"没事,起不来也没关系。"

她举了四根手指,说:"我尽量。"

关上房门后,姜晴跌在了床上,朝着墙顶发了会儿呆,总觉得有点儿不对劲,又说不清楚具体哪里不对劲。接着她掏出手机给闺密梁以霜发微信:"异性邀我吃早餐,是不是想泡我啊?"

对面没有秒回,她就切出了微信界面,打开百度搜索"孟逢川女朋友"。

没等搜索结果显示出来,她把手机扣到了床上,抓了抓脑袋,忍不住在心里骂自己在瞎想什么,不过是萍水相逢,巧遇而已,怎么聊了一会儿她就开始想这些,还关注人家有没有女朋友。

这时手机响起来,梁以霜回了微信过来。

梁以霜:单纯从邀你吃早餐这件事来说,不是泡你,但在你那

第十一章　山水定相逢

个环境下，显然是想泡你。

　　姜晴：你知道孟逢川吗？唱昆曲的，我居然偶遇他本尊，刚刚与他畅聊了三个小时。

　　梁以霜：不认识，杀猪盘警告。

　　姜晴：你去搜呀，人家有百度百科的。

她正要继续给梁以霜讲一讲这位孟逢川的事迹，就看到梁以霜冷漠的回复。

　　百度百科算什么？我现在给你建一个。

姜晴被冷水泼醒。

　　谢谢您，好意心领……

　　她在屏幕前犹豫了许久，还是重新点开了百度界面，大致看了一遍讨论的帖子，并未发现实质性的八卦，都是些捕风捉影，传他和他前搭档尤美瑆的。她并非在心中对孟逢川有所偏袒，只是这种外界传得神乎其神的，她身为业内人士可以负责任地说：全是假的。

　　拜那三盏茶所赐，她直到后半夜也没睡着，关上灯在黑暗中眼睛瞪得像牛眼，心中记恨四哥说什么喝两杯安神助眠，好一个安神助眠。她便打开床头灯，猫在被窝里玩手机，直到微博都刷不出新内容了，她没忍住打开了搜索框，输入了孟逢川和尤美瑆的名字，果然搜到了上百条的讨论，一看就看了半个多小时。

　　那些戏迷极具研究精神，认真到姜晴看完都险些要相信这俩人真有过一段，孟逢川失恋心伤，远走大理疗愈了——明明一个钟头前她还在心里说都是假的。

　　那晚床头灯都没关，她也不记得几点钟才睡着，只知道睡前还是定了个上午九点的闹钟。

孟逢川回到房间后,和姜晴一样,也打开了搜索引擎搜索她的名字,却不是为了她的八卦,而是想看看她的演出视频。

姜晴这个名字确实不罕见,他搜到了很多其他行业同名的,在姜晴后面加上了"京剧"二字,也没什么收获,多是天津京剧院的官方新闻稿里面的。只看到一篇讨论的帖子,自然是她作为顾夷明的徒弟身份产生的,戏迷们嘴巴刻薄,说出来的话并不好听。

那一瞬间他忍不住想,她唱得是有多差劲?可他并非戏迷,出于私人感情,大致浏览下来只觉得心疼她。

顾夷明的名字给了他新思路,他便转为搜顾夷明近些年的演出视频,尤其类似于《白蛇传》这种有唱二路的旦角儿的,果然在一出的片头找到了她的名字。

他这次出来得匆忙,随身的电子产品只有一部手机,便在手机上打开了视频,戴上耳机专程听她的唱段。坐在沙发上认真地听了一会儿,他放下了耳机,转身进了洗手间去洗漱。

孟逢川克制地评价她的戏:略欠火候。

他只听了这一段,又对她缺乏了解,但他相信顾夷明的眼光,她现在唱得或许真的不怎么样,但未来一定会好的。且如果她需要,他愿意帮她。

想到此处,像是觉得跟她有了不会斩断的未来,又想到刚刚与她在茶亭聊了那么久,他只觉得整个人都变得轻松了,走在地上都像飘着一样,心思雀跃。

这几日在大理他已经散漫了不少,以前雷打不动每天七点钟起床,次日却睡到了八点,出去散步了一圈回来,便坐在餐厅里等她下来一起吃饭。

可他等到九点半都已经过了,她还是没出现,彻底放了他鸽子。孟逢川坐在那儿无声地叹了口气,因为等她一直悬着的那根弦像是终于放下了,又好脾气地淡淡一笑,独自吃了顿晚了许久的早餐。

中午十二点多,姜晴从楼上急匆匆地下来了,刚露面在一楼大厅就停住了脚步。这个时间客栈里静悄悄的,偶尔听得到外面路过的鸟叫声,

第十一章　山水定相逢

太阳晒到大厅里都打上光影，是个极适合赖床的日子。

前台里坐着玩手机的四哥闻声看了过来，看着站在那儿张望的姜晴，笑道："起来了？"

姜晴尴尬地点了点头，问："昨天和我一块儿的那个人你看到没有？"

四哥朝着大厅另一侧的沙发努了努嘴，姜晴循着看过去，便看到沙发上独坐着个人，手里拿着一本《仿佛若有光》，挡住了脸。

那人显然也听到这边的对话了，便放下了书，远远地望向姜晴，可不正是孟逢川。

姜晴从他的目光中感受到了促狭，虽然放人鸽子很失礼，原本下楼的时候也是抱着歉疚的心思，可看着他那副似笑非笑的表情，她不知怎么的，十分无耻地也笑了。

孟逢川摇了摇头，借放下书站起身的动作掩饰不经意的笑容，走近了她些许："终于起来了？"

姜晴把手里的防晒衫穿上，遮住露在外面的两条手臂，边笑边解释："对不起，我真的定了九点的闹钟，但是它响没响我就不知道了。"

孟逢川说："可能是手机出问题了。"

姜晴倍加赞同，狠狠地点了下头。

孟逢川又问："你饿不饿？"

姜晴又摇头："刚起来没多久，不想吃。"

他便说："那出去逛逛？你昨天不是说洱海的风景好。"

姜晴看着外面的大太阳面露难色："环湖得租车，我本来打算今天跟四哥说，明天我们租了车再去呢。"

孟逢川显然有备而来，四哥在前台里伸出了手，把车钥匙放在了台面上："昨天他就跟我说了。"

姜晴有些惊讶，没想到他都安排好了。孟逢川走过去拿了钥匙，邀姜晴出门。

门口停着一辆低调的白色丰田，姜晴无形中在心中松了口气，庆幸孟逢川没选择那些芭比粉轿跑，都是些覆了好几层膜、转了好几手的老车，安全隐患多。她又跟他道歉："抱歉啊，说好了我带你玩的，结果睡过头了，车子还是你租的。"

孟逢川答："应该的。"

姜晴又说："租车多少钱呀？我加你微信转给你。"

孟逢川刚调好座椅，大致熟悉了一下车的操控，拒绝道："没多少钱，不用了。"

他拒绝完又觉得后悔，就这么错失了一个加她联系方式的机会，暗骂自己不解风情。

姜晴也没坚持，便说："那晚上回来我请你吃饭。"

这次他没拒绝，太过殷勤难免显得目的不纯。

说起吃饭来，她有些兴致勃勃。孟逢川打开导航，向洱海而行，听她在副驾驶位说着，心情明显不错。

"你不是第一次来大理嘛，我带你去吃那家网红餐厅，也是滇菜。虽然说网红餐厅不一定都好吃，但那家的椒麻鸡和菠萝饭还不错。你应该是南方人吧，江浙沪那边都嗜甜，菠萝饭你应该会爱吃。他们这边的鸡都是乌骨鸡，椒麻鸡里面还有饵块，我特别爱吃那个。"

孟逢川问："椒麻鸡，会不会很辣？我不怎么能吃辣。"

姜晴认真地想了想："应该不是很辣，我前男友他不能吃辣当时也吃了不少……"

他这次没接话，竟莫名地缄默起来。姜晴浑然不觉，又突然说："你不能吃辣？你前几天不是去那个兰园食坊了吗？我当时看到你了，但你可能没看到我，我记得你点黄焖鸡了呀，也是辣的。"

孟逢川面不改色地扯谎："我看是推荐菜就点了，没想到会那么辣。"

姜晴不疑有他："没事，到时候你尝尝看嘛，不能吃就吃别的，我很能吃的，不会浪费。"

孟逢川淡淡地笑了，一本正经地说："能吃好，能吃是福。"

她显然也有体重的苦恼，笑着说："好什么呀，我就最近放纵一下。戏服里三层外三层，腰一粗太明显，顾老师又得骂我。"

他觉得她这样很好，虽然才聊了不到一天，但看得出来，她过得不错。虽然少不了说顾夷明严厉，但看得出顾夷明对她这个徒弟极为爱护，

第十一章　山水定相逢

她也并非是纯粹厌烦的口吻。

车子行驶在沿湖公路上，远处可见万里碧空连接清澄的湖水，让人心情舒畅。她用自己的手机连了车子的蓝牙，放周杰伦的歌，路上随处可见电瓶车，电瓶车上坐着的大多是年轻情侣。

姜晴靠在车窗旁，短暂地出神，不禁想到上次来大理的光景。当时跟梁以霜一起，还有宋清鸿，以及梁以霜当时的男朋友。那时他们都还是学生，出行一趟都精打细算的，租了两辆"小绵羊"，戴着头盔环湖游。

她并非怀念宋清鸿，只是怀念那个时候无比轻松的自己，不像如今掺杂着步入社会的成年人的烦恼。

孟逢川看她盯着人家的电瓶车，不禁在心中想他是不是租错了车，问："你想坐那个？"

姜晴果断地摇头："太晒了，上次坐过，回去都晒伤了，涂油彩脸疼。"

后来她就怕晒了，这几日虽然常在客栈里的院子里晒太阳，可也都是穿得严严实实的，生怕重蹈覆辙。

今天不知怎么的，她脑海里不可抑制地想到了宋清鸿，刚分手时总是容易不可避免地想到前任的好，无限惋惜。她也想过，他们之间还是有不少好的回忆的，可她今天想的都是他的不好。

她爱磨蹭，尤其是出来旅游，每天出门之前都要犹豫穿什么，梁以霜更爱美，两个人凑在一起难免拖延时间。

记得就是在大理，有一天她们俩下来晚了，宋清鸿和梁以霜的男朋友陆嘉时在大厅里等着，陆嘉时好脾气地什么都没说，或许是习惯了，可宋清鸿非要说她几句。若是放在平时倒也没什么，可毕竟是出来玩，非要搞得她的好心情都没了，最后气得回击宋清鸿："你就没有过让我等的时候？"

两个人冷战了半路，虽然后来宋清鸿主动过来哄她了，可她的心情也坏了大半。此时她难免拿孟逢川来做比较，孟逢川一个萍水相逢的陌生人都肯等她，为什么换作亲近的人却没了耐心？

那时还算是感情好的时候，如今回想，其实分手也是有迹可循的。至于和宋清鸿分手的原因，则只是单纯地没感情了，再者她与宋清鸿三观也不合，分手着实没什么可惋惜的，更多的应该是叹息。

孟逢川不知道她在想什么，余光瞟到她头顶的帽檐，只是默默地在心中记下：她怕晒。

没想到姜晴突然幽幽地开口了，问了个虚无缥缈的问题："你觉得这世上有永恒不变的爱吗？"

孟逢川一愣，反问道："你还在为前男友……"

姜晴说："你怎么知道的？"

孟逢川说："客栈老板说的，抱歉。"

姜晴摇头，轻松地说："不是，我对他已经没有感情了，其实早该分开了。"

他便认真地答她的问题："有的。"

姜晴笑说："对，有的，只是我还没遇到，可能这辈子都遇不到。"

孟逢川说："你怎么知道你遇不到？"

"永恒"一词太过久远，他未曾做到的事情不愿意夸口保证，可他对她的爱至少已经穿越了世纪。

姜晴说："你有谈过很多年的感情吗？这种感情结束的时候，会让人觉得很累，没有想象中的如释重负，就是觉得很累，更懒得去开始新感情。"

孟逢川摇头，他确实没谈过。他只是想说："你会遇到的。"

"那借你吉言了。"姜晴为他的认真忍不住发笑，旋即又突然发问，"你这次来大理散心，是因为失恋吗？"

"不是。"他否定得干脆。

她问得直白，道歉也爽快："抱歉，因为我心里是这么想的，就问出来了。"

他说："没关系。"他找了个人少清静的地方，靠着湖边公路停下，打算叫她下去走走。

姜晴想到自己刚刚一时感慨说出的话，后知后觉有些矫情，便低声地说："跟你说这些有些交浅言深了，我就随便说说，你别往心里去。"

她不知道他有多乐意听她说这些，孟逢川说："不浅。"

第十一章　山水定相逢

姜晴不解："什么？"

"交情不浅。"他生怕自己的话显得唐突，补充道，"我们应该算……朋友？"

姜晴朝他灿烂地一笑："当然算。"

两个人在洱海边散了会儿步，接着继续环湖而行，路过喜洲古镇停留了两个小时。

她随身拎了个轻便的托特包，下车前从里面掏出了一把遮阳伞。孟逢川等她把伞打开，伸出了手："我帮你打？"

头顶的太阳很大，姜晴以为他也想蹭伞，便递了过去，还在心里想着要不要补涂防晒霜，毕竟一把伞遮阳的面积有限，两个人打一把还是有些不够用的。

没想到他真像说的那样，是帮她打伞，伞全都罩着她来，姜晴忍不住在心里偷笑，嘴上说："你别光给我打呀。"

孟逢川摇了摇头，眉头被阳光刺得直皱，又皱得好看。姜晴心软了，从包里掏出墨镜递给他，忍不住数落他："你也是的，云南的紫外线很强，就算不打伞，至少也得戴副墨镜吧。"

孟逢川接过来，果然眼睛能睁开了，跟她道了句谢，把她的数落照单全收。

他们一起漫步在古镇的四方街上。姜晴有点儿饿了，随手在街边买了个破酥粑粑，调皮地举着油纸包着的被切成饼块状的东西跟孟逢川说："这个居然叫'粑粑'。"

孟逢川忍俊不禁。姜晴递给他一根竹签，让他插着吃。孟逢川因盛情难却，吃了一块，品出来是红豆玫瑰馅的，甜滋滋的，蔓延在唇腔之中。

他觉得离她很近，又很远。

因为出来晚的缘故，回去的路上已经要日落了，他们背着西斜的夕阳回客栈，像是被晚霞赶着走一样，满心的散漫和浪漫。

眼前的景致忽变，从海天相连变成了山川相映，姜晴靠在车窗旁边看着天空，孟逢川静静地开着车，偶尔偷看她两眼。

她忽然说道："我怎么感觉天有点儿阴了？"

两个人先去了古城，他把车子停在古城外面，去吃她说的那间餐厅的食物。

入座后孟逢川全听她的，姜晴极其爽快地点了菜，等菜的间隙拿出手机看天气预报。

她的语气有些失落："真的要下雨了唉，接下来云南很多地方都有雨。"

孟逢川捕捉到她说的是云南很多地方，问："你还想去哪儿？"

姜晴说："我本来想明天带你去爬苍山，然后我就离开大理了，去雨崩村，后天迪庆已经有雨了，不知道客车会不会停。"

孟逢川想得到，往迪庆那边去的路都是山路，没通火车或高铁，一到雨天很容易停运，防止山石崩塌，造成事故。于是他主动提议："那明天去雨崩村？"

姜晴从手机前抬起头看他："你自己去爬苍山？"

他想着没有她苍山有什么可爬的，便说道："我想跟你一起。"

姜晴察觉到不对劲，看他的眼神也挂上了一抹警醒。

孟逢川赶忙说："如果你同意的话。你不同意，我会继续在大理。迪庆要下雨，你一个人，我多少有些担心你。我们一起的话，还能有个照应。"

姜晴卸下了防备，笑着说："也不是不行，可你想去吗？迪庆出名的地方是香格里拉，那边的古城没有大理这边商业化，待两天也可以。"

他自然没意见："都行。你不是来过？我还让你当导游了。"

姜晴有些不好意思："我算什么导游呀……"

三两句话就这么定下了，他像是生怕她反悔，菜还没上完，已经把手机递过来给她看买好的客车票了。姜晴心中觉得不对，总觉得被他赶鸭子上架，可他又没强迫她，还是她太好说话了。

她默默地在心中怪罪自己，并警告自己下次注意，一餐饭吃得忍不住跑神，吃完的时候发现他不知道什么时候已经结过账了。

回去的路上她忍不住说他，声称下次他还这样她就不理他了，说得像是两个小孩在吵架。孟逢川似笑非笑地听着，显然没过耳，俨然一副

第十一章　山水定相逢

还会再犯的样子。姜晴佯装生气,先一步回了房间。

半夜十一点多的时候,四哥知道她明天要走,叫她到茶亭吃烤肉。姜晴穿了一条宽松的裙子准备下楼,走到楼梯旁还是停住了脚步,敲响了他的房门,叫他一起。

看着孟逢川朝她笑,她本来想板起脸也没绷住,抿着嘴跟着笑了。

当晚吃烤肉的几个人还合了张影,姜晴看照片上她和孟逢川被拍得都不错,便发了条朋友圈,还单独私发给了梁以霜。

她坐在茶亭外躲酒,吹着夜风,打开手机给梁以霜特地指出了合照里的孟逢川,附言——

不错吧?我明天跟他一起去香格里拉。

梁以霜还没回复,她先收到了贺蒲的慰问,是直白的一连串问号。

姜晴:怎么了?
贺蒲:你什么时候跟我们代副院长搞到一起去了?

姜晴愣了两秒,这才转过弯来,合着贺蒲口中的代副院长居然是孟逢川,她一直以为是个五十岁往上的老前辈。

她正想着怎么回复的时候,贺蒲的消息又来了。

贺蒲:据说他有事,迟半个月来院里,没想到居然是去旅游了……好气啊。
姜晴:是的,来旅游的,恰好被我遇上了。

她打开照相机,对准了不远处夜色下正站在绣球花旁打电话的孟逢川,想着偷拍一张发给贺蒲气气他,没想到孟逢川突然转头看向她,她便赶紧低头装作什么都没发生的样子。

孟逢川又转过身去,掩藏嘴角的笑容,答电话另一头的解锦言:"明天去香格里拉。"

解锦言气得要跳脚:"你什么时候回来啊?老爷子大寿可就下周了。"

孟逢川:"说不准,应该能回去。"

还要看她什么时候回去。

解锦言:"那你有没有节目啊?你妈和我爸都给我施压,他俩可真是好兄妹,也不看看我能劝得动你吗?"

说到节目,孟逢川扫了一眼站在不远处的姜晴,忽然有了主意,答应道:"会回去的,你别操心了。"

姜晴跟贺蒲闲聊,还调皮地问贺蒲有没有孟逢川的八卦。他们都是昆剧院的,肯定比她知道得多。贺蒲就卖起了关子,又或许是本身就没什么可说的,半天没个主旨。

她不知道孟逢川的电话已经打完了,正站在那儿看着她,看她低头对着手机屏幕傻乐,忍不住有些吃味,好奇她跟谁聊得这么开心……

那时姜晴不知道,她错过了和他的相亲,错过了他的演讲,却在遥远的西南与他相见,终于成全了老天爷的安排。

接下来的半个月里,整个云南阴雨不断,他们被困在香格里拉的独克宗古城,未能如愿前往雨崩村,看不到往日里仿佛举手可触的湛蓝天空。

可这趟云南之行,她最幸运的事情就是遇见了孟逢川。

第十二章

独克宗之夜

两个人中午从大理离开，打算坐下午一点的客车前往香格里拉。孟逢川起得早，行李早就收拾好了，眼看时间越来越紧了，她的房门还紧闭着，他把行李箱立在她的房间门口，敲响了房门。

姜晴跑过来开门，打开门之后就又跑回屋子里收拾东西，看起来有些匆忙。她见孟逢川还立在门口，朝他嚷了句："你进来呀，在沙发上坐一会儿，我十分钟就好。"

孟逢川这才进去，不着痕迹地打量了一圈凌乱中带着整齐、整齐中稍显凌乱的室内，心道她是个随性的人。

她收拾得差不多了，随手把数据线这种小东西往包里丢。孟逢川以为可以走了，刚要起身，就听她嘀咕道："我手机呢？"

他刚要举起茶几上戴着绿色手机壳的手机示意她，可她的手太快，把包一翻，里面的东西全都扣到了床上，充分证明她的包有多能装。

孟逢川憋着笑意，在她身后开口："你手机在这儿。"

她忙中出错，叉着腰叹了口气，接着重新把床上的东西往包里扔。孟逢川走过去，把手机递给了她，也被她一股脑儿地装了进去。

离得近了他才看清楚那张邀请函，伸手拿了起来："你也去这个交流会了？"

姜晴瞥了一眼："嗯，我去上海就是为了这个呀……"

她忽然想到昨天和贺蒲聊天的内容，接着说："我当时出去买咖啡了，没听到你的演讲。"

孟逢川无声地在心中叹了口气，那一瞬间的感觉是全然的无奈，想到就那么错过了她一次，内心难免有点懊丧；可又一想，假使那个时候看到她了又有什么用？他也做不出立刻上前主动搭讪的事来，想必还是要错过的。

如此一想，释怀了不少，他把那张邀请函递回给她，满不在意地说："演讲挺无聊的，错过了也没关系。"

姜晴还安慰他："未必无聊呀。我朋友也是昆剧院的，他跟我说是他们新来的副院长，我以为是上了年纪的那种，想着少听一个也没……"

孟逢川不得不打断她："我觉得你现在应该快点收拾，再不走要来不及了。"

姜晴吐了下舌头，捞起了包："好了好了，可以走了。"

孟逢川帮她看了一圈："确定没落东西？"

"不确定。"她答得倒是确切，"落了东西让四哥给我寄回去。"

他不禁哑然失笑，拿她一点办法都没有。

两个人从大理的客运北站乘客车直达香格里拉，全程四个多小时。

大理的天还不是很阴，客车逐渐驶离大理之后，窗外的海天山色不断，依稀可见远处乌压压的黑云逐渐蔓延。姜晴坐在靠窗的位置，看着一会儿阴一会儿晴的外面，脸上没什么表情。

就在孟逢川想要问她是不是不开心的时候，她果断地把车窗窗帘一拉，按下了帽檐，小声地跟他说："我一坐客车就犯困，睡一会儿。"

孟逢川点头："睡吧。"

她为防止倒在孟逢川的身上，便将头向车窗那侧靠，迷迷糊糊地入睡之后，头已经贴在车窗上了。若是平路倒没什么问题，还能睡得踏实，可全程山路颠簸，她的脑袋便不断地磕在车窗上。

孟逢川看着，有些有心无力，想伸手过去把她搂到自己的肩膀上，可他时刻提醒自己，他们如今的关系不应该那么亲近。束手无策之际，他也是没了办法，便伸了只手垫在她的头和车窗之间。

可那段山路太颠了，他的手心也没多少肉，姜晴的头撞到他的手上还是不舒服，很快就醒了。

她直起身睁开眼睛，他正准备收回手，就见她皱起了眉头，显然也有些迷糊，小声地嘀咕："这开哪儿去了呀？颠死了。"

第十二章　独克宗之夜

　　孟逢川莫名地为她这副样子心软，软得有些控制不住自己，伸手揽过她的头朝着自己的肩膀靠拢："继续睡。"

　　她显然很困，睁开眼睛不到五秒钟就又闭上了，混沌中感觉头枕的是孟逢川的肩膀，可脑袋像是有千斤重，怎么也抬不起来了，眼皮同样。她只记得那是认识他以来离他最近的一次，近到闻得到他身上的茶香，不像香水的味道，倒像是他这个人独有的特别味道。

　　孟逢川则享受着内心的侥幸，低头看不清她的脸，被帽檐挡住了，但知道躺在肩头的是她就足够了。窗外可见浑浊的金沙江在风雨欲来时分外湍急，正如他欢呼雀跃的内心。

　　只记得她彻底转醒时是下午两点二十四分，她在他的肩头睡了三十四分钟。

　　姜晴醒来后，下意识地用手揉脖子，睡得有些酸痛，腰也有些不舒服。

　　没等她开口和孟逢川说话，孟逢川先说："刚刚有人问过司机，会在前面停车休息一会儿。"

　　姜晴呆呆地应声，用余光小心地瞥了一眼孟逢川，发现他没什么异常，也没有提她刚刚躺在他肩头的事儿，她就装傻，殊不知他都记在了心里。

　　中途停车休息的时候，旁边有许多卖水果的小摊，姜晴凑过去买了一盒切好的小菠萝，一只手拎着塑料袋，另一只手撑着泛酸的腰，立在车旁边看远处乌云密布的山群，看起来像极了清早公园里遛弯儿顺道买早餐的老大爷。

　　他带笑凑了过去："看什么呢？"

　　她略微皱起眉头，收回了视线，转头问他："你腰好吗？"

　　孟逢川闻言愣住了，觉得这问题突兀又怪异："怎么算好？"

　　姜晴意识到一丝不妥，成年人之间问腰好不好难免让人想入非非，她解释道："就是你腰受没受过伤什么的，排练的时候……"

　　孟逢川恍然地"嗯"了一声，认真地答道："我腰功还不错。"

　　姜晴品着这几个字，想法却越来越歪了，赶忙指着车门转移话题：

"上车了,快走。"

她先他一步上车,孟逢川默默地跟着,忍不住又笑了——他说的真的是正经的意思。

客车直达香格里拉的独克宗古城,刚一下车姜晴就嗅到了一股冷冽的空气,阴风直往风衣里钻。明明才下午五点钟,却已经像是要天黑了一样,看不到浓烈的太阳。

他帮她从客车下面拿行李箱,少不了挪动几个放在靠外面的箱子。姜晴也没跟他客气,站在不远处等着,看到他弯出弧度的腰,忍不住又想歪了,像欲盖弥彰一样移开了视线,四处打量着。

古城中路面崎岖,箱子不好拖动,他让她打开导航找客栈,他跟着她,一个人提着两个行李箱。

她订的是个藏式装潢的客栈,有前院和后院,穿过后院才是客房区,面积不小。两个人开两间房,老板见他们是一起的,自然安排在相邻的房间。穿过沿院的长廊,从里面数第二间房间是她的,孟逢川住第三间。

两个人分别进了房间安置,这次她倒是极快,拿着房卡出来,敲响了孟逢川的房间。他开门本来想引她进来,她没进去的意思,便主动说:"房间里好冷,果然要下雨了,我们出去逛逛吧?"

俨然已经是结伴同游的样子了,十分自然熟络。孟逢川全听她的,拿了房卡跟她一起出去。

独克宗古城是藏民聚居地,但古城中已经有些商业化了,这点从街边店面统一的匾额和里面贩卖的东西可以看出来。因为天阴沉沉的缘故,姜晴逛得兴致缺缺,孟逢川见状便提议去吃饭。他们找了一家藏餐馆,吃牦牛肉火锅,果然暖和了不少。

回去的路上路过一家咖啡店,她说自己想喝,故意让孟逢川在门口等她,实际上买了两杯,生怕他再手快付钱。

等咖啡的时候他忽然进来了,示意姜晴朝外面看:"下雨了。"

姜晴愣愣地眨了眨眼睛,旋即从包里拿出了伞。她那把伞是晴雨两用的,十分顺手地递给了孟逢川。孟逢川接过来,转身竟然又回到了门口。姜晴对着他的背影笑了出来,想他还真听话,让他在门口等就真去

第十二章　独克宗之夜

门口等,幸好不傻,下雨了还知道进来。

她拿着两杯热咖啡出来,递给了他一杯,孟逢川短暂地错愕,先撑开了伞,才接过了那杯咖啡。

这会儿已经晚上七点多了,再加上阴天下雨,天早就黑了。两个人在一把伞下,不得不凑近彼此,近得姜晴觉得好像又闻到他衣服上的那股香气了,一度怀疑是错觉。

石子路面落了雨水,有些打滑,姜晴想着今天坐车,不用走路,便穿了双带跟的硬面小皮鞋。古城里的路高低不平,她险些滑倒,赶紧拽住了孟逢川的手腕。他一只手拿咖啡一只手拿伞,分不出第三只手,便用力地抬了下撑伞的手臂,总算把她扶住了。

姜晴尴尬地说:"天气预报说今天没雨,我出来的时候就没换鞋。"

孟逢川在心中要说一句"感谢天气预报",开口却回她:"都怪天气预报。"

她攥住他手腕的手早已经收回了,孟逢川又说:"其实你可以扶着我。"

姜晴摇了摇头:"慢点走就行。"

她减慢了步伐,孟逢川也跟着一起放慢了速度。可刚刚那一趔趄的缘故,两个人多少凑得更近了,肩膀挨着肩膀,和路上的情侣没什么两样。

孟逢川喝了口咖啡,总觉得他那杯咖啡是甜的。

回到客栈才刚八点钟,他送她到房间门口,把伞放在了她房里的伞架上,礼貌地道别后回了自己的房间。

分开还不到十分钟,房间里的灯忽然全灭了,孟逢川立马就想到可能是跳闸,下意识地出门去找她,担心她害怕。

姜晴确实吓到了,因独自在外的缘故,尤其是今天还这么阴冷,她本来就没什么心情,屋子里骤然归于黑暗的时候,短短几秒钟她已经在脑海里把所有的恐怖情节都过了一遍,摸黑推开了门跑出去,门都没关,正好撞到孟逢川的怀里。

此时他也顾不得别的了,把她抱住,抚了抚她的头:"没事,应该是

463

跳闸，顶多线路出问题……"

姜晴吓得心脏狂跳，抬起头看他，想要说什么，却张不开口。

他借着被乌云遮蔽的晦暗月光看她的脸，忽觉同样心跳加速，且情难自控，于是十分自然地，他捧住了她的双颊，低头覆上了个蜻蜓点水的吻。那一刻两个人都细微地瑟缩了一下，像是被冰凉的雨水打到了。

廊檐边确实向下滴着雨水，院子里空荡荡的，远处客房里有人出去找老板，也有人在找电箱，没一个人注意到这对在黑暗中靠近彼此的男女。

他明明已经吻上了，唇还贴着她的，张口的每一个字都在牵动着她。姜晴一直觉得他的声音斯文好听，此时正在她的唇上发问："可以吗？"

她没吱声，也没拒绝，他想那她一定是不排斥的。姜晴确实不排斥，甚至觉得天时地利人和，这种情形下就应该接吻。

说不清是谁更快一步，也许是他，因他更急切，两个人吻到一起去了。他像万般珍重一样捧着她的脸，她本来想搂他的腰，抬手却攥紧了他的衣衫。

他前所未有地主动，分外缠绵不舍。她的心跳仍旧异常，从刚开始的惊怕到如今说不清的情愫，她遵照本能，开始回应他，他们一起把有限和短暂的时间化作无限与漫长。

直到开着门的房间里灯光亮起，照亮他们的周围，可惜孟逢川不放过她，像是变了个人，姜晴不得不与他延长这个吻，不懂他汹汹吻势中蕴藏的深情。

这时客栈老板操着一口藏语味的普通话在不远处叫他们："电恢复了——"

姜晴赶紧低头躲在他的身前，让孟逢川挡住自己。孟逢川感觉到一股扫兴的情绪，却还是按捺住，把她抱在怀里，扭头泰然自若地回应老板："好，谢谢。"

客栈老板说完那句话就走了。院子里传来阵阵凉风，姜晴在他的怀里吸了吸鼻子，闷声地开口，头一次叫他的名字："孟逢川，你还要抱着我到什么时候啊？"

第十二章 独克宗之夜

他也觉察到冷了,最后紧紧地抱了她一下,舒了口气:"回房间吧。"

姜晴"嗯"了一声,转身往房间里走,一回头发现他也跟进来了,并带上了门。

刚刚接过吻,他又进了房间,姜晴难免在心里犯起嘀咕,给他安上个急色的罪名。可他兀自走向壁炉,把壁炉开关打开,然后又到窗前去检查窗子关没关严,顺便拉上了窗帘。

她刚要开口,就听他说:"房间里是有点冷。"

姜晴一愣,干巴巴地应和:"是啊。"

他叮嘱她:"晚上睡觉壁炉别关。"

姜晴说:"知道了。"

接着他转身就走,这倒是出乎姜晴的意料。她原本以为瞧他的架势今晚要睡在她这儿了,还想着进展有些快。眼看着人把门打开要走了,她跟了上去:"你……"

孟逢川站在门外看她:"怎么了?"

姜晴一口气憋住,想,他还问她"怎么了",他刚刚做了什么事情自己不知道?亏她还觉得他老派古板,这么一看倒像个情场老手。

"没怎么。"她生硬地说,接着果断地关上了房门,留孟逢川一个人站在外面对着门疑惑。

孟逢川走后,姜晴一边洗漱一边跟梁以霜吐槽这件事,梁以霜的回复一针见血:"怎么,我瞧着你还挺惋惜他没留下,进一步发展。"

姜晴说:"关键亲都亲了,谁想到亲完他就走了,走得那叫一个干脆利落。"

梁以霜说:"那不然呢?他要真留下了,你又要跟我骂人不正经、占便宜……"

姜晴说:"谁占谁便宜还不一定呢!你看他那张脸,怎么也是我占便宜比较多吧。"

梁以霜十分认同地点了点头:"这话倒没错。"

姜晴又炸毛了:"梁以霜!你还真敢说,你姐妹差吗?"

梁以霜略微正色:"不差不差,逗你的。你自己在外面还是要注意点儿，跟他一块儿玩还行，这种萍水相逢的，哪有什么真感情呀！"

姜晴说："我知道，我没跟他认真。"

到底坐了一下午的车，有些疲累，房间里的壁炉开着，温度逐渐上来，她洗漱后爬上床，没多久就睡着了，算是这趟出行睡得最早的一次。

隔壁房间的孟逢川则和她截然相反，躺在床上辗转反侧，竟有些失眠。后来实在睡不着了，他把床头灯打开，靠在那儿喟然叹了口气，内心有些懊悔。他刚刚跟着她进房间，原本是打算赖着不走的，可一进门就改了主意，怕她认为他是个轻浮的人，便帮她打开壁炉拉上窗帘就走了，哪承想这个夜晚会这么难熬。

他忍不住好奇，她会不会也失眠，像他一样心头像被猫抓似的痒——殊不知她睡得极其酣甜，一夜好梦到天明。

次日她起了个大早，破天荒地吃了个早餐，只是客栈提供的早餐不太合她的胃口。她独自坐在餐厅里发呆的时候，外面又开始下雨了，且有越下越大的趋势。

孟逢川这时出现在她的视线中，坐在了她的对面："抱歉，昨天睡太晚了，才起来。"

姜晴没当回事，低头看了看自己的早餐，神秘兮兮地跟他摇了摇头，暗示他早餐不合胃口。

他便提议："出去吃？"

姜晴听着外面密集的雨声，又摇了摇头："要不你先吃两口？这会儿雨下得大，不好出去。"

孟逢川看出来她不愿意出门，将就吃了一点。她像是找到同盟一样，抿着嘴偷笑："是不是吃不惯？"

孟逢川点头："明天出去吃吧。"

姜晴答应："等会儿回房间我找几家店，我们去吃。"

孟逢川说："都听你的。"

两个人都没什么兴致，便没再动筷子。姜晴去问了客栈老板能不能帮忙订汽车票，打算去雨崩村。老板摇头："你们来得不巧，这几天雨大，山里面更大，汽车停了。"

第十二章 独克宗之夜

听着哗啦啦的雨声回到房间,姜晴搜了下从香格里拉回大理的汽车票,叹息道:"现在连大理都回不去了。"

大雨成全了他与她独处,孟逢川不如她那么懊恼,但看得出她不喜欢下雨天,正如她的名字,当然是喜欢晴天的。

他安慰她:"看什么时候回大理的汽车恢复,雨崩村四面临山,肯定要晚于大理的。"

她其实并不讨厌独克宗古城,比起大理古城的喧闹,这里有些隐居般的幽静。只是最近阴雨缠绵,屋子里都是冷的,明明上海、天津还在度夏,秋意尚且不明朗,此时身在西南,却像是要入冬了似的。

姜晴赞同他的想法,转而开始搜索独克宗古城里的美食,发现此地遍地都是藏餐,每家招牌菜都是牦牛肉,她就算再爱吃肉也禁不住天天吃,于是失落地说:"看看什么时候通车先回大理吧。"

幸好她还带了个平板电脑,从包里拿出来后爬上了床,盖着被子打算找个京剧电影看。可网上方便看的那些京剧电影她都看过了,戏码平时看得更多,没什么新意,便招呼坐在沙发上的孟逢川,拍了拍床边空出的大片位置:"你过来,坐在那儿不冷吗?把毯子盖上。"

床上除了被褥还有一张毛毯,她扯过来递给他。孟逢川便靠在床边,和她保持着不远不近的距离,又接过她递来的平板。

姜晴说:"有什么昆曲电影吗?你找个来看看,等雨停了咱们再出去。"

孟逢川在平板上搜索了几部,要么没资源,要么就是清晰度过低、音质过差,最后搜了一部《墙头马上》出来,一九六三年拍摄,色彩秾丽,收音清晰。

他问她:"《墙头马上》你看过吗?"

姜晴摇头:"没有。"

孟逢川说:"那就看这个吧,这版曲子不错。"

正如他所说,曲子是真不错,他靠在床头,扶着放在腿上的平板,姜晴则侧卧在旁边,头压着双手静静地看着,还没看到李千金随裴少俊匿居后花园,他敏锐地听到了均匀浓密的呼吸声,低头一看,她躺在那儿竟然睡着了。

　　孟逢川忍俊不禁，抬起手表看了一眼，才刚中午，也算正好到了午睡时间。他把视频按了暂停，合上了平板放在床头柜上，贪恋地望着她的睡颜，忍不住伸手去抚摸她的头。

　　记不清看了多久，他像是被她感染了，也感觉到一股困意，明明他从来没有睡午觉的习惯。他靠在床头闭上眼睛打盹儿，手还贴着她的头，间或不经意地抚摸两下，享受这份午后的美好。

　　姜晴睁开眼睛的时候，发现离孟逢川更近了些，头正抵在他的腰侧，嗅到了他衣服上的淡淡茶香，让人感觉心旷神怡。

　　她动了下脑袋，牵动了孟逢川的手，他立马也睁开了眼睛，十分顺手地摸了摸她的头，沉声道："醒了？"

　　姜晴有些不好意思："今天起得有点早，又没喝咖啡，所以躺着听戏有点犯困。"

　　孟逢川说："没事，想睡就睡。"

　　她不着痕迹地往床边蹭了蹭，和他拉开些距离。房间里安安静静的，只有壁炉发出细微的鼓风声。

　　她的肚子不合时宜地叫了，被子也没遮住，孟逢川忍不住笑了："饿了？听着外面雨应该停了，出去吃饭？"

　　姜晴坐了起来，理了理头发："嗯，我那会儿找到了家汉餐厅，就是离得有点远，在古城的另一头，我们去吃汉餐吧？"

　　孟逢川答应了，见她穿的是一条长裙，露着纤细的脚踝，便建议道："你要不要换条裤子？上午雨下得挺大，温度有些低。"

　　姜晴打开手机看了下天气预报，发现比起昨天又降了几度，便接纳了他的建议，从敞开放在地上的行李箱里找出了一条长裤，拿着要去卫生间换。

　　卫生间比房间里要冷，他说："我去下洗手间，你在房间里换吧。"

　　姜晴点头，其实就算孟逢川在这儿也无妨，她穿的是长裙，大可以先把裤子穿上再脱掉裙子，但他已经转身进了洗手间了，清晰地听得到落锁的声音。

第十二章 独克宗之夜

裤子很快就换好了,她没再穿昨天那双不够防滑的小皮鞋,而是穿了运动鞋,拿上伞两个人就一起出去了。

古城里路面潮湿,空气清新,虽然还不见太阳出来,但雨停后的风景也不赖。

但到底是高原,海拔不低,在客栈里倒没觉得什么,往餐厅去的路上都是山路,还有一条漫长的上坡路,姜晴走得有些累,开始喘粗气。

两个人放慢了脚步,她像是上午没吃饱似的,走得越来越慢了。直到孟逢川突然停住,跟她说:"我背你。"

他用的是肯定句式,可姜晴却连连摇头,看着旁边络绎路过的行人,她让他背实在有些太夸张了。

见她拒绝,孟逢川伸出了手:"那我拉着你?"

姜晴犹豫了两秒,他已经极其自然地把她身侧的手捞过来攥住了。他总是那么自然,导致姜晴也说不出来哪里不对,任他拉着慢悠悠地走,这下更像情侣同游了。

到了餐厅之后,她点菜一向利落,最后对着酒水那页看得认真。孟逢川习惯喝矿泉水,不用操心,她指着上面最不像酒水的"胖卓玛"三个字问服务生:"这个是什么?"

服务生说:"本地的啤酒。"

她又问:"瓶子大吗?"

服务生摇头,她便点了一瓶。

服务生走了之后,她看向孟逢川,正对上他带着数落的表情。

她的语气有些俏皮:"我尝尝嘛,一瓶啤酒还是可以的。"

孟逢川不置可否,想着她出来散心,他就不扫她的兴了,至于这些迫于职业的约束,则以后再说。

两个人饱餐了一顿,优哉游哉地回了客栈,她一个人喝光了那瓶"胖卓玛",还在路上小小地打了个酒嗝。

孟逢川听得清清楚楚,抿着嘴笑着,嫌弃地离她远些。姜晴捕捉到他挪了两步的动作,像讨人嫌一样凑了过去:"你干什么?"

孟逢川故意说:"你身上有酒味,离我远点。"

她苦了脸，不大相信："不是吧，就那么一小瓶。"

孟逢川但笑不语，显然故意招惹她，没想到她又说："你别说，这酒好像有点后劲，我现在感觉脑袋有点沉。"

像是为了印证她说的话，孟逢川见她一脚深一脚浅的，便没再继续跟她嬉笑，而是伸手攥住了她的手臂，默默地带着她往回走。

送她回房间后，孟逢川再次确认："你确定你没醉？"

姜晴认真地想了想，随后摇头："没有，就是一点点，一点点后劲。"

孟逢川还要说什么，她就推他出去了，像是嫌他唠叨一样。

他默默地回到房间，警惕着敲门声，想着她有事一定会来找他。

不出所料，半个多小时后，她敲响了房门，孟逢川赶紧过去开门，见她头顶包了一条墨绿色的毛巾，素着一张脸，双颊泛着淡淡的红色。

迎接他开门的是一个喷嚏。外面冷，孟逢川本来想让她进来，但还是问了句："你房间里的壁炉还开着吗？"

她点点头，说："我没找到吹风机，问问你这儿有没有。"

一般房间都有吹风机的，他记得就放在柜子里。想到她房间里的壁炉没关，孟逢川推了她一下："你先回去，我拿吹风机去找你。"

她乖顺地点了头，转身跑回了房间。

孟逢川回到屋子里关了壁炉，拿了吹风机，随后带着房卡去了她的房间。

开门的时候她身上披着一张毛毯，拖在地上，孟逢川忍不住皱起眉头，跟在她后面提起了毯子，像是婚礼上的花童。

她坐在床尾的沙发上，看着他展开吹风机的线，插在墙边最近的插座上，还按了开关凭空吹了两下，像是试验吹风机是否完好。

她从毛毯里伸出手要接，露出里面的真丝睡衣，也是墨绿色的，看起来有些单薄。

他便说："你老实披着毯子吧，我帮你吹。"

姜晴问："你会吹吗？"

他有些不解："吹头发需要技术？"

姜晴说："不需要技术，需要技巧。"

第十二章 独克宗之夜

他拿着吹风机站在她的身后,轻飘飘地拽开她头顶缠着的毛巾,像个严阵以待的托尼老师:"你说怎么吹,我学一下。"

姜晴拨开面前凌乱的发丝,伸手给他比画了两下:"先左侧偏分吹,再右侧偏分吹,这样吹出来的头发才蓬松。还有先吹发根,再顺着头发往下吹……"

孟逢川静静地听她讲完,语气谦恭地说:"知道了,姜老师。"

她哪里被叫过"老师",也远达不到老师的水平,闻言抿着嘴笑着反驳:"你少恭维我。"

孟逢川笑着打开了吹风机,开始给她吹头发。一时间屋子里只听得到吹风机吵闹的声音,但两个人心中都觉得分外宁静安逸。

他不在意她房间里的吹风机在哪儿,不问也不找,等到头发吹了个八九成干的时候,她已经有点不耐烦了,从他手里挣开爬回了床上。

孟逢川站在床边问:"不吹了?"

她说:"可以了,差不多干了。"

他不赞同:"你不该洗头的,洗手间有点冷,头发最好吹干。"

姜晴知道冷,可刚刚冲澡的时候不小心把头发弄湿了,想着反正也该洗了,就顺便洗了个头,出来后有点着凉,便打了几个喷嚏。

孟逢川虽然嘴上这么说着,但没干预她的决定,收起了吹风机放在电视柜上,还细心地拾起了床尾沙发上的长头发,黑色的,落在灰白色的沙发套上很明显。

他捻着捡起来的头发往墙边的垃圾桶去,姜晴忽然警惕起来,抻着脖子朝他看。

果不其然,他发现了,手里的头发没丢进去,而是拎起了干净的垃圾桶,把桶底朝向她,语气无奈地问:"这就是你找不到的吹风机?"

她吐了吐舌头:"对不起,不该骗你。我就是看时间还太早了,自己一个人在房间怪没意思的。"

他不至于生气,先把藏在垃圾桶里的吹风机拿了出来,垃圾桶里面是干净的,再把头发扔了进去。

他说:"你跟我说一声就好了,跑出去万一感冒了怎么办?"

她说:"我也觉得我要感冒,脑袋昏沉沉的。"

孟逢川毫不客气地纠正:"你头昏是那瓶酒的原因。"

姜晴说:"差不多呀。"

她也分不清到底是那瓶酒的后劲还是要感冒的预兆,只知道在橘黄色的灯光下仰望他站在那儿神色无奈的好看的脸,感受着他温柔的对话,有些鬼迷心窍。

孟逢川正想问她要不要继续把那部昆曲电影看完,她先一步张开口,直率地说:"孟逢川,要不然你今晚留下跟我一起睡吧?"

他愣在那儿,顿时忘记了自己原本要说什么、做什么,看向她的表情很是无奈,又像是带着责怪。

姜晴紧了紧身上的被子,匆忙地解释:"我是觉得这样来来回回的很麻烦……柜子里还有一床被子……"

他确实想要责怪她:"姜晴,你知道我是什么人吗,就敢留我?"

两个人在安静中对望,姜晴眨了眨眼睛,低声地说:"我觉得你不是坏人。"

不知怎么的,她竟分外地相信他,也不知这份信赖来源于他姣好的皮相还是斯文的举止,姜晴也说不清,只是在潜意识里深刻地认为,他不会伤害她。

孟逢川说:"坏人会把'坏'字写在脸上?你怎么知道我就不是?"

这倒是把她给问住了,不知该怎么回答,她确实只是凭借感觉,而感觉是最不靠谱的东西。

他显然也没指望她能答出来,转身要走,姜晴追问:"你要回去?"

他停住了脚步,没回头看她:"回去洗漱,再来找你。"

她故意拿乔,又像是反悔,说:"你回去吧,我不会给你开门了。"

他竟然真的就这么走了,利落地带上了门。她像是一拳打在棉花上,心中难免觉得不爽快。

不出两分钟,门就被敲响了,她知道是他,披着毯子跑到门口,手已经摸上了门把手,但没开门。

他等了十几秒,又敲了三下门,姜晴说:"我说了不给你开门。"

第十二章 独克宗之夜

他的声音如常,隔着门有些缥缈:"那我等着。"

姜晴说:"你等着吧,我上床了。"

她还站在门里没动,他也没说话,只是隔了十几秒再度敲门。姜晴装死,想让他认为她已经不在这儿了,没想到他又隔了几十秒,再敲三下,频率稳定,敲得也极温柔耐心。可若是她真的上了床打算睡觉,听起来还是有些吵的。

无声地拉扯了两分钟,姜晴猫在门里静静地听着,门口这边因为壁炉烤不到,她的脚已经有些凉了,正准备再戏弄他一下。

可他像是知道她在一样,语气有些宠溺地说:"玩够了?晴晴,外面很冷。"

她明显感觉到脸一红、心一跳,赶紧打开了门,转身不看他,飞快地回到了床上。

他关上门后跟着她,站在沙发旁边看床上的她,表情有一种抓到她小尾巴的得意与促狭。姜晴这才看到,他一只手拿着睡衣,另一只手拿着电动牙刷,显然是特地回房间取的。

她明知故问:"你干什么呀?"

他说:"我拿了东西就回来,怕迟了你不给我开门。"

姜晴用被子挡住偷笑的嘴角,听他又说:"得在你这儿洗漱了。"

他转身进了洗手间,姜晴在房间里先是听到电动牙刷的声音,接着是水流声,他应该在洗脸。那股水流声暂停后,很快又变成了更大的水流声,她知道他开始洗澡了。

姜晴捞过床头柜上的遥控器,打开了电视,用电视声盖住了水流声,心中果然平静了些。

他穿着睡衣从洗手间出来后,把换下来的衣服放在了沙发上,旁边就是她的衣服,区别是一个整齐地放着,一个凌乱地扔着。

见他出来后,姜晴指着电视说:"你看,真的有山体崩塌,都上新闻了。"

她看的居然是当地的新闻台,因时间太晚了,右上角写着"重播"。两个人的相处模式宛如老夫老妻,他站在床边听完了这段新闻,随口念道:"不知道客车什么时候恢复……"

孟逢川走向衣柜边,本来打算拿柜子里的那床被子,明明已经摸到了,却收回了手,关上了柜门。

正在姜晴不解之际,他已经拽上她盖着的被子的另一侧,十分自然地打算上床。

她忽然防备起来,拽了拽被子:"你干什么?"

他低笑,问她:"你现在才开始紧张是不是太晚了点儿?"

姜晴说:"我又没说跟你睡一床被子。"

他用力地一扯,把被子拽了回去,就这么上床躺下了,接着轻描淡写地跟她说:"柜子里那床被子有点受潮,不能用,委屈你一晚上了。"

姜晴说:"我怎么觉得你的话毫无诚意?"

他倒是坦然:"确实没什么诚意。"

房间里只剩下昏暗的床头灯,两个人虽然在同一床被子里,中间却隔着一段距离,并未产生肢体接触。

眼看着他躺下了,问她要不要睡觉,姜晴关了电视,他便按了他那边的总控开关,室内骤然归于黑暗,只剩下壁炉的点点灯光。她有些匆忙地躺下,紧缩在被子里。

这时孟逢川突然靠近,打破了原本的距离。那一瞬间她想,果然男人都是这样,即便是孟逢川这种在外面文质彬彬的人,上了床、关了灯也是个色胚。

他确实把她揽进了怀里,摸着黑低头要吻她。姜晴隐约意识到要发生什么,正犹豫是拒绝还是迎合的时候,他轻吻了她的额头一下,分外温柔,也转瞬即逝,接着便听他说:"晚安。"

姜晴仿佛被卡在那儿,不上不下的,憋了半天,才在他怀里闷声地说了一句:"我好像真的感冒了,有点鼻塞。"

他把她搂紧了,安抚道:"不会的,闷在被窝里睡一觉就好了。"

老办法是这样的,人要感冒的时候盖着厚被子睡一觉,发发汗,就不会病起来了。

姜晴又说:"我喜欢踹被子……"

第十二章 独克宗之夜

他低笑道:"没事,你踹不开。"

她意识到他表达的意思,他会一直抱着她,所以踹不开,便忍不住说:"那我踹你怎么办?我踹人很凶的,我闺密都不愿意和我睡一床……"

他为她的碎念念而发笑,忽然低头凑近她,在姜晴还没反应过来的时候,突然吻上了她,勾着她与他接吻。姜晴心想果然该来的还是来了,半推半就地回应着,心跳也跟着加速。

可他始终没有进一步的动作,一只手覆在她的腰背上,隔着一层单薄的睡衣,感受得到彼此的温度。他只是紧紧地贴着她,连抚摸都是克制的。

漫长的吻结束后,他抽离开,摸了摸她的头:"好了,睡觉了。"

他习惯早睡早起,且无比确定,今夜一定好眠。

姜晴昏昏沉沉地进入梦乡的时候,总觉得是被他吻得起了高原反应,所以才会这么快入睡。又忍不住胡思乱想,她要感冒,他们又接了吻,会不会传染给他?她来不及说出口,就嗅着那股淡淡的茶香睡着了。

她确实踹被子,但在孟逢川的怀抱里,整晚姑且还算得上安稳,被子裹得严严实实的,她一度觉得很热。

次日她起来得不算晚,本来打算睡个回笼觉,却发现床上少了个人。屋子里没开灯,窗帘拉着,阴天里没有太阳光照射,满目的昏暗。

她在黑暗中叫他的名字:"孟逢川?"

自然无人应声,姜晴没了睡回笼觉的心思,起身在房间里晃了一圈,不见他的踪迹,连她房间的房卡也不见了。

那一瞬间她忍不住朝着不好的方向去想,他难道真的是坏人,她识人不清?又或者他自己突然走了,留下她一个人?他们连个联系方式都没有,姜晴现在想找他都没法子。

正在胡思乱想之际,突然传来房卡开门的声音,房间内短暂地照亮了一束来自室外的光,门很快就关上了,是风尘仆仆回来的他。

他把雨伞放在门口的伞架上,打开门廊灯,看到了坐在黑暗里沙发上的姜晴:"醒这么早?"

她的语气有些气恼:"外面还下着雨,你干什么去了?"

孟逢川不懂她气从何来，更不知她心里那些不好的想法，便解释道："出去买早餐了。"

他把手里的那几个袋子放在了桌子上，拉开了窗帘，房间里有些暗，开灯又太亮了。

姜晴扭头一看，最大的袋子里显然是他说的早餐，上面的 LOGO 是昨天他们吃的那家汉餐厅的；还有个袋子里是两杯咖啡，她爱喝的云南小粒咖啡；最小的一个袋子里面则是药，看起来像感冒冲剂。

那家汉餐厅太远了，即便味道不错，她也不准备再去；至于咖啡店，和汉餐厅则是截然不同的两个方向。她那股本来要发的火忽然就歇了，半天没说话。

他到洗手间里拿了毛巾，擦身上蹭的雨水，如常问她："洗漱没有？去洗漱，洗完吃饭了。"

姜晴"哦"了一声，默默地进了洗手间里刷牙洗脸。

她洗漱的时候他已经烧了一壶水，烧完又倒掉了，像是在消毒，接着又烧了一壶，才坐下跟她一块儿吃饭，那顿饭吃得有些沉默。

吃完饭后，他冲泡了一杯感冒灵，递给她之后去收拾桌子上的狼藉。姜晴则坐在床上，披着毯子，捧着杯子，固执地闹别扭："我不想喝，你不是说我不会感冒吗？"

孟逢川说："喝一杯预防一下。"

她不听："我想喝咖啡，放久了就不好喝了。"

他不同意："吃完药再喝，也不差这一会儿。"

姜晴板着脸。等他收拾完把袋子放到了房门口，准备一会儿出去再扔，他回到床边坐下，感觉出来她有些脾气，于是耐心地问："怎么了？不开心？"

她把杯子递给他，孟逢川的长臂一伸放回到桌子上，转头盯着她，像是在等她答复。见她迟迟不张口，他便凑过去，用手抚上她的脸颊，吻她的额头："生闷气不好。"

她叹了一口气，躲开他的亲吻，说了出来："你一声不响地就不见了，我刚起来吓死了。"

第十二章 独克宗之夜

他笑了出来:"你怕什么?"

最近接连阴雨,她又是一个人出来的,确实没什么安全感。姜晴说:"不知道,反正很吓人。"

他好脾气地道歉:"对不起,下次不这样了,原谅我?"

听他这么认真地道歉,她又觉得事不至此,便低下头没说话。

他问她:"下午还要不要出去?现在还在下雨,下午说不定会停。"

她摇头,像小孩子一样地说:"这里不好玩。"

他把手臂伸进她披着的毛毯里,穿过她的腋下,用力向自己这边一带,姜晴便坐在他的腿上了。

"那就不出去,别生气了。"

说完他就凑上去吻她,像是吻不够一样。姜晴一开始并不回应他,可他吻个不停,铁了心要撬开她的嘴唇。忘记吻了多久,她开始回应,伸出双臂搂上了他的肩颈,在阴天昏沉沉的室内,交换彼此浓重的呼吸声。

那一吻太久了,久到她明确地感知到自己有了反应,他也一样。

他一只手扶着她的腰,捏起她的睡衣衣尾,最终只是克制地探了两根手指,无意地触在她的肌肤上,望梅止渴一般。

她喘着粗气,低头错开,结束了这个漫长的吻。

她突然说:"我要回家。"

孟逢川不解,喑哑地问:"为什么要回家?"

她胡诌了个借口:"太冷了,像冬天南方没有暖气一样。"

他答:"我家有地暖。"

她嘀咕道:"你家有地暖关我什么事,我家还有呢。"

他轻声地叹气:"那为什么突然要走?"

她无从说起,独自身在异乡,她发现自己无法避免地依赖和关注孟逢川。不只是因为他对她的迁就和为她做的一些小事,而是从欣赏他这个人的角度来说,再加上他原本就有的那些光环,她确实开始迷恋他了。

明明两天前还和梁以霜说跟他不会认真,可她今天突然发现,她想认真了。女人本来就比男人容易感性,这种萍水相逢的际遇,最忌认真,逐渐失控的后果一定是受伤，所以不如斩断这份渐浓的希冀，赶紧回家，再也不见。

她说："就是想回家了，我的假期也快结束了。"

孟逢川便问："你要从哪里飞？"

姜晴说："先看看迪庆的机票。"

孟逢川说："没有直达天津的。"

姜晴便说："那就回大理飞。"

孟逢川说："大理也没有直达，中转麻烦，时间还长。"

姜晴改口："没有就没有，又没让你坐。"

他提供第三种选择："跟我一起飞上海。"

姜晴摇头拒绝，明明两个人那么亲近，聊的内容却是分开。

"飞上海就不麻烦？"

"不麻烦，至少留一晚，我送你去机场。"

她又摇头，显然不买账："不去。你飞上海，我飞天津，咱们各回各家。"

孟逢川不得不搬出外公解振平的名头来，想尽理由邀请她："过几天我外公过寿，和我一起去。"

姜晴故意说："你外公做寿，和我有什么关系？"

这一句多少有些指望他说出确定关系的话来，可他不解风情地说："我外公是解振平，我妈是解青鸾，让他们给你指点指点。"

姜晴短暂地沉默，解振平和解青鸾她当然不陌生，都是梨园前辈。解振平是老一辈出了名的唱功花脸，早已经退休了。女儿解青鸾是大青衣，中年青衣演员中的佼佼者，至今仍活跃在舞台上，和顾夷明、张慧珠是同窗。

"没想到你家还是京剧世家，你怎么唱昆曲了？"

"不算京剧世家，唱昆曲是自己选的。"

她"哦"了一声，显然在跟他打太极，没有要答应的意思。

孟逢川没办法，低头埋在她的肩颈处，呼吸穿过睡衣打在她的肌肤上："和我一起飞上海。"

第十二章 独克宗之夜

姜晴嫌痒,试图推开他,可他紧紧地抱着她不放,一吻落在了颈侧,激得姜晴麻了半边身子。

他忽然低声地问她:"晴晴,你讨厌我吗?"

不可否认,听到这句话的时候她有些心软,嘴也跟着软了,含糊地答:"不。"

"那就跟我一起回上海。"他要带她去见家人。

姜晴仿佛看得见自己一步步地溃退,他则又抬起头要吻过来,她赶紧扭头躲开了,想着咖啡再不喝就彻底凉了,微不可见地"嗯"了一声。

第十三章
把晴日看遍

  云南的那场阴雨还没彻底停止的时候,姜晴和孟逢川一起,从迪庆飞上海。
  他生怕她反悔,见她答应后立马就订了机票,只告诉了姜晴航班的时间。姜晴直言她连被他拐骗了都不知道,孟逢川对此丝毫不否认,毕竟看起来确实像那么回事。
  那天下着小雨,前往机场的路上姜晴还担心飞机能不能正常起飞,幸好按时登机了。
  这趟航班显然人不多,座位还有许多空余,头等舱则只有他们两个人。
  姜晴才知道他订的是头等舱,没说什么就坐下了,等他把行李箱放好,才开口问他:"你手机号多少?"
  孟逢川刚说出个"1",就想到她要做什么了,没再继续报下去:"你又想给我钱。"
  她当然要给他钱,他们什么关系都不是,她没理由平白无故地花他的钱。她本来打算支付宝转账给他,不用像微信需要确认收款,没想到被他发现了。
  她认真地说:"我应该给的。"
  孟逢川点头,像是赞同她,却说:"欠着。"
  姜晴忍不住发笑:"没见过强行借钱的,我不用欠。"
  孟逢川说:"不收你利息。"
  姜晴冷笑:"那我是不是还得谢谢你?"
  "不用谢。"他像是跟她熟悉了,越来越堂而皇之地无耻,接着拿出了手机按了两下,朝她递过去,"先加个微信,方便日后催债。"

姜晴低头一看,是个微信二维码,她抿着嘴笑着打开了自己的手机,想着确实该跟他加个联系方式。她都跟他亲过不知道多少次了,还睡在一起好几晚,虽然没发生关系,可竟然连微信都还没加。

她扫了那个二维码,看到屏幕上弹出资料界面,有点眼熟,又把手机抬到了面前,定睛一看,脸上闪过一丝尴尬。

昵称叫生川,头像是扮上相的剪影,这不正是她脑补的那个文绉绉、酸溜溜、思想保守、个子不高的大龄单身男青年形象的相亲对象?

孟逢川正盯着屏幕等待通过她的好友申请,见她迟迟不按添加,便凑了过去,伸出手指帮她点了下:"怎么不加?"

姜晴支支吾吾地说:"那个……你……"

他这边已经收到提醒了,点进去准备通过,等他看到展开的资料界面,也停住了动作。足足静止了十几秒,两个人谁也没说话,直到孟逢川开口了,语气有些打趣:"你就是那个腰疼的青苹果?"

若说姜晴原本还带着一丝侥幸,比如张慧珠没把她的微信给对方,比如给了孟逢川也没打开看,毕竟他当时没有添加她为微信好友……可听他说"腰疼的青苹果",她就确定,他知道是她了。

因为她现在的微信昵称是"green apple(休假版)","腰疼版"早在她到大理之后就换掉了。

她干笑了两声:"哈哈……是啊。"

孟逢川通过了她的好友申请,把手机锁了之后放进口袋里,接着很是平静地问:"那你的腰现在还疼吗?"

姜晴想了想,认真地答道:"还行,还有点儿。"

他同样真诚地说:"等到上海我带你去推拿。"

姜晴见他没当回事,自己也就不尴尬了,笑着答应。殊不知他只是强颜欢笑,心里已经翻江倒海了。

他平静地坐在那儿不出一分钟,又拿出了手机,给母亲解青鸾发了条微信。

第十三章 把晴日看遍

你要给我介绍的那个相亲对象是姜晴?

如今他倒承认是相亲了。

解青鸾正在戏院排练,没有立刻回复他。姜晴在旁边叫他:"孟逢川……"

他扭头看过去,等她开口。姜晴问:"那天晚上你没去映竹轩吧?"

这个问题不好答,说没去的话,像是放她鸽子一样,更别说他确实没重视这次会面,甚至让解锦言代为前往;说去的话,那就是骗人了,虽然她不知道他当晚已经在大理了。

孟逢川摇了摇头:"我没去。"

姜晴舒了一口气:"那就好,没去就好。"

他问:"你不惋惜?"

姜晴说:"没什么惋惜的呀,咱们俩不是在云南遇上了,这叫缘分。"

他心里仅存的一丝失落顷刻间便烟消云散了,想想也是,即便他知道是她去了又有什么用,她又没打算赴约。

这时解青鸾得空看了手机,给孟逢川回了两条语音,他点开听,解青鸾仔细地说:"是的呀,叫姜晴,晴晴,也是唱京剧的,夷明的徒弟。她妈妈是张慧珠,爸爸是姜军,都是我在戏校的同学。我们毕业之后因为一南一北离得太远了,才少了联系。前阵子我不是去北京出差嘛,恰好周末,就去天津见了夷明和慧珠,我们以前在戏校的时候关系特别好……"

他没想到他与她的联系那么近,可造化弄人,直到如今才牵上线。

解青鸾又说:"我问了,人家女孩子谈过一次恋爱,但是慧珠不太喜欢那个男孩子,上个月可算彻底分手了。妈妈想着你没有谈过恋爱……"

听到此处,他下意识地把手机拉远了些,微蹙眉头,像是生怕旁边的姜晴会听到什么似的,心里则怨怪解青鸾什么都往出说,排练厅里那么多人,指不定被谁听到呢。

"她可以教教你,你得学着谈恋爱呀,小川。锦言、锦屏比你小都不用家长操心的,倒是你。你那天跟她见得怎么样?慧珠说她家姑娘害羞,不愿意说，你也不跟我说。锦言说你出差了，什么时候回来？"

孟逢川不着痕迹地扫了一眼旁边据说害羞的姑娘，忍俊不禁，打字回复解青鸾。

今天回去，解锦言接我。

退出和解青鸾的聊天框，他重新打开姜晴的微信，点开了那张头像，一只被锁在怀里狰狞的小猫，问姜晴："你头像是？"

姜晴瞟了一眼，笑着打开了自己的手机相册，给他看那只猫："我闺密养的，叫小白，它有一只耳朵听不到，具体是哪只我也记不清了，性格特别好，可乖了。"

孟逢川品着"性格特别好"这五个字："那怎么在你怀里……"

姜晴无奈地说："我没猫缘，它见谁都让抱，就不让我抱，亏我隔三岔五地给它买零食。这是我和它的唯一一张合照，很有纪念意义。"

孟逢川被她逗笑了，看得出她很喜欢小猫，便问道："你怎么没自己养一只？"

"我想养呀，可我前男友对猫毛过敏，不让我养。"她说完才发觉嘴快，虽然孟逢川如今还不是她现任男友，他们两个人的关系还是有点暧昧的，但他对她前男友绝对不感兴趣。

孟逢川的脸色果然变了，但并非针对她，只是单纯对于迟来的懊丧。幸好空姐适时地过来提醒他们关手机，便结束了这个话题。

飞机起飞前她一直在跟他说话，也没仔细听广播，等到飞机要落地的时候她才察觉到不对，看了一眼手机的时间，疑惑道："怎么这么快就要落地了？"

孟逢川还在装："没事，你一会儿再睡觉。"

直到听到"经停成都"，姜晴恍然大悟，怒视孟逢川，他居然还笑得出来。

姜晴说："你说回天津没直达，非让我跟你飞上海，可上海不是也要中转？"

第十三章 把晴日看遍

孟逢川坦然道:"我没说飞上海不用中转。"

姜晴没忍住,朝着他的腰侧就是一拳:"你故意骗我。"

他把她的手拽到身前,攥住不放:"我承认,你要报警吗?现在没信号,等下了飞机吧。"

姜晴听他一本正经地开玩笑,板着的脸有点崩塌,抿着嘴忍住笑意:"到了成都我就报警抓你。"

他讨价还价:"到上海再报?让我离家近点儿。"

她彻底忍不住了,笑了出来:"你的心思可真深,孟逢川。霜霜一直说我傻,我今天才发现自己真傻。"

他凑过去要吻她,姜晴扭头躲开了:"你少来这套。"

经停成都的时间不长,两个人简单地吃了个下午茶垫垫肚子,姜晴带了一杯咖啡,打算到上海之后再吃正餐。

落地上海后,她自己推着行李箱走,孟逢川想帮她也不让。他默默地跟着,问道:"还生气?"

实话说还有点儿,可她对他只说:"我不想理你。"

他换了左手推行李箱,用右手去拉她的左手,她无声地甩开了,他又拉上去,在旁人看来像是闹别扭的情侣。

最后她甩累了,还是被他牵着出了机场,她沉吟了一路,忍不住开口:"孟逢川,我觉得你这样不好,特别没……"

"正经"两个字还没说出口,面前突然出现了一个男人,和孟逢川差不多高,不如孟逢川稳重,嘴角带着笑意,朝着孟逢川叫了声"哥"。

孟逢川给她介绍:"我表弟,解锦言。"

解锦言先是看到孟逢川和姜晴牵着的手,忍不住挑起眉头,想,他这位表哥终于开窍了;接着抬头看向姜晴,等看清她的脸后,突然有一种说不清的感觉,用戏谑的语气说:"这是?我怎么像见过?"

孟逢川在心里骂他,冷淡地说:"谁你都见过,她叫姜晴。"

姜晴朝着解锦言点了点头,当作打招呼。解锦言热情地接过了她手里的行李箱,三个人一起往停车场走。

他跟姜晴说:"我真觉得见过你。你是做什么的?"

姜晴说："唱京剧的。"

解锦言的语气激动，和孟逢川说："你看吧，我就说肯定见过。"

孟逢川泼冷水："她在天津，跟你不是一个剧院。"

姜晴看向解锦言，显然好奇他是干什么的，解锦言主动说："我是剧院的琴师，拉京胡的。"

她的眼神中闪过一丝惊讶，确实没想到解锦言竟然会拉胡琴，他看起来太不像琴师，或者说看起来太不像与京剧相关的从业者。

解锦言显然预判到了她的惊讶，语气桀骜地说："没办法，天资过人，京胡不能没我这个奇才。"

孟逢川冷笑，发现解锦言开的还是那辆车。等姜晴先上了车，他和解锦言把行李箱放到后备厢，问解锦言："你这车一直停在这儿？"

解锦言冷笑："我停得起吗？第二天专程过来开走的，收据还在呢，回头你给我结了。"

孟逢川没理他，上车和姜晴一起坐在后排，解锦言哼了一声："拿我当司机呢？"

"不是你自告奋勇的吗？"他转头跟姜晴说话，又换了个温柔些的语气，"饿没饿？现在去吃饭？"

这回轮到姜晴不理他了，解锦言在驾驶位笑得龇牙咧嘴，孟逢川便转移话题问道："锦屏不来？"

解锦言还有个妹妹，叫解锦屏。

他摇了摇头："不叫她了，咱们仨吃。"

车子刚驶离机场，解锦言问："去哪儿吃？"

孟逢川说："映竹轩，你上次不是没吃成吗？"

姜晴闻言转头看他，他这话看起来是跟解锦言说，却更像是对她说的。他同样看着她，佯装不解，又像在说：你终于理我了。

饭桌上，姜晴和解锦言相谈甚欢，倒真像是一见如故的样子。孟逢川受了冷落，冷眼看着他们俩，把原因归结为解锦言实在是话太多了。

解锦言满嘴跑火车，话里有真有假，逗得姜晴直笑。正值气氛好的时候，他又极其自然地递过了手机："咱俩加个微信。"

第十三章 把晴日看遍

孟逢川的眼神中闪过一丝错愕,没想到加微信还可以这么草率,更让他惊讶的是,姜晴居然同意了。

她用自己的手机扫了解锦言的微信二维码,两个人添加上了好友,速度之快令人咂舌。

解锦言看到姜晴微信昵称后面的"假期不足版",笑着说:"我也要改一个,改个'给爷祝寿版'。"

孟逢川冷哼一声,想着明明都是年轻人,自己却像是已经半截身子埋进土里,全然不懂这些了。

这么想着,孟逢川给解锦言夹了块最肥的红烧肉:"吃都堵不住你的嘴。"

解锦言不管他,又问姜晴:"你假期不还没结束呢吗?明天我爷爷过寿,就是他外公,你可得来。"

姜晴说:"都是你们家里人吧,我去不合适。"

解锦言说:"这有什么不合适的,你也不是外人。我妹妹还叫了她朋友呢。我妹唱花旦的,你们年纪差不多,肯定有的聊。"

姜晴笑着点头,像是答应了。孟逢川表面内敛,心中则上演目瞪口呆的戏码,他花了这么长时间,才对她有了基本的了解,加到她的微信,邀请她参加解振平的寿宴,解锦言居然一顿饭的时间就全给做了,除了亲密接触。他不禁疑惑,难道他还是太保守了?

他们俩又聊起了冷门的原创歌手,孟逢川插不进去话,便默默地戴上了一次性手套,埋头剥了虾,通通放进姜晴的碗里。

解锦言说:"我的呢?我也要。"

孟逢川捡起一块虾皮丢到他旁边:"你吃这个。"

到了映竹轩之后,姜晴多少有些故意不理会他,一顿饭吃下来,对他仅存的那点儿气也消了,眼看着半盘的虾都要进了她的碗里,姜晴拦住了他继续剥虾的举动。

她低声地跟他说:"够了,不要了。"

孟逢川点头,把手里的那只没剥完的虾放进了解锦言的碗里,在解锦言的埋怨声中褪下了手套。

吃完饭往地下停车场取车的路上，解锦言走在前面，孟逢川和姜晴慢了半步。

他低声地跟她说："离他远点，他这人没谱。"

姜晴故意戗他："你怎么还说自己表弟坏话？"

孟逢川说："不是坏话，是实话。"

姜晴说："你在背后说人家，就是坏话。"

他莫名地觉得不高兴，认为姜晴在帮解锦言说话，殊不知自己现在的样子有多么小气。他无声地冷笑："当他面我也这么说。"

姜晴顿时语塞，先他一步上了车，把孟逢川晾在那儿。

他看着她和解锦言都上了车，自己在车门旁罚站了几秒才上去，坐下正好听到解锦言问姜晴："你住哪儿？"

孟逢川代替她答："你说她住哪儿？送我回家，然后你爱去哪儿去哪儿。"

解锦言笑得很嚣张，故意触孟逢川的霉头，跟姜晴说："你答应住他家了吗？光天化日的，咱可不能干强迫人的事儿啊。"

孟逢川看他的眼神仿佛能剜出刀子来，接着转头看姜晴。那一瞬间姜晴仿佛从他的双眸中看到了克制的恳求，空气中又有一种说不清道不明的羁绊与怜惜作祟，她便没再气他，老实地回答解锦言："答应了。"

孟逢川松了口气，命令解锦言："开车，早知道不让你来了。"

解锦言还要贫上一句："得嘞，孟老师，您说什么就是什么。"

到了孟逢川家楼下，解锦言极其热情地要跟着上去，孟逢川恨不得踹他一脚，夺过了他手里的行李箱就卸磨杀驴，催他赶紧走。解锦言显然是故意的，见状留下了句"晴晴，明天见"就开车走了。

两个人进了电梯，孟逢川才幽幽地开口，像是自言自语："谁准他叫晴晴了？"

姜晴说："我朋友都这么叫。"

孟逢川嘴硬："他不许叫。"

姜晴被他冷着脸说出这么幼稚的话给逗笑了，抿着嘴忍着笑意，默默地等电梯到达楼层，也没再说什么。

第十三章 把晴日看遍

进了门之后,他从鞋柜里拿了双客用的拖鞋出来。他这里没准备专门给女生用的,只能让她凑合着穿。

姜晴也没在意,坐在长椅上换鞋,好奇地扫了一眼室内的装潢,整体都是黑白灰的配色,软装更是以灰色为主,没什么人情味的风格,显然是他一个人独住。

趿着拖鞋走到沙发前,茶几上放着一本《缀白裘》,本来以为是装样子放在那儿的,她拿起来才发现,很多页被折了角,打开发现里面写着标注,整齐的字迹笔画凌厉,和他很是相衬,一看就是他写的。

姜晴举着那本《缀白裘》问他:"你还看这个?"

《缀白裘》是清朝时修订编撰的戏曲剧本合集,收录了当时在演的昆曲和花部乱弹的零折戏,有很多是如今京昆舞台上仍在上演的。

孟逢川点头,弯腰打开了墙边的空气净化器,答她:"随便看看。"

她手里拿的只是一册,全本有六册,中华书局出版。她之前也想过要看,但只是一时兴起,尤其这版是繁体竖排,她啃不动。

见他是认真读的,姜晴不禁有些佩服他,好奇地问道:"我能去看看你的书房吗?"

孟逢川没想到她会想看书房,他本来就打算带她简单地参观一下,自然同意。

他的书房里整整一面墙壁都是书架,她精确地找到了其他几册。刚刚在茶几上看到的是第四册,她又抽出了前三册,像检查作业一样立在书架旁看,发现前三册果然也一样做了标记,满是读过的痕迹。

孟逢川问她:"姜老师,检查得怎么样?"

姜晴莞尔一笑:"完成得不错,可以给你写个'优'。"

她认真地看了一页,满目的繁体字让人眼花,有几个字她一时间还真想不出来是什么,便果断放弃,把书塞回了原位。

姜晴说:"我之前也想过买这版《缀白裘》。"

孟逢川看出来她没买,便大方地说:"你想读可以拿走,送给你,有些生僻的字词我都注释了,你能看懂。"

姜晴摇头拒绝他的好意:"我还是看简体横排的吧。你说我从哪本看起？有推荐吗？"

孟逢川说："四大名剧，有很多简体横排的版本，《西厢记》吧。"

他走到她的身边，娴熟地找到了《西厢记》递给她，书籍裸脊精装，一看就是专门买来收藏的。

两个人离得有些近，姜晴抬起头问他："这本有你的批注吗？"

孟逢川轻轻地笑了，像是很惋惜似的："没有。"

姜晴问："那我有不认识或者不懂的字词怎么办？"

孟逢川盯着她，无声中凑她更近了，低声地答应："我陪你一起看。"

她没读过《西厢记》，也没读完《红楼梦》，但她知道宝黛共读西厢的故事，宝玉借张生的话对黛玉说："我就是个'多愁多病的身'，你就是那'倾国倾城的貌'。"比的就是书中的张生和崔莺莺。

书房中萦绕着暧昧的气氛，姜晴不自觉地放轻了声音："可我后天就回天津了。"

他说："没关系。"

姜晴不知道他是真不懂还是装不懂，她也不知道自己在别扭什么，大可以她先开这个口，可心里就像扭着一股劲儿似的，非要让他主动。她想不出个所以然来，正决定不再继续想，孟逢川已经低头凑了上来，把她抵在书架上，缠绵地吻她。

那整面墙的书架上都是书，摆放极其整齐，看得出书的主人是个极其喜爱规整的人，唯独有一方位置放的不是书，而是用相框真空裱好的九九消寒图，静静地立在那儿，立在那儿很久了。

当晚她本来准备睡次卧，他强拉着她进了主卧，睡在一起又没做其他事。姜晴觉得心里像有只猫在抓一样，不上不下，又不知该怎么点他这个榆木脑袋，殊不知他另有思量。

黑暗中她翻了个身，背对着他，他从背后搂了上去，头埋在她的颈后。

她被他的呼吸打得脖颈那一方的肌肤发热，低声地叫他："孟逢川……"

接着就感受到他轻轻的一吻落在她的颈后，让她莫名地感受到一股

第十三章　把晴日看遍

珍视。他回叫道:"晴晴……"

她忽然就忘记要说什么了。

只听得到彼此的呼吸声,他见她不说,便开口说下去:"你们聊的年轻人的话题我确实不懂,我好像有点无趣,没有锦言那么能说会道,哄你开心。"

姜晴一愣,没想到他会说这些。

他接着说,话语中带着一丝恳求:"可我会学,只要是你喜欢的,我都会去了解,你今后能带我一起聊吗?"

她无限地心软,甚至后悔晚饭时故意冷落他。可她又忍不住想问:今后以什么关系和他一起聊?脑海中一响起这句问话就立马打断了,看起来太像索要名分了。

姜晴解释说:"那会儿我是故意不理你,气你的,今后不会了。"

孟逢川便说:"那你答应我。"

那情景太像撒娇了,姜晴彻底失去了抵抗,含糊地说:"答应你,你不要亲我了……"

明明一直是他靠近她,却像吸铁石一样在把她吸过去,姜晴全身心地放松着,享受着来自身后孟逢川的拥抱。

她在黑暗中始终睁着眼睛,迟迟未睡,久到以为他都睡着了,她才低声地说:"孟逢川,很奇怪,总觉得像认识你很久了。"

仿佛冥冥之中有宿命感在作祟,她不仅相信他不会骗她,还觉得与他这样相拥而眠能够拥有前所未有的平静,远远超乎所谓的恋人间的亲密,更别说他们如今连恋人都不是。

她不知道她这样轻飘飘的一句话落入孟逢川的心中会泛起多大的涟漪,孟逢川同样放轻了声音:"你看没看过王家卫的《一代宗师》?"

姜晴立刻就猜到了他要说的是什么,接道:"孟先生,世间所有的相遇,都是久别重逢。"

他的声音居然带着细微的颤抖,喉结略微耸动,闷声说:"就是这句。"

她的声音比过去多了一丝清甜,是适合唱旦角的,而不是生角。孟逢川听得心头一紧，不知是为她猜中他的心思而愉悦，还是为她所说的话而动容，或许两种情愫都有，所以才超重。

黑暗突然被打破了，放在床头柜上静音的手机屏幕亮起，姜晴眯着眼睛，提醒他："好像是你的手机有消息。"

孟逢川说："不重要。"

次日清早，她睁开眼睛的时候，他已经不在床上了。他总是醒得比她早，便先起来，姜晴默默地在心中说他不解风情，缓缓地起身，趿拉着拖鞋出了卧室。

客厅里不见人影，姜晴循着香味进了餐厅，便看到他在厨房里忙活，毫不慌乱，慢悠悠地来回走动着。

听到她的脚步声后，他回头看了过来。姜晴打了个哈欠，懒洋洋地说："孟逢川，你还有什么惊喜是朕不知道的？"

孟逢川一愣，显然不明白这个哏，姜晴问："《甄嬛传》你没看过？"

意料之中，他摇了摇头，她刚想给他解释，这时门铃声响起了，孟逢川说："应该是外卖。"

"我去拿。"姜晴以为厨房里在做的就是早餐，没想到他还叫了外卖，想着他的厨艺或许也不怎么样。

没想到外卖是两杯咖啡，她拎着袋子回到餐厅，看到料理台上的咖啡机，问："怎么还叫了外卖？"

孟逢川开始从厨房里端早餐出来，放到餐桌上，解释道："咖啡机是搬家的时候解锦言送的，没用过，咖啡豆过期了。"

姜晴感觉到一丝可惜，放下咖啡后快速地去洗漱，再回到餐桌前吃早餐。

看到碗里的鱼片粥，姜晴说："你怎么知道我爱吃鱼？我让我妈给我做，她说我事多，让我自己学。"

孟逢川淡淡地笑了："那你学会了吗？"

姜晴摇头："我的厨艺不行，最多打打下手。"

接着她给他讲《甄嬛传》的故事，他静静地听着，一室静好。

第十三章　把晴日看遍

吃完饭后两个人出门了，这次孟逢川开他自己的车。看到车子的一瞬间，姜晴忍不住抿着嘴偷笑，倒不是说车子有问题，只是昨天刚坐了解锦言的车，包括她之前坐贺蒲的车，他们三个都是不到三十岁的年轻男人，比较起来，孟逢川还真是最年长的那个，委婉地说就是太稳重了。

他先带她去见了他熟识的中医，给她做了个简单的腰部推拿，她果然觉得一扫近些日子的酸痛，浑身都清爽了不少。

中医叮嘱她："练功之前一定要做好准备运动，别仗着年轻就有恃无恐，过几年吃苦的是你自己。"

姜晴老实地点头，出了中医诊所之后松了口气，跟孟逢川说："我最怕看医生，每次都要挨说，回去还要被我妈和顾老师骂。"

孟逢川的语气有些无奈："还不是你太让人操心了，不拿自己的身体当回事。"

姜晴会想起前阵子排练腰受伤的情形，像是已经过去很久了，又想到顾夷明没批准的辞职信，她头一次感觉到些许懊悔。她有些想和孟逢川说，又觉得难以启齿，眼看着就要到饭店，也来不及说了，她便没张口。

她在那儿若有所思、幽幽地出神，没注意到孟逢川一副了然的表情和看向她关切的眼神。

解振平的妻子是赫赫有名的戏曲作家田绣盈，年轻的时候改编了不少京剧剧本，流传至今，于两年前因病去世。二人育有一子一女，长子解苍庚从商，娶的是京剧花旦演员尚琢，生下解锦言和解锦屏兄妹。解锦言学京胡，在京剧院做琴师；解锦屏则和母亲一样，工花旦。

解青鸾从艺，工青衣、花衫，嫁的是解苍庚的好友孟存渊，育有一子孟逢川。原本孟逢川也应该研习京剧，可他自小便有主意，大人们干涉不了，所以学的是昆曲，工小生；又在二十五岁那年退隐，开始和孟存渊学经商，准备将来继承家业。

孟逢川带着姜晴到饭店的时候，家里人都已经到齐了。

解锦屏从解锦言那儿收到的风声，怪了解锦言一路昨天晚上吃饭没叫她。到了饭店之后，她去找解青鸾通风报信："小姑，解锦言说我哥要带女朋友来,你知道吗?"

解锦言拍了她的脑袋一下:"他是你哥,我就是解锦言?"

解锦屏回拍了过去:"你看你像个哥哥吗?咱俩谁先出来的还不一定呢!"

两个人你拍我一下我拍你一下,打闹起来,闹着闹着跑到里面去找解振平了,留下解青鸾为那一句"女朋友"而满头雾水。她和孟存渊对视了一眼,孟存渊也摇了摇头,表示不知情。

等到看到孟逢川身边的姜晴,解青鸾十分眼熟,张慧珠给她看过不少姜晴的照片,很快便对上号了。

没等孟逢川介绍,解青鸾一喜:"看来你们两个那天聊得不错,速度这么快。亏我和慧珠还在担心,一个害羞不说,一个干脆不理人。"

姜晴连忙摆手,解释道:"不是的,阿姨……"

孟逢川按下了她的手,没让她继续解释,给孟存渊介绍道:"爸,这是姜晴。"

解青鸾小声地跟孟存渊提醒:"就是上次我跟你说的慧珠的女儿。"

孟存渊露出一笑,笑容愈发舒展开来:"好,不错。快进去给你外公打个招呼。"

姜晴还在云里雾里,就被他揽着往里面走了,像是上了贼船。

解振平是个光头,额顶可见一道常年勒头留下的印记,退休后发福了不少,精神还矍铄着,见到孟逢川进来就叫"小川",显然是疼这个外孙的。

孟逢川把姜晴介绍给他。姜晴自小在电视上没少看过解振平,如今当面看到还是头一次,难免有些紧张。解振平坐在那儿盯着看好几眼,就在姜晴愈发紧张之际,他突然发笑了,在笑容的映衬下连光头都显得慈祥亲切了不少。

解振平指着姜晴说:"这姑娘是唱戏的吧?"

解锦屏在旁边恭维他:"爷爷你怎么这么厉害?"

解锦言小声地骂她"拍马屁",解振平瞪了他一眼,说:"眼睛亮着呢,准是从小学戏的。你唱什么?"

姜晴放松了些，老实地回答："唱旦的。"

解振平说："和我女儿一个行当。行，一会儿跟我来一段《大·探·二》。"

姜晴立马又紧张了，像是小时候在家庭聚会上表演节目，可节目至少是她会的，姜晴说："《大·探·二》我没唱过……"

她的火候还欠着，这种唱功重头戏她哪里学过。

解振平不在意地挥了挥手："管他唱过没唱过，凡是戏不就是西皮二黄，锦言的胡琴拉起来，你跟着唱就行了。"

姜晴苦着脸向孟逢川求救，孟逢川居然还在笑，安抚性地拍了拍她的背，小声地跟她说："没事，随便唱就行。"

他带着她到旁边的沙发上坐下，等着开席。姜晴莫名地提着一颗心，想着他说得简单，对她来说难度不亚于让一个文科生去考理科数学，还告诉她随便答就行。

她跟孟逢川说："你们家京剧氛围这么浓？过个寿还得唱上两嗓子？"

孟逢川笑着说："老爷子好这口。你爷爷在家没事不来两句？"

姜晴想了想，认命地点点头。

寿宴设在绮梅厅，是个不大不小的宴会厅，一共摆了三桌，并未请太多的人。孟逢川和姜晴还有解锦言、解锦屏兄妹坐在一起，同桌的还有解锦屏的朋友，多是年轻人和后辈。长辈们坐的是主桌，以及一些业内前辈，他们更聊得到一块儿。

姜晴正低头吃菜，孟逢川递过自己的手机来，姜晴低头一看，是《大保国》的一段唱词。孟逢川说："就这段西皮快板，他一会儿叫你的话，肯定是这段。"

姜晴问："你怎么确定就是这段？"

孟逢川忍不住笑起来，低声地跟她说："他经常戏瘾犯了就爱来一段，这段总让我妈给他搭，我妈不爱理他，唱得很敷衍，他觉得情绪不够，想找个人跟他吵架而已，锦屏唱花旦的都被他抓去唱过。"

说的正是徐延昭和李艳妃"吵架"那段，姜晴忍不住笑了，觉得解振平也挺有意思的,就是个所谓的"老小孩"。

眼看着菜吃得差不多,酒也喝得差不多了,主桌已经唱了起来,姜晴抻着脖子听着,一边看热闹一边担心被点名,就像上课走神被老师叫一样。

孟逢川在她身边开口:"现在唱杨波的那个是任万燊,他也有戏瘾,喝多了爱唱。你不用担心,就算被叫上去了,也轮不到你多唱。"

这时解振平盯上了他们这桌,先指着解锦言说:"锦言带没带胡琴?"

解锦言起身去拿:"带了,敢不带吗?"

解振平又问:"小川带来的那个姑娘呢,快来。"

姜晴硬着头皮站起来,看到解青鸾在座位上朝她招手,便朝着解青鸾走过去。

解青鸾坐在那儿揽着她,低声地告诉她:"随便唱就行。我爸他喜欢女孩,自小就疼锦屏,见到你也喜欢,才想跟你唱一段呢。"

姜晴点了点头,用余光看到孟逢川带着笑容坐在那儿悠闲地看着,对上姜晴的视线还给她投过来了一个安抚的神情。姜晴瞪了他一眼,在心中记仇。

解锦言拉了个凳子坐在旁边,正给胡琴上松香,接着从口袋里掏出了一块垫布,熟练地放在了腿上,拉了两个弦儿:"咱们开始了?"

他的琴技确实不错,弦声如同行云流水般顺畅,可姜晴心里的那根弦始终绷着,一段唱下来自己都觉得差,要是顾夷明在场肯定就要开口骂了。

可眼下是私宴,大家极其给面子,都鼓起掌来,姜晴知道主要是给解振平的,她沾光而已。没想到一回头就对上孟逢川肯定的眼神,她皱起眉头摇了摇头,像是在说:我唱得不好。

孟逢川也笑着摇了摇头,仿佛在否定她的想法。

解振平站在那儿咂摸着姜晴刚刚唱的,众人都等着他开口。解青鸾适时地解围,跟解振平说:"晴晴的声音甜润、清脆,是好听的,夷明说她小时候还学过花旦戏。"

姜晴点了点头:"学了《红娘》和《春草闯堂》,唱得不好,后来学的就是青衣戏了。"

解振平的记性好，想了想，说："夷明那孩子也是唱过花旦的吧？"

解青鸾说："对，夷明是两门抱。"

解振平又说姜晴："条件不错，就是一唱戏怎么嗓子就紧？"

姜晴没说话，连她自己都不知道怎么回事。孟逢川适时地走了过来，轻拍了一下她的背，开口道："她才毕业没两年，容易紧张。"

解青鸾笑道："紧张什么呀，这里又没外人，你就跟和朋友唱歌似的，随便唱。"

解振平像是遇上了未雕琢完好的璞玉，让姜晴再来一段。姜晴没唱过《大·探·二》，一时间也不知道唱什么，她没什么拿得出手的戏，平时演出都是看顾夷明的安排。

孟逢川和解青鸾对视了一眼，解青鸾立马接话："《白蛇传》肯定学过，没学过也看过不少，就唱最开始游湖的那段南梆子吧。"

姜晴点了点头，这段她确实听过，也学过。解青鸾就坐在那儿，都没站起来，随口开腔给她起了个头，唱了句"离了峨眉到江南"，解锦言跟着拉琴。

她听解青鸾的，尽量放松着开口，放松得她都觉得有点过于惬意了，开口唱了下去。

她才唱了一句，解振平拍了下手，在胡琴声中中气十足地说："就这么唱！"

姜晴原本以为自己会被他这么一嗓子吓得更紧张，可看着解振平顶着个光头在大笑，再加上厅子里的气氛不错，她没忍住扬起嘴角笑了，慢悠悠地唱了下去，越唱越放松。

孟逢川在旁边听着，也跟着笑了。

虽然是私宴，大伙儿都是随便唱的，可掌声却不比剧场里的少，尤其在座的都是懂戏的，知道该在哪句话给好儿，姜晴有些害臊，唱完那段连连摆手说不唱了。

孟逢川带着她都回到旁边的桌上了，解振平还在看着姜晴，慨叹道："现在的戏校要把孩子给教傻了，上了台心里都吊着根弦，想着老师教的那些要求规矩，那戏能唱好吗……"

姜晴吐了口气，低声地跟孟逢川说："吓死了。"

孟逢川问她："现在还害怕？"

姜晴摇了摇头："好点了，刚被叫过去的时候害怕。"

他笑着说："外公这几年嗓子也大不如前了，你听过他早年的戏能明显看出差距，但他还是爱唱，不管好赖，唱出来就过瘾了。"

姜晴看向孟逢川，明明来的路上她什么都没跟他说，甚至认识以来都没有说过她的烦忧，可这一刻她觉得他像是知道一样。

"至于老师教你的，也不过是个方法，你不愿意用也可以用自己的，不必盲从，更不要把这些教条当作负累。比方说我学昆曲，拜过女老师，就是女小生。她主张走小步、碎步，女人扮小生更俊俏柔美，那么走起来好看。男女走路习惯也不同，她驾驭起来很合适，我也学过那么走，只觉得猥琐，所以我还是走大步、四方步，没有听她的。"

她低下了头，静静地听他在耳边说，忍不住嘀咕起来："你没见过顾老师，她很严格的，说一不二。"

孟逢川循循善诱："那你跟她沟通过没有？"

姜晴顿时语塞，她确实没说过。虽然自小学戏艰苦，但因她喜欢，所以也算乐在其中。姜军和张慧珠在情况允许的范围内对她很是娇惯，再加上她的脾气有些倔，顾夷明为人又强势，有时候遇到情况不满意了，她发现拗不过对方，就想彻底撂挑子——或许也有前阵子心情不佳的原因。

她在桌子下覆上了孟逢川的手，那一瞬间想跟他说很多，又不知从何说起。孟逢川也不需要她立刻给出反馈，而是回握住了她的手，像是一切尽在不言中。

那边解锦言终于放下了胡琴，垫布上落得都是松香末，他丢在一边暂时没理会，站起来拍了拍腿，接着拎着酒杯坐到了姜晴旁边，递给了姜晴一杯，打断二人宛如辟出的一方单独空间。

孟逢川冷眼扫他，他浑然不觉，问姜晴："你能喝吗？"

姜晴点头："少喝点可以。"

解锦言说:"那咱俩喝一杯?"

昨晚三个人吃饭并未喝酒,她对解锦言的印象不错,且她确实能喝点,就没拒绝。

那是一杯三十多度的白酒,在白酒里度数不算高,解锦言喝的是五十二度的青花汾酒。

孟逢川夺过她手里的杯子放在桌上,低声地提醒:"别再喝了。"

姜晴缓过嘴巴里那股辛辣的口感,点了点头。

解锦言看了一眼孟逢川,朝他示意:"小姑叫你过去敬酒。"

孟逢川回头看了一眼解青鸾,知会了姜晴一声,便起身过去了。

他前脚刚走,解锦言就问姜晴:"你跟他在一起了吗?"

问的显然是她与孟逢川是不是男女朋友关系。

姜晴笑着摇了摇头,如实地说道:"还没有。"

解锦言没忍住,扑哧笑了出来:"我就知道。"

姜晴原本想问他怎么知道的,没想到他接着就问:"那我能追你吗?"

解锦言从姜晴的眼神中看出了她心中所想,接道:"你是不是觉得我有点儿轻浮?"

见他快言快语的,姜晴笑了,虽然刚认识解锦言,但她在心中觉得和他并不生分,甚至喜欢他的直白。

姜晴说:"是有点儿。"

解锦言也跟着笑了,解释说:"我这人就这样,不像他,什么事儿都藏在心里,心思深着呢。"

姜晴说:"你们兄弟俩真是……"

在背后说对方的坏话太过坦然,搞得她都不知道该说什么好。

解锦言说:"我没骗你,真觉得一见到你就有种亲切感,也挺喜欢你的。"

姜晴咂摸着那个"喜欢"二字,她觉得比起男女之间的爱情,更像是朋友之间的交情。

她开玩笑说:"说不定咱俩上辈子是……"

解锦言追问:"是什么?"

姜晴说:"是姐弟。"

解锦言嗤笑了:"去你的吧,在这儿占我便宜呢。"

孟逢川被解振平扣着抽不开身,忍不住频繁地看向姜晴和解锦言那儿,不知道解锦言说了什么,两个人都在笑着,他却笑不出来了。

接着解锦言伸手点了下姜晴的手腕,虽然点了那么一下就离开了,孟逢川却觉得想揍解锦言一顿,可眼下不得不应付一众前辈。他原本虚着喝杯里的酒,为求脱身,便实打实地喝了几盅白酒,敬周围的叔伯。那些人见他喝得扎实,连连说"够了够了"……

解锦言指着姜晴空荡荡的手腕问:"你不戴首饰吗?锦屏她们年轻姑娘都戴呢。"

他总觉得姜晴的手腕应该戴点儿什么装饰。

姜晴摇了摇头:"不戴,练功的时候不方便。"

解锦言便没再多问,又给姜晴添了半杯酒,自己的杯子则倒满了。

"再喝点儿?"他想跟她喝酒。

姜晴连连摆手:"我酒量不好,刚刚那一杯现在头还晕着呢。"

解锦言摇了摇头:"没事,我自己喝。"说着还跟她放在桌子上的酒杯碰了碰。

姜晴正想着要不要倒杯饮料陪他,孟逢川已经折回来了,拿起她的酒杯喝了个干净。

接着他拍了拍姜晴的肩膀,问她:"回去?"

姜晴看着周围还在觥筹交错,问他:"能走吗?"

孟逢川点头。

解锦言接话:"带我一个呗?我去你家。"

孟逢川说:"锦屏还在那边,你不送她回家?"

解锦言看了一眼不远处的解锦屏:"行,你们走。"

孟逢川便拉着她走了。

外面天已经黑了,两个人站在饭店门口,等他叫代驾。

这时姜晴的手机响起来了,她打开一看,发现是解锦言给她发的微信。

第十三章 把晴日看遍

  解锦言：你什么时候回家？
  姜晴：明天上午。
  解锦言：这么快？我还没带你玩玩呢。
  姜晴：有机会的吧。
  解锦言：我哥他明天要去昆剧院报到，我送你去机场吧。

  姜晴从屏幕前抬起头，刚要问孟逢川，就对上了他的眼神，没想到他一直在盯着她。
  那一会儿的工夫他喝了不少酒，尤其喝得又急，眼下也觉得有点头晕，脸上没什么表情，看起来有些阴沉。
  姜晴问他："解锦言说你明天要去昆剧院报到？"
  他本来没好奇她在跟谁聊天，虽然她一边聊一边笑，如今可以得知，对面就是解锦言。
  她见他只盯着自己不答话，也摸不准他什么想法，刚要低头看手机，就被他拉走了。
  直到两个人上了车，他整个人放松着靠在椅背上，低声地说："送完你再去。"
  姜晴"哦"了一声，善解人意地说："你要是不方便也没事，我可以……"
  "方便。"他就这么打断了她的话。
  姜晴看出来他有些不高兴，她想他有什么好不高兴的，谁让他一直不说出口，还让解锦言捷足先登，更别说她明天就要离开了，将来一南一北的，相见也不容易。
  她借解锦言的话点他，主动地说："刚才解锦言问我，能不能追我。"
  他猛地坐直了身子，转头看她，反应激烈，姜晴抿着嘴才忍住没笑出来。
  他盯了姜晴几秒，又放松地靠了回去，接着拿出了手机打电话给解锦言。解锦言显然还在饭店没走，很快便接通了。
  孟逢川问："解锦言，我是不是小时候打你打少了？"对面的解锦言不知道说了什么，便听他继续说，"你少坏我事。"

接着他果断地挂了电话。

姜晴在旁边默默地看着，看他伸手用力揉了一下太阳穴，忍不住问："你还好吧？"

孟逢川说："不好，头疼。"

"那你别说话了。"喝了酒之后坐车越说话越容易晕，姜晴善意地提醒。

他心想，他想听的是这些吗？他只觉得头更疼了，说不出话来。

到家之后他留下了句"我去洗漱"就钻进了洗手间，起初姜晴还以为他要吐，幸好很快就听到浴室里传来的水声，又忍不住担心他会不会倒在里面。

眼看着十来分钟过去了，姜晴来到洗手间门口，朝着里面问道："你没事吧？"

孟逢川冲了个澡整个人精神了不少，平静地答她："没事，你不要偷听我洗澡。"

姜晴笑着说："你不是都洗完了？"

紧接着洗手间的门就打开了，她闻到一股清爽的气息，虽然其中还夹杂着淡淡的酒气。

他兀自走到餐厅的料理台旁边烧水，泡了两杯蜂蜜水，一杯递给了姜晴。姜晴喝了几口，眼看着天色渐晚，她明天就要走，还得收拾行李，便赶忙去洗手间洗漱，出来后穿着睡衣对着行李箱发愁——她一向讨厌收拾东西。

孟逢川坐在沙发前默默地看着，她的睡衣是宽松衬衫款式，裤腿空荡荡的，上身也过于宽敞，看不出身材。可她用双手叉着腰，腰部便骤然收紧了一节，露出清晰的曲线。

仅此而已，却也看得他眼热。

他缓过了那股酒劲，只是脑袋还有点昏沉，突然开口打破了客厅里的沉默："该睡觉了。"

姜晴看了一眼墙上的钟，将近十点半，夜生活刚开始的时候，却已经是他的"老年人睡眠时间"了。她连头都没回,说:"你先去睡,我收拾完。"

他没说话,就在姜晴转身要看他的时候,他已经出现在她身边了,把她横抱起来。姜晴差点儿没勾住脚上的拖鞋,伸手抱紧了他的肩膀:"你干什么呀?"

他抱着她进了卧室,像是来势汹汹的样子,珍惜这最后一晚:"上床睡觉,明天再收拾。"

两个人相拥而卧,姜晴明显感觉到他有了反应,可又迟迟不动。她是真的摸不准他在想些什么,可也许是自己也喝了一杯酒有些上头的原因,她主动地吻了过去,立刻听到他的呼吸沉闷起来。

他做了逃兵,错开脸不再让这个吻继续下去,伸手攥住她的手腕向上扯。

他低声地在她耳边说:"好好睡觉,我醉了。"

姜晴忍俊不禁,语气促狭:"你少来。"

他的嘴更硬:"真醉了。"

姜晴长舒了一口气,没再跟他继续拉扯:"孟逢川,你真不行。"

次日,拜孟逢川所赐,她昨晚没收拾好行李,临行之前难免匆忙。

孟逢川根本不在意这些,想到她在大理时都不怕落东西在客栈里,更别说落在他这儿了。直到抵达机场,他们都不知道到底有没有落下东西。

姜晴眼看着要分开了他还不说出那句话,仿佛知道他不会说了,反而释然了。想着若是今后不见了,那就当是一场际遇,若是再见的话……

没等她想完,孟逢川跟她说:"我订了下周末的机票,去天津找你。"

姜晴顿时心潮涌动,一瞬间不知该说什么,干巴巴地讲了句:"周末两天太匆忙了。"

他说:"我想去,你等我。"

姜晴忍不住笑了,像是很牵强一样:"好吧,那我等你。"

他又问她:"落地了告诉我一声。有没有人接你?"

姜晴说:"我闺密,她男朋友开车。"

孟逢川放心地点点头,又想叮嘱些什么,姜晴突然扑进他的怀里,闷声地说道:"你还想唠叨什么?都要分开了,当然要多抱一会儿啊。"

孟逢川回抱住她:"抱歉,我缺乏经验,下次注意。"

姜晴只当他恋爱谈得少,也没做多想。

两个人也没抱多久,便不情不愿地分开了。接着孟逢川驱车前往剧院,姜晴回到天津,开始与他分隔两地。

梁以霜和大学时的男朋友陆嘉时在大学毕业那年分手,这两年人来人往,陆嘉时出国回国,于前阵子刚复合。

一起来接机的还有个陆嘉时的好朋友,叫姚松,他们上学的时候没少一起出去玩儿,都是相熟的。晚上四个人在梁以霜家里一起吃饭,还喝了点酒。

孟逢川到剧院简单地露了个面就回去了,明天开始正式工作,代理剧院事务半年左右,上面自然希望他长期留任,可他志不在此,只答应帮忙,等邵教授明年回来。

他独自回到家中,明明姜晴没在这儿待几天,他却已经习惯了她的存在了,离开之后房子里冷清了不少。进卧室拿东西的时候,他发现她落在沙发上的睡衣,不禁露出一抹笑容。

接着像是找到了和她说话的由头一样,他们分开之后,她只在落地时和他说了一声要去梁以霜家里吃饭,就一直没回复他了。

孟逢川拨通语音通话,打给她,听她的声音有些低沉模糊,便问道:"喝酒了?"

她因为懒得回家连夜收拾屋子,再加上朋友聚在一起吃完饭太晚了,不想折腾,就在梁以霜家里凑合了一宿。

"喝了点儿。"

他觉得她不让人省心,无奈地说:"不是说回去就不喝了?"

"我知道,下次不喝了,顾老师该骂我了。"

孟逢川被她的话逗笑了,轻声地跟她说:"你知道你落了东西吗?"

第十三章 把晴日看遍

姜晴问:"落了什么?"

孟逢川说:"睡衣,在卧室的沙发上。"

她"哦"了一声,话锋一转:"孟逢川,我是故意的。"

孟逢川一愣,明明才刚和她分开,却觉得思念已经要溢出来了。

次日,孟逢川准时早起,吃早餐的时候看到不远处的咖啡机,那袋过期的咖啡豆已经丢掉了。他打开手机搜索云南小粒咖啡,下单了一包咖啡豆,想着在家里备着,等她说不定什么时候来了就能喝。

心里想着她,孟逢川本来想给她打电话,又想起来她今天还没上班,她的假期还剩一天,这个时间绝对在睡懒觉。

于是他发了条消息过去,默默地报备自己的行踪。

早,上班去了。

姜晴头一天给自己定了个九点半的闹钟,她已经跟顾夷明知会过了,第二天准时到剧院销假,不能再这么散漫下去了。

睁开眼睛一打开手机就看到了孟逢川的消息,姜晴不禁偷笑了,心里怎么想的就怎么说了,打字回复过去:"咱们俩什么关系呀?你跟我报告干什么?"

当时孟逢川正在会议室里开会,感觉到口袋里的手机振动,没忍住在桌子下开小差,看到她说的话脸色一紧,回了个问号过去。

姜晴就在被窝里等着他的回复,一看是个问号,又等了几分钟,便再没下文了。她忍不住坐了起来,露出一个疑惑的笑容,明明最该发出问号的是她吧!

接着她把手机一扔,起身洗漱,然后做了套清早的拉伸动作。梁以霜也已经去上班了,给她留了早餐,在微波炉里热一下就能吃。

吃完饭后她从梁以霜那儿离开,回到自己的家里,没想到从沙发套到床单被罩都已经换好了,客厅的窗户还是开着的,显然有人来收拾过。

她给张慧珠打电话,张慧珠正在菜市场等着杀鱼,周围吵吵嚷嚷的,她告诉姜晴:"我一会儿就回去了,回去再说,这边吵得很。"

说完张慧珠就挂断电话了，忽略了姜晴那句"你怎么又不说一声就来"，姜晴甚至怀疑她是故意的。

放下手机，她换了一身衣服，因为懒得下楼，就在客厅里练了半小时基本功。她自小被督促一天三遍功，张慧珠早年因伤退出剧院，现在不练了，开始跳广场舞了，姜军还坚持着，姜晴还小的时候，都是一家三口一起练的。

姜军唱老生，往前数十年的时候，他文武老生全行，如今年纪到底不小了，再加上家中张慧珠说了算，他才开始不演武戏。那些吊毛摔背翻跟头的活儿还是交给年轻人吧，他也该服老了，但是这功还是得练的。

半个小时过去了，姜晴坐在沙发前打开电脑，刚要忙正事，张慧珠就回来了，自己开了密码锁进门。

她先把笔记本电脑放到一边，语气埋怨地问张慧珠："您怎么知道我密码的？是不是我爸又没管住嘴？我下次连他也不告诉了。我跟您说多少次了，别招呼都不打就来，为什么不告诉您密码您不知道吗？"

张慧珠闻言笑了出来，把买来的菜放到冰箱里，还有杀好的鱼，显然打算晚上在姜晴这儿开火："你瞧瞧，我刚一进门，一句话还没说，你就能说十句。"

姜晴起身朝着门口走去："我现在就改密码，谁也不告诉。"

张慧珠说："你改，你赶紧改。今后你求我我都……"

"我求你来你还不来？"

"我来，我能不来吗，小祖宗。我看你昨晚睡在霜霜那儿就猜到你懒得收拾了，这不特地过来帮你收拾了，你还不领情，说上我了！"

姜晴说："我是懒得收拾，那我也收拾啊，您看看，那床单被罩都给我套错了。"

张慧珠走到卧室门前："哪儿错了？不都是黄色的。"

姜晴打开柜子翻出和米黄色的床单配套的墨绿色的被罩："这才是一套的，您套的那叫什么呀？"

她过去开始拆被罩，张慧珠也上前帮忙，仍旧不解："黄色的和绿色的怎么能是一套？"

姜晴被她万分迷惑的表情逗笑了，解释说："这叫撞色，这么搭配才好看。"

张慧珠弯腰伸手够被子的另一角，动作有些僵硬，姜晴赶紧拿了起来，跪在床上递给她："说几百次了，不让您过来给我打扫卫生，我真懒得干就叫家政了。您那老腰都什么样了，留着力气跳广场舞行不行？"

张慧珠听着她的数落，不气反笑，知道她这个女儿是刀子嘴豆腐心，怕她受累，指不定哪一下就犯了腰伤。

母女两个快速地把被罩换好，再把换下来的那条叠好，姜晴弯腰放进柜子里。

张慧珠说："我告诉你爸了，下了班来你这儿吃饭，妈给你做好吃的。"

说起姜军姜晴就来气，恶狠狠地说："让他敲门，我要改密码了。"

张慧珠笑着说："等晚上我们走了之后你再改嘛。"

她回到客厅坐下，把抱枕垫在腿上，再拿过笔记本电脑，准备写那个戏曲交流会的汇报。

张慧珠坐在她的旁边，忽然换了个语气，神秘兮兮地问："你跟逢川怎么样了？怎么还提前一晚回来呢？没多跟他相处相处？"

姜晴忍俊不禁，故意逗张慧珠："还逢川，叫得挺亲，您跟我爸见过他吗？"

张慧珠说："我和你爸是没见过，可你爷爷见过。早些年你爷爷到上海演出，还抱过他呢。我记得家里就有照片，哪天回去我给你找出来，那孩子从小就漂亮。"

姜晴一边想孟逢川小时候"漂亮"的样子，一边为提起爷爷而哀伤，因为爷爷早已经去世了。

张慧珠说："解老的妻子叫田绣盈，你去翻翻你的剧本，不少编剧署名都是她。上学的时候，解老和你爷爷就是同班同学，后来我和你爸爸还有解青鸾也是同学，咱们两家还算世交呢。"

姜晴试图撇干净："高攀了，我活了二十来年，才知道咱家还有这么个大富大贵的世交。您早说，还有宋清鸿什么事儿呀？看这些年把您给烦的。"

张慧珠不喜欢宋清鸿,因为她觉得宋清鸿心里没戏,缺少了点儿对于京剧钻研的匠心,更别说年轻人的浮躁了。姜晴向来直白,直说自己也没什么匠心,自然换来张慧珠一顿臭骂。

张慧珠说:"谁说跟他们孟家了,逢川他爸爸不是唱京剧的,当初青鸾选他,解老也是不同意的,他相中的是他的徒弟,叫什么来着,也是个唱花脸的,可惜没成。"

眼看着腿上的电脑屏幕都暗了,姜晴听着张慧珠说他们那一辈人的八卦,听得津津有味,就等着张慧珠继续说下去。

"你爷爷和解老关系好,但是你爷爷去世得太早了,我和青鸾又离得远,这几年才联系上,不得等你跟宋清鸿分手吗?"

姜晴故意说:"这叫什么,造化弄人?孟逢川二十岁就摘梅了,这么好个人放在这儿晾着,您早点劝我分手,说不定现在连孙子都抱上了。"

张慧珠冷笑:"你少在这儿跟我逗闷子,我哪敢说?说了你又要说我强迫你,说我卖女儿,我敢说你吗?"

"还有您不敢的?家里谁不怕您?"

"家里除了我总共就你跟你爸俩人,管你们父女俩,真没意思。"

姜晴看了一眼屏幕上一个字没写的文档,扭头又问张慧珠:"还有什么有意思的事儿没?给我说说。"

张慧珠想了想:"你想听他们家的?你别瞧不起我们这代人,嫌我们老了,我们年轻的时候也波澜壮阔着呢。"

"怎么个波澜壮阔?您说说呀。"

张慧珠想了半天,一拍手:"刚才就要说,被你给岔过去了。田绣盈原来是和你爷爷谈对象的,后来不知道怎么分开了,去了上海,再收到消息就是跟解老结婚了,没两年你爷爷也就结婚了。"

姜晴的眼睛一亮:"还有这事?那我和孟逢川岂不是差点儿就成兄妹了?"

张慧珠直皱眉头,提高了分贝:"你这个死丫头,说什么呢?嘴上没个把门的。我问你跟他怎么样了,你倒是从我这里套了一堆话,我不跟

第十三章　把晴日看遍

你说了。"

姜晴追问："别呀，说说，爷爷怎么跟田老师分手了？"

张慧珠看了一眼手腕上的表："我怎么知道？我要走了，今天教他们唱《苏三起解》。晚上回来我做饭，你不要碰那些菜，切得歪瓜裂枣的。"

姜晴直呼"扫兴"，看着张慧珠拎着随身的小包出去了。

她跟几个一起跳广场舞的京剧爱好者组织了个业余的京剧社，没事还参加社区活动，在小区广场里演出，每天也忙得热火朝天的。

起先姜晴还心疼她，偷偷地落过眼泪，张慧珠那一届被称为"明星班"，出过不少行业内的名人。其他的不说，光说唱旦的女孩，解青鸾如今还活跃在舞台上，十分卖座，一票难求。顾夷明虽然淡出了舞台，开始教学生、管剧院，事业也顺风顺水的。

唯独张慧珠的运气差了点儿，她原本是唱刀马旦的，武戏一绝，可惜彩排的时候出了演出事故，从高台上摔了下来，腰部重伤，以后再也不能高强度地唱戏了，只能遗憾地退出剧院。

看她和一众业余爱好者一块儿唱戏，姜晴心里难免惋惜，替母亲怨恨。张慧珠倒不那么认为，每天依然开开心心的，姜晴也就不说什么了，任她忙活，偶尔还跟着去凑热闹，深得京剧社的大爷大妈们喜爱。

眼看着已经中午了，姜晴对着电脑开始写汇报，先给贺蒲发了条消息，自然是要抄他的笔记。贺蒲直接把他的草稿文件发给了她，姜晴一看发现内容太少，总不能原样照搬吧。

正在发愁，忽然想到眼前有个现成的救兵，她还一直没回孟逢川的消息，便给他发了条微信。

那天交流会上你的演讲稿还在不在呀？发给我看看呗。

孟逢川正在吃午饭，猜到她在写汇报，明明稿子的电子版就在手机里存着，想到她那天都没听他的演讲，便有些脾气，故意回了她一句"早删了"。

姜晴不信。

你少骗我,快点发给我呀,我今天得写完的。

接着他一股脑地发来了好几个文件,除了演讲稿,还有他参考的一些文献,最后是一条链接。

她先打开了那个链接,发现正是他那天演讲的视频,极其清晰,显然是专程录制的版本;再一看视频作者叫"生川梅苑",点进首页可以看到很多孟逢川的经典演出视频,显然是戏迷自发运营的账号,专门发布与孟逢川相关的内容。

她把首页在浏览器上收藏起来,方便以后随时阅览,接着继续看孟逢川的那个演讲视频,不禁想起她那天若是没跑出去透气,初次见他应该就是这个观众视角,心中不禁有些感叹。

姜晴拿起手机敷衍地回复孟逢川。

谢啦。

孟逢川正等着她回复,见状追问。

怎么谢?

姜晴在手机前忍不住笑。

姜晴:你也太计较了些,这点小忙还要讨谢礼,你又没帮我写。
孟逢川:你写草稿,我帮你改。

这还差不多,姜晴发了个"OK"的表情过去。

姜晴:我很快就写完。

他能想到她狡黠的笑容,虽然远隔千里,却还是忍不住对着手机笑

第十三章 把晴日看遍

了,宠溺地回复。

快写吧,我也去忙了。

正好有人来敲门通知:"孟老师,黄老师来了。"
说的正是黄秋意,他最近在排新编的《玉簪记》,知名作家傅西棠编剧。两个人年轻时候是恋人,如今时过境迁终于破冰,合作这一出《玉簪记·新意》,也是剧院最近重点关注的戏目。
孟逢川点头,跟着出去见黄秋意。
天刚黑的时候姜晴写好了汇报,自己还是改了一遍,接着发给孟逢川,语气有些谄媚:"辛苦孟老师帮忙润色,辛苦辛苦。"
孟逢川刚从剧院出来,坐在车里看手机,笑着接收了文件,打电话给她:"吃晚饭没有?"
姜晴说:"快了,我妈来我这儿做饭,和霜霜正在厨房里忙活呢。"
说话的工夫姜军进门了,拎着她爱吃的酸奶蛋糕,一进门就喊:"晴晴,爸爸给你带了蛋糕。"
张慧珠看到他手里的两盒蛋糕就皱起眉头,大叫:"你少让她吃甜的!不长记性……"
孟逢川都听到了,甚至如同身临其境一样感知到那种温馨,声音愈发低柔:"那么爱吃甜的?"
姜晴在客厅里偷懒,拿着手机笑意不断:"嗯,我喜欢甜的。"
"你也挺甜的。"话顺着就说了出来,说完他才觉得有些油滑。
姜晴笑眯了眼睛:"你在说什么?孟逢川,油腻。"
孟逢川叹了口气:"抱歉。"
两个人又腻歪了几句就挂断了电话,姜晴跑到厨房里去偷吃。
孟逢川在车子里坐了半分钟,像是在回味那份珍贵的惬意,接着启动车子,回了父母家里,忽然就想和他们一起吃饭了。
解锦言这一天没少给姜晴发消息,但都是些不痒不痛的寒暄,她随便回复就好,这时又忽然发来消息。

解锦言：天津有什么好玩的？

姜晴心想没什么好玩的。

　　姜晴：你要来？
　　解锦言：打算去，反正没事，找你玩呗。
　　姜晴：你哥他周末也要来，你们俩一起的？

解锦言看到她说孟逢川也要去，不禁嗤笑。

　　当然一起的。

　　姜晴在屏幕前却没了笑容，亏她和他分开的时候还以为他开窍要主动了，结果竟是和解锦言一起。她把手机丢到了沙发上，便没再回复解锦言。
　　那头孟逢川回到了家里，解青鸾非要亲自下厨再加一道菜，孟存渊在酒柜前面选餐后酒，他站在旁边看着，时不时地说两句话。
　　手机响起的时候他还以为是姜晴，立马打开来看，看到是解锦言，瞬间大觉扫兴，看到解锦言的话则立马气笑了。

　　你周末去天津坐哪个航班？我跟你一起。

　　他平日里从不骂脏话，打字也很少有，几乎都是对解锦言，眼下却有些忍不住了。

　　你给我滚。

　　解锦言看到屏幕上的那几个字，笑得在沙发上直打滚儿。
　　姜晴回到剧院后，先去副院长办公室见了顾夷明，交了那份汇报。

第十三章　把晴日看遍

顾夷明接过来后随手放在了桌边,显然没当回事,跟姜晴说:"让你去这个交流会,就是想让你见见业内的年轻人,看看人家的精神头,顺道出去散散心。你现在怎么样了?还想辞职吗?"

姜晴老实地坐在那儿,低声地说:"不想了。"

她觉得自己像个闹别扭的小孩儿,现在回想半个月前一门心思地闹辞职,脸上都臊得慌。

顾夷明一喜:"这不就对了。我怎么跟你说的,年轻人失个恋,算不得什么大事……"

姜晴解释:"不是失恋,您怎么还拿失恋说事儿呢?"

"行行行,不是失恋。"顾夷明的语气有些宠溺,接着说,"幸亏你按时回来了,玉华下周末演《秦香莲》,绍文的陈世美,孙武唱包拯,王老师快退休了,客串太后,你……"

姜晴猜到了顾夷明接下来要说什么,《秦香莲》这出戏她不陌生,刚进剧院那年她就演过,也是这个阵容,她唱的是皇姑,也就是陈世美高中后娶的那位公主,戏份虽然不多,但扮相好看,也有令人叫好的唱段。钟玉华是小顾夷明两届的师妹,如今剧院里最卖座的大青衣,近两年没演过这出戏了。

"不是说让张菁菁唱皇姑吗?"她放假之前就听到风声了,但那时候还跟她无关,张菁菁是跟她同届毕业、一起进剧院的,也是唱旦的。

顾夷明用一副恨铁不成钢的眼神看她:"你有点出息,南癸祠楼的戏台开始复用了,院里安排折子戏专场,人家有戏码,唱主角呢。"

姜晴这么一想,她确实挺没出息的,一起进剧院的同辈都开始独当一面了,她连唱个配角还推推搡搡的。她倒不是嫌弃皇姑是个配角,同台的都是大腕,能学到不少东西,其实是个好差事,只是她不想唱这出,换个别的什么都行。

她跟顾夷明商量:"没别人了吗?我不想唱这个。"

顾夷明顿时一股火起来,提高了分贝:"你还跟我讨价还价上了?还在这儿闹别扭呢?慧珠还是太纵着你了。你赶紧给我收拾收拾,上排练厅排练去。"

姜晴杵在那儿当木头，顾夷明翻了下桌面上的文件夹，看了一眼后告诉她："他们在五号排练厅，我都通知玉华了，就你唱皇姑，赶紧去。"

说着顾夷明站了起来，推着她出去，低声地叨咕着："你给我精神点儿，别逼我去你家找慧珠和姜军聊。让你唱出戏还得求爷爷告奶奶的，你什么时候让我省点心？"

顾夷明没有女儿，只有一个儿子，也没从艺，现在人在国外。她因为跟张慧珠关系交好，对姜晴没少照顾，尤其是收了姜晴当徒弟之后，在事业上是拿姜晴当亲女儿对待的。只是她为人一贯严苛，姜晴没怎么见识过她的豆腐心，光听她的刀子嘴了。

顾夷明不知道姜晴心里想的那些有的没的，只知道一门心思地督促她唱好戏，再在不徇私的前提下多照应她，给她多一些和前辈们学习的机会。

姜晴硬着头皮进了排练厅，开始跟着排练《秦香莲》，直到周末孟逢川来天津了，她一直没得闲。

那天晚上她跟孟逢川打电话，吐了点苦水，但说出来之后就觉得心情好了不少，虽然语气还是有些闷闷不乐。孟逢川哄着她，当下有些疑惑她为什么对这出戏这么排斥，但那种情况下也没问出口，他知道她要是想说就说出来了。

电话打到很晚，两个人也没挂断，其实各自都有在忙自己的事情，只是通话一直保持着，直到她先一步上床准备睡觉了。

孟逢川本来想开口说那就把电话挂了吧，可姜晴没说，他就也不想说了，直到听筒里传来她均匀的呼吸声，孟逢川轻声地叫了句"晴晴"，她也没回答，他才知道她睡着了。手机还放在桌面上，他正对着电脑加班做工作安排，等到工作做完了，他又去洗漱，直到上了床才把电话挂断，明知她听不到，却还是说了句："后天见。"

他原本订的是周六上午的机票，但因为解锦言搅局，又改成了周五晚上的，生怕解锦言捷足先登。可解锦言到底是个隐患，那天骂完解锦言之后，他也没问过解锦言订没订机票。他知道依照解锦言的秉性，一向是说到做到的，所以得给解锦言找个差事。

第十三章　把晴日看遍

次日清早他给解锦屏打了个电话，问解锦屏："你最近在排《霍小玉》？"

解锦屏说："对呀。你要来探班吗？"

孟逢川说："我最近忙，得空了去看你。你哥他倒是闲得没事，让他去陪你们排练吧。"

解锦屏说："我们这才刚开始呀，还没响排（乐队参演的排练）呢。"

孟逢川说："反正他也闲着，就当给他加强练习，你叫他就行。"

解锦屏说："他能愿意吗？他懒死了，周末指不定去哪儿鬼混，我叫不动他。"

孟逢川耐心地给她支招儿："你叫不动他，不会让你爷爷叫他吗？让他拉琴事小，他在那儿陪着你练，你多使唤使唤他，给他抽抽身上的懒筋。晚上堵车还能让他送你回家，你刚拿驾驶证，舅妈说你上周还把人车给碰了……"

解锦屏在心里直骂解锦言，语气委屈地说："哥，还是你心疼我，解锦言就知道笑我，劝我走着去上班，他一天天地能气死我。"

孟逢川的语气温柔："我就是忙，哪怕昆剧院和京剧院离得近点儿，我天天送你上下班。这样，我今晚早点下班去接你，带你去吃你上次说嫌贵的那家餐厅？或者你看看想吃什么，随便选。"

解锦屏的语气欢快："好呀，那我在剧院门口等你。哥，你真好，你才是我亲哥。"

孟逢川忍不住笑起来："行了，别撒娇了，我在开车，晚上再说。"

当晚他到京剧院接了解锦屏，请解锦屏饱餐了一顿，接着送解锦屏去了解振平那儿，解振平又把解锦言叫了过去。

路上解锦言看到解锦屏吃日料时发的朋友圈，他一眼认出了是那家最近很火的店，价钱也烫手。他给解锦屏评论——

潇洒啊，小屏子，不带你哥一个？

等到了解振平那儿，解振平发话让他周末去陪解锦屏排练。解锦言百般推辞，声称有事，挨了解振平一顿骂，扭头看到孟逢川坐在一边削苹果，但笑不语，他就明白过来是怎么回事了。

兄妹三个从解振平那儿出来之后，解锦屏先上了车，打算跟解锦言一道回家。解锦言跑到孟逢川的车旁，撑着车窗朝孟逢川龇牙冷笑："你真行，你是我亲哥。"

孟逢川说："我当然是你亲哥，哥不会害你。"

解锦言骂了一句脏话："我机票都订完了，你给我来这么一出。"

孟逢川说："退了。"

解锦言说："我还不知道退了？你说说你让我花多少冤枉钱了？上回机场的停车费你还没给我呢。"

孟逢川说："先欠着，从份子钱里扣。"

解锦言气得要说不出话来："你想得美！谁输谁赢还不一定呢。"

孟逢川说："别坏我事。"

解锦言问："你憋什么坏呢？人都带家里去了，关系还没定，给我留机会呢？"

孟逢川冷笑："关你屁事。赶紧走，锦屏还在等你。"

解锦言追问："说真的，你那会儿突然去云南，干什么去了？"

孟逢川启动车子，打算先走一步，冷漠地留下了一句："少问。"

解锦言气哄哄地回到自己的车上，没急着开走，解锦屏催促："怎么不开车？你憋什么坏呢？早知道我坐哥的车走了，你真磨蹭。"

解锦言气不打一处来："我先把机票退了，祖宗！一会儿忘了怎么办，你赔我钱？"

周五晚上，孟逢川只身前往天津，飞机准时降落。

坐上出租车后，他打电话给姜晴，没说自己已经到了，只问她在哪儿。

姜晴那边传来乐器的声音，显然是在剧院排练厅："还没完事，最后一遍了。"

孟逢川问她："累不累？"

姜晴说："还好，就是有点饿。"

第十三章 把晴日看遍

　　孟逢川心想正好，他早就订好了餐厅。

　　姜晴没想到走出剧院会看到孟逢川，他就站在剧院门口，不知道等了多久。那一瞬间心潮有些涌动，小别一周后，她看到他的瞬间是激动又陌生的。

　　她礼貌地跟钟玉华和孙武两位老师道别，然后走向了孟逢川。钟玉华多看了两眼孟逢川，觉得眼熟，但到底戏种不同，一南一北更不常打照面，一时间也没对上号。

　　孟逢川原本以为她会扑到自己怀里，可她没有，那一瞬间心里有些失落，忍不住伸手拽了她一下，接着主动地抱住了她，安抚他心中的思念。

　　姜晴埋在他的怀里，嗅到了那股熟悉的茶香，奇迹般地觉得一扫刚刚排练的疲累。

　　她低声地说："孟逢川，你要抱着我多久啊？大庭广众的，不合适吧。"

　　他的语气有些别扭，克制着使小性子一样："你不想我。"

　　姜晴忍不住笑了，却故意说："你谁呀我就想你？我只想吃饭。"

　　孟逢川叹了口气，牵着她到路边打车："那就去吃饭。"

　　若说姜晴没想到他会今晚就到已经够惊喜了，更惊喜的则是他订的是个西餐厅，临窗可见海景，灯光昏暗低柔，周围的人轻声细语，远处还有乐队合奏，氛围极好，就是过于高级了。

　　侍应生引着他们到座位处，姜晴不用照镜子都知道自己现在什么德行，排练了一整天，钟玉华的要求高，一遍遍地抓细节，她被搓磨得满脸疲态，头发草草地扎在脑后，身上穿的是日常的有些粗糙的阔腿裤和丝麻衬衫，帆布包里放着剧本、保温杯、眼药水，还有一个没来得及啃的青苹果，怎么看都和这个场合格格不入。

　　桌面上摆着装饰的鲜花，立着一张写着"晴"字花体拼音的卡片，看起来很是正式。

　　姜晴忍不住跟孟逢川说："你下次要带我来这种场合，能不能提前告诉我一声？"

孟逢川有些不解:"告诉你怎么算惊喜?"

姜晴又气又笑:"你这哪是惊喜,快成惊吓了,我好歹要打扮一下吧。"

孟逢川露出一抹笑容,语气挂着迷恋:"你不用打扮就是最好看的了。"

"你少说这种话哄我,打扮了更好看。"

既来之则安之,想着来都来了,更何况她真的饿了,从剧院出来的时候还在后悔没吃了包里的那个青苹果。

起初她并不觉得享受,她太饿了,头一次憎恨西餐的礼节,艰难地熬过了前菜,总算吃上了肉。她还要点面子,稍微加以克制,否则势必要当众上演狼吞虎咽。

即便如此,孟逢川还是开口提醒:"慢点吃,没人跟你抢。"

姜晴无比叹息浪费了这么个浪漫的场合,惋惜自己没有精心打扮,无奈自己太饿,总之氛围完全没有想象中该有的浪漫。

她跟孟逢川打商量:"下次你能不能别挑工作日晚上,虽然周末也要演出,可以选在不演出的时候。"

孟逢川默默地记下:"是我考虑不周。"

姜晴咽下嘴里的肉:"没有怪你。你不知道钟老师有多挑剔,我们院里的老师就没有不严格的,我真的心力交瘁,饿得能吃两头牛。"

孟逢川关切地问:"没吃饱?"

姜晴说:"够了够了,不行晚上吃夜宵。"

他还选了款白葡萄酒,姜晴填饱肚子后举起酒杯,脸上挂上了一丝享受,朝他一笑。两个人轻轻地碰杯,她语气俏皮地说:"多谢款待。"

孟逢川也跟着笑了,喝了口酒后说:"下次再来,提前告诉你。"

"当然要来。"她想这次来得太仓促了,又突然想到了什么,话锋一转,"你怎么又带我喝酒?我复工之后都决定戒酒了,下周末就开演了。"

她得临时抱佛脚,好好保养嗓子。

孟逢川说:"少喝些没事,有助于睡眠。"

更何况她的问题也不是嗓子,她是心病。

第十三章 把晴日看遍

当时姜晴并未觉得他这话有什么深意，直到带着他回到家后，彻底被他榨干了最后的力气，当然应了那句"有助于睡眠"，何止有助于睡眠，她可是倒头就睡。

还在电梯里的时候他就忍不住了，把她揽在怀里，低头凑上去吻了她一下。等到进了门，姜晴把包放在玄关的柜子上，还没等穿上拖鞋，就被他抵得靠在墙上，承受他蕴藏着汹涌爱意的吻，彼此交换唇腔中甘甜醇韵的酒香气。

直到她喘不过气来，想要推开他："孟逢川……你……"

他认真地解她胸口衬衫的扣子，语气带着前所未有的急切："先做正事。"

姜晴忍俊不禁："你才知道做正事？晚了。"

孟逢川用双手勾住她的双腿，就这样面对面地把人抱了起来，姜晴忍不住低呼，搂紧他的脖颈。他在她的耳边发问，呼吸打过来："卧室在哪儿？"

姜晴随手指了个方向，还有闲心打趣他："你别逞能，这个姿势很考验腰。"

孟逢川被她逗弄得发出闷笑："我跟你说过，我腰很好，你不要挑衅。"

他向她索要挑衅的代价，云雨连连，迟迟不退。

结束后姜晴躺在那儿没动，浑身像散了架一样，满心疲累。

孟逢川坐在床边收拾，低声地问她："要不要洗个澡？"

姜晴摇头："你别动我，让我歇一会儿。"

头顶传来他的笑声，像是带着嘲讽，姜晴翻了个身，把被子卷到腋下，撑着脑袋问他："孟逢川，我合理怀疑，你这次来是专程来睡我的。"

他短暂地蹙眉："别说得这么直白。"

姜晴笑道："你敢做还不敢让人说了？我再问你，你行李呢，就自己一个人来的？"

他把手机递过来，屏幕上是微信聊天框："把你家地址打一下。"

姜晴照做了，再把手机给他丢回去。孟逢川又跟对方说了句话，才放下手机："打车去剧院的时候顺道放在朋友那儿了，现在让他给我闪送过来。"

姜晴忍不住拍手："环环相扣，安排得妥妥当当，不愧是你啊，孟老师。"

"谬赞了，姜老师，应该的。"

"那上次我在你家的时候你装什么呢？"

"上次酒喝多了，影响发挥。"

姜晴扑哧笑出了声音："你真是……那之前呢，还有在云南那么些天呢？"

孟逢川认真地说："不太合适。"

"怎么个不太合适呢？"

"刚认识，太轻浮了。"

姜晴直白地说："你觉得你现在就不轻浮吗？"

孟逢川说："不那么轻浮。"

姜晴说不过他，看着他不着寸缕的上半身，她猛地拍了下自己的脑袋，试图让它恢复常态，接着郑重地跟孟逢川说："我看你这么熟练，一定是老手了。"

孟逢川摇头："我不是。"

姜晴被他认真的语气震惊到了，半坐起身子："你少骗我，这种事情没必要骗人。"

孟逢川重复："我不是，我只是看过书。"

说实话，当时姜晴是不信的，直到九月末去上海见他，在他的书房桌面上看到了好几本研究性的书籍，上面做着详细的标注，是他的字迹，她才信了那么一点儿，不禁感叹：孟逢川可真爱读书啊。

眼下，他把她捞进怀里，不算郑重地说出类似于确立关系的话："所以你得对我负责，我赖上你了。"

姜晴说："你少来这套，没用。"

他的脸上有些冷，就在姜晴以为他要说出什么狠话的时候，他缓缓地张口："求你了。"

第十三章　把晴日看遍

姜晴憋笑："我考虑一下。"

周六的中午，姜晴迟迟不醒，若不是听到她平稳的呼吸声，孟逢川都要怀疑她是否还活着。直到他实在赖不住床了，起身把地上的衣服捡起来归拢好，接着带上了卧室的门，打开客厅的窗户通风，再简单地把洗手间里的凌乱收拾干净。

他正在给衣服分类，准备丢进洗衣机里，这时听到按密码锁的声音。上次姜晴吃饱喝足后就忘记了改密码的事儿，张慧珠想着周末她一定在家赖床，于是拎着一兜子菜上门，算是给她这儿补给物资，没想到一进门就看到穿着睡衣的孟逢川。

两个人相对无言，孟逢川也大觉尴尬，庆幸刚刚简单地收拾了一下客厅，屋子里的空气也还算清新。他微微颔首，礼貌地叫人："阿姨好，我是逢川。"

张慧珠眨了眨眼睛，从上到下地扫视了一下他的穿着，余光瞟到紧闭的卧室门，试图跟上年轻人的速度，消化掉眼前所见的情况："逢川啊，晴晴呢？还在睡懒觉？"

孟逢川大言不惭地点头："她最近排练累坏了，让她多睡会儿。"

张慧珠咽下了要数落姜晴的话，把装菜的兜子放在了料理台上，说："我来给她送点儿菜，她也不经常做，不会做菜还非要搬出来住，我就得三天两头地往她这儿跑。"

孟逢川心里门儿清，要不是解青鸾忙，想必会经常不请自来，指不定撞上什么场面。他帮着张慧珠把菜放进冰箱里，看到冰箱上贴着很多便利贴，写着"黑椒酱汁""肥牛配料""炒饭顺序"等烹饪配方和步骤，不禁露出一抹无奈的笑容。

张慧珠注意到了，笑着说："霜霜给她写的，她记不住这些，笨死了，做出来的东西还难吃。"

孟逢川默默地给自己提高印象分："没事，阿姨，我会做饭。"

张慧珠一愣，只觉得看孟逢川立马又顺眼了不少，便盯了他两眼，旋即笑着说："会做饭好啊，会做饭好。"

孟逢川又问："您吃午饭了吗？要不我现在炒几个菜，您就在这儿吃？"

张慧珠还真没吃午饭，本来打算跟姜军出去买东西。说到姜军，她这才想起来人还在楼下车里等着她，她连忙给姜军打电话叫他上来。

听说姜晴的父亲要上来，他心里一紧，下意识地紧张起来，怎么都没办法说服自己放松，像是后脖领被人提着一样。

张慧珠进了厨房洗手，跟孟逢川说："我先煮饭，菜你来做？"

孟逢川心想这考验已经开始了，赶忙挽起袖子跟着进去："好，您把饭煲上就去歇着吧，我自己来就行。"

张慧珠刚把米淘好，姜军就上来了，她一边擦手一边出了厨房。孟逢川默默地把电饭煲启动，接下了张慧珠的活儿。

姜军一眼看到了厨房里的男人，表情充满戒严，指着里面问张慧珠："他谁啊？怎么在闺女这儿？"

张慧珠按下他不礼貌的手，低声地提醒："逢川，青鸾的儿子逢川。"

姜军瞪着眼睛，一股气上来还没歇下去："谁的儿子都不行，怎么就穿着睡衣跑闺女家里来了？"

张慧珠扯着他到沙发前坐下，孟逢川紧跟着出来，叫了声"叔叔"。姜军哼了一声，还算给面子地应了一句："你什么时候来的？"

孟逢川说："昨晚从上海飞来的。"

"哦，我忘记了，你们一家还在上海。"姜军低声地跟张慧珠说，"太远了，不合适。"

孟逢川赶忙说："我明年能搬来天津，这个您不用担心。"

第一回合就算这么过去了，孟逢川回到厨房里继续做菜。张慧珠低声地数落姜军："你闺女还睡觉呢，人家在厨房里忙活做午饭，你摆什么脸色给人看？"

他不过是看到孟逢川突然出现在姜晴的家中，还穿着睡衣，所以莫名地看孟逢川不顺眼而已。

孟逢川简单地做了三道家常菜，全看张慧珠带来的菜是什么随便做的，张慧珠闻着味道不错，姜军的脸色也缓解了不少，没了一开始看到孟逢川的针对。

第十三章 把晴日看遍

张慧珠要进卧室去叫姜晴，推开门缝看到床上睡得酣畅的人，显然全无苏醒的意思。孟逢川在旁边适时地开口："让她继续睡吧，什么时候起来我再给她做。"

张慧珠满意地点点头，落座后和姜军说："你闺女在里面睡得跟小猪似的。"

这话到姜军的耳朵里倒像是夸奖一样，他用一只手捧着饭碗，神气地扬了扬头："能吃能睡，有福气。"

张慧珠扭头跟孟逢川说："她爸最惯着她了，前几天还给晴晴买酸奶蛋糕，那东西甜滋滋的，能多吃吗？我说了八百遍也没用，今后你可得好好地看着点儿晴晴。"

孟逢川点头："我尽量，这还得取决于她想不想听我的，我也没什么话语权。"

姜晴在卧室里闻到了香味儿，在睡梦中饿醒了，缓慢地起身后穿上睡衣出了卧室，直奔餐厅而去，离老远就看到他们三个人在笑着吃午饭，气氛极好。不远处的落地窗让大半个客厅都是灿烂的阳光，姜晴眯着眼睛看着，那一瞬间有些错愕，蒙蒙地问："我走错了？这谁家啊？"

张慧珠和姜军忍不住笑出了声音，孟逢川也跟着笑了。

吃过午饭后，张慧珠和姜军没多留，很快就走了。

人前脚刚走，姜晴从柜子里开始翻密码锁的说明书，一通操作，孟逢川在旁边看着，笑着问："改密码？"

姜晴点头，瞪着眼睛想新密码，改好了之后才说："上次我就是一时心软，才没改。"

他揽着她回到沙发上坐下，把她抱在怀里。姜晴顺着躺下，忍不住打了个哈欠，显然还是又困又累。他的手正在她的衣服里占便宜，姜晴抬头一看，对上他平静得没有一丝波动的正经表情，笑了出来："你怎么这么会装正经？"

孟逢川不赞同："谁装了？我是真正经。"

姜晴扯他的手："正经人会说自己正经？"

孟逢川说："会。"

他的手臂一伸，从沙发旁的架子上抽出了那本裸脊的《西厢记》，略微正色，像审问功课一样问她："看到哪儿了？"

姜晴心虚地朝他一笑："还没开始看，我这一周没时间呀。"

孟逢川说："不知道的还以为你要唱秦香莲。"

他在笑她唱个戏份不多的皇姑都累得半死，更别说今后唱主角了。

姜晴忽然语气有些认真，问他："你说我是不是真的很没出息啊？顾老师总是一副恨铁不成钢的表情，我爸妈呢却从来不给我压力，像是默认我就这样高不成低不就地混日子一样……"

孟逢川问她："那你自己是怎么想的？"

姜晴说："我怎么想也没用呀，我唱不好，像是遇到瓶颈了，突破不过去。"

孟逢川闷笑："你才刚上台几年，没那么快遇到瓶颈。"

姜晴说："和我同年进剧院的张菁菁都提名今年的青年演员奖了。我看过她的戏，确实唱得比我好，但要说身段上，我可是不差她的。"

孟逢川的语气充满亲昵："那晴晴为什么唱不好？"

她有些出神，回过神来之后摇了摇头："我也不知道。"

接着她开始转移话题，问他："你拿过那个奖吗？"

孟逢川点头，开始翻手里的书："拿过吧，忘了十六岁还是十七岁了。"

姜晴想起他连戏曲最高奖都拿过了，便直呼"没意思"，说："你们是天生吃这碗饭的人，羡慕不来。"

孟逢川认真地说："你也有天资，只是花开的时间不同。"

姜晴一愣，翻书的动作停下了。他显然极关心她所在剧院的动向，低声地娓娓道来："你说的那个张菁菁我知道，南癸祠楼演折子戏专场，有她一出《武家坡》。"

他没搜到姜晴近年的演出视频，但意外地看过一段张菁菁的，继续说道："张菁菁一看就是唱青衣出身，戏路过于板正，老话说叫大路活儿（基本套路演出），看多了难免觉得样板化。她是上学时班级里成绩最好的三好学生，你的优势不在这儿。现在戏校的学生戏路都挺单一的，像

第十三章 把晴日看遍

你这种小时候还学过花旦戏的很少，你的身段比他们灵活，嗓子是本钱，也不差，只是你现在没唱出来，你在心里跟自己怄什么气呢？"

姜晴不知道该怎么说，意外地缄默起来，换孟逢川说个不停。

"以前的时候，角儿都是在戏台上熬出来的，唱得好的自然就留下来了，唱不好的就被刷下去了。那时候是百家争鸣，现在的民营剧团做不下去，大多是草台班子，没什么好说的。国有的四院一团，能进去的都不是普通人，可机会就那么多，总闹脾气可不好，晴晴。"

他说得字字认真，全然为她考虑。姜晴犹豫了一会儿，是听进去他的话了的，只是心中的事还是没好意思说出口，接着拿起了那本《西厢记》，翻了起来。

孟逢川不愿意逼她，顺着她转移了话题："在找什么？"

《西厢记》的故事她大概是知道的，也在昆曲公开课上看过片段，好像就是孟逢川演的。她问他："你演过《西厢记》吗？"

孟逢川点头："但我们唱的是南曲，和这本不同。"

他夺过书，明明没问出她在找什么，却像是知道她在找什么一样翻着。

姜晴故意问："尤美琔唱崔莺莺吗？"

孟逢川没当回事，如实说："我在戏校的时候就开始跟她搭档了，比较有默契。"

姜晴意味深长地"哦"了一声，孟逢川还没察觉，把摊开的书重新递给她，指了个片段。姜晴来不及多说尤美琔，定睛一看他指的地方，看清了几句话后忍不住脸红了，什么"绣鞋儿刚半拆，柳腰儿够一搦""我将这纽扣儿松，把搂带儿解""半推半就，又惊又爱，檀口揾香腮"……

她把书朝脸上一扣，低声地尖叫："孟逢川，你给我找的什么片段啊！"

孟逢川轻轻地笑了，扯开她挡脸的手："你不是在找这段？"

姜晴嘴硬："不是，我没有。"

他把她搂在怀里，两个人一起躺在沙发上。孟逢川用一只手举着书，语气有些耐人寻味，说的仍是眼前这页，张生和崔莺莺暗通款曲、私成欢爱，用词直白，又不缺雅致，放在今天看都是极大胆的。

他的声音斯文清冷，在她耳边读香艳的句子，分外违和："'灯下偷晴觑，胸前著肉揣。畅奇哉，浑身通泰，不知春从何处来'。春从何处来？"

最后一句显然是问她的，姜晴转身面向他，伸手捂他的嘴："你还读出来，不要读了。"

他扯开她的手腕，把书丢在地毯上，无人在意，两个人凑在一起拥吻，在艳阳高照的午后。

整个下午他们都散漫地待在家里，从躺在沙发上到坐在地毯上，姜晴依偎在他的怀中，头一次认真地翻阅这本古书，听孟逢川在耳边讲述具体的情节，让她不必费脑子去钻研词句中的含义。

只记得最后他翻到了一页，指着那句话问她："你听没听过这句话？"

姜晴看了下前文，是张生在读崔莺莺给他写的信，接着夸赞莺莺："这的堪为字史，当为款识。有柳骨颜筋，张旭张颠，羲之献之。此一时，彼一时，佳人才思，俺莺莺世间无二。"

那一瞬间连他自己都不知道心中在希冀着什么，意料之中，姜晴摇了摇头："没听过，不是跟你说过，我没读过《西厢记》。"

孟逢川没再说什么，只是把怀中的她抱紧了些，在她的额间落下一吻。

周日下午孟逢川就要回去了，周一还得起早上班。中午他在姜晴家里做的午饭，吃完后两个人找了一部老电影窝在沙发里看，看完他就走了，独自打车前往机场，没让姜晴送。

分开之前她并未表现出过多的不舍，更不舍的显然是孟逢川，把她抵在玄关的柜子上百般纠缠地吻，直到姜晴看了一眼时间，催他："该走了，再不走来不及了。"

孟逢川叹了口气，抱着她说："后悔了，早知道不答应闻院长帮他救急了。"

姜晴笑说："不答应你要怎么？还能立马来天津不成？"

孟逢川说："能。"

她心头一动，推着他出门："好了，快走了。"

第十三章 把晴日看遍

他又重复周五晚上的那句话:"你不想我。"

姜晴满心的无奈,从未发现他还有这么黏人的一面。

好不容易把人送走了,她独自坐在客厅里许久没动,那一瞬间莫名地觉得空落落的,仿佛她是个孤家老人,刚过完年送走家里的亲眷,房子里顿时变得冷清起来。

不知道坐在那儿发了多久的呆,她吐了口气,开始在客厅里做拉伸、练功,让自己投入下周末的演出中。

姜晴不知道的是,孟逢川跟张慧珠要了她以前的演出视频,说是以前,其实就是近两年的。她没什么名气,网络上没有人专程上传她的演出视频,至于说钟玉华前年演《秦香莲》,孟逢川搜到了片段,上面也没有她。

张慧珠把姜晴的演出视频按照时间和戏码署名,凡是剧院有录制的都保存了下来,光当年演《秦香莲》的就有好几场。

回到家后孟逢川把视频投到电视上,倒了杯茶坐在客厅里看。这时解锦言来了,孟逢川不情愿地去给他开门,刚打开门就要挖苦他一句:"你属狗的?闻着味儿来?"

解锦言的嘴角带着笑意:"我不就是属狗的?"

他本来想跟孟逢川打听约会的情况,就听到客厅里传来的京剧声:"你怎么还听起京剧来了?别污了咱们孟老师的耳朵。"

孟逢川自小便有主意,明明家中都是搞京剧的,可到了开蒙的年纪他偏要学昆曲。昆曲是雅部,京剧是花部,兄弟俩"相爱相杀",解锦言可没少损他,说他看不起京剧。

孟逢川拿起遥控器,把进度条退了点儿,示意解锦言一起听。解锦言踢了拖鞋瘫在沙发里,跟平日里坐得板板正正拉琴的模样大相径庭。

京剧圈的人物他认得比孟逢川还多,一眼就看出来演的是《秦香莲》,也就是《铡美案》,正演到国太带着皇姑来到开封府,包拯上前朝见。

他定睛一看,国太旁边穿着蟒服、戴着凤冠、扮相柔美的可不正是姜晴,虽然上着戏装,依稀可以看出比现在青涩的面庞。

"晴晴啊……"解锦言低声地说。

孟逢川冷冷地扫了他一眼，继续默默地看下去。

国太是老前辈王少云唱的，坐定后包拯询问"国太到此为哪条"，国太道："适才驸马开封到，不见回转我心焦。"哀嗽音凄切，镜头切到台下，可见不少叫好和掌声。

接着国太和包拯对话，皇姑终于开口了："他是皇家的东床娇。"

虽然只一句词儿，解锦言笑着说："唱得不错啊，嗓子清亮，还甜。"

孟逢川没说话，两个人继续听着。主要是国太和包拯的对唱，一段西皮快板，国太帮皇姑向包拯给陈世美求情，皇姑的戏词少。直到皇姑唱"皇亲国戚你难治罪"，这句的"罪"字有个嘎调（高音），还是那段西皮快板的最后一句。

解锦言本来以为是个"车祸视频"，便认真地听着，没想到姜晴还真唱上去了，嗓音也没乱，就连脸上的神气和表情都是到位的。他在沙发前忍不住拍了下掌："好啊！这是她什么时候的视频？有这水平，现在怎么搞的？我都没听过这个人。"

孟逢川又把那句退回去，重新看了一遍，说："你看她唱完，台下没给好儿。"

解锦言仔细一看，何止没给好，连掌声都没有，台下一片鸦雀无声。

解锦言叹了口气，说："现在的观众，唉，一言难尽。有的是不懂，不知道这句该给好儿，有的就是捧角儿，你看前面王少云唱的，也给好儿了，她一个名不见经传的小演员，在意料之中。"

孟逢川沉默着，把这场演出的视频关掉。这场是当年《秦香莲》的首演，后面还有几场，张慧珠也留视频了。解锦言跟他一起又听了几场的这段西皮快板，低声地说："唱得都没头一场好了。"

当晚解锦言走后，孟逢川给解青鸾打电话，托解青鸾帮忙要两张《秦香莲》的票。解青鸾答应了，转头打给了顾夷明，顾夷明答应得也爽快，可一听说她是帮孟逢川要的，又开始拿乔。

"玉华好几年没演过这出了，阵容还好，票不好弄啊……"

解青鸾知道顾夷明心里的小九九，直接点破："你还想着把你儿子介绍给晴晴呢？别想了，我家要了。等你儿子回国来参加婚礼吧。"

第十三章　把晴日看遍

顾夷明不服:"怎么就成你家的了?年轻人谈恋爱,最后到底落谁家还不一定。"

解青鸾说:"你儿子连京剧都不懂,他们俩能有话题?瞎撮合。"

顾夷明说:"就你儿子懂,说的跟他唱的是京剧一样。"

解青鸾说:"我儿子怎么不懂?他还能唱呢。"

两个人争论了几句,像小孩子吵架一样,吵归吵,顾夷明还是留了两张票。

孟逢川则订了周六的机票飞天津,这回大方地带上了解锦言,把出票信息截图发给了他,明知故问:"去不去?"

解锦言回:"这么大方?不跟我要机票钱?"

孟逢川说:"你转给我我也收。"

解锦言自然不会转这个钱,而是默默地推了周末朋友的局,准备跟孟逢川一起去一趟天津。

那头姜晴在剧院跟着紧锣密鼓地排练,拜孟逢川所赐,都周三了她还觉得腰疼。她接完热水,回排练厅的路上忽然停下了脚步,一只手伸到身后扶着腰,满心的怨念。

正打算给孟逢川发微信"慰问"他,钟玉华也出来接水,看到姜晴僵在那儿不动,便关切地走近了。

"晴晴,累着了?之前腰伤还没好呢?"

之前筹备艺术展演的时候她伤了腰,当即就动不了了,还是被剧院的男同事抱到医务室的,钟玉华略有耳闻。

姜晴点了点头,借口道:"可能刚才拉伸没做好,缓一缓就好了。"

"应该是最近累着了,你可别给自己压力,这出戏咱们唱过,正常演就行。"钟玉华接着叮嘱了一句,"别太操劳。"

说者无心听者有意,姜晴品着"操劳"二字,双颊顿时发烫,回应钟玉华:"谢谢钟老师关心,我没事,咱们回排练厅吧。"

回到排练厅后放下水杯,她开始拉腰,缓过了那股酸痛,给孟逢川发去问候。

孟逢川，你大爷的。

孟逢川看着这么一句没头没尾的话，不明所以，回了个问号过去，自然得不到答复。

周六晚上，津湾剧院，《秦香莲》开演了。

前面没有姜晴的戏份，她的戏份只在最后半小时，前台都开演了她才开始化装勒头。王少云和她在一个化装间，由几个学生陪着来的，姜晴立马站起来，礼貌地叫了声"王老师"。

王少云没什么架子，摆手让她坐下，笑眯眯地说："又是你这个丫头呀。"

她和王少云一块儿上台，登台的时候台下给了个碰头好儿，姜晴知道是给王少云的，她只是沾光而已。

戏照常演着，快到她那句嘎调的时候，她心里直打鼓，实话说只要是在台上，就不可能不紧张。那一瞬间不知怎么的，她居然想到了解青鸾，想到解青鸾告诉她要放松唱，别紧着嗓子。

于是唱到那段西皮快板时，她接着包拯的词就唱了出来，自认唱得不算十成满意也有个八成，不如曾经第一次唱得好，但也比后几次好。

她那句词唱完之后，伴奏还有个四秒钟左右，随后才是包拯哼了两声，接道白。

便是那四秒钟的工夫里，姜晴本来没抱希望台下会给好儿，可她的戏词刚唱完，前排的座席先爆发了两声叫好。她用余光一瞟，没想到是孟逢川和解锦言，明明她跟他说过这周末要演出，让他别来，他还是来了。

她从未见过那样张扬高调的孟逢川，与他平时内敛的行径不符，和解锦言一起将手举过头顶，为她这句叫好。紧接着后面的观众也开始鼓掌，掌声快速地响起又快速地落下，台上饰演包拯的孙武开始哼声道白。

短短几秒钟之内，她忽然就觉得心热血热了。

不敢多看台下的孟逢川和解锦言，她看着台上的包拯，接着和王少云一起走上公堂，继续把这出戏好好地演下去。

谢幕的时候，姜晴本来打算不上去了，王少云拉着她回到台上，姜

第十三章　把晴日看遍

晴站在边缘，王少云被拥着站到了中间。

她站在那儿看向台下的孟逢川，他正坐着朝她笑，不像刚刚那样豪放地鼓掌，而是把手掌放在胸前，左手未动，右手轻轻地拍着，这才更像他的鼓掌方式，眼神里带着肯定。

他身边的位子是空的，解锦言不知道去哪儿了。台下上来了送花的工作人员，解锦言站在其中，把手里的花塞到了姜晴手里。姜晴也朝他一笑，那一瞬间居然觉得有些感动。

谢幕之后下了台，回化装间的路上，钟玉华和她顺路，把她叫住了："晴晴，今天唱得不错，不畏场了。"

姜晴有些脸红："钟老师辛苦了。"

钟玉华拍了她的肩膀一下，两个人各自回了自己的化装间，没一会儿孟逢川和解锦言就找来了，由顾夷明引着，先跟同屋的王少云打了招呼。

顾夷明克制地夸赞了姜晴一句："唱得还行，继续努力。"

顾夷明的事情多，转头就走了。解锦言被王少云留着问话，少不了关切解振平几句。孟逢川堂而皇之地偷溜，走到她的旁边。

服装师帮她摘掉凤冠，脱掉身上的戏服，拿着出去了。姜晴上前虚抱了他一下，防止脸上的油彩蹭到他的身上。

"不是说让你别来，怎么还是来了？"姜晴问。

"来给你捧场。"他如实回答。

姜晴想到刚刚自己那句嘎调，有些脸红："唱得不好。"

"是还不够好，有进步的空间。"他冷声地说，话锋又一转，"但值得鼓励。"

解锦言看到他们拥抱，脸上闪过一丝失落，继续跟王少云交谈，没急着过去。

他有同学在天津京剧院任职，也就是这场戏的琴师，听说他来了，也找了过来，一时间化装间里有些热闹。

姜晴卸了装换好衣服后，年轻人相约去吃夜宵，再到酒吧小酌一杯。孟逢川头一次被算进年轻人的阵营里，虽然有些格格不入，还是加入了。

夜宵他们一起吃了，酒吧姜晴和孟逢川没去，而是先走一步。有人挽留他们俩，解锦言心里门儿清着，按下了朋友，他们便一起去酒吧了。

吃夜宵的地方离姜晴的住处不远，两个人乘着夜色漫步回家。姜晴觉得心中安宁，头一次演出结束后没有那种沉重的负累感，而是觉得轻松畅然。

她徐徐地开口，说起了几次想跟孟逢川说但没说出口的那件事："我长这么大就跟我爸吵过一次架，就是刚毕业那年头一次唱《秦香莲》那天晚上。我家向来都是我妈唱白脸，我爸唱红脸，他从来没跟我说过狠话，那天却把我给骂了一顿。"

孟逢川问："首场不是唱得挺好，为什么还骂你？"

姜晴说："因为台下没给好儿，我回到家就哭了。我说这句唱得挺好的呀，应该给好儿，为什么不给。我妈对我一向严厉，都知道心疼我，我爸却觉得我这种想法不可取，说我在台上唱戏，不能满脑子想着要好儿，说我这叫'要菜（提过分要求）''啃台栏杆（在台上拼命要好儿）'，将来就得'洒狗血（过火表演以求掌声）'。我被他气得更想哭了，现在想起还觉得冤枉，哪有下了台要好儿的。我那时候才刚登台，正是需要鼓励的时候。"

孟逢川说："所以你后来就不敢唱了，变得畏首畏尾的。"

姜晴低下头："可能有这个原因吧，当时和我爸真生气了，半个月没理他。"

孟逢川有些好奇："那怎么和好的？"

姜晴笑着说："我每次扮戏之前都会吃一个苹果，怕上台之后饿，还得是青苹果，不爱吃红的。后来有一天演出，我忘记带了，他看冰箱里的苹果数不对，特地开车给我送来的。虽然我也没来得及吃，但是我俩就算和好了。"

孟逢川忍俊不禁："所以你的微信名字叫 green apple。"

姜晴点头："苹果好呀，据说吃苹果会让人开心。"

孟逢川的眉头闪过一丝疑惑："谁说的，有科学依据吗？"

姜晴说："应该有吧，难道我看的是伪科学？我给你找找……"

两个人前脚进了家门，后脚外卖员便敲门了，送来那天花店的最后

第十三章 把晴日看遍

一个订单。

他手捧着一盆蝴蝶兰，很是郑重地交送到她的手中，姜晴接过来，低头看到白瓷盆里面栽了四株，白色的花朵盛放着，花剑葱绿，有一种洁净的美。

她刚刚听到外卖员说是花店的，还以为孟逢川给她订了花，可怎么也没想到居然是盆栽。

她是喜欢的，只是忍不住说："孟逢川，送花不是一般都送一束鲜花吗？"

孟逢川说："鲜花会凋谢，盆栽常开，每年都在。"

她低头笑了出来，打算把这盆花放在一个合适的位置，又忍不住说："我没养过花，只养过绿萝，叶子黄了就疯狂地给它灌水……"

孟逢川轻轻地笑了："不用管它，植物的生命力很旺盛，我偶尔来帮你浇水就好。"

姜晴满心的愉悦，拿出手机找角度拍照。室内一片温馨之际，孟逢川忍不住开口了，替早已经消逝在历史洪流中的姜肇鸿说了一句他曾经没来得及说的话："晴晴，你爸爸他是爱你的，一直很爱你。"

她显然一愣，回头看他，没说话。

孟逢川又说："只是有时候他选择错了方式，才伤害到了你，但不妨碍他爱你，大家都很爱你。"

姜晴露出一抹淡笑："我知道，我早就不怪他了。"

孟逢川点头，他想，她知道就够了。

那天深夜，万籁俱寂时，姜晴做了一场噩梦，又或许不算噩梦，只是那梦太过吊诡，寒浸浸的，惹人心伤。

梦中她是旁观者，看到一个穿长衫的男人捧着一个白瓷罐，像是孟逢川捧着那盆蝴蝶兰一样，走进一座中式的宅院，只见苍凉的背影。宅院中，两鬓泛着银丝的男主人承受着女主人的狠打和哀号；长子年纪已经不小，蓄起了胡子，双眼哀伤地泛着红色；次子用袖子狠狠地揩了下泪水，妻子正在哄着怀里哭叫不断的孩子……

远方还有个穿西装的男人坐在空旷的房间里出神，手里拿着一本书，可见书名叫《凿玉记》。画面快速地转换，又有一个男人坐在游廊下，望着空中的鸿雁，不远处立着个女人，表情哀伤。

姜晴不认识他们，只觉得最后那个男人的侧脸有些像解锦言，他们都像是在哀悼思念着同一个人，那种痛心让她有些感同身受，胸闷得上不来气。

睡梦中蹬了下腿，姜晴猝然地睁开眼睛，满身是汗。

孟逢川也跟着醒来，把她揽进怀里："怎么了？"

她回过神来坐起身，孟逢川打开床头灯，清晰地看到她起伏过度的胸脯，显然惊魂未定。

姜晴说："做噩梦了。"

孟逢川到客厅去倒了杯水，回来坐在床头递给她。她拿着杯子愣在那儿，久久地不说话。他把手腕上一直戴着的翡翠手串褪了下来，刚认识的时候她就注意到了，难免在心中觉得他老派。

他把手串套到她的手腕上，尺寸有些大，空荡荡地挂在上面。

她喑哑地问："戴这个就不做噩梦了？"

孟逢川点头："碧云寺的大师加持过的。"

她低声地说："太大了。"

他默默地承诺："再过阵子，送你个合适的。"

没等她开口拒绝，他放在床头柜上的手机响了，假使姜晴没被噩梦惊醒，他也会被这通电话吵醒，或许还要庆幸今晚忘记把手机调成静音。

电话是傅西棠打来的，傅西棠的母亲傅春莺是知名京剧、昆曲演员，早年唱老生，后来转唱小生，也是孟逢川的老师之一。

傅西棠告诉孟逢川，傅春莺旧疾复发，连夜送进了医院，想必时日无多，希望孟逢川得空去一趟北京。

孟逢川的心中一沉，不禁感叹人生多变，记不清那一夜是怎么过去的。

第十四章

相思从头诉

那时傅西棠频繁地往返于北京、上海两地。傅春莺一生未婚，在那个保守的年代生下傅西棠，独自抚养长大，定居北京。傅西棠正忙于中秋节要正式开演的《玉簪记》，黄秋意是导演，傅西棠除编剧外兼任技术指导，不曾得闲。

傅春莺被救护车送进医院的时候，傅西棠连夜飞回北京，幸好人救了回来，心中放下了一块大石头。傅春莺刚醒，就跟傅西棠说要见孟逢川，傅西棠这才连夜给孟逢川打电话。

孟逢川是在二十四岁那年见到傅春莺的，早年间只是略有耳闻，殊不知傅春莺早已经看过他很多戏了。他挑大梁的第一出大戏是十六岁那年的《桃花扇》。昆曲式微已久，千禧年后才开始活跃起来，当年他那出《桃花扇》寄予着业内一众前辈的厚望。

他十六岁唱《桃花扇》，十八岁公演《牡丹亭》，二十岁唱《西厢记》。通常说的古典四大名剧便有这三出，昆曲舞台上的男主人公都是巾生，手拿折扇，正合他的戏路。还有一出《长生殿》，李隆基却是冠生，要戴髯口，声洪大方。

傅春莺颇擅昆曲，只是市场不景气，年轻时才多演京剧。女小生常见，能唱冠生且唱得好的女子却只有她一个。2003年的时候全国巡演《长生殿》，场次不多，那时孟逢川年纪还小，正在戏校学艺，没能亲眼得见。

后来没多久傅春莺就退休了，孟逢川保留了当年其中一场的视频，直到二十四岁才到北京下挂问艺（带艺拜师），只为学那出《长生殿》。

中间的那四年，他把小生行当几乎学了个透，穷生的"三双拖鞋皮"（《破窑记》的吕蒙正、《绣襦记》的郑元和、《永团圆》的蔡文英）以及雉尾生的"三副鸡毛生"(《连环计》的吕布、《白兔记》的咬脐郎、《西川图》的周瑜)他都唱过,很有钻研精神。

可惜直到他二十五岁退出舞台,也未能上演这出《长生殿》,算是他和傅春莺共同的遗憾——剧院里有专演冠生的前辈,《长生殿》偶有上演,院方不肯冒险让他试水。

孟逢川几乎一夜没怎么睡,第二天起了个早。姜晴半夜做了噩梦,睡得不安生,感觉到他频繁地翻身,也跟着醒了。

她在料理台旁边做咖啡,孟逢川做早餐,于一片细碎的声音中开口:"晴晴,我买了高铁票,一会儿得去一趟北京。"

姜晴看了一眼时钟,才八点刚过,点头答应:"你老师怎么样了?"

孟逢川揉了揉眉头:"人是救回来了,还不知道怎么样,我放心不下,想去看看。"

姜晴能体谅他的心情,爷爷去世的时候她记事了,老人缠绵病榻之际,家中没有不担心的。

"你去吧,晚上还得飞回上海?"

"嗯,得回去,月末有新戏,还有中秋晚会。"

这么一看他确实挺忙,姜晴把先做好的那杯咖啡递给他,低声地说:"其实你这周不用来的,也不能每周都往我这儿跑,累死了。"

他脸上的表情略微舒展开来,朝她淡笑:"再忙也抽得出时间看你一出戏的。"

姜晴凑上前去抱他,语气分外柔软:"还是要谢谢你。不知道该怎么跟你形容昨天晚上我的感受,毕业两年了,在舞台上从来没有那么舒心过。"

孟逢川放下手里的杯子,抚摸她的头,发出承诺:"只要你愿意,我会一直做你最忠实的观众。"

姜晴故意拿乔:"怎么还得我愿意?我不愿意你就不做啦?"

孟逢川低笑:"不做了,你得跟我互相承诺。"

她埋在他的胸前,忍不住说:"孟逢川,有你真好。"

孟逢川独自去了北京,顺便改签了自己回上海的机票。解锦言留在

第十四章　相思从头诉

天津，当晚也得飞回上海。

中午解锦言找姜晴一起吃饭，姜晴说孟逢川的老师病了，还问他怎么没跟着去探望。

解锦言想了半天："他哪个老师在北京来着……他的老师太多了，记不起来了。你们这些唱戏的都五六七八个老师，哪像我们，一辈子就一个老师。所以你考虑考虑我，我专一啊。"

不知怎么的，解锦言的追求在姜晴眼里就像是开玩笑，至少她从未认真过。

姜晴回他："专一吗？那你一辈子就一把胡琴拉断腰？"

解锦言顿时语塞，指了她两下，笑得好看："这么说就没意思了。"

结账的时候他也没跟姜晴抢，姜晴说好了请他，他便心安理得地受着，所以她更加确定，解锦言是好朋友。

孟逢川到了北京后直奔医院。也许是昨天折腾太晚的缘故，傅春莺还在睡觉，胸前放着一张装框的照片，手上布满老年斑，皮肤泛着被钝刀割出来般的褶皱，睡容还算安详。

他刚想上前把那张照片拿走，因为睡觉时压着胸口总归不太好，傅西棠进来了，拽开他的手臂，叫他出去说话。

"姥姥姥爷留下的照片少，就剩那一张了，她得捧着睡，带到棺材里。谁要是给拿走了，她保准立马睁开眼睛。"傅西棠说。

孟逢川的内心五味杂陈，他当年在傅家墙上看到过那张照片，背面还题着时间，民国十八年二月廿四，太久远了，只是他并不陌生。正是因为那张照片，他才知道傅春莺是傅棠的女儿，以至于在后来很长的时间里，孟逢川对傅春莺的感情都是复杂的。傅春莺在他的眼里既年长又年幼，他也分说不清。

但对于傅西棠，他就少了那种复杂。傅西棠和解青鸾的年纪差不多，是他的长辈；傅西棠曾经的恋人黄秋意是孟逢川的老师，也是教过他最久的老师。

没多久傅春莺就醒了，两个人进了病房，孟逢川亲自端着碗喂傅春莺吃了两口粥，傅春莺摆了摆手，才换成了护工。

吃完饭后她像是有了点精神，傅西棠直说她与昨晚奄奄一息的样子判若两人。

傅春莺催傅西棠："回去，不是快演了？"

说的是那出筹备已久的《玉簪记》，傅西棠不紧不慢地说："都挂记着您呢，剧团歇了半天，秋意跟我一起来的。"

孟逢川这才知道黄秋意也来了。黄秋意捧着一束花进来了，凑近给傅春莺看了一眼，关切道："傅老师，怎么样？"

傅春莺笑了，嘴上还是说："浪费钱。"

黄秋意一本正经地说："人人都爱花。"

屋子里的人都跟着笑了出来，气氛还算不错，孟逢川也短暂地放下了心。

在医院里陪了傅春莺一下午，天黑的时候，孟逢川和傅西棠、黄秋意坐同一班航班飞回上海。

那年中秋和国庆恰好在一天，其他行业的人能放个小长假，剧院却不得闲。先是《玉簪记·新意》要正式首演，还有地方台的中秋晚会，请了剧院的武旦武生表演，孟逢川负责跟进。除此之外，还有一年一度的虎丘曲会，也在中秋节当日于苏州举办。

虎丘曲会是自古留下来的民间昆曲集会，随着昆曲衰微也沉寂了，二十世纪八十年代的昆曲爱好者尝试推进，直到千禧年正式恢复，称为首届。

主办方邀请过孟逢川，他实在是忙不过来，才推拒了，但还是帮忙请了个老前辈出山。老前辈定居苏州，他便跑了一趟苏州，回到上海又继续忙另外两件事。

整个九月过于繁忙，孟逢川没再飞往天津见姜晴。她其实也没什么空，周末都有演出，两个人各忙各的，往往直到深夜才能打一通电话，好好地聊上几句。

月末前一周，姜晴在天津演完倒数第二场《秦香莲》，还有一场在十一假期之后。顾夷明夸她这次的表现不错，要给她安排一出折子戏，

第十四章　相思从头诉

师徒俩正商量着戏码——十月份南癸祠楼折子戏专场的票已经放出去了，她的得安排到十一月，时间还宽裕。

那晚孟逢川问她要不要去上海看《玉簪记·新意》的首演，他要忙到十月三号才能放假，姜晴串休，提前两天开始休息，正合适出门。

她在戏院看过不少京剧，昆曲倒是没有，更别说全本戏。想着他最近辛苦，两个人也大半个月没见了，姜晴答应了。

说话的工夫她的手机就收到了出票信息，姜晴质问手机另一头的人："你守在电脑前盯着呢？"

孟逢川低笑："嗯，怕你反悔。"他的声音挂着疲累，忽然低了些许，像在她的旁边耳语，"快来吧，晴晴，最近真的很累，想见你。"

姜晴告诉姜军和张慧珠，中秋不能陪他们一起过。知道她要去上海，张慧珠便没当回事，声称她这么多年中秋都没离过家，出去一次也没什么。

姜军就不一样了，看着门口柜子上放着两盒螃蟹，还有一瓶好酒，是孟逢川特地寄过来的，让姜晴给二老送来。

姜军说："当天津没螃蟹？送这些就把我闺女哄走了。"

张慧珠白了他一眼："人家逢川的一点心意而已，你瞧瞧你。"

姜晴用手机搜那瓶酒的价格，低呼道："爸，这酒可贵着呢。"

姜军被吸引了注意力："我瞧瞧，真的假的？"

张慧珠故意说："贵？那转手卖了吧。"

姜军反驳："卖了干什么？放架子上留着。"

姜晴见状忍不住偷笑起来。

姜晴抵达上海那日，天已经黑了，孟逢川本来已经在去接机的路上，临时出了事，权衡之下还是决定亲自跑一趟，于是掉转了车头。

姜晴下了飞机后和他通话，孟逢川的语气充满抱歉："你直接打车回家好不好？我还得晚点回去。"

姜晴问他还要忙多久，孟逢川说不出个具体来："说不准。你几点吃的晚饭？饿不饿？"

他还在分神关心她，姜晴说："你先忙，别管我了，等我到家了跟你说。"

他还在开车，两个人没再多说，电话先挂断了。他把家里的密码告诉了她，姜晴直接打车到他家里，把行李放下。

她这次来没带睡衣，因为上次从云南回来故意留了一套在他这里，本来打算换上睡衣宅在家里休息，打开衣柜就看到了她的睡衣整整齐齐地挂在那儿，显然已经洗过了，和他的衣服挨着。柜子里闻得到浓郁的茶香气，味道应该出自挂着的香氛蜡。

那一瞬间她忽然觉得满心安宁，一扫飞行后的疲累，甚至迫切地想要见他。

她给他打电话，他本来以为她会不高兴，跟人周旋的时候还在想着回去怎么哄她，没想到她的语气如常，问他现在在哪儿，要去找他。

"在中秋晚会现场。剧院有节目，出了点问题，我还在等他们上面的负责人出来交涉。"姜晴要来，他本来是不赞同的，"快放假了，这个时间外面正堵车，你在家等我？"

姜晴执意要来，他便不再阻拦，匆匆地给她发了个定位。她一看正好在地铁线路上，便坐地铁过去了，比打车快。

门口站着个剧院的实习生，脖子上挂着工牌，显然是孟逢川授意在这儿接应她的。

姜晴随着人进去了，说了几句才知道这个实习生还是她的师妹，今年刚毕业。姜晴大学读的并不是戏校，而是一所知名的综合大学。因为是学校兴办戏曲班的第一年，格外重视，顾夷明受邀前往任教。

眼看着快要到后台了，师妹提醒她："师姐，一会儿进去你可别乱碰乱拍。"

姜晴点头，她去过电视台录节目，知道什么该做什么不该做。

那时天都黑了很久了，不少人都在加班，各忙各的，匆匆走过连头都不抬。姜晴有些后悔非要来，忍不住问那个师妹："节目出什么问题了吗？"

师妹脸上的表情有些讳莫如深："有些地方没沟通好，孟老师跟人吵

第十四章　相思从头诉

架呢。"

姜晴想不出孟逢川吵架的样子，到了后台之后远远地看到了孟逢川，身边正围着几个人，听不清在说什么。师妹刚要带她过去，身边横插过来一群人匆匆地奔着孟逢川而去，两个人停住了脚步，让他们先走。

带头的是个涂红唇的短发女人，在这种混乱的后台还踩着高跟鞋，看起来就很精明强干。

师妹小声地跟姜晴说："这个是文艺部部长，秦溶月，可年轻呢。"

两个人一起站在不远处看热闹，姜晴说："长得真漂亮。孟老师干什么跟人吵架？"

师妹看了她一眼，本来以为她是孟逢川的女朋友，眼下又有点不确定了："你不应该担心孟老师吗？孟老师看着就不像会吵架的人，肯定吵不过秦部长。"

姜晴一愣，"哦"了一声："我担心错人了是吧？"

孟逢川看到来人后，不禁错愕了一瞬。秦溶月在心中嗤笑，她见多了男人这种反应，便强势地开腔："孟副院长？您有什么指示？"

孟逢川很快回过神来，平静地说："指示谈不上。我之前跟你们相关的负责人说过，我们的节目要铺地毯，今晚响排怎么还是没铺？"

秦溶月剜了一眼旁边的负责人，先应付孟逢川："您提的这个要求我了解，但实在是做不到，现在舞台布景先进，脚踩的都是 LED 屏，随着节目表演会有美术老师做的舞台画面……"

她给孟逢川解释着，孟逢川岿然不动："我不需要了解你们是怎么运作的，我这边代表院方的诉求就是必须铺地毯，演员平时排练演出脚底下踩的是什么你们就得放什么。"

秦溶月和他斡旋着："可能是下边的人传达我的意思有误，你们没怎么来我们的现场排练，应该适应一下我们的舞台，有没有地毯差别不大的。"

孟逢川纠正："差别很大。演员穿的大多是皂靴，也就是厚底鞋，从那么高的地方跳下来，只有氍毹才能做到缓冲。你们的舞台太滑了，今天我们有一位武生演员在排练的时候摔倒了，现在在医院里，还不知道能不能继续表演,你能认识到这件事的严重性吗?"

氍毹专指戏曲舞台上铺的地毯,姜晴在旁边听得真切,注意到他原本迁就外行说的是"地毯","氍毹"脱口而出,可以看出来他有些心急,或许还有愤怒。

秦溶月听说有人受伤了,心里揪紧了一下,可她也有自己的任务在身,不得不想办法说服孟逢川:"美术老师给你们的节目设计了非常漂亮的动画,如果铺上地毯,整个地面屏幕被遮挡住了,会大大影响节目效果。我们做的是晚会,自然要追求美感,还是希望您能理解,让演员们克服一下。"

她这种外行像是觉得戏曲演员无所不能一样,苦吃得多了,不妨再苦一点,吃不死人就没事。孟逢川觉得心痛,寸步不让:"人命就一条,秦部长,恕我不能理解为什么要吃这种没必要的苦。"

他拿准了眼前这个节骨眼上,秦溶月不可能再砍节目。她想和他和稀泥、打太极,孟逢川可不吃这一套,冷声说最后一次:"希望明天的响排能看到地毯,这对我们双方都好,否则我们不会再参加彩排。"

秦溶月也算有苦说不出,咬牙盯着孟逢川。两个人对视,谁也不让,可急坏了旁边的人,没有一个敢开口打圆场的。

姜晴也跟着紧张,生怕秦溶月破罐子破摔,忍痛把节目给砍了,又希望她能答应孟逢川的要求,因为同为戏曲演员,她知道那些唱武戏的有多不容易,氍毹太重要了。

秦溶月终于开口了,冷着一张脸问旁边的下属:"莉莉,我们仓库里最大的地毯尺寸是多少?"

莉莉说:"我得去看看,应该是不够大的。"

秦溶月说:"应该什么?还不立刻去看?"

莉莉赶忙跑去仓库,周围电视台的负责人跟着打寒噤,孟逢川却松了口气,略微舒展开脸上的表情,贴心地提醒:"只要保证舞台中间部分有覆盖就好,全覆盖的话,铺和收都比较麻烦。"

秦溶月冷笑了,想,他倒是贴心,反正都要铺地毯,大小不重要,反正事已成定局,她让步了。秦溶月说:"很少有人能说服我,孟副院长,

第十四章 相思从头诉

你算一个。"

他像是无意地吸引了她的注意力,谦虚地说:"我不是什么副院长,代理而已,明年晚会你绝对见不到我。"

秦溶月意味深长地点了点头,接着大方地递过手机:"方便留个手机号?"

旁边的相关人员见状都各自散去了,姜晴本来一副看八卦的眼神想看孟逢川怎么拒绝,没想到他根本没拒绝,十分顺从地接了过去,输入了手机号,递回给秦溶月。

虽然知道两个人留电话更多的是为工作上的事儿,姜晴还是不可避免地有些吃味,因为秦溶月脸上的表情不像是在聊工作,而是有些放松地朝孟逢川笑着。

事情总算解决了,离开的时候加班的人也都快走光了,孟逢川开车回家,敏感地察觉到副驾驶位上的姜晴有些沉默。

"坐飞机累到了?"他看了一眼手腕上的表,已经十一点多了,这段路还在堵车,"要是没来找我,这时候你已经睡了。"

姜晴瞟了他一眼,低声地说:"你知道我妈为什么从剧院退出来了吗?"

孟逢川说:"听我妈说过一嘴,她是腰伤?"

姜晴点头:"很严重。也是录制晚会,当年刚开始搞现在这些花里胡哨的 LED 屏,她是唱武旦的,打戏一绝,排练的时候就总爱摔,回家说舞台滑,但还是坚持到了最后一场彩排,谁承想直接摔了下来。"

其实她一直觉得后来张慧珠还是能唱的,只不过张慧珠对自己一向要求过高,自认达不到该有的标准,实在唱不动了,就利落地主动退出了。

刚刚她看孟逢川和秦溶月交涉时,寸步不让,心里多少有些慨叹,想着当初要是有这样一个说得上话的人为铺氍毹而坚持,张慧珠如今是不是和解青鸾一样还活跃在舞台上?

孟逢川体会到了她的伤心,握住了她的手,用拇指安抚地蹭了蹭她:"我现在有一定的能力,就会做能力范围内该做的事情。晴晴,你还年轻,会有你来改变规则的那一天。"

更别说她早已身先士卒地改变过了,他只是在遵照她过去留下的脚步而已,这句话孟逢川在心中默默地说。

姜晴露出了一抹笑容,旋即扭头看他,话锋一转:"虽然我知道你们是要聊工作,可你给秦部长手机号的时候,为什么笑得那么开心?"

孟逢川听到这话愣住了:"我当时很开心?"

姜晴冷哼一声:"很开心很开心。"

孟逢川反驳:"没有吧。"

姜晴逼问:"赶紧说,当时有多开心?"

孟逢川憋不住,笑了出来:"好吧,确实很开心。"

姜晴大叫:"你承认了!被美女要手机号,你当然开心,换我我也开心。"

孟逢川笑着摇头:"不是,我给她的是解锦言的手机号。"

姜晴一愣,想到刚刚他把手机递回给秦溶月之后,秦溶月显然拨了过去闪他一下,他则拿出自己的手机,像是收到了一样点头,秦溶月便很快把电话挂断了。此时回想,姜晴忍不住感叹:"孟逢川,你好能演啊。"

"小事。"他把车子停进车位,下车之前转头问她,"不生气了?"

姜晴扫了他一眼,低头解安全带:"谁生气了?"

"不是生气那是什么?吃醋?"他的语气一本正经的,像是在思考问题。

姜晴抬起头看他,两个人相视一笑,孟逢川伸手刮了一下她的鼻子,牵着她一起回家。

《玉簪记》又被称为中国十大古典喜剧之一,自从昆曲兴起后,舞台上常演不衰,各地昆剧院改了不少版本,相差不大,其中尤以《琴挑》《秋江》二折最妙。

傅西棠新编的版本没有动这两折。近些年戏曲都讲究革新,但很多剧作家忽略了革新应该在继承的基础上进行创作,大刀阔斧地改了个稀烂,引发业内评论家的强烈批判,傅西棠在这方面倒是把火候把握得

第十四章 相思从头诉

不错。

首演那日,时间和中秋晚会的撞了,孟逢川先开车跑了一趟晚会现场,最后落实了一遍安排,剧院也有负责人和老师在现场跟进,他才和姜晴一起去了戏院。

姜晴跟着他到了观众席,并未坐前方的座位,而是到了二楼东南角的一个包厢里。说是包厢,其实就是单独辟出来的几排座,一般都是留给院方自己人的。今天来的就有两个昆曲界的老前辈,还有省台领导、戏校教授,都是大人物。

孟逢川算是晚辈,少不了陪人说话,聊上几句。他把姜晴安置在靠边的座位,直到快要开演才得空,回到姜晴旁边坐下了,无声地吐了口气。

姜晴小声地跟他感叹:"都是大拿呀。"

孟逢川朝她一笑,点点头:"重视这出戏。"

姜晴又说:"早知道我不来了,跟他们坐一块儿,我都替台上的人紧张。"

孟逢川说:"你得来,这场阵容往前往后数五年肯定是达不到的。"

不只是黄秋意导演、傅西棠编剧兼指导,唱陈妙常和潘必正的都是年轻一代顶尖的昆曲演员,除此之外,伴奏、服装、舞美都是最好的,布景都是请的大师操刀。

戏开演了之后,两个人默契地收声,认真地看着台上。

潘必正穿月白色褶子,绣着玉堂富贵,戴小生巾,登场一曲《懒画眉》。陈妙常穿的则是墨绿色与鹅黄色相间的水田衣,梳大头,手执拂尘,看得出服装都是新设计的。

墨绿和鹅黄都是姜晴喜欢的颜色,水田衣她也喜欢,只是京剧里不常见穿水田衣的戏码,她也没学过,所以没穿过水田衣。昆曲就不一样了,戏曲扮相上佛道不分家,女子都穿水田衣,知名的剧目就有《孽海记》《玉簪记》,女主人公分别是尼姑和道姑,还有《桃花扇》最后一出李香君入道,穿的也是水田衣,比京剧里常见得多。

姜晴忍不住凑近孟逢川,低声地跟他耳语:"昆曲里水田衣的配色有什么说头吗？"

孟逢川摇头："颜色没有规定，全看服装师设计。"

姜晴小声地嘀咕："虽然我没穿过，但我总觉得水田衣应该用蓝黄配色，忘了在哪儿见过了……"

孟逢川一愣，偏头看她，她还盯着舞台，没有注意到孟逢川分外殷切的注视。

他不敢多想，只能如实说："蓝黄这个配色，太常见了。"

姜晴点头，并未当回事。可接下来整场戏孟逢川却看得有些心不在焉，神思已经不知道跑哪儿去了。戏词里唱"天长地久君须记，此日里恩情不暂离，把往日相思从头诉与你"，他不禁想到那句"还有来生的话，会再见的"，如今见倒是见了，她却全都忘了——可他还记得。

谢幕的时候，两个人正坐在那儿鼓掌，孟逢川随口问她："你最喜欢哪折？"

姜晴的语气有些俏皮："《玉簪记》这出戏，是不是都说《琴挑》和《秋江》最好？可我有点俗气，我喜欢《偷诗》，还想着回去找找视频看。你有别的版本推荐吗？"

她这点倒是没变，有自己的想法，还喜欢看热闹。孟逢川说："黄秋意老师和梁翠萍老师有一版很经典，回去我找给你看。"

姜晴点头，说到孟逢川的老师，她便想问："那你和尤美珵也唱过？"

没等孟逢川开口回答，身后有人碰了他的肩膀一下，把他叫了过去。姜晴扭头一看，周围坐着的本来都是些上了年纪的领导老师，不知什么时候出现了个年轻女孩，她忍不住感叹"说曹操曹操到"，虽然不知道尤美珵长什么样，但那一瞬间笃定，那个女孩就是尤美珵。

接着便听到孟逢川上前打招呼，叫了句"美珵"。

电台的赵主任笑着说："美珵不知道什么时候来的，我正看戏呢，一回头就看到她了。"

尤美珵说："我来晚了，没声张，怕打扰你们，就悄悄地坐在后面了。"

一行人准备离席去后台见黄秋意和傅西棠，孟逢川慢了半步，回头叫上了姜晴。

第十四章 相思从头诉

姜晴小声地和孟逢川说:"我是不是不方便……"

孟逢川打断她:"没有,和我一起,结束我们就回家。"

姜晴没想到在后台看到了贺蒲,他刚跟黄秋意说完话,她回想了一下,今天台上饰演潘必正书童进安的不是他,不知道他在这儿干什么。

她过去和贺蒲说话,问他有没有戏份,贺蒲有些惋惜地说:"没混上,还被黄老师叫来打杂,太惨了。"

姜晴没心没肺地笑:"是好惨啊。"

贺蒲说:"黄老师不给我排场大戏说不过去。"

两个人凑在一起嬉皮笑脸地闲聊,尤美珵不知道什么时候凑到了孟逢川身边,低声地开口:"我没想到。"

孟逢川知道她表达的是什么意思,一边关注着旁边老师们讲话,一边忍不住分神看姜晴,答尤美珵的话难免显得有些敷衍:"是吗?"

尤美珵问:"你觉得她就是你等的那个人?"

孟逢川确切地点头:"就是她,等她很久了。"

尤美珵的脸上闪过一丝愤愤不平,和她学戏时候的那副不服输的表情如出一辙。尤美珵说:"可跟你搭档这么多年的是我,你说我不懂你,她懂吗?"

孟逢川说:"美珵,那都是戏,不重要。"

她曾经一直以为在他眼里是戏比天大的,没想到有一天会从孟逢川的耳朵里听到戏不重要这种话,那一瞬间尤美珵居然觉得对孟逢川很失望。

"你不唱了的那年是我第一次对你失望,现在是第二次。"尤美珵说。

"那我只能说很抱歉让你失望了。"

他的道歉毫无诚意,伸手轻拍了尤美珵的肩膀一下,像是将过往都拍散了一样,接着上前一步,加入了黄秋意他们的对话。

众人在后台寒暄了一阵后,又转而去了饭店,算作小型的庆功宴。席间他喝了点酒,不算多,回到家的时候已经是深夜了。

姜晴本来以为最近辛苦,会沾床就睡。她下午光是陪着他跑了一趟晚会现场,看了一出全本戏,就觉得累得不行,可他却很有精神,一番缠绵，热潮迟迟不退。

姜晴闭着眼睛，忽然感觉到左手腕被他扣住了，接着自指尖套上了个东西，拇指根的骨头明显感觉到玉器刮过的钝痛。

她立刻睁开眼睛，便看到手腕上挂着个紫绿相间的玉镯，她不知道那叫春带彩，讶异地问："给我这个干什么？"

她想起上次做噩梦那晚，孟逢川说要送她个合适的，她当时是想拒绝的，平日里经常排练，手腕上戴着个镯子不方便，可如今他强行给她戴上了，尺寸分外合适，丝毫不显累赘。姜晴心中是喜欢的，甚至有些自大地认为这镯子天生就应该戴在她的手上。

"上面写着你的名字。"他明晃晃地诓她，不给她发出疑问或是拒绝的机会，以吻封住了她的嘴唇。

姜晴的双臂挂在他的肩背上，随着动作，冰凉的玉镯撞击着他的皮肤，像是撞到了心坎里，一下又一下。巫山十二道峰，他偏要带她穿梭云雨，亲自数一数。

第二天姜晴陪着他早起，她明明在放假，却因为他上班的缘故，她的生物钟比上班的时候还规律，且日日准时吃早饭。

孟逢川说："家里每年中秋人都聚不全，八月十六才回外公那儿吃饭，我今天忙完收尾的事情就能提前下班，然后回家接你？"

昨天晚上解青鸾也有演出，解锦言伴奏，解锦屏倒是没什么戏份，但家里人也凑不齐，她就主动报名去跑龙套，还能近距离地跟解青鸾学习。

姜晴有些走神了，像是没听清他的话，右手拿着咖啡杯，低头注意着左手腕上的镯子。她自小就没有戴首饰的习惯，耳洞都是前两年才打的，长好了之后也不爱戴东西了，只留下个肉眼。如今手腕上突然戴了个镯子，她不可避免地总去看它。

孟逢川凑到她身边拉她的手，姜晴这才说："你快下班时告诉我一声，我可以去找你，省得你再回来跑一趟。"

她没那么娇贵，不是什么娇生惯养的大小姐，能自己做的事情绝不麻烦别人。

第十四章 相思从头诉

孟逢川摇了摇头:"怕堵车。"

姜晴歪头对他说:"堵车的话,你回来接我不也堵?再说,我打算坐地铁过去呀,地铁绝对不会堵。"

孟逢川不赞同:"一起堵车总比你一个人堵好。"

两个人又说起这个镯子,姜晴本来以为他是买来的。有人喜欢金,有人喜欢玉,买个镯子再平常不过了,张慧珠春节的时候还给自己买了个足金的手镯,姜晴直说怕她出门被人抢了。

可她只猜对了一半,确实是买的,但并非她以为的那种橱窗里的商品镯,而是老物件,距今也得有一百年了,仔细看,打磨工艺不如现在的机器切割得均匀,胜在料子好、年头久,放在如今也是罕有了。

孟逢川含糊地说:"民初的东西,花了点心思找的。原本是一对,叫鸳鸯镯,双手各一个。"

姜晴问:"那另一个呢?"

他不知道该怎么答,只知道再见到她的时候,手腕上已经就剩下一只了。依照他的猜想,那种混乱动荡的年代,她极有可能在路上卖掉换盘缠了。他不敢细想,即便时日久远,还是会心头作痛。

姜晴见他不说话,只眉头短暂地蹙了一下,眼神中闪过一丝悲痛,她有些不解。刚认识孟逢川的时候,她只觉得他老派,还有不符合年纪的深沉,只当是他的性情使然;逐渐了解相处下来之后,她又觉得这个第一印象有些轻飘,想不出用什么词形容他更合适,或许比较接近"复杂"。

没错,就是复杂,那种被沉重裹挟着的复杂,让她无法深入探索,更无从考据。

姜晴在他面前摆了摆手:"怎么了?我随便问问。"

孟逢川舒展开脸上的表情,抚了一下她的头发:"想起个事来,走神了。另一个镯子我也不知道去哪儿了,要是成对的都在,会更值钱。"

姜晴小声地问他值多少钱,孟逢川比了个数字,姜晴面露惊讶:"我还得唱戏赚钱呢,把它碰坏了怎么办?"

孟逢川释然般地笑:"不会那么易碎,碎了也没事。你没听过那个说法?玉碎是帮你挡灾。"

姜晴想了想价钱："我觉得没有比这些钱打水漂更大的灾了。"

"胡说。"他伸手刮了下她的鼻子，"你好好的，比什么都重要。"

吃早饭的时候，她忽然又想起了什么："孟逢川，你不会被奸商骗了吧？霜霜有个朋友的老公在北京做古玩收藏，虽然我不熟，但我可以让霜霜帮忙问问。"

东西都买回来了，这些就已经不重要了，孟逢川没当回事，心不在焉地说："对于专门搞古玩的人来说，一百年前的东西也不算什么。我是经朋友介绍从一个专门研究民初物件的人手里买的，还算靠谱，多花点钱没什么。"

他虽然本科学的不是经商，但这两年跟着孟存渊也算略有历练，见多了聊生意时商人的嘴脸。对方看得出他对这个镯子势在必得，自然要捏准了他的心思提价，他又不可能为价格而退却，自然就只能上赶着吃了这个亏，算得上你情我愿，没必要过分纠结。

姜晴却已经低头跟梁以霜聊了起来。孟逢川喝光最后一口粥，起身站到了她的旁边，弯下腰看着她和梁以霜聊。姜晴特地把手机挪到了两个人中间，正在跟梁以霜打听，孟逢川一眼瞟到梁以霜说的"谢蕴"二字，只觉得眉头一跳，端起碗进了厨房。

姜晴朝他问道："怎么走了？我要个联系方式，我们问问嘛。"

孟逢川的脸上挂着似有似无的笑意，挽起袖子开始洗锅碗："别问了，问出来吃了多少亏，肯定会不高兴。"

姜晴说："道理是这个道理，就像我发现刚买完的东西打折了，但好歹要知道一下，必须得知道。"

孟逢川笑说："你这是给自己找气受。"

姜晴点头，斩钉截铁地说："吃一堑长一智。"

孟逢川不再跟她卖关子了，如实说："你要求助的人就是你口中的奸商。"

姜晴站在原地，半天不说话，孟逢川默默地收拾厨房，忍不住笑了，给她细细地说来："这个人不太正常，专门研究清末民初的物件，我去过他的藏馆，东西不多，但都是最好的。这个镯子是当年老北平的一个工匠打的，两块石头到他手里，打了两对鸳鸯镯。另一对还是成对的，被他送给他太太了，也就是你闺密的那个朋友。抱歉，是不是应该说'不太寻常'？用错词了。"

姜晴咂摸着他说的话，揪着眉头，语气认真地问："那他是黑人吗？这么黑？"

孟逢川频繁地被她逗笑，擦干净最后一个碗放到架子上，摇摇头："不是黑人，虽然我也怀疑他是。"

姜晴化悲愤为食欲，快速喝光了碗里的粥，小声地嘟囔着什么。孟逢川站在厨房里远远地看着，根本没把这件事放在心上，只是觉得假日加班也很愉快，只要和她朝夕相伴，万事万物都不重要。

微信那头梁以霜还在等她答话，发了消息过来。

> 你挖到矿了？不给我看看？加了之后告诉我一声，我让她那边赶紧通过。

姜晴狠狠地用手指戳屏幕回绝。

> 不！用！了！谢！谢！

梁以霜一脸不解。

> 大清早抽什么风？

孟逢川出门上班后，姜晴回到客厅，习惯性地点开了收藏的网址，也就是那个"生川梅苑"账号的首页。她这几天有在看他以前的视频，主要都是早年的演出，还有一些参加节目的片段，比如分享会或者采访。

眼下她正看到的是他到美国巡演《西厢记》的后台记录，简介上写着他当时才二十岁，面庞比起如今多了分青涩。当年央视海外频道派了记者做演出前的采访介绍，视频足有两个小时，记者带来的翻译没派上用场，孟逢川显然英语不差，只是涉及一些内行的词汇时偶有停顿，但能立马接上，给外行解释他们演出前的准备步骤，直到他化完装准备上台，采访才结束了。

她看着看着就睡着了，睡了个过早的午觉，又可以算作回笼觉。睡醒后她习惯性地坐在地毯上拉伸，手里拿着手机按了两下，切换到了下一个视频。

他一向低调，唯独二十五岁那年举办了个小型的生日会，戏迷全程记录，做了这个视频，极其用心。姜晴盯着屏幕，忽然想到，他就是二十五岁那年才宣布退出舞台的。看着视频里的人都面带笑容，她忽然觉得他这个决定有些伤人。

他过的是阴历生日，八月初四，姜晴不禁在心中感叹他还真是老派，年轻人都过阳历生日。电视上还在放着手机投屏的视频，姜晴打开手机里的备忘录，拉到最下面那条打开。她的记性差，上面记录着亲近的人的生日和身份证号，从上至下分别是爸爸、妈妈、霜霜。

她在下面记录上"八月初四"四个字，没写称呼。因为前面都是两个字的，可她对他又没什么昵称，所以只能空着不写。

当晚天色刚黑的时候，姜晴才化了个淡妆。孟逢川还是开车回了家里接她，一起去解振平那儿吃晚饭。

两个人进门的时候，人已经差不多都到齐了。孟存渊、解青鸾、解苍庚和尚琢四个长辈正坐在沙发上闲谈，电视里放着的新闻台是背景音。见他们俩在门口换鞋，解青鸾热情地叫了声"晴晴"，姜晴点头，礼貌地叫了句"叔叔阿姨"。

尚琢低声地跟解苍庚说："你儿子跟小川差不多大，怎么就不如小川稳重？"

解苍庚一副"我怎么知道"的表情，两个人相视，也说不出个所以然来。

孟逢川问道："外公呢？锦屏还没来？"

解锦言拉开落地窗，从院子里进来："眼里只有小屏子，你这么大个弟弟呢？"

第十四章　相思从头诉

孟逢川说："这么大个人，丢不了。"

这时解锦屏搀着解振平进来了。解振平中午参加了个讲坛，穿的是长衫，现在早晚都有些冷了，老人尤其畏寒，脖子上还有条灰黑色的羊绒围巾，就挂在上面，也没系。

孟逢川看到姜晴在抿着嘴笑，给解振平问了个好后问她："笑什么？"

姜晴跟他一起坐下，小声地耳语："你看，你外公穿长衫，脖子上挂围巾，我爷爷也这么穿过……"

解振平把围巾拿下去了，解锦屏帮忙挂好了，孟逢川想到他过去经常这么穿，在那个年代是极流行的，可看她的表情显然觉得这么穿已经过时了，他不禁有些感叹，那个时代已经结束了。

姜晴的思绪跳脱，忽然又问他："你今年怎么没过生日？"

昨天是中秋节，阴历八月十五，那他生日也就是十几天前的事，他却没跟她说。

孟逢川没当回事："我几乎不过生日。"

解锦言凑过来插话："他从小就不爱过，你别管他。我的生日快到了，十一月末，我提前提醒你。"

孟逢川扫了他一眼："你知道我有多想揍你吗？"

解锦言哼了一声："你小时候揍得还少？"

孟逢川坦率地承认："你这张脸太欠揍了。"

姜晴笑着听他们俩拌嘴，委婉地打听："你最近没什么新桃花吗？"

"我？"解锦言摇头，"我就等着你这朵桃花落在我身上呢。"

姜晴无奈地笑，权当解锦言在开玩笑。

就在孟逢川要赶他走的时候，解锦言又说："倒是有骚扰电话和短信，但我一向为人正直，这种都是不理会的。"

姜晴和孟逢川对视一眼，心照不宣。孟逢川提醒解锦言："我看你太闲了，多认识认识新朋友，丰富一下业余生活。"

解锦言忽然像被点穴了一样，盯着孟逢川："你又坑我了？"

姜晴笑出声来，用手捂住嘴巴，什么都不说。孟逢川则拍了拍解锦言的肩膀，意味深长地说："哥不会害你。"

解锦言说:"你害我还少了?"

长辈们都已经进了餐厅,尚琢走过来叫他们,解锦言搭腔,懒洋洋地起身。孟逢川时刻不忘姜晴,下意识地回头找她,接着自然地牵上她的手,携她一起去餐厅。那一瞬间姜晴满心静好,甚至错觉已经与孟逢川相识很久,共度一生了。

十一假期结束后,姜晴没什么缓冲的时间,最后一场《秦香莲》她倒并不忧心,正如孟逢川所说,她有本钱,嗓子也不赖,过去像是有心结,唱这场戏一直放不开,捎带着对事业也有些逃避的态度。

和孟逢川在一起的这段时间里,她觉得自己受孟逢川影响甚深,这种影响是潜移默化的,她学会了个新词叫作"举重若轻",也开始去直面事业上的烦恼与坎坷,这些都是和宋清鸿在一起的时候从来没有的。

南癸祠楼的折子戏专场正在上演,热度比预料中要高,顾夷明一通安排,姜晴的戏码已经排到十一月中下旬了。这倒是给了她不少排练的时间,姜晴也并未心急。

定戏码的时候,姜晴本来打算选《金山寺》这出,她从小跟着张慧珠没少看武戏,张慧珠也带着她练,有一定的功底。张菁菁是和她同一年进剧院的,姜晴并非和张菁菁作对,只是两个人暗里少不了较劲,相互敦促着进步。

姜晴敢说《金山寺》这出戏她唱得绝对比张菁菁好,也自认是拿得出手的,自然首选这出。顾夷明又有身为老师和院长的顾虑,反而劝姜晴换一出稳妥点儿的戏码,比如《游龙戏凤》。她的跷功是跟张慧珠学的,踩跷唱李凤姐绰绰有余,且这出戏轻松诙谐,即便考虑到出错的可能,也好圆上。

《金山寺》就不同了,水斗一段有大量的打戏,演员多,还得注重配合,白娘子的戏份吃重,文武兼具,演好了得观众一声好,演砸了补都补不回来。

顾夷明强势,姜晴自觉犟不过顾夷明,往常从不浪费时间反抗。这一次她也没多坚持,因为时间还早,她答应顾夷明再想想,像是有些

第十四章 相思从头诉

松动。

随着秋日渐深，天越来越短了，那天下班，走出剧院的时候外面已经黑了。她坐在剧院门口的台阶上发了会儿呆，接着掏出手机给孟逢川打电话，说了这个事。

孟逢川当时还没下班，正在办公室电脑前写报告做安排，一堆事没理完，接电话的时候本来想着要是有事的话晚上再跟她聊，可听她的声音有些沮丧，他把耳机拿出来戴上，没舍得挂断。

他的声音低柔，在北方瑟瑟的秋风中像是一股暖流，姜晴举着手机的手是凉的，心先热了。孟逢川问："所以你还是想唱《金山寺》，对不对？"

姜晴说："对，我想试试。其实我知道顾老师在担心什么，我也担心，怕搞砸，真要唱砸了就太丢脸了，可能过个十年我都迈不过去这个坎儿……"

孟逢川被她说的话逗笑了，接道："这么严重你还想唱，那岂不是非唱不可了？"

姜晴说："也不是，说动顾老师也不容易呀。"

孟逢川说："我知道你在犹豫什么。晴晴，怕没有用，你也不必害怕，既然已经认准了这出戏，那就抓紧时间练习，必须把它唱好。舞台事故是存在的，但是你也知道，事故还是很少的，在大多数情况下我们可以以自身实力去规避它。并非给你压力，但我相信你可以。"

听到她叹了口气，孟逢川知道她另有担心，又说："至于顾老师那一关，你有没有想过她为什么劝你选择更加稳妥的戏码？你沉寂太久了，她除了担心你，也有些不知道你的深浅。眼下正是个好机会，你得向她证明一下你的能力。当然，证明之前你得先说服她，让她先在口头上相信你，我们先给她放出一个空头支票，等戏上演了再兑现，怎么样？"

姜晴低声地说："嗯，那我明天还得去跟她吵架吗？吵赢她。"

孟逢川闷笑："对，吵赢她。这么多年你都没吵赢她，心里不窝火吗？"

"窝火啊，怕死她了，我确实得吵赢她一次。"姜晴忽然觉得茅塞顿开,这才注意到孟逢川那边静悄悄的,偶尔传来敲键盘和翻资料的声音,关切道:"你还在剧院没忙完?我忘记了,你事情多。"

孟逢川说:"还好,能做姜老师的私人热线,是我的荣幸。"

姜晴笑了出来:"孟逢川,好的不学,倒学会溜须拍马了。"

两个人又闲聊了两句,姜晴问他:"你看过《金山寺》这出戏吗?"

孟逢川顿了两秒,这出戏他当然不陌生:"看过,你演我更要看了。"

次日清早,刚到剧院姜晴就去了顾夷明的办公室,一路上给自己做心理建设,真像是要去跟顾夷明吵架一样。

顾夷明正在给办公室窗台的那盆花浇水,闻声漫不经心地转身,上来语气就压制住了姜晴:"风风火火的,你要来拆我办公室的墙?"

姜晴一字一句地说:"我还是想唱《金山寺》,在人手够的情况下。"

顾夷明显然愣住了,没想到她昨天说回去想想竟然想了这么个结果。

办公室内安静了许久,顾夷明才开口:"人手够。"

这回轮到姜晴愣住了,意识到她这话的意思是答应了,想着这架还没吵,顾夷明居然这么爽快地答应了。

顾夷明说:"我这两天安排一下阵容,主要从上次展演里的人挑。那次唱青蛇的是舒婵,她比你小,你带着她点儿,上台和展演还是不一样。南癸祠楼的戏台不算大,场面上得缩减。"

姜晴知道,顾夷明在尽量照拂她,上次"京剧·津门故里"艺术展演她演的就是《金山寺》,当时排练了也有大半个月,搭过戏的人更好配合。

姜晴点头答应:"我会认真练习的,您给我分个小排练厅就行。"

顾夷明笑着说:"小排练厅你们放得开手吗?再把镜子给碰坏了,我还得让人补。"

姜晴谦逊地说:"都看您的安排。"

顾夷明摆摆手:"出去吧,先把《秦香莲》最后一场给我演好了,我这还吊着口气呢。"

姜晴转身要走,快到门口了,还是停住了脚步,侧着头跟顾夷明说:

第十四章 相思从头诉

"顾姨，这出戏我从小就看我妈演，长大后演过水兵（龙套角色），给您唱过青蛇，没少跟您偷学。那时候我就想，我什么时候能在台上唱回白蛇，这出戏对我来说意义不一样。"

她叫的是"顾姨"，而不是"顾老师"，更不是"顾院长"。顾夷明舒了一口气，语气还有些强势："那你就给我唱好了，千万别掉链子，我丢不起那个脸。"

她想到昨晚和孟逢川聊的话，转过身去看着顾夷明，头不自觉地有些低着："对不起啊，顾老师，一直让您失望了，毕业两年一点儿长进都没有。"

顾夷明显然没想到她会说这话，语气渐缓："不晚，你还年轻，日子长着呢。"

姜晴点头，又打算走，却被顾夷明接下来的话拦住了。

顾夷明很少在她面前露出感性的一面，此时十分感性地说："晴晴，外界的那些风声，说我偏向你、冷落菁菁，这些咱们都明白是谣言，我一直知道谣言的存在，从没理会过。菁菁她很好，你也很好，你们俩有各自的好，我支持良性竞争，但千万不要被谣言影响。我选你当徒弟，绝不只是因为你是慧珠的女儿，知道吗？"

姜晴忽然觉得和顾夷明产生已久的隔阂就在这刹那间消弭了，她认真地点了点头，答顾夷明："我知道，我特别好。"

顾夷明叹气，白了她一眼，感性没了，恢复如常："跟你说了一堆，就记住这句了，我看你这出戏能给我演成什么样。"

姜晴已经习惯了挨顾夷明的骂，点了点头，人已经出了门又探回头："您快点给我安排啊，等您去给我指导。"

顾夷明满脸的不耐烦，催她赶紧走，门关上之后，顾夷明又忍不住笑了。

她从桌边抽出两个文件夹。快到年底了，戏曲界各大奖项都开始评奖，她打算给张菁菁报梅花，得奖机会渺茫，最好的结果是能被提名，也算是一种肯定。

至于姜晴，报梅花是不可能的，今年张菁菁评上的青年演员奖算是个戏曲奖的敲门砖，顾夷明打开青年演员评选的报名单，写上了姜晴的名字，至于能不能被选上，就要看她年底这出《金山寺》唱得怎么样了。

顾夷明一向行动利落，第二天就把该安排的事项都安排好了。姜晴被分到二号排练厅，开始跟舒婵等人排练《金山寺》，初步定在十二月初开演，十月末放票。

孟逢川在上海逐渐忙完中秋和国庆这股活动热潮，也是剧院最忙的一阵子，预计再忙起来就是元旦左右了，直到春节放假。姜晴则和他相反，《秦香莲》圆满收官，钟玉华也在筹备下一出戏，她则全身心地投入《金山寺》的排练中，因为唱的是主角白素贞，比起之前排《秦香莲》的时候要累得多。

为了节省时间，再加上排练一天确实辛苦，她开始想念张慧珠做的饭菜，否则她自己平时要么叫外卖要么随便做，实在有些应付。张慧珠和姜军迁就她的时间，晚半个小时吃晚饭，姜晴吃完饭再回自己那儿，歇不了多久就上床睡觉了。

从十一假期之后，到整个十一月结束，她周末会睡个懒觉，中午还是会去剧院，练上一下午，天黑了才回家。不知不觉中，北方的天已经彻底冷下来了，冬日的脚步临近。她不禁在心中感叹，时间过得可真快，认识孟逢川的时候还是夏天。

孟逢川体谅她忙，因为是她第一出挑大梁登台的戏码，她严阵以待是应该的，他虽然心疼她，但也不会说什么劝她休息的话。戏曲演员就是个需要下苦功夫的职业，讲究个熟能生巧，才能尽量规避在舞台上出差错，他劝她休息才是害她，只能提醒她别过度练习，损伤身体就不好了。

那一个多月，光阴如流水般匆匆而过，姜晴周末不得空，孟逢川便没跑来天津见她，本来想着不让她分神，可两个人到底没有那么深的感情基础，眼看着每天说的话越来越少，孟逢川终于坐不住了。

即便她没时间分给他，十一月中旬的那个周末，他还是飞过去，在周五晚上出现在了京剧院门口。姜晴拖着疲累的身体走出剧院大门的时候，看到他显然有些惊喜。

第十四章　相思从头诉

孟逢川看着眼前的人，也许是受工作影响，她爱穿宽松舒适的衣裤，浅色居多，天气渐冷后外面添了一件米色的风衣，腰带草率地在身侧边打了个结；肩上喜欢挎着容量大的帆布包或者托特包，因为里面要放剧本和保温杯，还有她每天爱吃的苹果；头发松松垮垮地绑着，额前的碎发有些凌乱，上班日脸上是素的，连显气色的口红都不涂，显得整张脸白净得有些病态。

他偏爱她的眉眼。眼是心之窗，是情之种，凡是吃戏饭的，都要有一双发亮有神的眼睛，因为真正的好戏是要用眼睛演的。还有她的眉毛，他常年混迹在剧院中，却鲜少看到修细眉的年轻女孩，她偏爱细眉。他曾靠在床上看她对着镜子修过，一根一根地刮，形状带着浅浅的弧度，更显眼中灵气。

孟逢川上前，摸了摸她的头，语气充满无奈："怎么把自己搞得这么……狼狈？"

姜晴叹了口气，自然而然地扑进他的怀中："我现在才发现，主角不好唱。前阵子排《秦香莲》，我就那几句词儿，跟着钟老师、孙老师他们一块儿排练，虽然累，但是挺多时候也是坐在椅子上休息，偷偷懒。现在轮到我了，每个环节都有我的事，偷不了懒。"

她讲话一向直白，孟逢川忍俊不禁："还想着偷懒？"

他牵着她上车，姜晴这才发现眼前陌生的车："你什么时候在天津有车了？"

孟逢川解释说："和朋友借的。去外面吃还是回家我做？"

姜晴想了想，把安全带系好之后从包里拿出一个青苹果，一大口咬上去发出清脆的声响："回家做吧，反正都要等，我想吃你上回做的那个牛肉汤，就是味道有点淡，加点辣椒油就好了。"

孟逢川启动车子："家里有牛肉吗？要吃饭了你还啃苹果。"

姜晴说："我先吃个苹果垫一垫肚子。那先去超市吧，我冰箱里从来不放肉的，不会做。"

孟逢川全听她的，直接往家附近的那个超市去，俨然已经熟悉了从剧院到她家的路线。姜晴趁着等红灯的空隙，大方地把手里的苹果递到了他面前:"喏,你也吃一口。"

孟逢川低头看到被咬得可怜的苹果,淡笑着说:"你自己吃吧,我不饿。"

姜晴盯着他,本来瘫倒在座位上,忽然坐直凑近了,非要他吃,语气中像是发现了什么:"你嫌弃我?"

孟逢川摇头:"没有。"

姜晴逼迫:"那你赶紧咬一口。"

孟逢川顺从地凑过去吃了一口,一边咀嚼一边开车,用余光瞟到她露出得逞和欣慰的笑容,在心中说她幼稚。

两个人先到超市买了点菜,接着回到家中。姜晴瘫倒在沙发上,连下手都不给他打,孟逢川好脾气地一个人在厨房里忙,两个人只能远距离对话。

姜晴平躺在那儿,看到沙发旁架子上的那盆蝴蝶兰,静静地盛放着。她一个鲤鱼打挺起身,转而到餐厅去坐着,离孟逢川近点儿。他在厨房里看到了,默默地笑着,什么都没说。

她漫不经心地给他说起排练的烦恼,《金山寺》水斗那段,白素贞和小青跟法海派出的神兵有长段的打戏,也是整出戏的高潮部分,热闹的时候单枪满场飞,演员之间的配合十分重要。

他手里举着刚在超市买的娃娃菜,耐心地给她讲:"老话有个词叫'一棵菜',说的就是上了台不论是主角配角,再加上场面,都要配合得严丝合缝,像菜一样抱在一起。你得学会信任你的同伴,尤其是踢枪的时候,过于提心吊胆反而会更容易出错。"

姜晴看着他认真的样子,抿着嘴笑了,忽然感叹道:"你可真是我的人生导师呀。"

孟逢川摇摇头:"路是你自己走的,我的作用不大。"

姜晴一通恭维他:"孟老师谦虚啦,谁比得上孟老师好呢。"

孟逢川被她逗笑了,转身背对着她,去看锅里的汤。

姜晴又问他问题:"孟逢川,我不会做饭,你想让我学吗?"

孟逢川反问:"你想学吗?"

第十四章 相思从头诉

姜晴说："我学过，明明步骤一样，味道却不如我妈和霜霜做的好吃，可能我上辈子是个名冠全国的大厨，天妒英才，老天爷把我这辈子的厨艺给剥夺了。"

孟逢川发出一声嗤笑，姜晴听到了，叫道："你这是什么反应？"

孟逢川说："你上辈子绝不是大厨。不想学就不学，又不是非要学。"

姜晴问："那你会一直做饭吗？说不定工作忙，到时候你就要怪我不会做饭了。"

"你已经在想将来的事情了吗？"孟逢川手里还端着勺子，忽然转头看向她，认真地问。

姜晴愣住了，眼神回避："我随便说说。"

她是随便说说，殊不知他已经在心中畅想许久了。孟逢川认真地说："确实会忙，现在来见你都是休息日，到时候还是得请个阿姨。"

姜晴"哦"了一声："那你可得说话算话，放假的时候我要点菜的。"

孟逢川十分纵容："我一向言出必践。"

当晚她洗过澡躺在床上玩手机，孟逢川洗过之后，端了盆热水进了卧室，姜晴撑起身子："干什么？"

孟逢川说："给你泡脚。"

她的脸上带着窃喜，坐起身来开始挽裤腿："你伺候我呀？"

孟逢川点头："你想跟我换下也行。"

姜晴赶紧把脚插进水里，绷不住笑容。孟逢川蹲在旁边，看到她挂着青紫的脚背，满脸的心疼，伸手轻轻地抚了上去，意料之中听到姜晴倒吸冷气的声音。

孟逢川抬头问她："疼不疼？"

姜晴没当回事："还好。"

他没移开目光，还抬头看着她，用手抚着她的脚踝。那一瞬间姜晴忽然觉得认准了他，满心满眼都是他，躬身凑近，快速地在他的唇上落下一吻。

孟逢川回过神来："怎么突然亲我？"

姜晴笑说："你一直盯着我，看起来很想让我亲你的样子。"

孟逢川也笑了，低头给她轻轻地按摩脚踝，避开脚背："明天还要去排练？"

姜晴点头："我就说不要你来，这几周周末我都去练一下午的，耍花枪我总觉得动作不太顺。"她用手凭空比量了两下，"转完之后接踏步翻身，我总爱顿住一步，落个节拍。"

孟逢川想了想，帮她分析："耍花枪的时候你在用手臂和手腕的力，踏步翻身的重心则在脚上，你可能没把这个发力点转移好。我见过很多人耍花枪这段接踏步翻身是直接用上半身的力量去翻，这样倒是很容易跟上节拍，但也爱摔倒，就成舞台事故了。"

他拿起毛巾给她擦脚，双脚都擦完之后把人推到了床上。姜晴盘腿坐在那儿，看他单手端起盆出去，很快关了客厅的灯回到卧室。

姜晴等他上床，两个人一起躺下，孟逢川靠在床头，把她揽在怀里："明天我陪你一起去排练，帮你找找问题。"

姜晴说："孟逢川，我没想到你还知道这些，你是不是还会反串呀？"

孟逢川说："刚开始学戏的时候，我妈本来想让我学青衣，近些年乾旦（男旦）越来越少了，小嗓我唱得不错。"

姜晴知道这个"不错"是他谦虚的话，解青鸾能这么想，肯定认准了孟逢川是个好苗子。

孟逢川接着说："可我不想唱京剧，我更喜欢昆曲。比起京剧来，昆曲消沉太久了，幸好那时候上面开始重视起来。"

姜晴问："那你后来为什么不唱了？"

孟逢川说："一个是我当时自认为已经到达巅峰了，年纪再长一些后，嗓子和状态肯定不如年轻时，造诣上倒是还可以钻研，但那些名望和奖项对我来说不是很重要。再者说，我爸他是做生意的，反正不怎么懂戏，但一直很尊重我的选择，支持我，所以我决定和他学做生意，早晚要把这些担子扛到自己身上，也算是对他的回馈。眼下就是帮闻院长救个急，估计最迟明年夏天，邵教授回国，我还得回去的。"

他以为姜晴在静静地听着，低头一看，她的头正埋在他的腰侧，已经睡着了。

第十四章　相思从头诉

周六中午,他开车陪她一起去了剧院,本来以为是集体排练,一路上可见剧院里空荡荡的,没几个人,等到进了二号排练厅,墙边放着一堆单枪,室内不见第三个人,孟逢川才知道她每周末都是自己来单独加练。

他平时喜欢穿衬衫和西裤,今天一反常态,换了一身休闲装、运动鞋,陪她一起练踢枪。姜晴不吝夸赞:"孟逢川,你踢得不错呀。"

他像是显摆,接住脚背踢起来的枪,漂亮地耍了个枪花,接着流畅地翻了三个踏步翻身,最后利落地站定,姿态丝毫不乱。

姜晴给他鼓掌:"你快教我。"

他放下手里的枪,上前帮她慢动作顺步骤。空旷的排练厅内只有他们两个人的低语声,阳光从墙面上方的窗口照进来,一室静好。

他突然在她的耳侧说:"陪练要加钱。"

姜晴憋笑:"你也是黑商吧,艺术的事儿怎么能谈钱呢?"

孟逢川摇头:"黄老师业余卖画,他说艺术就是要砸钱听响。"

姜晴哀求:"你饶了我吧,我们折子戏专场座位很少的,票价美丽,没什么油水。"

两个人练累了,孟逢川坐在休息椅上,姜晴则直接躺在上面,头枕着他的腿。

孟逢川问:"你的戏码排上时间了吗?"

姜晴说:"顾老师本来打算定在十二月初,没想到南癸祠楼那栋老楼会这么受欢迎,临时加了几个前辈的戏,我的可能要排到中旬了。"

孟逢川点头:"那还早,时间很充裕。"

那次他从天津离开回上海时,姜晴和他说:"台上见。"

他有时候给她讲梨园旧事,少不了说一些俗语,这句"台上见"不应该是对他说的,而是对同台演出的人说的。

孟逢川明白她的意思:"演出时间定下了和我说。"

他听从她的,直到那出戏上演才去天津捧场,一个月的时间里,没再往返两地。

她的戏码最后定在了十二月十八号,周五,她说"台上见",他便没提前去。演出前一晚的紧张他能想象，但需要她自己来克服。

正式开演当天，他托顾夷明要了个工作人员的证件，但没到后台提前见她，而是去了祠楼的楼上。

南癸祠楼于清朝年间建成，是天津祈王府后身的一栋独楼，经历了半年多的修葺，整体保留了原有的古朴。院里上决定把厅堂改建为戏楼，今年开始投入使用。最里面是简易的戏台，遵循过去小梨园的尺寸，三米半宽，三米深，观众可见九龙口的伴奏场面。

他所站的二楼过道位置不算宽裕，又因为年久，暂时没有摆放座椅，空荡荡的。《金山寺》这出戏差不多半个小时，他就站在楼上看，满目可见岁月斑驳的痕迹。

从姜晴上台开始他就提着一颗心，白素贞和法海水斗结束后放下了一半，剩下一半直到谢幕台下响起振聋发聩的掌声之后才彻底放下。

这么一场戏下来，她肯定是喘的，胸前可见明显的波动。孟逢川默默地帮她记着刚才那出戏的优点和不足，等到台下观众陆续都散了，他才慢悠悠地下了楼，去了后台。

后台的化装间也不如戏院里的多，所有主要人物扮演者，比如白素贞、小青、法海，都挤在一间化装间里。姜晴和唱小青的舒婵都是头一次在舞台上挑大梁，家人也跟着来了后台，挤得整个化装间满满当当的。

那是孟逢川第一次见到梁以霜，是个极漂亮的女孩，和姜晴是两种美，两个人一浓一淡。梁以霜把怀中精挑细选的花送到姜晴的怀里，她还没卸戏装，头上还戴着白素贞的额子，脸上的油彩却有些花了，不知道是不是激动得落了泪。

顾夷明也在，开口主持局面："今天辛苦大家了，都表现得非常棒，赶紧抆头，早点回家休息吧。"

她又单独夸奖了姜晴和舒婵："你们这俩丫头，挺好，没让我丢脸。"

舒婵才刚毕业，满脸的激动，跟顾夷明说："院长，我今后会继续努力的！"

姜晴不顾脸上的油彩会不会蹭到顾夷明的身上，扑过去就把顾夷明给抱住了，近乎哀叫地说："老师，我没唱砸——"

第十四章　相思从头诉

旁边的姜军和张慧珠都跟着笑了，顾夷明满脸的嫌弃："你赶紧松开我，我这件大衣贵着呢。"

她松开顾夷明，扫视了一圈，显然在寻找孟逢川的身影，看到他站在门口，朝着她无声地做了个鼓掌的动作，她便短暂自满地笑了，回到化装桌前面开始捯头。

姜军开车带张慧珠和梁以霜先走一步，孟逢川则默默地在旁边等她收拾完一起回家。

路上她显然激动，一遍遍地跟他讲刚刚在台上的心理活动，还要追问他刚刚的枪花耍得怎么样。孟逢川先表达了对她的肯定，才说了她的不足："枪花耍得不错，就是脸上的表情不对，太凝重了，你可能心里紧张，但不应该表现出来。那个情节上，白素贞的表情不该是那样的。"

姜晴摸了摸自己的脸："我当时很凝重？"

孟逢川笑说："有一点，无伤大雅。还有就是，我之前没看过你彩排整场戏，你的换气有问题，所以最后结束的时候才喘得厉害，不好看。"

姜晴认真地请教："那你说我该怎么换气？"

孟逢川见得太多了，一针见血："你是不是在跑圆场的时候换气？你以为跑圆场的时候相对来说比较轻松，可以缓一缓。"

姜晴点头，孟逢川却摇头："你可以去问问你妈妈，或者问我妈，她们俩绝对不是。她们都是在踢枪的时候去缓解紧促的呼吸，你选跑圆场的时候缓，只会喘得更快。"

姜晴一副受教了的表情，又开始怪他："你不早跟我说，早说我不是演得更好，让顾老师哭着夸我。"

孟逢川说："第一次不可能尽善尽美，你今后再唱这出戏的目标就是不断完善。下一场是什么时候？"

姜晴看了一下手机，答他："下周六。"

孟逢川点头："那你接下来一周练习的时候可以试试。"

姜晴又说："你还没夸我两句，说我比夸我还多，真讨厌。"

孟逢川眼神中闪过疑惑，开口喊冤："不是你问我我才说的？"

姜晴白了他一眼，显然在说气话："问你你也得夸我。"

孟逢川借开车的空隙伸手钩她的下巴:"我给你准备了贺礼。"

她没想到还有礼物收,孟逢川美其名曰是对她的鼓励。回到家一进门姜晴就看到了茶几上放着的盒子,飞快地换了拖鞋跑过去看。

她打开木盒的搭扣,掀开木盒,怎么也没想到里面会是一副白素贞戴的额子,显然是新做的,上面白色的绒球簇新,正中间是一颗墨绿色的"英雄胆"。

姜晴低呼:"孟逢川,你为什么不在开演之前送我?那我就能戴着这个额子上台了。"

孟逢川说:"既然是贺礼,肯定是你唱好了才有,用来鼓励。万一你唱砸了……"

姜晴上前去捂他的嘴巴:"呸呸呸,你别胡说。"

她捧着那副额子爱不释手,轻轻地抚摸,语气带着窃喜:"这算是私房行头吗?以前只有角儿才有的那种。"

孟逢川看她开心,自己也跟着愉悦,闻言说道:"算也不算,就一个盔头而已,够不上行头。上海有个专门做盔头的前辈,我妈在他那儿做过几回,我加塞儿托他做了这个额子。"

姜晴欣喜:"你的意思是说,我这副盔头和解老师的盔头是同一个人做的?"

孟逢川说:"是,而且你的比她的新,开心吗?"

姜晴点头:"当然开心,我真的很喜欢很喜欢,今后每场《金山寺》都会戴着。"

没有什么比她开心更能让他感到愉悦的事情了,孟逢川心满意足。

第二天是周六,圣诞节临近了,街上满是圣诞氛围。晚上姜晴带着他和梁以霜一起吃饭,选在了一个川菜馆。

对于川菜馆这个决定,路上孟逢川忍不住说她:"一会儿别吃太辣的。"

姜晴装傻:"你真唠叨。"

孟逢川冷笑:"下周演《金山寺》的是我?"

姜晴说:"好好好,不吃辣,少喝酒。"

第十四章 相思从头诉

孟逢川瞥了她一眼："这还差不多。"

结果刚见到梁以霜，她就给他下了个绊子，跟梁以霜介绍的时候只说他叫孟逢川，也没说他和她是什么关系。

孟逢川给她眼神暗示，她就装傻，还是梁以霜自己看出了门道，向姜晴投过打趣的眼神。

趁着梁以霜去洗手间的工夫，孟逢川低声地审问她："你为什么不跟她说我们是什么关系？"

姜晴眨眨眼睛："什么关系？你是我什么人？"

孟逢川顿时语塞，"男朋友"这个词对他来说太过陌生，他沉吟了几秒，果断地开口："未婚夫。"

姜晴惊掉了下巴，忍不住笑起来，压低着分贝叫道："孟逢川，我什么时候有你这么个未婚夫？你告诉我。"

孟逢川说："一直都有。"

姜晴不理会他耍赖的话："少来这套。你又没有明确和我说过确定关系的话，那我们就没有关系啊。"

孟逢川试图帮她找回记忆："那天晚上我就说了，你答应对我负责。"

姜晴说："我负责了呀，不然你现在早就不知道哪里去了。"

孟逢川有些不解："我们没有关系，为什么最近几个月只要见面就睡在一起？"

难道换成别的人，她也会这么随便？孟逢川不敢想。

姜晴装得有模有样，夸大其词："是这样啊，你可能比较保守，觉得发生了关系，就必须要结婚，但不是的，我们年轻人的世界，大家都很看得开的。只是说我们两个人相处得还挺愉快，所以一直在一起……"

眼看着他的脸色越来越冷，姜晴也快要编不下去了，幸好梁以霜回来了，打断了两个人的私密对话。孟逢川按住不发，强撑着跟梁以霜交谈，直到那顿饭结束。

他懂得察言观色，看得出梁以霜的心情不佳，最后断定她可能是失恋了，像是在喝闷酒。离开饭店的时候，梁以霜有些醉，孟逢川先去把车开到了路边，再下车就看到梁以霜蹲在那儿，好像在哭，姜晴则弯着腰安慰她。

他礼貌地站在旁边看着，没有上前打断，只听到梁以霜说什么"后悔""珍惜""想他"这种感性的话，语气充满哀戚，听得他有些动容。

送走了梁以霜，回家的路上两个人像是都受了那股哀伤的情绪感染，车子里有些沉默，只有车载音乐的歌声在回荡，彼此不知道对方在想些什么。

他把车子停进车位，扭头看到姜晴解开安全带，却没有下车的意思，像是要跟他说什么。她本来就直白，尤其今晚喝了点酒，话一股脑地吐了出来。

"孟逢川，那会儿说的话都是逗你的。但说实话，我确实一直有些耿耿于怀你没有明确说出追求和确定关系的话。我还跟霜霜说，睡都睡了，这个人还不跟我表白，是不是什么情场老手，要骗我这个小姑娘啊……"

她说着说着自己先笑了，一边笑一边继续说："一开始我担心你只是跟我玩玩，很怕自己认真，太丢脸了，毕竟我们认识的时机实在是草率，一切发生得也很快，看起来就很不靠谱。但我一想，我还年轻，也没亏什么，那就玩玩嘛。可是后来我发现我开始看你以前的视频，偷偷地记你的生日，见不到你的时候会想你，忙着排练也要看下你有没有发来消息，我觉得我完了，我甚至连跟你离婚能分多少家产都想过了。"

这句话在孟逢川的耳中意味着她已经想过和他的以后了，虽然她错了方向，但无妨，他可以纠正过来。

"说了这么多，其实就是想说，我也不是很怕丢脸，《金山寺》我都唱成了，没有比这个更可怕的了。霜霜和喜欢的人分开了，劝我要珍惜眼前人，我的眼前人就是你嘛，所以我得明确地对你说一句，我喜……"

他没让她把最后一句话说出口，凑过去吻上了她，姜晴挣扎着，试图推开他："你让我把话说完，今天王母娘娘来了我都得……"

"我喜欢你，姜晴，我喜欢你，我爱你，我爱你很久了。"他抢走她的话，从胸腔到颅顶都在发烫，但他还是强逼着自己说出口，就像遇到她之后一步步地主动那样，"除了你，我不会与任何人在一起，我的心里眼里只有你，应该由我来说这些，由我来乞求你和我共度一生。"

第十四章 相思从头诉

姜晴愣住了,瞪着眼睛半天不知道说什么。他把表白的话说完后,略微退了回去,靠坐在椅背上,叹了口气,从实招来:"我确实没有说确定关系的话,我不太懂这些,也不好意思开口。但我没有轻浮地对待这段关系,我买了绿钻,戒托定制了几次我都不满意,还在改……"

他知道她喜欢绿色,才特地找了一颗,虽然只是求婚戒指,他也不想草率。

姜晴显然还在状况外,呆呆地说:"QQ 绿钻?"

孟逢川满脸的疑惑,佩服她的想象力。上次她跟解锦言聊天,解锦言说想买 sto(兰博基尼),她惊讶地问解锦言怎么要转行做申通快递……

他笑着给她解释:"钻石,做成戒指。"

她忽然变得感性起来,凑上去抱住他,有些感叹:"孟逢川,你的速度也太快了吧,我有点跟不上。"

孟逢川说:"不快。从见到你的那一眼起,我就已经把这些都想过了。"

天津比上海冷得多,他身上穿的那件风衣有些单薄,两个人下车上楼,刚进家门他就打了个喷嚏。姜晴催他快点洗漱,她后洗,从洗手间出来之后又满屋地找药箱,打算给他冲个感冒冲剂预防一下。

孟逢川靠在卧室的床头,看着她跑来跑去的,脸上不自觉地挂着笑容,始终退不下去。

他喝了药之后,姜晴也上了床。卧室内只开着个床头灯,两个人面对着面,他阖着眼睛像是在闭目养神,姜晴则睁着眼睛,小声地说着话。

"孟逢川,我觉得好幸福呀,我是全世界最幸福的人。有爸爸妈妈和霜霜就够幸福了,学戏虽然苦,但也幸福。谈了一段有点失败的恋爱可能算是我第一次受挫,但是又遇到了你。我有时候在心里想,我何德何能会遇到这么多爱我的人。"

他的声音有点沉:"都是你应得的,你会一直是这个世上最幸福的人。"

姜晴说:"我很讨厌换床单被罩,太麻烦了,但是你知道吗?刚换完的床单被罩,上面会有一股淡淡的香味,而且特别柔软,那一觉一定会睡得特别好，我形容不出来那种感觉。总之就是，认识你之后，我觉得每天都像是睡在新换的床褥里，做梦都会笑出来。"

孟逢川的嘴角露出一抹淡笑，依旧闭着眼睛回她："今后我来换床单，你是想让我说这句话吧？"

姜晴抿着嘴偷笑了："你来换最好了，但我也会帮你的。"

孟逢川在被窝里轻轻地拍了她一下："晴晴，我有些头疼，先睡觉好不好？"

姜晴伸手摸了一下他的额头，不算很烫，或许是着凉了的缘故，睡一觉就好了。她把手臂伸到他的颈下，凑上去搂着他，还像模像样地拍了拍他的背："你睡吧，换我搂着你。"

他埋在她的颈间，很快就睡着了。姜晴伸手关了床头灯，在黑暗中吻了一下他的额头，美滋滋地进入梦乡。

她被那种前所未有的幸福感充斥，直到凌晨意外地转醒。孟逢川身上有些发烫，睡得有些不安稳，她莫名地就睁开了眼睛，打开床头灯，适应光线后抽了张纸，给他擦额头上的汗。

姜晴又摸了摸他的额头，猜测或许有点低烧，但他没醒，她就打算让他早晨起来再吃药。

昏暗的灯光下，她看到他放在胸前的左手，翡翠手串把手腕压出了痕迹。这条手串他除了洗澡时摘下，平时都是不离手的，连睡觉也戴着。

姜晴觉得他这样会不舒服，伸手想帮他把那条手串摘下来，却听到他在喃喃地说梦话，像是在深夜中低声地唤她。她怀着好奇的心思凑过去，就听到他叫："佩芷……"

她僵在那儿，像是整个人被定住了。他还在低声地唤着，姜晴却觉得睡前那些满溢的幸福感顷刻间跑得烟消云散了，她记不清自己是怎么躺下的，直到天亮了才睡着。

第二天一早，姜晴醒来的时候，孟逢川已经不在床上了。她看了一眼时间，才九点多，没睡几个小时，隐约听得到外面有细小的声音，便猜测他在厨房做早饭，莫名地有些抵触走出卧室面对他。

磨蹭了一会儿，尝试继续入睡失败，姜晴还是起身穿上拖鞋，推开

第十四章　相思从头诉

门走了出去。

他在厨房里，没听到开门声，看到了个人影过去才知道她醒了，随口说了句："起来了？"

姜晴含糊地"嗯"了一声，果断地进了洗手间。

孟逢川独自立在厨房中，也有些出神。他昨夜睡得头疼，做了一宿的噩梦，一片混乱。直到天亮醒来他才发现自己浑身都是汗，梦中那股哀戚像潮水一样漫过颅顶，使他直到现在还平静不下来。

姜晴站在镜子前刷牙，从镜子里看到浴室玻璃上还没消散的水雾，地上的瓷砖也还没干透，可以想象他早晨起来后冲了个澡，不禁在心中感叹：看来昨夜这场有关佩芷的梦让他并不轻松。

她在洗手间里又磨蹭了一阵子，孟逢川已经把早餐端上桌了，走到洗手间门口去叫她，却发现她把门给锁上了，不像以前一推就开。

孟逢川便敲了两下门："晴晴，饭做好了。"

门里的声音闷闷的："马上。"

他不知道是自己的心理原因作祟，还是事实如此，总觉得今早的氛围有些怪异。

两个人对坐在餐桌前吃早饭，谁也没张口说话。

孟逢川寻了个话茬打破沉默："我头疼了一夜，醒来觉得不对，看了下昨天喝的感冒冲剂，已经过期两个月了。顺道帮你挨个看了下药箱里的药，过期的我都扔了，一会儿出去再买新的放进去。"

姜晴低着头吃东西，敷衍地回了句："哦，知道了。"

孟逢川察觉到不对，伸手想帮她拂开面前的头发，她却躲了一下，自己用手把头发拨到了脑后。

孟逢川问："怎么了？没睡好？"

姜晴没理他，他追问："晴晴？"

她并非有话不说的性格，只是心中窝火，有些闹别扭。脑海里的念头打了会儿架，她果断地放下了手里的三明治，抬头直视他："佩芷是谁？"

孟逢川的心中一惊，愣在那儿不说话。

姜晴说:"你不是和我说没谈过恋爱?那佩芷是谁?一看就是个女人的名字吧。孟逢川,你觉得我很好骗吗?手串连睡觉都戴着,是不是也是她送的?"

他反驳:"不是。"

姜晴说:"不是什么?你怎么解释?我听着。"

孟逢川说:"手串不是她送的,我没骗过你,这辈子认识你之前,没谈过恋爱。"

姜晴觉得他在耍赖,向后靠到了椅背上:"没谈过恋爱,那是你暗恋的人?你求而不得,才退而求其次选了我?"

都这种时候了,他居然还在想,"求而不得"这个词说得没错,但并非退而求其次才选择了她,而是非她不可。

孟逢川说:"我不知道该怎么跟你解释。"

他的话在姜晴耳中显得过于轻描淡写,怒气之下又觉得他的态度不够好,姜晴站起身:"那你不要解释好了,你既然这么讲,我也没什么好说的。"

他上前去想要拉她,姜晴甩开他的手:"你别碰我。"

孟逢川这才心急起来,跟她面对面地站着:"没有骗你,我怎么给你解释,我记得一段不属于我自己的记忆,佩芷是那里面的人,她已经不在了,曾经的那些人都不在了。"

姜晴冷着脸:"孟逢川,你在说什么?"

孟逢川说:"佩芷就是你,姜佩芷,你什么都不记得了,我没有骗过你。"

姜晴尝试去理解他说的话,却以失败而告终,语气便更加急躁:"你还在骗我!你是不是还要编,说我是你前世的爱人,你带着记忆来找我了?孟逢川,你觉得我会信吗?你在梦中叫别的女人的名字。我从来没有要求过你不准谈过恋爱,可你为什么要骗我?"

他的心情很复杂,那一瞬间痛心有之,失望有之,只觉得百口莫辩。

姜晴同样感到难过,不过一晚上的工夫,天地上下,跌得也太快了些,她不知道该怎么面对。

第十四章　相思从头诉

孟逢川说："如果事实就是这样呢？晴晴，这没什么不好的。你记不记得刚认识的时候你跟我说，莫名地很相信我，和我一见如故，这都是宿命。今后你可能会在某一天想起这些，到时候就知道了，我从没骗过你，我骗谁都不可能骗你。"

姜晴看着他沉痛的眼神，听他说某一天她会想起，心底里有一种慌乱油然而生，她连连地摇头："记忆是痛苦的，我不愿意想起。"

她莫名地想起很久以前的晚上那个突兀的梦，至今只要想起梦醒一瞬间的胸闷感仍觉惧怕，再加上孟逢川眼里复杂的情愫，她直觉那些过往不够愉悦，如果是好的回忆，她不可能忘记。思及此，她向后退了两步，走出餐厅，边走边说："孟逢川，你少骗我了。"

他像是捕捉到了什么苗头："你有感觉对不对？有没有想起来那么一丁点儿好的回忆？你手腕上的镯子，就是姜佩芷的，也是你的，原来是一对，我花了很多心思才找回来。"

姜晴伸手要把手腕上的镯子褪掉，可戴上容易摘下难，又像是镯子自身不愿意被脱下来一样，卡在她的手腕上纹丝不动，反而是她疼得皱起眉头。

孟逢川上前阻拦，不愿意让她摘下来。姜晴为了躲他，走到了客厅，没再跟镯子较劲。正如她所说，记忆是痛苦的，那么她即便想起，也一定是从那些深深触痛着她的回忆开始，好比那个吊诡的噩梦，因此她的内心深处是抗拒的。

姜晴的心情平复下来，刻意回避与他对视，望着地面冷声说："够了，你别说了。就算佩芷存在过，你和她一起存在过，但是我不是她，她也不是我。孟逢川，你拿我当什么？我只是姜晴，不是谁的替身。你现在让我怎么回想你以前对我的好，我……"

"我从来没有这么想。你确实不是她，可我也不是曾经的我了啊！"孟逢川崩溃倾塌，抑制不住斯文，声音激动，"我们都不是曾经的我们了，所以我们还能相爱，我觉得没有任何问题啊。只是区别在于，我还记得，你全都忘了。昨晚我实在头太疼了，但凡我能控制住自己，都不会去叫她的名字。刚和你睡在一起的时候，我每天晚上都提心吊胆的。这么些年过来,我已经养成浅眠的习惯了,我只能跟你道歉,甚至没办法保证今后不再叫……"

"那你就忘了吧,你把那些事情都忘掉。"

他从未觉得她那么陌生,站在他面前冷冰冰地说出这句话。虽然他确实长久地在被记忆困扰,但支撑着他这么多年去与记忆和平相处的,正是他们共同度过的那段偷来的时光,所以他不愿意忘记。

孟逢川像是听到了什么分外荒诞的话,冷笑一声:"姜晴,你在说什么?你觉得人的记忆是剧院的演出表?在电脑上随便填写排列,就能选择什么记得、什么忘记?如果我说忘就忘了,我就不会独身这么多年,就为了等你。"

姜晴强硬地说:"你等的不是我。你现在是怎么了,孟逢川,你在哭吗?该哭的不应该是我吗?"

他快速地用手揩了下眼角,并非针对姜晴,而是积攒了这么多年的情绪在这个细小的缺口快速地爆发,又快速地停止:"你质问我,我去质问谁?你以为我想记得那些?只有我一个人记得,从小就记得,一遍遍地做噩梦,提醒我,有些记忆我现在想起来都觉得恶心!可我不想忘记你,我希望你想起来,又怕你想起来,因为太痛苦了……说这些,我不求你能理解我,你可能觉得我是个神经病吧。对不起,晴晴,对不起……"

姜晴深深地看了他一眼,不发一言,转身进了卧室,锁上了门。

孟逢川栽在沙发里,羞于去回想刚刚都说了什么,空旷的客厅内只剩下一声叹息。

两个人就这样在一个屋檐下互不理睬,她独自在卧室里迟迟不出来,孟逢川则坐在客厅里发呆,捋不出个头绪,总觉得像是把一切都搞砸了。

几个小时过去了,已经是下午了,孟逢川看了一眼餐桌上吃了一半的早餐,严格来说不算早餐,有些晚。他起身走到卧室门口,轻轻地敲了两下门,低声问道:"你饿了没有?我早点做晚饭?"

意料之中,她没答话。孟逢川靠在门口的墙边,像是在等着。

没过几分钟,他在门外听到她接了个电话,不知道跟人说了什么,接着传来打开衣柜的声音,像是在换衣服。

第十四章　相思从头诉

她终于打开了门，换了身衣服，手臂上挂着一件呢绒大衣，看到就立在门边的孟逢川显然有些惊讶，但脸色还是冷着。

他主动地又问了一遍："你要出去？我打算做饭。"

姜晴拒绝："不用了，朋友约我吃饭，你还要赶飞机，直接去机场吧。"

每周日傍晚，他都会雷打不动地坐着那趟航班飞回上海。起初两个人会在外面吃晚饭，吃完他直接去机场。有一次她忽然说想吃他做的炒虾球，和外面餐厅的味道不一样，孟逢川便开始在家里做饭。周日那天会早些吃晚饭，等他去机场后，她负责洗碗和收拾厨房，像是成了习惯，已经持续已久。

孟逢川没再强迫，他的理性告诉自己，他们俩现在的状态不适合交谈，彼此冷静一下未尝不好。他点了点头："去吧，走路别低头看手机。"

他还像以前那样认真地叮嘱她，语气温柔，姜晴转身都快要出门了，迟缓地"嗯"了一声算作应答，也不知道他听到没有。

等到她出了门，他拉开落地窗，站在阳台上向下看。楼层有些高，也看不清楼下走过的是不是她，他便放弃了，胡乱地望着远处的高楼，不见过去的痕迹，像是在昭告他时代的更迭。

他站在阳台上很久，摆弄了两下手机，右手手指下意识地摩挲着，心烦得有些想抽烟。他如今并没有抽烟的习惯，此时却迫切地渴望。

这时放在旁边平台上的手机响了，他本来以为是最爱烦他的解锦言，正想着拒接，没想到是谢蕴。他希望是个好消息，事实却不如他所愿，谢蕴说："给你打电话是想告诉你一声，那个玉坠子八成是寻不到了。我今后也不会花太多心思在上面了，你得承认，东西要是还在，我早就收到了。"

孟逢川沉吟了几秒，回道："好，麻烦了。"

谢蕴说："客气了，应该的。"

电话挂断后，孟逢川只觉得心情更差了，他托谢蕴帮忙找那个刻着"临风佩芷"的坠子。当年他就带走了三样东西，镯子找到了，九九消寒图那么脆弱的一张纸居然也寻到了，他还觉得是老天庇佑。可惜玉坠子石沉大海，杳无音讯，看样子早已经在那个动荡的年代四分五裂了。

约姜晴的是她的大学校友，叫姚松。那会儿姜晴本来在卧室里补觉，刚睡着就被电话吵醒了。姚松是梁以霜男朋友陆嘉时的好哥们儿，姜晴和他玩得也不错，毕业后也一直有联络。最近梁以霜和陆嘉时闹别扭，陆嘉时到外地出差，梁以霜出门散心，恰好赶上周末，姚松就约姜晴吃饭，顺道打听打听。

姚松见了姜晴就觉得不对："你是不是也心情不好啊？"

姜晴没否认，姚松说："你们不是吧，那头那两个刚复合没多久又闹别扭，我寻思找你吃顿饭，咱俩乐和乐和，结果你也吊着个脸。"

姜晴想起上午在家里跟孟逢川吵架的情景，忽然笑了，认真地问姚松："我问你个事儿，你说你要是谈了个女朋友，她对你特别好，然后告诉你，你们俩上辈子就认识了，她带着记忆来找你了，你怎么想？"

姚松扑哧一声笑了出来，撂下了筷子，认真地说："我感动死，绝对认准她是我真爱，我爱死她。"

姜晴却笑不出来了，板着脸说："你好好说话。"

姚松还在笑："逗你的，这种话女人说的还能信一信，男人说的你千万别信，我们男人诡计多端着呢，九成九骗你的。"

姜晴淡淡地笑了："是吧，我也是这么想的。"

姚松看得出她是在强颜欢笑，问道："你谈恋爱了？你们一个个怎么那么容易坠入爱河啊？不对，上回你从云南回来的时候，不是还说考虑考虑我吗？"

姜晴满脸的疑惑："谁说考虑你了！霜霜在开玩笑，我不是立马就拒绝了？"

姚松满脸惋惜地叹气："唉，晴晴，我们又错过了。"

姜晴被他逗笑了，忍不住骂他："你少放屁。"

姚松又问："那他是南方人还是北方人啊？"

上次梁以霜给她接机的时候，回去路上他们四个人坐在车子里，梁以霜拿她和姚松开玩笑，姜晴随口说了句不谈北方人，没想到这个时候又被姚松问起。

姜晴如实说："南方人。"

第十四章　相思从头诉

姚松一副恍然的表情："哦……那不高吧？"

姜晴想了想孟逢川的身高，又看了看姚松："不用太高呀，好像是比你矮一点。"

姚松摆摆手，故意说："那不行，你赶紧把他踹了，还是考虑考虑我。"

姜晴被他逗得一直在笑，用筷子指了指他："你少扯，他以前唱昆曲的，个子太高不好找搭档。"

戏曲演员里唱生角的多要穿皂靴，鞋底就有十厘米。若非姚松问起，姜晴还真没太注意过孟逢川的身高，确实不算特别高，但也不至于矮，刚刚好。

姚松看她笑了就放心了，给她夹了口菜，略微正色地说道："刚刚说的话都是逗你的，至于说什么上辈子、前世今生这种事儿，你们女生不是爱看韩剧吗？我陪我前女友看过，什么神啊鬼啊的，比前世今生可怕多了，不也把你们迷得五迷三道的。"

姜晴摇头："我不看韩剧。"

姚松满脸的嫌弃："你们那些京剧昆曲我也听不进去。就说这个事儿吧，全看你信不信。这事儿要是搁我前女友身上，她肯定就信。但我是觉得，咱们都老大不小了……"

姜晴打断："你才老大不小了。"

姚松比了个告饶的手势："对不起姑奶奶，我老大不小了，您还年轻。但咱们好歹都是成年人了吧，该有自己的判断。这个人如果平时对你好，尊重你、爱护你，他说什么你都可以信啊，因为那都是说的，人都挺务实的，还得看他怎么做。但他要是对你不好，那这种话就是肯定不能信啊，显然忽悠你，大嘴巴子抽他。"

姜晴想了想，说："对我是挺好的，我俩也挺合拍的。"

姚松摇摇头，语气尖酸："羡慕啊，羡慕。"

姜晴忽然又问他："平时都挺好的，然后他突然做梦喊别的女人名字呢？"

姚松骂了句脏话："那你想什么呢？抽他啊，抽到他不叫为止。"

姜晴笑个不停，不再跟他继续说这个话题。

和姚松吃顿饭的工夫，虽然还没想好怎么面对孟逢川以及解决两个人目前的问题，但不可否认让她的心情好了不少。吃过饭后两个人就分开了，姚松约了朋友打球，直接去了球馆，姜晴和他不同方向，就坐地铁回家。

出了地铁站她慢悠悠地往家走。天黑后的风更冷冽了几分，姜晴看了一眼时间，想着这个时候孟逢川应该已经起飞了，又看了一眼微信，以往他起飞之前都会和她说一声，这次却没有消息。她不禁想到吵架时他挂着悲痛的眼神，虽然不觉得自己做错或者说错了什么，但还是认为，她应该让他失望了吧。

虽然相处才几个月，但她知道孟逢川是什么样的人。情感告诉她，他既然斩钉截铁地说没骗她，那就是真的没骗她；可理智不赞同，他说的那种话谁听了会相信呢？

她一路想着，忽然看到远处路边站着一个熟悉的身影，脚步就停下了——是孟逢川。

他居然没走，正站在那儿等她，不知道等了多久。虽然只是静静地站着，她却从他身上看出了一抹烦躁。夜色路灯下，他抬起了手，姜晴这才注意到他指间夹着烟，可他的手很快放下了，只任那烟燃着。

过去她也曾有些疑惑，像是潜意识里认为，他应该是抽烟的，却从未见过，如今终于看到了，内心深处的那种熟悉感汹涌而出，像是曾经经历过这个情景，不免有些悸动。

孟逢川像是察觉到了她的注视，转头看了过来，接着按灭了指间的烟。姜晴没再逃避，朝他走了过去，语气虽然还有些冷漠，但说的是关心的话："穿这么少在楼下站着干什么？"

孟逢川说："还好，没等多久。"

两个人一起回家上楼，进了电梯才感觉到些温暖，姜晴问他："怎么没走？明天不上班？"

孟逢川答："上，改签到明早。"

姜晴"哦"了一声，便没再多说，只是那晚很早就上了床。孟逢川见她准备睡觉，也赶紧收拾收拾进了卧室。

第十四章　相思从头诉

卧室内一片黑暗中，她背对着他躺着，孟逢川主动地搂了上去，姜晴没挣开。

他低声地开口，再次道歉："对不起，晴晴。"

她昨夜才睡了不到四个小时，演出更耗费精力，白天和他吵了那么一架像是用尽了力气，此时不想再跟他深入地聊这个事情。

姜晴说："先睡觉好不好？我暂时不想说，让我自己想一阵子。"

孟逢川尊重她的决定，"嗯"了一声。那晚两个人很早就睡了。

姜晴本来以为他请了一上午的假，才决定改签到周一一早回上海，没想到她起来上班的时候他已经不在了。看到微信上他五点多发来的消息，告诉她起飞了，她还没到剧院，他已经抵达上海了。

想到他天还没亮就出门，只因为昨天吵架想多陪她一夜，姜晴越发心软，总想跟他说点什么，却又开不了口。

分隔两地，两个人又都在忙，从跨年直到春节假期是剧院戏码安排的一个小高峰，他手头的琐事多，姜晴则每周都有演出。接下来的半个月里，两个人未曾见面，沟通也少。她时常会想他，又迈不过去那道坎儿，僵持不下。

跨年的那天，她有一场戏，结束后姜军本来想叫她回家去住，姜晴没答应，还是让姜军送她回了自己的小窝。眼看着快要到零点了，她躺在沙发上，可以看到那盆蝴蝶兰。家中到处都是孟逢川存在过的痕迹，她骤然空虚起来，分外地想念孟逢川。看着两个人的聊天记录，显然不常说话，但又一日都没断过，像是都在压制着殷切的情感。

她听着电视上跨年晚会的倒计时声，给孟逢川发送过去："新年快乐。"

接着便盯着聊天框，她认为这种跨年的时刻，如果是真心相爱的人一定会想着彼此，他在想她，一定会立刻回复过来。姜晴又打了句"我想你了"，打算他回复后就发送过去。

可他迟迟没回复，直到凌晨她躺在沙发上睡着了，又醒来回到床上睡，也没等来他的回复，只记得整夜睡得都不安稳，冥冥之中有些伤心，又担心。

孟逢川没时间回复，他忙了一整天，天黑了还在剧院，丝毫没感受到跨年的愉悦和轻松。傅西棠的电话可以说是雪上加霜，彼时她还算冷静，克制着哀伤。

"逢川，剧院的节目盯完了吗？"

"这边刚结束。傅老师怎么了？"他隐约感到一丝不对劲。

傅西棠说："那你来一趟吧，看样子是不行了。"

他电话没挂，立马下楼开车："前阵子我去看她不是状态还挺好的，怎么突然不行了？"

傅西棠说："反反复复的，成天靠机器吊着命，我看着都觉得遭罪，还不如让她好好地走了。"

他听到傅西棠像是在哭，接着黄秋意接过了电话："逢川？你现在在往机场去吗？"

"老师，我现在就去机场，您跟傅老师说一声，一定要坚持住，我去见她。"

赶去机场的路上，包括在空中航行的途中，孟逢川感觉到了一种久违的无力感，这种感觉过去他经历了很多，本来以为今生不会再承受了。当年的那些人和事，都随着近百年的岁月消散在河流中了，而傅春莺之于他的意义，就是最后一个连接的纽带，如今这个纽带也要彻底断了。

傅西棠回到病房，坐在床边跟傅春莺说："妈，我给逢川打过电话了，他在路上，您再坚持几个小时，几个小时后就能看到他了。您想看他一眼是不是？"

傅春莺说不出话来，眼神浑浊，几近闭合，被傅西棠握住的手动了动，像是在表达听到了。

傅西棠直抹眼泪，她也不知道自己的母亲为什么对孟逢川这个短暂的学生会有这么深的感情，之前刚抢救回来的时候，能说话了第一句就说要见孟逢川，如今弥留之际，傅西棠擅自做主，猜测母亲还是想最后见一眼孟逢川，于是赶紧打了电话。

孟逢川一下飞机就打给傅西棠，傅西棠把手机开了免提，让傅春莺听孟逢川的声音。孟逢川走得很急，有些微喘："老师？我是逢川，我现

第十四章 相思从头诉

在到北京了,打车过去……"

傅春莺"嗯啊"了两声,说不清话,声音太小,孟逢川的周围又吵,只能问傅西棠:"傅姨,老师听到了吗?"

傅西棠背过身去哭得止不住,傅春莺想伸手,却又抬不起来,黄秋意赶忙接话,握住傅春莺的手:"听到了,逢川,你慢点,注意安全。傅老师肯定要等到你……"

孟逢川一路跑到病房,生怕见不到傅春莺的最后一面,幸好最终还是见到了。

他坐在床边,握住傅春莺衰老的手,却发现自己的手在抖。他从外面进来还带着冰冷,本来想松开,可傅春莺却用尽力气把他回握住,那一瞬间孟逢川感觉心在作痛。

傅春莺的另一只手放在胸前,手和胸之间还压着那个相框,轻轻地拍了两下。

傅西棠已经被黄秋意带出去了,病房里只有他们俩,孟逢川没看那张相片,低着头紧紧地攥着傅春莺的手,语气充满恳求:"老师,您能不能别走……您再陪陪我,我一个人太孤独了……"

傅春莺只能用力地回握他的手,说不出话来,又用另一只手拍胸前的那张照片。孟逢川便明白了她的意思,她理解他、相信他、心疼他,也放不下他。

那张黑白照片早已经泛黄褪色,相片上的人脸也看不清了,甚至连傅西棠都只有在小时候看清过上面的人,随着年纪渐长,早已经忘了。只有傅春莺记得、孟逢川记得,如今要只剩下他自己了。

孟逢川拿过照片,许久没有这么认真地审视过了,他还能分辨出上面的人脸,甚至能精确地说出每个人穿的是什么。他给傅春莺看,指着最左边穿浅色长衫的男人说:"这个是孟月泠,他穿的是月白色的长衫,病故的。"

傅春莺用力地点了点头,像是在表达她知道孟月泠是谁一样,还用手拍了一下孟逢川。

孟逢川淡淡地笑了,又指着左边第二个穿旗袍的女人:"这个是姜佩芷，姜家的四小姐，旗袍的料子和那件长衫是同一匹布裁的，她后来死在奉天，也就是现在的沈阳。"

傅春莺略微弯手，用大拇指和食指比了个两三厘米的大小，孟逢川没明白这个动作是什么意思。

他继续指到下一个人，也穿着旗袍，能看出来是深色的："这个不用我说了，袁小真。她原来不叫小真，叫栖真。身上穿的这件旗袍是绛红色，那天她结婚。"

傅春莺的反应强烈，毕竟那是她的母亲。她拍了拍孟逢川的手，含糊地说着什么。孟逢川听不清，但还是耐心地听她说完，才指到了最右边那个穿西装的男人。

"这个……"他忽然愣住了，语气激动地问，"老师，您能不能再等等，我想让您见个人，您一定要见他。"

傅春莺像是意识到了什么，攥着他的手用力。孟逢川拿出手机，无暇看一堆的消息，直接打给解锦言："你现在赶紧来北京，我给你发医院的地址。"

解锦言显然在外面和朋友一起跨年，背景音吵得很，连忙到了外面，反问道："你说什么？我这儿局还没结束呢。再说了，这大半夜的，我怎么去北京啊？"

孟逢川喟然地靠在椅背上，瞟到墙上的挂钟，显示凌晨两点半，他居然还以为是晚上。

解锦言见他不说话了，追问道："哥？出什么事了？我天亮再去行不？"

孟逢川尚且抱有最后一丝希望："那你赶紧订最早的航班，一定要来。"

解锦言看出他的语气紧迫，便没再嬉笑，霎时间觉得回去继续玩的心思都没了，老实地答应："嗯，我现在订机票，回家了。"

孟逢川陪了傅春莺一整夜，后半夜傅西棠在沙发上睡了一会儿，黄秋意靠坐在旁边，醒来后劝孟逢川去休息一会儿。

他拒绝了黄秋意的劝说，眼睛里泛着血丝，一直握着傅春莺的手，

第十四章 相思从头诉

也不知道是谁把谁的手给焐热。天快亮的时候,傅春莺像是突然有了精神,或许是躺累了,非要起来。孟逢川和黄秋意一起把她扶起来,在她背后靠了个枕头。

傅春莺非要把呼吸机的面罩拿下去,眼睛也睁开了。孟逢川的脑海中却起了不好的念头,强忍着心伤,不断地安抚她:"再等等,再等等……天亮了他就来了……"

傅春莺摇了摇头,她等不了了,手伸向床边的照片,孟逢川帮她放到了胸前。傅春莺先指了下上面的傅棠,脸上挂上了笑容,眼角却流出了热泪,接着用手指抚摸照片上的父母,最后看了一眼孟逢川,人就不动了。

孟逢川感觉到眼泪不受控制地向外溢,黄秋意搂着傅西棠,病房内传出傅西棠的痛哭声。孟逢川把头埋在病床前,久久地不愿抬起来,外面的天已经大亮了。

解锦言赶了最早的一班飞机,到达医院后还是晚了,傅春莺早已经咽气了,至死还是睁着眼睛的。解锦言认出傅西棠来,大概猜得到去世的人是谁,可他不认识她们,站在门口像个陌生人,更不明白孟逢川让他来是为什么,只因同理心而感到哀伤。

傅西棠收拾病房里的东西的时候,解锦言拿起了那张照片,端详了半天也没看出什么门道来,手却不受控制一样,打开了相框,把照片拿了出来。

像是意料之中,在相片背后看到了题字:民国十八年二月廿四,西府小影。

"国"字是繁体,字迹俊秀端正,带着那个年代的气息。

孟逢川在不远处看了他很久才走近,解锦言把照片放回去,相框递给孟逢川,低声地感叹道:"当年的冲洗技术不太行,这还不到一百年,颜色都快褪没了。"

孟逢川不咸不淡地"嗯"了一声,说道:"一会儿要去一趟傅家,你跟我一起还是回上海?"

解锦言看了一眼远处的傅西棠:"方便的话我就跟你去呗,反正都来这一趟了,等你一起回去。"

傅春莺住在一栋老小区中,据说她母亲袁小真还在的时候,母女俩便住在这儿了,傅西棠买了新房之后想劝她搬家,也没劝动。

孟逢川想带走一件傅春莺的遗物,便跟着傅西棠进了书房。里面放的都是傅春莺的东西,他已经许久没来过了,这几年见傅春莺都是在医院里。

傅西棠从柜子里拿出一个铁盒子:"这里面都是她最宝贝的老物件。"

孟逢川一一看过,这才明白过来他给傅春莺指照片上的人时傅春莺的反应为何意。那些东西里面有一张袁小真二十世纪八十年代在京剧院任职的证件,他打开来看,上面赫然写着"袁栖真"。

他递给傅西棠问:"傅老师的母亲不是叫袁小真吗?"

傅西棠看了一眼,淡淡地答:"本来就叫袁栖真,据说当年是为了避开一个名字也出自《桃花扇》的角儿才改的。后来人口普查就把证件上的名字改回来了,外人不大知道。"

孟逢川又打开了一个小匣子,里面放的都是印章。有傅春莺的名章,刻的不是春莺就是怀友,傅西棠跟他一起挨个拿起来看:"怀友是她的字,姥爷起的,她一直捧着的那张照片上的另外两个人都很早就去世了,所以起了这么个字。"

孟逢川有些哽咽。他早年间在傅家墙上的字画上看到许多都印着怀友的章,还以为是傅春莺欣赏的画家,或是曾经的恋人,没想到居然就是傅春莺的字。

匣子里还放了许多闲章(姓名、字号以外的印章),慎独、永康休、自在随喜、蝉饮清露等,还有几个长条形的警句。孟逢川耐心地逐个拿起来看,细细地分辨,直到看到了个磨损最严重的,显然年头最久,超乎他预料的久——上面写的是"春晴"。

他确定那不是傅春莺的章,更不是傅棠和袁小真留下的,而是属于姜佩芷的。想到说起照片上的姜佩芷时,傅春莺用手指比量的那个大小,看样子说的正是这枚章。

孟逢川拿着不肯松手,问傅西棠:"我能拿走个章子吗?"

第十四章 相思从头诉

傅西棠大方地点头，又递过去个"自在随喜"，问他："再拿一个这个？"

孟逢川摇头拒绝："不用了。"

傅西棠捧着装章的匣子，看向了窗外，冬日里只能看到干枯的树枝，阳光还算不错。

她幽幽地说："前些日子我刚忙完《玉簪记》，回来陪她，看她每天受罪，心里难受。有一天跟她聊天我说'妈，咱不受这苦了，你想去就去吧，我能挺住'，她摇头，我说'你还等什么啊'，她支支吾吾地跟我说，她在等春天。我想着那我就陪她一块儿等春天到，哪承想……"

孟逢川沉吟不语，盯着手里的章，反刻着"春晴"二字，与眼前的季节格格不入。

傅西棠拿起那张照片，又说："姥爷好像是春天走的，她很想他，也想姥姥，现在终于能去见他们了。我打算把这张照片给她烧下去，也不枉她在病床上天天抱着。"

孟逢川点头："我也是这么想的。"

两个人走出书房的时候，解锦言正在客厅里看墙上挂的照片，面色凝重。

孟逢川试探地问他："怎么了？"

解锦言说："我以前是不是见过傅老师？看这些照片眼熟，想不起来了。"

傅西棠说："你可能是小时候在电视上看到的。"

解锦言蹙了蹙眉头，释然般地叹了口气："也对。"

孟逢川羡慕地看了他一眼，有时候遗忘未尝不是一种幸运。

彼时黄秋意正在医院里办手续，傅西棠还得回医院去找他。除了那枚闲章，孟逢川又带走了一张袁小真和傅春莺、傅西棠的合照。

三个人一起下楼，傅西棠开车离开了，孟逢川准备打车："走吧，回去了，剧院还有事。"

解锦言没动地方："再等会儿吧。"

孟逢川不知道他在磨蹭什么，瞥了他一眼，直到耳边传来远处熟悉的声音，孟逢川惊喜地望过去。姜晴朝着他们跑过来，给了孟逢川一个久违的拥抱："孟逢川。"

他回抱住她，不禁看向解锦言，解锦言语气轻飘地说："我去那边看看，你们说。"

解锦言走远了些，背过身去不看他们。孟逢川抚了抚她的背："你怎么来了？"

姜晴说："你跟我说了句你老师去世了就没回我了，我打电话给解锦言问，他就给了我地址，让我来北京，说你很难过。"

他紧紧地抱着她，分外感性，只觉得刚压下的那股伤感又涌了上来，熬了个夜再加上刚抽了一支烟的原因，喉咙有些干涩，又像是不知道说什么。

她用手拍他的背，安抚他，早已经将上次的争吵和矛盾抛诸脑后："我有两天假，我陪你回上海，一直陪着你，你可以对我哭……"

孟逢川刚体会过失去，无法想象再度失去她的滋味，便低声地承诺："对不起，晴晴，我不能保证，但我会尝试去忘记……"

她摇头："我相信你，孟逢川，我相信你。我们还有很长的时间，你给我讲，我愿意听。"

第十五章
旧故又春深

　　傅西棠低调地处理了傅春莺的身后事，于那年初春举办了一场追思会，众人悼念傅春莺，场面哀恸。

　　姜晴陪孟逢川一起出席，解青鸾也来了，代解振平送了一束花。解锦言意料之外同行，一身黑白色的着装，鲜花点缀上唯一的色彩。

　　傅西棠已经缓过了最痛心的阶段，时不时地还能露出笑容接待来客。姜晴看到傅西棠往傅春莺的灵前放了一本书，只当是傅春莺喜欢读的，没做多想。

　　黄秋意当众念诵他给傅春莺写的哀悼文："死亡绝不是终点，阴阳亦不能分离心肠羁绊的我们。让繁花开辟出天上地下亘古永恒的香街，于年年岁岁的春日共盼莺声，莫忘故人……"

　　姜晴转头看向孟逢川，他的面色平静，但姜晴知道，他心中克制着哀伤。她握住他被风吹得冰凉的手，孟逢川回握着她的手，攥得有些紧。

　　解青鸾周末晚上还有演出，解锦言同样，两个人连夜回了上海，姜晴和孟逢川则在北京多留了一日。

　　第二天两个人去了一趟香山北侧的碧云寺，上山的途中人烟稀少，隐约听得到鸟鸣。姜晴的心情不错，感叹道："这要是冬天上山，北风肯定吹得邪乎，连走路都费劲。"

　　孟逢川淡淡地笑了，随口答道："冬天上山哪有不冷的。"

　　这次来碧云寺，一则是为了散散心，二则是给傅春莺祈福。上山之前姜晴还在嘀咕，她没什么想跟佛祖求的，孟逢川给她解释："也不是非求不可，无所求证明你现在过得很幸福，知足、惜福就好了。"

　　上完香之后，孟逢川问她："你刚刚想的是什么？"

姜晴明媚地笑，拉着他往罗汉堂去："我祝愿佛祖也能像我一样，天天开心。"

孟逢川笑得无奈又温柔。所谓求神拜佛，世人常常看重这个"求"字，身体力行地伏跪着发愿，唯独她不同，反过来去祝福佛祖，也只有她会这样了。

碧云寺有一座五百罗汉堂，姜晴给他讲她来之前在网上搜到的说法："传说山西五台山的明月池可以照出前世，北京碧云寺的罗汉堂可以看出今生。你说我是不是应该去明月池照一照？"

孟逢川摇头："我觉得只能看到一汪池水。"

姜晴说："你现在倒是唯物主义了，我还以为你挺信这些的。"

两个人进了罗汉堂，孟逢川压低了声音："信一点儿，不全信，这不是陪你来看罗汉了。"

这座罗汉堂呈田字形，规模极大，共有五百尊罗汉，保存完好。据说来碧云寺一定要到罗汉堂去数罗汉，姜晴按照在网上搜到的方法，先寻了一尊合眼缘的罗汉，站在了面前。回头发现孟逢川还在她的身后，姜晴催他："你去找合你眼缘的呀，别跟着我。"

孟逢川说："我不信这个。"

姜晴便开始数自己的，任他像个保镖似的跟着她。所谓"男左女右"，她从眼前这尊罗汉开始向右数，数到第二十五个，抬起了头，率先听到的是身后孟逢川的低笑。

看清楚了眼前的罗汉后，姜晴略微地皱了眉头，小声地问孟逢川："他是不是有点生气？他为什么生气？是说我今年容易动怒吗？"

孟逢川认真地想了想，忍着笑意说道："可能是不太高兴，所以动怒了。今年的全国青年戏曲演员奖是不是开始评了？下个月就出结果了吧……"

姜晴险些跳脚，顾虑着眼下是在幽静的寺庙内，她伸手捂住了孟逢川的嘴："你别乌鸦嘴，虽然我觉得悬，但万一呢？"

她又转头看向了那尊不怒自威的罗汉，细细地揣摩，试图从中看出什么门道来。孟逢川看着她那副凝重认真的表情，像极了平时对着剧本

第十五章 旧故又春深

抓耳挠腮的模样。他在心中偷笑,上前扶住她的肩膀,向右移了一位,对上了一尊喜笑颜开的罗汉。

他说:"要数虚岁,已经过年了,这尊才是你该对的。"

她立马舒展开了笑容,眼神中带着窃喜:"这尊好,这尊是笑的,是不是意味着我要拿奖了?"

孟逢川很实际地摇摇头:"说不准,应该没什么关联吧。"

她显然没把他的话当回事,神气地笑着:"我觉得有,这是个好兆头。"

出了罗汉堂之后,孟逢川忍不住说了几句实话,语气委婉地给她打预防针:"青年演员的提名名单我看了,包括我们昆剧院送奖的,都是一些比你资历深、舞台经验丰富的演员,比去年的竞争要激烈,你提得不凑巧。不过就算这届没拿,你今年好好演出,让更多的人看到你,最迟明年春天,肯定能评上前几名的。"

姜晴看他越说越有些低落,像是比她自己还担心似的,便上前挽住了孟逢川的手臂:"我知道,顾老师给我交底了。她说话比你狠多了,让我别抱太大希望,没想到今年会有这么多强劲的对手。"

孟逢川说:"因为去年放开了年龄限制,上调了五岁,所以很多没有拿过这个奖的都想补上,你看今年入选的总名单,平均年龄比以往大了不少。"

姜晴又开始担心了:"不会明年还是神仙打架吧?今年都给他们拿了,那明年不还是剩下一茬和我同龄的厉害人物。"

孟逢川揽了揽她,打趣地问:"你就对自己这么没信心?明年还早。"

姜晴说:"也对,刚才罗汉都告诉我了,我今年一定会旺。"

孟逢川故意逗她:"他什么时候偷偷地告诉你的?我看他只是笑了而已。"

姜晴斩钉截铁地说:"他就是这么说的,不旺怎么能笑得出来。"

她又陪他去了寺庙最后面的塔院,周围人更稀少。她在远处端详塔碑,孟逢川把手腕上的翡翠手串摘了下来,双手递给了住持。住持立马明白了什么意思,沉声打着禅机:"舍得舍得,如今你终于肯舍了?"

他曾在碧云寺虔诚地进献香火，住持帮他为这条手串加持，当时问他所求为何，原本以为大多逃不开求财或是赎罪。可他并非如此，他愿前尘永世不忘，盼再遇牵挂之人，为一"情"字伤神，两生两世未曾转移。住持给他讲"舍得"二字的真意，劝他放弃"我执"，他不认这个"执"字，承认不舍。

如今他像是终于下定决心，摘下手串仿佛卸掉重任，没做出回答，转身带着姜晴离开了。

刚走出塔院不远，姜晴忽然立定，没等孟逢川问她，便急忙说道："我落了东西，你在这儿等我，我马上回来。"

孟逢川面露不解，但一向听从她的决定，便立在一面寺墙下等她。姜晴找上住持，伸出双手像是在讨要什么："对不起，我们不舍了。"住持深深地望了她一眼，无奈地摇了下头，手伸出袖子，翡翠手串落在了她的掌心。姜晴恳切地道了声"多谢师父"，小步地跑回到孟逢川身边，与他一起相携下山。

春日渐深，姜晴和孟逢川仍旧分隔两地，据说邵教授已经开始准备回国的事宜，届时孟逢川就可以卸任代院长的担子。那年的第一个好消息是傅西棠和黄秋意宣布了婚讯。外界或许不太了解这两个人是谁，但戏曲圈子和文化圈子的人无一不是震惊的。

这对曾经的恋人搓磨了半生，人至中年，傅春莺的去世意外地促使他们凑到了一块儿，二人选择携手珍惜剩下的几十年。

四月中旬，谷雨当日是姜晴的生日，全国优秀青年戏曲演员评奖结果公布，姜晴获奖，位列名单的最后一名，那是她收到的最好的生日礼物。她前面的那位也是个熟悉的名字，是解锦屏。

顾夷明上午在剧院开会公布结果，姜晴直到晚上下班都没缓过来，觉得像是做梦，全然在意料之外。当晚在家中庆祝，梁以霜和陆嘉时都带了礼物来，席间还收到了孟逢川预订的鲜花。他未能赶来替她庆祝，只能在上海解锦屏的庆功宴上为她遥举一杯。

她站在阳台上吹晚风，与他通话，孟逢川一本正经地说："恭喜你。"

第十五章　旧故又春深

姜晴嗔他："你也太正经了吧。"

孟逢川笑问："姜老师明天提梅花？"

姜晴低叫："你少来！拿到青年演员奖真的是撞大运了，哪有那么快。"

孟逢川说："确实有很大运气的缘故……"

"孟逢川……"虽然事实如此，但他直白地说出来还是不一样。

可他接着说："但也是你应得的，十二月至今你唱了七场《金山寺》，水准很高，实至名归。"

姜晴的心中一暖，低声地跟他说心中的想法："我今年想尽量多学戏、多登台，年底让顾老师给我提金花，应该可以争取一下吧？能被最终提名也好，要求不高。"

金花奖在业内被称为"小梅花"，含金量很高。

孟逢川柔声地说："可以。晴晴想做的，都会做到的。"

姜晴说："你也太相信我了。"

"嗯，无条件相信。"他承认，接着又道歉，"今年没办法陪你过生日了，明年一定。"

她早已经习惯了两个人聚少离多的相处方式，因为都有要为之忙碌的事情，而且她在走上坡路，虽然辛苦，但也乐在其中。姜晴不拘小节地说："生日每年都过，不重要的。"

他说："但是生日礼物得有，对吧？"

姜晴偷偷地抿着嘴笑，期待地问道："那我有礼物吗？"

孟逢川说："有，不好邮寄，下次给你带去。"

她只觉得心软得不像话，整个人都融化在那股柔情中："我月末一放假就飞上海去见你，你等我。"

孟逢川答应："好。"

其实五一她的假期只有两天，还要提前回来排练新戏，但他一定比她还忙，平时也都是他在两地跑，赶上放假，她就不让他折腾了。

放假前一晚她还有演出，滨湖剧院的早场，结束后还能赶得上晚上的航班飞上海。梁以霜不常看她演出，那晚去看了，同行的还有陆嘉时。

两个人早已经和好了,梁以霜的中指上还戴着一枚戒指。

陆嘉时开车送她去机场。姜晴独自坐在后排座位上,瞥到一本被随手放在车里的书,拿起来看发现居然是傅西棠写的,腰封上写着推荐语,"傅西棠时隔十年的小说新作""悲歌般的民国梨园回忆录""知名学者黄秋意作序、已故京剧大师傅春莺题词",用词夸张,书名叫作《春深残月》,看封面差不多就是印象中傅春莺的追悼会上傅西棠放在灵前的那本。

梁以霜爱读书,尤其是中外名家的小说,显然是她买的。姜晴举起来晃了晃,问梁以霜:"你还看傅西棠的书?"

梁以霜点头:"前阵子傅春莺不是去世了嘛,这本书上个月刚出的,我路过书店看到就买了一本。"

姜晴毫不客气地往自己包里塞,不顾梁以霜的阻拦:"我一会儿坐飞机,你先借我看一下呗,回来再还给你。"

梁以霜说:"你再给我买一本,被你看完的书都跟你包里的剧本似的,像小孩的尿片。"

开车的陆嘉时笑出声来,姜晴的脸上挂不住,夸下海口:"我争取给你要一本签名版,行吧?"

梁以霜说:"那顺道写个我的名字,我名字怎么写你会吧?"

姜晴被她气得直笑:"你今天特地来给我捧场,还送我去机场,就为了气我是吧?"

梁以霜回头看向姜晴,平静地说:"算是,顺道告诉你一声,我的婚期定了。"

姜晴觉得在意料之中,又在意料之外:"你怀了?"

梁以霜骂了她一句:"你才怀了,我生下来你养?"

姜晴说:"不是打算年底再办吗?"

梁以霜看了一眼陆嘉时,跟姜晴说:"他把婚纱帮我改了一下,我看着挺满意的,天天在家摆着占地方,就想着先结了吧。"

姜晴满脸的疑惑,看看陆嘉时,又看看梁以霜:"你这理由不觉得有点草率吗?"

梁以霜说:"不觉得。夏天结婚也比冬天好吧,我不想被冻得影响我

第十五章　旧故又春深

的美貌。你准备一下，伴郎我打算找姚松。"

姜晴呆呆地点头，又摇头："伴娘是不是不用出份子钱？"

梁以霜说："你想什么呢？没听过这个说法。"

姜晴说："那你具体日期定下来没有啊？我叫孟老师来吃席，帮我吃回来点儿。"

梁以霜说："到时候给你俩送请柬，帮我恳切地邀请孟老师来观礼。"

姜晴有些感动："霜霜，你是不是想把捧花送给我？所以让我叫他来，其实不用提醒他，他想着这事儿的。"

梁以霜脸上的笑容有些玩味："不是，宋清鸿也要来，我想看看热闹。"

姜晴顿时语塞，半天没说出话来。

陆嘉时提醒："要到机场了。"

梁以霜催她："一会儿赶紧下车啊，把你放下我们就走了，去停车场耽误时间呢。"

姜晴大骂"无情"，接着就被抛下了车。

但她是替梁以霜高兴的，一路笑着去登机。上了飞机后，她从包里拿出那本书，翻开来看，最前面是黄秋意作的序，末尾还有傅西棠写的跋，最后是傅春莺的手写题词，应该是在生前早就写好的。

傅春莺写一手繁体字，再加上笔画勾连，她看不太清楚，决定见到孟逢川后让他帮忙解读。于是她开始看小说的正文，一页页地翻下去。

全程两个小时左右的航程，这本小说只有十几万字，她囫囵地看下去，总觉得冥冥之中像是知道接下来的剧情一样，所以看得比常人快。

飞机下行降落的时候，姜晴靠在窗边，啜泣不断，眼泪全都流进了口罩里，胡乱地用纸巾擦拭，又擦不干净。

孟逢川前来接机，一眼就看到了她红肿的双眼，关切地问道："怎么了？"

姜晴摇头，没说包里的那本书，只随便找了个借口："飞机上看了个电影，有点感动。"

他笑得无奈，把她捞进怀里安抚，被她紧紧地回抱住。

她没想到在孟逢川家里的茶几上又看到了那本书，扉页上有傅西棠写的"逢川惠存"和签名，显然是专程寄给孟逢川的。

她借机拿着书说："能不能帮我跟傅老师要一本签名书？"

孟逢川问她："你想要？"

姜晴装作不感兴趣的样子，摇头说："帮霜霜要的，她喜欢小说，应该会喜欢。"

孟逢川答应了："小事而已，就是不知道傅姨现在在北京还是苏州，黄老师在苏州定居，可能需要点时间。"

"没事，能写霜霜的名字吗？你知道她名字怎么写。"

"可以，我明天白天跟傅姨说。"

她状若无意地翻到了最后那页傅春莺的题词，问孟逢川："这页题的是什么呀？我认不清繁体字。"

孟逢川接过来，傅春莺的字他并不陌生，便低声地读了出来："'我的父亲在艺术上有着极高的造诣和审美，但在私生活中颇自私利己；我的母亲温柔又强大，懂得谋求成全，虽然有时老天爷的好意让她并不好过。风风雨雨二十世纪咆哮而去，如今我业已成为耄耋老人，父母对我的教诲犹如在耳，我思念他们，若有一日团聚，不胜欣喜。我字怀友，源于父母对友人的殷切思念。母亲临去世之时还在给西棠讲述旧故琐事，本人文采不佳，听闻西棠著书，翘首期盼，时有催促。题词写过数千张，不料西棠笔速更慢，只盼阖眼之前得见书册。即便我无福阅览，不舍题字，万望后人莫把这段往事仅仅视作故事，他们真实存在过，我至死爱着他们、想着他们。——怀友。'"

当晚两个人上床熄灯后，姜晴主动地凑上去吻他，孟逢川只当她想他而已，痴迷地与她缠绵，也没做多想。

结束后她低头埋在他的怀里，闷声地说："有点累，想睡了。"

孟逢川抚了抚她的头："睡吧。"

她忽然又问："傅老师所说的他们，后来过得好吗？"

傅西棠的书中并未细写，以姜四去世结束，断弦般戛然而止。

孟逢川一愣："其实你可以看看那本书，傅姨的文笔不错。"

第十五章 旧故又春深

姜晴拒绝:"不怎么爱看书。"

孟逢川喑哑地说:"过得不好。她走之后,友人都不再开心了,相继病故,活着的也不过是将就维持生活而已。还有她的家人,她父亲其实是个很爱国的商人,天津沦陷……很艰难。父母夫妻离心,相继去世,大哥支撑着家业,独身到死。二哥的儿子在暴乱中早夭,二嫂自杀,他思妹、思子心切,后来精神都不好了。三哥死在后来的革命中,遗物中有一块怀表,里面放的也是妹妹的照片……"

怀中的人久久没出声,孟逢川低声地唤了句"晴晴",她没应答。他以为她睡着了,殊不知她在无声地落泪,泪水滴在深绿色的床单上,想必明日一早起来就没了痕迹。

孟逢川入睡之后,姜晴才抬起头,从枕头下面拿出了那条手串,重新戴回到他的手上,她想他已经习惯戴着了。

每年春天都是演出旺季,那年京剧院推出"辛丑·连台本戏"的专题项目,共有两台戏同时推进,分别是三国戏专场和全本《红鬃烈马》。三国戏多以男人为主,且角戏份不多,也没有姜晴的事。《红鬃烈马》则由剧院年轻一代的演员合演,比如张菁菁唱《武家坡》一折,姜晴被分到了《花园赠金》和《彩楼配》连演,搭档的是比她年长几岁的小生演员卢桐山。

五一放假前后她都在忙这出戏,南癸祠楼的折子戏专场还有她的一出《游龙戏凤》,虽然不常演,一个月也就一场,但还是有些忙,此番放假来上海见孟逢川纯属忙里偷闲。

解锦言也忙,剧团的全国巡演已经开始放票了,他五月二号就得跟着一起去福州。原本放假之前解锦言还在问姜晴要不要趁着休息一起去上海周边玩玩,比如莫干山或是千岛湖,还问姜晴要不要去迪士尼,如今通通作罢。他们这种职业,放假了只想瘫在家里,于是那晚约了一起吃饭。

傍晚孟逢川开车先带她去了个地方,也就是做白娘子额子的那位头面大师的工作室,孟逢川叫他一声吴老师。

他早晨睡醒的时候就发现了手腕上失而复得的手串，看了一眼睡梦中的姜晴，猜到是她的手笔，也并未多问。上海刚下过一场雨，路面还有些湿，但气温不低，姜晴多加了一件外套觉得有些热，孟逢川却严严实实地多穿了一件风衣。

去吴老师工作室的路上，姜晴随口说起梁以霜要结婚的事儿，孟逢川一愣，接着问："你要做伴娘？"

姜晴点头："当然了，我俩从小就说好了谁先结婚就要给谁做伴娘的。"

孟逢川品着她这句话，一边开车一边状若无意地问："伴娘要未婚吧。"

姜晴正低着头在手机上回消息，打趣地说："理论上是这样。孟逢川，你急什么，我们在一起才几个月？现在结婚算闪婚吧。再说，霜霜早就定好要结婚，我现在插队也太不道德了点儿……不对，我说这些不是催你的意思，谁说我们肯定要结婚呢……"

他冷笑了一声："最后一句不用非得说出来。"

她调皮地吐了吐舌头："我故意的，气到你没有？"

孟逢川缄默了，不理会她的追问，下车的时候却脱下了风衣，丢到了后排座位上。姜晴在车前等他，觉得他有些奇怪。

他要送她的生日礼物是一套点翠头面，不过不全，只有顶花和两支鬓簪是点翠的，其他的鬓簪是鹅毛仿点翠，放在一起难以分辨。

头面分硬头面和软头面，硬头面可以成套使用也可以单独使用，主要分三种，按照由富到穷分别是点翠头面、水钻头面和银锭头面。且角中，银锭头面多由落魄或贫穷妇人的角色佩戴，水钻头面花旦戴得比较多，点翠头面自然是最昂贵的，只有富贵人家的小姐才能佩戴，比如姜晴即将要演的《花园赠金》和《彩楼配》中的王宝钏。

过去凡是成角儿的，必有一套像样的点翠头面。如今翠鸟已经是国家保护动物，点翠头面只能用仿翠工艺制作。

姜晴有些难以相信，问孟逢川："送我的？不是借的？"

孟逢川低笑。吴老师从盒子里拿出那一副最大的顶花，小心地递给

第十五章 旧故又春深

姜晴:"这副顶花就值大价钱了,甚至有价无市,小心着点儿。"

姜晴轻抚上面的工艺,脸上带着欣喜,显然是喜欢的,可开口却说孟逢川:"你现在找到送我礼物的密码了,每次都送头面。"

孟逢川快速地反思了一下,低声地说:"下次换一个,我慢慢地学习。"

姜晴笑了出来,用手里的顶花挡住了半张脸,开心地说:"我很喜欢,就是太贵了,想让你省点钱。"

孟逢川说:"识货就不觉得贵,等你戴上上台就知道了。"

前提是识货,他又指着盒子里剩下的六个鬓簪,让她猜哪两个是真点翠,其他的是仿点翠。姜晴对着看起来差别不大的鬓簪直皱眉头,在孟逢川和吴老师的双重压力下,艰难地选出来两个,举了起来。

吴老师当即笑出了声音,拍了拍孟逢川的肩膀,回到工作台前继续忙了。姜晴像是知道了什么,尴尬地问孟逢川:"我选错了是吧?"

孟逢川点头:"你拿的这两个都是仿点翠,放下吧。"

姜晴坐下,对着其他四个鬓簪仔仔细细地看。孟逢川看她一副认真的样子就想笑,无声地拿出了手机给解锦言发消息。

换个吃饭的地儿吧,你重新定个位置发我。

他们原本要去解锦言朋友开的那个私房餐厅,专程布置过的。
解锦言刚要出门,看到消息立马回问——

怎么了?吵架了?

他对着门廊的镜子一照,总觉得自己的脸上写着幸灾乐祸。
孟逢川很快回过来。

没有,再等等。

解锦言有些失望，联系朋友帮忙留包厢，出门后又打了个电话，一边说一边往车库走。

从吴老师的工作室离开后，孟逢川开车前往解锦言新发来的位置。这个时间街上有些堵，两个人听着音乐，倒也不着急。

孟逢川像想起了什么，提前告诉姜晴："解锦言说他要带女朋友来。"

姜晴有些惊讶，因为之前从未听说过什么风声："他这么快？"

孟逢川的语气有些嘲笑："他一向快。"

姜晴伸手要捂他的嘴："孟老师，注意措辞，禁止飙车。"

孟逢川点头："抱歉，我克制一下。"

两个人怎么也没想到，解锦言所谓的女朋友居然是秦溶月。解锦言是最先到的，其次是姜晴和孟逢川，秦溶月到的时候都已经开始上菜了。四个人坐在包厢里，隐约听得到外面人来人往的声音，偶尔还有带小孩子的，很有节假日的氛围。

孟逢川看向解锦言，像是在问他什么，解锦言装不懂，给他们介绍秦溶月："这是我女朋友，秦溶月，在电视台工作。"

秦溶月略微歪着头打量孟逢川，眼神中显然带着质问，她早已经知道他当时给她的手机号是解锦言的。孟逢川有些回避秦溶月的视线，说实话他还有些难以置信，带着一丝疑惑问解锦言："你确定你们在谈恋爱？"

解锦言夸张地说："确定啊，我们俩很合适。"

姜晴举起餐前的柠檬水喝个不停，掩饰看热闹的心，干咳了两声，对孟逢川说："挺好，挺好。"

孟逢川没忍住，笑了出来，像是看到了什么滑稽的场面，连连点头应和姜晴："是挺好。"

接着他还是跟秦溶月说了声抱歉，虽然他的本意并非作弄秦溶月。

秦溶月摆摆手："都多长时间了，幸亏我没给他发什么暧昧短信。"

她笑得坦然，还看了一眼姜晴，姜晴也跟着笑："没想到还促成了一段……姻缘。"

解锦言却跟秦溶月说："还不暧昧？你一开始给我发什么了，我是不

第十五章 旧故又春深

是得给你复习复习?"

秦溶月冷眼看他:"我发什么也不是给你发的,是给他发的,关你什么事?"

解锦言给秦溶月使眼色:"你说关我什么事?!"

秦溶月立马熄火:"哦,当我没说,忘记了。"

姜晴看着这俩人觉得不对劲,问解锦言:"她真是你女朋友吗?"

解锦言虚虚地揽了一下秦溶月:"当然,我还能把她拐来不成?"

秦溶月低头跟食物较劲,默默地白了他一眼。姜晴和孟逢川短暂地对视,开口转移了话题:"听说你明天就要去外地巡演了?"

解锦言松开秦溶月,拍了拍自己的后腰,又指向孟逢川:"他妈……"

孟逢川用眼神给他压力,解锦言赶紧改口:"我小姑,从不喊累。本来院方觉得这场戏安排得太紧凑了,我以为能松动一下,解老师说不紧凑,明天上午就飞福州,我最近这一个月拉琴拉得腰都要断了。"

姜晴打开自己的手机,翻出了一个好友的朋友圈,跟解锦言说:"剧院最近都到了演出季,我以前都没注意,朋友圈有个小学妹居然迷你,梦想是毕业后进你们剧院,让你伴奏。"

解锦言接过姜晴的手机,看到那个学妹显然是看了他们剧团的演出,专程选了个偏僻角落的座位,带八倍镜拍了几张解锦言,显然还找了角度,成片不错。

他跟秦溶月一起看完后,把手机递了回去,姜晴又给了孟逢川看。解锦言脸上的表情有些得意,懒洋洋地向后一靠,跟另外三个人嘚瑟:"你们终于知道我的魅力了……"

秦溶月泼冷水:"也就人家拍得好,把你拍得人模狗样的。"

孟逢川也拆台:"他就爱秀'花过门'(琴师在唱腔中加入烘托气氛的炫技演奏),早年有场戏把弦拉断了,回去挨了老爷子一顿骂。"

解锦言说:"我技痒不行?"

孟逢川说:"行,所以现在给你安排到我妈的剧团,得有个人制住你。"

姜晴爱看热闹,好奇地在网上搜索那场的视频,解锦言恬不知耻地拿过手机，直接帮她找了出来。视频不长，姜晴看了一遍，解锦言演出的时候都穿长衫，头发也不像休息的时候那样随意，而是梳得整齐，身子也坐得板正，略低着头，正在拉一段"花过门"，俨然入化状态，陶醉其中；接着琴弦突然崩断，他又拿起脚边备用的琴继续拉，仍然陶醉其中。

姜晴忍不住竖了个大拇指，有些崇拜地看着解锦言："你有点帅啊。"

孟逢川无意地和秦溶月对视，秦溶月的文艺部是专门举办大型晚会的，孟逢川则是在台上唱的，对他们来说，这算是一场小演出事故，两个人在这点上倒是统一立场，一眼就能达成共识。

解锦言夸姜晴"好眼光"，嫌弃地瞥了一眼孟逢川和秦溶月，跟姜晴说："你要不把他蹬了吧，咱们俩才是最合适的。"

孟逢川冷眼扫他，姜晴笑出了声音，知道解锦言是故意触孟逢川的霉头，又看了一眼秦溶月，像是挑事一样笑说："那你怎么谈恋爱了啊？真是，可惜了。"

秦溶月显然喜欢盘子里的帝王蟹多过解锦言，居然还在用蟹肉蘸碗里的汁，大快朵颐。解锦言用余光扫了她一眼，有些恼羞成怒："秦溶月，我是你男朋友，我说这种话，你不揍我？"

秦溶月抬起头，发现三个人都在盯着她的反应，她尴尬地笑了笑，试图稳住场面："抱歉，我忘了，我生气一下？"

孟逢川像是看懂了什么，没明说。解锦言想跟秦溶月吵架，秦溶月显然没这个心思，姜晴只当这两个人有着独特的相处方式，笑着跟秦溶月解释："开玩笑的，我俩说话都比较扯。"

秦溶月显然没当回事，孟逢川伸手摸了一下姜晴的头，眼神带着点儿数落，姜晴则朝他调皮地笑。

她早先就和解锦言聊过这个事儿，那次孟逢川和解锦言一起去天津给她捧场，孟逢川临时去了北京看望傅春莺，她和解锦言一起吃饭时，解锦言十分坦率地和她说："你得承认，喜爱分很多种。有的人是深爱，有的人就是浅浅地爱，我是真的挺喜欢你的，但我肯定是后者。你既然不爱我，那我就去爱别人呗。"

第十五章 旧故又春深

她莫名地觉得解锦言这个人很简单通透，她和他聊得来，一定会成为长久的朋友。

那顿饭吃完后，解锦言指挥孟逢川和姜晴："你俩买单，我和她先下楼。"

姜晴点头答应，等人走了之后和孟逢川说："我怎么觉得他俩不太对劲？"

孟逢川说："是不太对劲，白高兴了。"

姜晴说："你高兴什么？"

孟逢川卖起关子来，没给她解释。

夜晚马路边，一男一女相对而立，解锦言质问秦溶月："你刚刚演的什么啊？你看你那个反应像女朋友吗？"

秦溶月伸出手："二百拿来。"

解锦言说："你说要二百还真要？中秋节目那个事儿我答应帮你联系黄秋意不就行了？"

秦溶月说："你还要赖账？说好了事儿帮我办了还给我加二百，赶紧的。"

解锦言气不打一处来，拿出手机给她微信转账，嘴里叨咕着："你看看你刚才的表现，还好意思要二百，帝王蟹倒是吃了不少，那不是钱？"

秦溶月说："姐姐堵了一路来演你女朋友，才跟你要二百，追我的人都排到了城隍庙，你怎么不明白这里边的道理呢？"

解锦言噙着笑意问她："什么道理？你喜欢我啊？"

秦溶月正低头打开微信点收款，闻言快速地锁上屏幕，用两根手指夹住手机，用余下的三根手指拍了拍他的脸："道理是这二百划算，我不喜欢你这款。"

解锦言刚要反驳，姜晴和孟逢川出来了，只得相互告别。

因席间喝了点酒的缘故，孟逢川叫了代驾，两个人坐在后排座位上，把那副头面放到了副驾驶位上，他的风衣则被他随手放在身边，打算下车后直接拎回家。

姜晴靠在孟逢川的肩膀上，歪头看着窗外的夜色，想到明天上午就要飞回天津，忍不住问："孟逢川，你什么时候能来天津呀？我想每天都见到你，每一天，把你看腻。"

孟逢川心软了，低声地说："今年夏天应该差不多。我跟我爸说过了，先接手天津的公司，到时候就能每天见到你了。但是我没有房子，能不能先借住在你那儿？"

姜晴笑了："没房没车？孟逢川，你这样会被我爸妈看不起的。"

孟逢川："我会尽快备齐，给我点时间，别嫌弃我。"

姜晴像大发慈悲一样："好吧，我帮你周旋周旋。"

孟逢川诚恳地道谢："多谢姜老师。"

姜晴笑眯了眼睛，又说："霜霜打算在夏末举办婚礼，到时候你和我一起去。"

孟逢川点头："我以为要叫我去做伴郎。"因为她是伴娘。

他又问："伴郎是谁？"

姜晴说："姚松，我们大学同学。"

孟逢川试探性地发问："喜欢你吗？"

姜晴打了他一下："你在想什么？我没那么受欢迎。"

孟逢川略微地放下心来："我有点情人眼里出西施了，是吗？"

姜晴点头，又摇头："也不是，还是有很多人喜欢我的。"

孟逢川说："那我还是很有危机感的啊……"

车子停在地下车库，姜晴先一步下车，去副驾驶位拿那副头面，用双手捧着盒子。

孟逢川不急不忙地下车，风衣在车上放得有些乱，他伸手掸开，不承想从兜里滚出来个东西，掉在了车底下。他立马挽起衬衫袖口，半跪在地上，伸手去够。

姜晴凑过来："掉东西了？我帮你。"

说着就要放下手里的头面，孟逢川赶忙朝她摆手："没掉东西，我看车底下有点问题，你先去电梯门口等我。"

姜晴看他的样子有些狼狈，其实很想帮他，但还是转身慢悠悠地向电梯走去。她像是什么都不知道，又像是什么都知道，笑个不停，还朗声地提醒孟逢川:"你快点呀。"

孟逢川总算把东西捡了回来,赶紧塞回口袋里,头发和衣裤都被地面蹭脏了,脸色也有些泛红,立在原地忍不住地叹了口气。

夏末,梁以霜和陆嘉时举办婚礼,梁以霜为此严阵以待了许久,精确到每一个细微之处都必须符合她的预期。姜晴忙于演出,休息日本来就少得可怜,还要陪她一起筹备婚礼,直到婚礼举行的前一晚,她要穿的伴娘礼服已经换过五件了。

姜晴跟孟逢川吐槽:"结婚太麻烦了,有这个时间我只想躺在床上,做个推拿。"

他说话算话,月初的时候来了天津,暂时住在姜晴的房子里。她这里地方不宽裕,顶多算个温馨的小窝。孟逢川借了半张餐桌当书桌,正用笔记本电脑处理邮件,闻言从电脑前抬起头,温馨地提示:"你想做甩手掌柜也可以。"

姜晴偷笑了,瘫在沙发上放空:"那就提前辛苦孟老板了。"

孟逢川无奈地摇头,重新看向电脑:"你这称呼倒是改得快。"

婚礼是西式布置的,在露天花园举办仪式,随后宾客会移步到宴会厅用餐。梁以霜盛装打扮,美得动人心魄,还在房间里的时候姜晴就忍不住哭了出来。

没想到被梁以霜满脸嫌弃地打断:"你又不是没看过,别哭了,一会儿出去拍照丑死了。"

孟逢川给她递纸巾,其实心里也有些百转千回,像是透过梁以霜看到了姜晴穿婚纱的样子,他只要稍微一想就已经觉得心要跳出来了。

姜晴用纸巾轻轻地擦拭眼角,防止弄花妆容,语气有些埋怨:"平时和现在能一样吗?你自己照照镜子,漂亮死了。"

陆嘉时在旁边和孟逢川对视一眼,彼此都有些无奈,他开口阻止这对每句话都带"死"字的姐妹:"虽然我不迷信,但这种日子一直说'死'是不是不太好?"

姚松从外面推门进来,催促道:"要开始了,怎么着,咱们下楼吧?"

姜晴看向孟逢川示意，孟逢川点头，先下楼入座。花园里的座椅每五个相连摆放，孟逢川下去得晚，已经差不多坐满了，他选了靠后的一排，中间坐了一对情侣，左边空了一个座位，右边空了两个。

　　他走到左边礼貌地问道："请问这里有人坐吗？"

　　答他话的男人未语先笑，看起来就颇为健谈，特地往女朋友那边挪了挪："没有，你坐吧，右边那两个座位有人。"

　　他的女朋友看过来一眼，孟逢川短暂地和她对视，看到了一张清冷的面庞，略微颔首当作打招呼。对方礼貌地回应了一下，低声地跟旁边的男友说："你别腻歪，怪热的。"

　　孟逢川这才发现男人的鞋上正卧着一只小白狗，像是察觉到孟逢川的视线，也正用水汪汪的黑眼睛看着他。他弯下腰试探性地伸出手，问旁边的男人："我能摸下它吗？"

　　男人点头，抬起脚把那只狗捞到了怀里，很自来熟地跟孟逢川介绍："它叫 Twinkle，是个小女孩。"

　　孟逢川抚摸上它的毛发，十分蓬松柔软，心也跟着融化："确实像个小孩子。"

　　男人说："养宠物就跟养小孩一样。"

　　他的女朋友在旁边冷声地接话："应该比养小孩轻松一点。婚礼都快开始了，你看那俩人还没回来，就知道了。"

　　说曹操曹操到，孟逢川闻声望过去，一男一女正走过来，女人嘴里念叨着："我就说不要带她来，你偏要带，还想抱她过来，万一又哭，梁以霜会追杀我到明年……"

　　那个男人他倒是眼熟，正低头解释着："不是听你的交给阿姨了？别生气了，我也是想带她出来玩玩，都听你的，下次绝对不……"

　　孟逢川忍着笑意看着那个和平常完全两副面孔的人，起身伸出了手，主动叫道："谢先生，没想到在这儿遇到了。"

　　谢蕴一愣，干咳了一声和他握手："孟先生？你也来参加婚礼？"

　　孟逢川说："我女朋友做伴娘。"

　　谢蕴看了一眼旁边的妻子谭怡人，谭怡人又看向了那个清冷的女生，

第十五章 旧故又春深

孟逢川猜到她们可能不熟,便主动地提醒:"姜晴。"

谭怡人立马对上了号:"梁以霜那个唱京剧的发小儿。"

谢蕴顿时觉得尴尬,伸手又跟孟逢川握了握:"你早说,都是朋友。"

孟逢川在心中冷笑,表面上客套地说:"谢先生,那个坠子还是劳烦你多上心。"

谢蕴答应得爽快:"小事,我觉得还是能找到的,今后多帮你留意。"

他又给孟逢川介绍了一下旁边的人,他的妻子谭怡人和那个面庞清冷的秦昭都是梁以霜的朋友,至于那个短发男人则是秦昭的男朋友孟梁。五个人在一片安坐的宾客席中突兀地站着,孟梁想和秦昭坐在外面,让谢蕴和孟逢川这两个相识的挨着好说话,两个人客套地推拒,接着谭怡人接到了照顾宝宝的阿姨的电话,孟梁突然放下了怀里的Twinkle,秦昭低呼让他赶紧拿宠物尿片……

负责控场的工作人员统一着装,手拿着对讲机上前劝阻被围观的五个人:"两位女士,三位先生,我们这边仪式马上要开始了。"

手里的对讲机响了两声,接着里面传来梁以霜严厉的斥责:"你们五个赶紧给我坐下!"

他们不约而同地朝着宾客席的后方看过去,果然在远处看到了准备出场的新郎新娘、伴郎伴娘。新娘梁以霜正举着对讲机朝他们示意,显然是在让他们老实点儿。新郎陆嘉时满脸的无奈,好脾气地双手插在口袋里等待。伴郎姚松笑得龇牙咧嘴的,至于伴娘姜晴则用手掩着嘴,显然也在偷笑。

孟逢川望着她,两个人远远地四目相对,眼波中有千山万水,被他们不知疲倦地翻越。

婚礼顺利地举行,宣读誓词的时候,刚刚在台下张牙舞爪的梁以霜痛哭不已,姜晴也跟着落泪,场面动人。随后众人移步到宴会厅用餐,姜晴因为是伴娘的缘故,要随着梁以霜向宾客敬酒。孟逢川先跟同样来参加婚礼的姜军和张慧珠打了个招呼,长辈们多会提前就走,把场合留给年轻人,他们叮嘱了几句,让孟逢川看好姜晴,孟逢川答应了。

回到座位上之后,孟逢川和谢蕴等人喝了两杯,其间视线一直跟着姜晴走,她也时常会看他,两个人像是在眉目传情。

孟逢川察觉到斜对面有个人已经注视自己很久了,转头直白地对上对方的目光。宋清鸿长得是英俊的,身上隐约还带着一股书生气,一看就是演小生的,只是这两年少不了浸润上了些许油滑,实在可惜。

宋清鸿主动上前,坐到了孟逢川身边,手里拎着分酒器和两个小酒盅,分酒器里面装着透明颜色的液体,显然是白酒。孟逢川察觉到来者不善,淡笑应对。

"孟……副院长?"宋清鸿显然认出了他是谁。

"我上个月已经卸任了。"

两个人交换了名片,上面写着的都是公司名字,孟逢川这才彻底确认眼前的人就是姜晴的前男友宋清鸿,于是虚伪地交谈起来,九句话里没一句实话。

姜晴在远处看到这两个人挨着坐在一起,满脸的惊讶,梁以霜还笑得出来:"好热闹呀。"

姜晴白了她一眼:"这俩人怎么可能心平气和地在一起喝酒?"

梁以霜不吝夸奖:"这说明你眼光好,他们俩都知道识大体。"

姜晴咬牙说:"借你吉言。"

可梁以霜的吉言并未奏效,姜晴站在男厕所外面,姚松恰好从里面出来,显然听到了里面此起彼伏的干呕声,一边擦手一边没正经地问姜晴:"采访一下,此时此刻你是在为前男友担心还是现男友担心?"

姜晴抬起穿高跟鞋的脚装作要踹他:"你少废话,赶紧滚回去。"

姚松咧嘴笑着:"没良心,我帮你挡了多少酒,真不用我?万一他俩都倒了,你一个人怎么弄回去?"

姜晴觉得他说得也对,便扯住姚松的衬衫袖子:"你等会儿,等他俩出来。"

姚松笑个不停,姜晴勒令他闭嘴:"你笑什么,好笑吗?"

姚松说:"梁以霜都要笑死了,她说你们家孟老师看着挺成熟的一人,怎么还干这种泄愤拼酒的事儿啊?"

姜晴的语气暴躁:"我怎么知道?幼稚死了,两头牛都拦不住,喝死拉倒。"

两个人拌嘴的工夫，孟逢川和宋清鸿出来了。两个人的西装都还放在座位上，身上穿着衬衫和西裤，发丝凌乱，面色微红。孟逢川用一只手提着宋清鸿的上臂，把他丢到洗手台前，自己也低头洗了把脸。

姜晴走到两个人中间，分别递了一瓶水，孟逢川拧开漱口，看起来比宋清鸿的状态好点儿。宋清鸿拧了半天瓶盖使不上力，姜晴叹了口气，夺过水瓶帮他拧开。

孟逢川见状沉声地说："你帮他拧什么，拧不开让他渴着。"

姜晴嗔他一句："你少说几句，你们俩都渴死好了。"

姚松赶紧上前撑起宋清鸿，跟姜晴说："我把他送到房间去。"

姜晴提醒："外套别忘了，我一会儿去拿他的。"

夜色渐深，宾客逐渐地散去，宴会厅里的人越来越少了，已经有服务生开始收拾狼藉。姜晴搀扶着孟逢川，取回他忘在座位上的西装外套，出门坐在了台阶上。

她从未见过他这么颓废的样子，衬衫解开了两颗扣子，头发乱在额前，眼神也迷离了，脸上挂着薄醉。薄醉或许不够恰当，他已经倒在她的肩头，像是在闭目养神。

姜晴动了动肩膀，她没喝多少酒，还算清醒："孟逢川，你不要睡在这儿，我还得叫人来抬你。"

他胡乱地在她颈间落下一吻，姜晴的心也跟着一颤，听他在耳边低喃："没睡，闭上眼睛缓一缓。"

姜晴闻着他浑身的酒气，嫌弃地说："我该怎么说你，你们俩在干什么？往死里喝？"

孟逢川反驳："没有，都收着呢。"

姜晴看他难受的样子略微心软了些，握过他的手，低声地说："我只是觉得没有必要这样。"

孟逢川说："是没必要，但我心里会怨。"

姜晴问："你怨什么？"

孟逢川说："怨自己来得太晚，嫉妒他和你的那些时光，太嫉妒了，只要一想想，心里就像有火在烧，连喝酒都不觉得难受了。"

姜晴抚上他的脸："你相信命运吗？"

孟逢川说："我相信，它戏弄我。"

姜晴淡淡地笑了，吻他温热的额头："我觉得不晚，这一生会是很好的一生。"

他显然醉了，讲话比平时要黏人得多，整个人几乎窝在她的怀里，双手却紧紧地揽着她的腰："已经迫不及待地想要娶你了，想过很久，很久很久，不能再错过……"

姜晴忍俊不禁："你现在都搬来天津了，想错过也错过不了了吧。"

他摇摇头，浑身的热气和酒气，在这个夏末无风的夜里显得分外磨人。

她没指望他说出什么清醒的话，更像是自言自语给他讲："我和宋清鸿，纯属价值理念不同。毕业那年他也收到了剧院的邀请，他的戏其实不错，我以为能跟他一直唱下去。可他为了赶自媒体的热潮，拒绝了京剧院，开始创业。他运气还不错，应该是赚了，听以前的同学说，他发展得不错，也上过官方的节目。"

姜晴伸手碰了碰他，孟逢川"嗯"了一声，表示听到："然后呢？"

"你也知道我毕业这两年多发展得其实不怎么好，之前唱得更是不行。他也一直是这么说的，让我干脆辞职，和他一起经营自媒体账号。我曾经真的动心了，跟着他去工作室看了一次。

"那天他们举办了一个私人的那种京剧公开课，美其名曰宣传国粹，帮学员扮上相，还挺好的。可是那天有两个女孩要一起扮白蛇和青蛇，他拿了一青一白两件女帔出来，上面绣着凤凰，说是新做的行头，确实漂亮。

"但我较真，跟他吵了起来，白素贞和小青是蛇妖化身，蛇是动物，穿的行头上肯定要绣花草，怎么也不可能绣凤凰呀。他说我钻牛角尖，外行不懂这些，只觉得好看就行了……那天吵完，我就意识到我和他不是一路人，说了分手，他不想分，说要结婚，最后还是分了。

"他对我说的话肯定是影响到我了的，我在云南遇到你的时候，正打

第十五章 旧故又春深

算辞职,觉得自己不适合唱戏。现在回想,其实我爸妈、顾老师都是相信我的,只是他们不好意思表达出来。最好的当然是你了,没有你,我也坚持不到今天,你真好啊。"

他把头埋在她的膝头,发出了一声闷笑:"你讲了他那么多,夸我就一句?"

姜晴把他的头紧紧地抱在怀里,像是要把他闷死:"我看你还是没喝醉,早知道就不跟你说了。"

孟逢川漫不经心地戳了一下她的腰,姜晴笑着躲开了,他又把她抱住,头靠在她的肩膀上,姜晴同样歪头,把自己的脑袋再压上他。

他低声地说:"你看着时间,我休息十五分钟,然后我们回家。"

姜晴"嗯"了一声算作答应,和他一起在夏末的夜里坐在台阶上,周围静悄悄的,好像还听得到蝉鸣。

这时路过一个搬桌椅的男服务生,以为孟逢川醉倒在这儿了,礼貌地问姜晴需不需要帮助。姜晴摇头跟他道谢,解释他们休息片刻就好。服务生走后,又恢复了一片静寂。

她抬头看着挂满繁星的天空,预示着明天是个好天气,耳边传来他深沉的呼吸声,分外安逸。

姜晴低声地感叹:"静风,今夜是静风啊……"

黄秋意定居苏州,曾于千禧年置办了一块地皮,著名建筑设计师周复椿操刀设计,建了一座私家园林,取名泠隐山居。园中满目抄手游廊、绿漪芳树,水上浮着金陵凝翠,西北可望虎丘,景致极妙。

因是私家园林,黄秋意为人又低调,秦溶月想借园林取景,只能托解锦言帮忙从中牵线,解锦言自然也少不了求人,总算得到首肯。

那年中秋,秦溶月独自带着器材,与解锦言一起前往苏州泠隐山居,还有恰好空闲的解锦屏跟着一块儿来凑热闹,遇上了受邀请前来度中秋的孟逢川和姜晴——黄秋意和傅西棠未曾举办婚宴,借中秋请了几个亲近的朋友小聚,算作庆贺。

夜幕降临之际,秦溶月结束拍摄工作,并未收起器材,记录下了那个诗意烂漫的夜晚。

黄秋意的外公是民国年间小有名气的京剧演员宋小笙,外婆赵巧容是天津名媛,后迁居到宋小笙的祖籍苏州。赵巧容颇有手腕,擅长经商,从此定居苏州至今。当晚,黄秋意找出来许多老唱片,有的已经不能放了,他便挨个放在唱片机上试。

黄秋意说:"我外公他并不擅长昆曲,临去世之前还在后悔,没能早些学习。他十分钦佩民国年间的一个乾旦,是个昆乱不挡的人物,可惜英年早逝。我自小听戏便是听他的唱片,可惜只有几出京剧,也已经是孤本了,没有灌录过昆曲。"

众人聚在鹊仙亭中饮酒吃蟹,几个友人特地擦干净手,和黄秋意一起在灯下小心地翻看唱片。傅西棠看着几个戏字当头的人,无奈地与孟逢川对视,摇了摇头。孟逢川扭头看到凑在一起尝试喝黄酒的姜晴和解锦屏,小声地提醒她们俩不要贪杯。

解锦屏抚着姜晴手腕上的镯子,直说好看,扭头让解锦言给她也买一只。解锦言正在跟一个老师学吹笛,昆曲的主伴奏乐器并非京胡,而是曲笛。他倒是对乐器很有天赋,已经能上手吹出旋律,闻言拿着笛子敲了解锦屏一下:"花钱的事儿想起我了?"

秦溶月业余爱好摄影,从包里拿出了自己私人的相机,是一部胶片机,固定在三脚架上调好位置,招呼大家:"我们来拍张照,回头洗出来寄给你们。"

众人看向镜头,秦溶月赶紧跑回到亭子里,解锦言拽了她一把,她便坐到了他旁边,闪光灯一闪,照片定格。

那个夜晚实在是惬意,戏曲把不同年龄的他们连接在一起,像是可以跨越时代的沟渠。唱片机里放着百年前那位名角儿清冷圆润的唱腔,姜晴和孟逢川靠坐在亭子里的栏杆旁,看空中孤悬的圆月,看池中戏水的锦鲤,友人在侧嬉闹,风吹过便是一阵浓郁的桂香,正如姜晴说的那样:这一生会是很好的一生。

十二月中旬,孟逢川在天津购置的新房装修完毕,陆嘉时给他介绍

第十五章　旧故又春深

了一个熟知的室内设计师，一切都不需要操心。姜晴随他一起搬了进去，她喜欢面积大、采光好的客厅，休息日常在家里练功，孟逢川也终于有了自己的书房和办公桌，不用再挤她那张餐桌。

圣诞节，姜晴专程抽空在家里布置了一棵圣诞树，邀请好友来家里开暖房派对。在天津的梁以霜、陆嘉时还有姚松，从上海来的解锦言和解锦屏，新朋友和老朋友聚齐，还差一个人就能凑两桌麻将。秦溶月因为要忙元旦晚会，无暇抽身。姜晴本来还邀请了贺蒲，可他临时赶一出戏，要救场。

即便如此，也算足够圆满，热闹直到深夜还没散去。

孟逢川忍不住到厨房沏了一壶茶，餐厅的桌子上还一片狼藉，他辟出一寸干净地方静静地喝茶提神。

陆嘉时也是稳重内敛的性子，抽身坐在他的旁边，讨了一杯茶，伸手拽掉了头顶被梁以霜扎的一小揪辫子，面露尴尬："玩不动了……"

孟逢川像终于找到了同盟一般，大方地给他倒茶，撑着眉头揉了两下："太闹了，我怀疑他们的年龄。"

陆嘉时答："反正加一起没有你岁数大。"

孟逢川不否认，拖他下水："也没你岁数大。"

春节，姜晴在天津和父母一起过年，孟逢川回了上海。他这一生家庭圆满、亲人和睦，他懂得惜福。

元宵节姜晴有演出，在滨湖剧院演《龙凤呈祥》。那场戏还是久违的父女合演，她扮孙尚香，姜军客串诸葛亮。演出结束后，姜军开车接上张慧珠，一起去姜晴和孟逢川那儿吃元宵。

搬家之后她有时候难免觉得家里空荡荡的，那天终于多了一位新成员，她养了第一只猫，是一只英短银渐层，女孩儿，取名孟春。孟春还有个哥哥，在梁以霜家里，兄妹俩倒是能时常见面。

又一年春来到，中国戏曲金花奖在北京举行颁奖仪式，姜晴自年后除了平时的剧场演出，就在准备评奖的表演；年中她还打算参加中央戏校的京剧研究班考试，想继续进修，孟逢川自然鼎力支持。

去年一年她未曾停下脚步，最大的嘉奖就是金花奖奖杯。姜晴名列前茅,顺利摘奖后,连夜回到天津。孟逢川到车站接她,却没有直接回家,而是去了庆功宴。

他显然提早背着她准备过,鲜花、条幅全都不缺,在一家中式装潢的私厨,据说是个旧王府改建的,后面就是南癸祠楼。

院子里有一棵百年海棠树,故而此处取名为"棠·府",原本因资金周转问题打算出兑,孟逢川得知后联系了解锦言注资,保证他稳赚不赔。解锦言得了保证才肯掏钱,此番专程前来参加姜晴的庆功宴,一起来的还有秦溶月和解锦屏。

解锦屏手里拿着酒杯,仰头看那棵巨树,发出疑问:"这是什么树呀?桃花树还是樱花树?"

姜晴带笑答她:"是海棠树,西府海棠。"

解锦屏拿出手机拍照,姜晴凑在旁边看,解锦屏说:"我在上海也见过类似的,花是向下开的,我还以为是要谢了的桃花。"

姜晴说:"那是垂丝海棠,南方比较多见。"

两个人凑在一起交谈之际,姜晴忽然察觉身后的热闹安静了下来,转过身去,孟逢川单膝跪在了她的面前,摊开手中的丝绒戒盒。她终于见到了那颗绿钻,比苹果绿要浓郁一些,又不如墨绿那么深沉。

她早就预料到了他可能会在她拿金花奖的庆功宴上求婚,只是没想到庆功宴就在今夜,也低估了自己的承受能力,即便已经打过了预防针,她还是哭得太快了些。

他仰视着她,双眸中不见冷意,满是炽热的深情,声音也温柔,娓娓地开口:"这一天我等很久了。以前我想的是,这一生我一定要足够强大,才能护住你,让你不受任何的风雨。可事实并非如此,你永远有属于你自己的广阔的未来,而我能做的就是一直站在你的身后,无条件地支持你。既然你可能比我还忙,那么我就守好我们的家,将来守好我们的子女。不论你是进京剧研究班,还是打算学昆曲,你唱京剧,我在台下看你,你唱昆曲,我上台陪你。总之,无论如何,这辈子我来做你最忠实的戏迷,希望你能给我这个机会。"

姜晴强忍着哭意,还有闲情逸致和他打趣,兀自伸手就要拿戒指:

第十五章　旧故又春深

"跪着送我这个戒指,就是为了当我一辈子的戏迷呀?那我答应了。"

周围的人发出阵阵笑声,眼看着两个人开始争夺起手里的戒指,孟逢川按住她要自己往手指上戴的动作,急忙补充:"嫁给我,晴晴,我在求婚。"

姜晴哭着伸过去手,任他把戒指戴上中指,孟逢川则起身把她抱住。

在一片愉悦的欢呼声中,姜晴紧紧地拥着他,与他耳语:"如果早知道会遇到你,我会一直等着你。"

孟逢川的心头一动:"现在也不晚。"

春风乍起,海棠花簌簌地下坠,粉白色的花瓣飘散在月夜之中,落地化海。

海棠依然是昔年的海棠,旧故也是昔年的旧故,他们都还在。

——正文完——

番外：春日景和

番外

☾ 春日景和

大年初一，正是阖家团聚的日子，姜晴的姥姥姥爷坐在客厅，看电视戏曲台的节目，父母则在厨房里忙活，张慧珠嫌弃姜军笨手笨脚，已经打了他好几下，最后干脆赶他出去，念道："烦死了，尽帮倒忙，晴晴是不是该出门去戏院了？你去送她，顺便买两块酸奶蛋糕回来，她不是爱吃？趁着过年让她解解馋。"

姜军一副知女莫若父的表情，得意扬扬地反驳："晴晴现在不爱吃酸奶蛋糕了，她爱吃那个什么'椰奶小方块'，你这个当妈的都不知道在哪儿买吧，还得排队呢……"

姜晴正在门口换鞋，闻言不禁笑了出来："爸，那叫椰奶小方，什么椰奶小方块，您可别在我妈旁边找打了。"

孟逢川正站在鞋柜旁，张慧珠瞧见他忙问："逢川，你爸爸和青鸾登机了没有？飞机不会延误吧。"

孟逢川答道："刚到机场，估计快了，他们的航班早，延误也没事，赶得上吃饭。"

姜晴小声跟他嘀咕："我妈这个人就是爱操心，你看着吧，这一下午得问你八遍。"

"还能怎么办？问我一遍我答一遍。"孟逢川不在意地笑笑，又问姜晴，"真不要我开车送你？"

"不用，你送我回来也费劲，不如进厨房帮帮我妈，我爸手笨。霜霜中午出去看电影，跟我说没地方停车呢，南奏祠楼那边肯定也要堵，我都怕你去了出不来。"

孟逢川没再强求，等她换好鞋子后把装得满满当当的托特包递了过去,不放心地问道:"东西都带好了?"

"带好了,走了走了,你别出来了。"

"晚上我去接你。"

她今日在南癸祠楼唱《四郎探母》,虽不是大戏院,大戏院都是钟玉华那些前辈在坐镇的,却也是开年的第一场大戏,特地不让孟逢川跟去,就是怕分心。

一到南癸祠楼,只见门口贴着手写的春联,不知是哪位老先生的手笔,还俏皮地将春联上的"兔"字换成了兔子的简笔画,贴在这种端庄古朴的老戏楼门外,看起来既违和又有趣。

后台的化装间门上也贴着"福"字,墙上还有双兔闹春的剪纸,好一派过年氛围。

她来得早,打算在登台前再熟悉熟悉戏码,舒婵已经算是她的老搭档了,两人经常一起唱《白蛇传》的折子戏,今日舒婵唱萧太后。

原本化妆间里一片平静,偶尔传出些细微声响,开场前一个小时左右,大家都陆续开始扮相了,舒婵忽然起身走到姜晴的化装桌旁,低声问她:"晴晴姐,你带多余的片子了吗?我昨晚没刮好,有两个片子有点儿散了……"

她们日常登台用的片子都是提前一晚在家刮好,放冰箱里存着,第二天直接带走就能用。有一回孟逢川帮她刮,比她的手艺好多了,姜晴本来就不喜欢刨花水蹭在手上的感觉,便开始使唤孟逢川,孟逢川毫无怨言,还自称是她的梳头师傅,笑她排场大,她则说他顶多是个跟包儿。

姜晴正往额头贴的片子也出自孟逢川之手,听舒婵这么说,她还真没带多余的,要是在大戏院还好,后台有备用的,南癸祠楼比起来还是荒凉了些,自然是没准备的。

于是姜晴赶紧拿起手机,一边给孟逢川打电话,一边安抚舒婵:"你别急,我让孟老师送来,他在我妈那儿,离得近。"

舒婵这才松一口气,姜晴指了指她的眉毛,示意她回去再补两笔,也算是让她找点事儿做,疏解下心里的慌张。

孟逢川接到电话的时候正在等电梯,看她这个时间打过来,正想打趣她，没想到姜晴先一步开口。

"逢川，快给我送盒片子过来，江湖救急。"

这倒是出乎孟逢川的预料，他掂量着手里拳头大的青苹果，转身往家门走："片子也没带吗？"

姜晴心想什么叫"也"，回道："你快来嘛，还有不到一个小时了。"

孟逢川掐算着车程，说让她定心的话："别怕，来得及。"

站在冰箱前打开冰箱门后，孟逢川又问："不是带了吗？我看就剩一个盒子。"

他每次都是刮好两盒放着。

姜晴说："是我一小师妹要用，我怎么会忘带东西？"

孟逢川把盒子夹在腋下，匆匆又出了门，另一只手还攥着那只青苹果，柔声道："你还说，我正打算出门，进电梯了，等我到了再说。"

当他拿着盒片子走进南癸祠楼的化妆间时，简直是救星一样的存在，舒婵连连说了好几遍"谢谢孟老师"，孟逢川摇头说"不用谢"，舒婵就赶紧去贴片子了。

姜晴正叉腰站在走廊里最后顺一遍戏词，手里的戏本并没怎么看，已经倒背如流了，看到孟逢川出来，姜晴抿嘴朝着他笑，恭维道："我们孟老师开年第一天就在做好人好事儿，真是功德无量呀。"

孟逢川笑得很是无奈，上前伸出了背在身后的手："你说你忘了什么？"

看到他手里的青苹果，姜晴忍俊不禁，旋即解释道："谁说我每次都得吃青苹果呀？你别信我爸瞎说的话，那时候我毕业后刚登台，容易紧张，才每次都要吃的。你看我都扮好相了，吃不了了。"

孟逢川收回了手："那我一会儿在台下吃，边吃边看。"

"你这样不太礼貌吧？我叫保安把你拖出去，南癸祠楼不让吃东西。"

"我偷偷吃。"

姜晴才不信他鬼话，想到一贯举止斯文的孟逢川在南癸祠楼偷偷摸摸地吃苹果，太滑稽了。

孟逢川则不着痕迹地审视着她，看她缀着粉墨的脸，身上穿着白水衣水裤，因为怕冷，脚底下踩的还是双略显笨拙的雪地靴，笑起来很是明艳动人，不觉有些愣神。她这一生在爱的温床中成长，眉眼间随时用来防御的英气已经消失不见了，配上旦角的妆面，比之日常的面庞还要美得惊心动魄。

姜晴促狭地在他面前摆了摆手："孟老师？是不是在心里感叹，你何德何能有这么个漂亮的老婆，简直是三生有幸啊……"

孟逢川抿嘴笑了出来，尤其听她略带轻浮地用了"老婆"二字，便也厚颜无耻地讨起赏来："我专程过来给你送东西，你怎么报答我？"

"亏我还叫你孟老师，忘了你现在是满身铜臭味的孟老板了，孟逢川，你融入得很好嘛……"

"你自称是我老婆，那该叫我什么？"

姜晴立马感觉双颊发烫，才意识到他在要什么赏，略带娇嗔地剜了他一眼："还没领证呢。再说了，苹果我又没吃，片子是舒婵用的，你去跟她要报酬。"

孟逢川略显无奈，碍于她已经画好了脸，不好与她亲近，只能牵她的手，姜晴用指腹摩挲着他的手背，故意嘟着自己的红唇问他："要不我亲你一下？你别躲呀，就一下，过来……"

"没羞没臊的。"

"不让亲算了，你不去机场接你爸妈？"

"我本来就要来给你送苹果，叔叔开车去接了。"

姜晴煞有介事地点了点头："那你要看戏？等我一起回去？"

孟逢川点头："你打声招呼，我就在座位后面看你。"

"这出戏不短呢，站着太累了。"

"那怎么办？谁让你不准我买票。"

于是乎，姜晴头戴旗头作铁镜公主打扮粉墨登场时，工作人员拎着个小马扎走到立在座席最后方的孟逢川身边，小声道："孟老师，祠楼这边没有塑料凳子，都是椅子不好挪动，要不您凑合凑合？"

孟逢川看着台上铁镜公主娇俏地和杨延辉"调情"，自己只能坐在小马扎上仰着头看，手里还攥着个绿得发亮的青苹果，不禁发出无声的冷

番外 春日景和

笑——他这个大年初一过得可真是惬意呢。

两人回到家里已经是晚上八点多钟了,姜晴特地嘱咐过家人别等她,推开门时,桌上的菜已经动了一半了,姥姥姥爷又回到沙发上不厌其烦地欣赏戏曲节目。酒桌上,姜军和孟存渊还在推杯换盏,瞧着瓶子想必开了不少好酒,张慧珠则跟解青鸾挨着坐在一起,捻着兰花指,想必也在聊京剧,电视里的戏声和饭桌上的交流声混在一起,吵闹又不觉烦躁。

姜晴发出幸福的甜笑,扭头对上同样带笑的孟逢川,忍不住凑到他面前偷偷吻了他一下,两人享受着当着长辈的面偷偷亲热的刺激,姜晴正要扭头朝客厅里喊一句"我回来了",却发现,餐桌上的交谈声已经停止,姥姥姥爷也投过来了视线,定然全都看到了。

张慧珠支支吾吾地说:"啊……晴晴回来啦?"

姜晴顶着红脸蛋点了点头,嘀咕道:"开门声也不大呀,怎么一个个的耳朵都那么灵……"

孟逢川绝对比她还不好意思,果断抬起手啃了一口青苹果,然后递给姜晴:"挺甜的,你吃不吃?"

"吃你个头,我要吃饭。"

冬去春来,两人终于在这一年的惊蛰之日领证登记。

当时京剧院已开始筹备二〇二三年的京剧艺术展演活动,姜晴除了一出折子戏的表演,还被顾夷明一纸调令派去参与宣传片的拍摄,除此之外,顾夷明还有几个论坛交流会,姜晴又被她抓壮丁似的带去做示范,忙得不可开交。

孟逢川觉得自己已经够忙了,姜晴竟比他更甚,历经一周的独守空房,他下班后便直接去接姜晴,少不了要等她,也甘之如饴,毫无怨言。

他觉得这么下去不是个事儿,合理怀疑顾夷明"贼心不死",仍想着将自己快要回国的儿子介绍给姜晴,大有危机之感。

晚上睡觉前他少不了要磨姜晴,姜晴彻底被榨干所剩无几的力气,敷衍回应:"抽空就去,不就是领个证,你等我忙完这段时间。"

"你不是说想在春天结婚?我怕等你忙完春天都过去了。"

去年春天海棠花盛放的时候，他在西府跟她求婚，随时打算推进婚礼事宜，姜晴醉心于刚有起色的事业，也是真的想在春天结婚，于是拖到了今年。春节的时候孟存渊和解青鸾专程来天津也是为了探讨婚事，一晃便已是初春了。

姜晴看似毫不上心的样子，答他道："我有数，有数，你还怕我跑了不成？"

孟逢川心想她就是个小迷糊，有什么数，到底心疼她最近工作忙，没再施压。

三月初的时候，京剧院借了棠·府私厨的场地，本该跟如今的老板解锦言征求许可，孟逢川打了声招呼就拍板了，解锦言倒并非生气，但还是立马致电慰问，骂孟逢川还跟防贼似的防着他这个弟弟呢，孟逢川坦率承认。

那天姜晴在院子里录制采访，因是京剧院的活动，还在一座旧府邸中，故而特地穿了件旗袍，去年冬天孟逢川带她在上海的一个做定制旗袍的老师傅那儿裁的。妆发则出自造型师之手，并不花哨，妆面淡雅，发型则是用簪子简单绾了个髻。

采访进行到中段时，姜晴给孟逢川发了个微信，让他带好身份证和户口本，半小时后来西府接她。

孟逢川本来在开会，当即就坐不住了，鲜少那么喜形于色地说要出去一趟，他对待下属一向温和，众人瞧他笑得收不住嘴角，纷纷追问："孟总，什么喜事呀？"

孟逢川闷骚起来，收敛了笑意答道："少打听，继续开你们的会。"

他在西府等了她很久。

采访结束后他踩着油门奔民政局去，停好车后才迟钝地问她："登记是不是得预约？没预约可以吗？"

姜晴故意打趣他："我怎么知道？我又没结过。"

"你要不问问梁以霜？"

"我不问，我要悄悄地领证，惊呆她。"

孟逢川无奈道："我进去问问。"

番外　春日景和

拍摄登记照的时候，姜晴对着镜子简单整理了下被风吹过的发型，正说着簪子盘好的发髻有些松了，早知道出来之前让造型师帮忙重新弄下，孟逢川已经手快地把簪子抽了下来。

姜晴瞪大眼睛正要怒视他，孟逢川已经开始帮她归拢头发，动作虽有些不大熟练，还是顺利将发髻重新盘好，簪子插得十分牢固。

"孟老板，这也是在书里学的吗？"

"是的，你不是说过，我很爱读书。"

"你上班的时候就看这些闲书？"

"孟太太，放心，你先生就是老板，不会被扣工资。"

姜晴抿着嘴笑，嗔她："还没成你太太呢，叫早了。"

两人捏着手里的红本本走出民政局后，一阵春风拂面而过，孟逢川脸上的表情也当得上春风得意四字，姜晴把结婚证拍了张照片，分别发给张慧珠和梁以霜，打算吓她们一跳，拍完之后证件也没合上。

她指着上面的日期问孟逢川："你知道今天是什么日子吗？"

孟逢川一本正经地答："结婚纪念日，我会记住。"

姜晴煞有介事地摇头："不对，今天是惊蛰。"

孟逢川闻言轻轻蹙眉，很快又舒展开，仿佛明白了什么。

姜晴说："傅老师的书中，故事便是从惊蛰开始的。今年惊蛰，我们的新故事也开始了。"

海棠花又要开了。

——全文完——

图书在版编目（CIP）数据

旧故春深/是辞著.-- 成都：四川文艺出版社，2023.7
ISBN 978-7-5411-6687-7

Ⅰ.①旧… Ⅱ.①是… Ⅲ.①长篇小说-中国-当代 Ⅳ.① I247.5

中国国家版本馆 CIP 数据核字 (2023) 第 112391 号

JIU GU CHUN SHEN
旧故春深
是辞 著

出 品 人	谭清洁
出版统筹	刘运东
特约监制	王兰颖　代琳琳
责任编辑	陈雪媛
特约策划	芦洁
特约编辑	马春雪　李晶　李亚男　宋艳薇
封面设计	@Recns
责任校对	段敏

出版发行	四川文艺出版社（成都市锦江区三色路238号）
网　　址	www.scwys.com
电　　话	010-85526620

印　　刷	天津鑫旭阳印刷有限公司		
成品尺寸	145mm×210mm	开　本	32开
印　　张	20	字　数	575千字
版　　次	2023年7月第一版	印　次	2023年7月第一次印刷
书　　号	ISBN 978-7-5411-6687-7		
定　　价	69.80元（全2册）		

版权所有·侵权必究。如有质量问题，请与本公司图书销售中心联系更换。010-85526620